Scrittori italiani e stranieri

Rachel Kushner

TELEX DA CUBA

Romanzo

Traduzione di Vincenzo Mantovani

MONDADORI

Desidero ringraziare Susan Golomb e Nan Graham per gli impeccabili consigli editoriali, e Fred e Mary Lou Drosten per aver lasciato un'eredità così preziosa e aver vissuto vite così straordinarie.

ISBN 978-88-04-59793-3

Titolo dell'opera originale
Telex from Cuba
I edizione aprile 2010

Telex da Cuba

A Jason Smith

Laggiù, tutto non è
che ordine e bellezza,
lusso, calma e voluttà.

Invito al viaggio

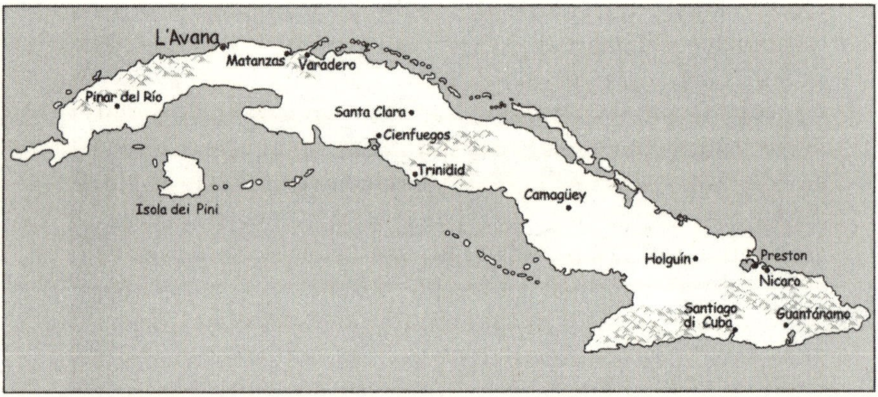
L'Avana
Matanzas
Varadero
Pinar del Río
Santa Clara
Cienfuegos
Trinidid
Isola dei Pini
Camagüey
Holguín
Preston
Nicaro
Santiago
di Cuba
Guantánamo

PROLOGO

Everly Lederer, gennaio 1952

Eccola lì sul mappamondo, una linea tratteggiata blu scuro sul blu più chiaro dell'Atlantico. Parole in un pallido corsivo: *Tropico del Cancro*. Gli adulti le dissero di smettere di chiedere cos'era, come se la barbosa risposta che le davano fosse soddisfacente: «È una latitudine, in questo caso ventitré gradi e mezzo». Lei si immaginava ghirlande di alghe stese sull'acqua verso un lontano orizzonte. Sul mappamondo, il blu che avvolgeva i continenti era a strati di diverse sfumature. Ma com'era possibile che nel mare esistessero zone geografiche, se il mare non appartiene a nessun Paese? Che ci fossero divisioni su una superficie che è indifferente alla pioggia, ai confini, dove nessun oggetto può star fermo? Aveva visto un vecchio mappamondo sul quale la Terra era circondata da un solo oceano che si chiamava Oceano. Al posto del polo nord c'era una regione chiamata "Paradiso". Al posto del polo sud, "Inferno".

Da una lista di argomenti scelse un colore, il nero, e scrisse il suo riassunto, anche se si rendeva conto che ridurre l'*Isola del tesoro* a una serie di segni tinti di nero significava non essere fedeli alla storia, che non era sul nero, ma forse sul modo in cui i figli hanno bisogno dei padri, e su come i ragazzi certe volte sono più furbi degli adulti e non inclini agli stessi vizi. La bandiera dei pirati era nera, e c'era Cane Nero, che si presentava misteriosamente alla locanda dell'Ammiraglio Benbow chiedendo del rum. C'erano notti nere sull'isola deserta, che passavano furtive come ombre in mezzo a un nero ancora più fitto: il nero del pericolo. E c'erano le "macchie nere" distribuite dai pirati: una specie di minaccia. Una condanna a morte, in realtà. «Chi mi ha dato la macchia nera?» chiedeva Silver. Una condanna a morte, una macchia di cenere su un foglio di carta. La pagina, strappata da una Bibbia, che ora ha un buco nell'Apocalisse. E anche i buchi sono neri.

Aveva letto di Sargasso, città nomade di alghe marine, e sperava di incontrarne una. Sull'oceano galleggiavano anche altre cose: relitti, che sono la zavorra gettata fuoribordo dai marinai per alleggerire il carico, e altri rifiuti galleggianti, cose raccolte e buttate in mare, come le noci di cocco, che rotolavano sulle spiagge d'Europa prima che qualcuno sapesse cosa c'era a occidente. Forse le noci di cocco continuavano a essere spinte dalle onde sulla riva, ma non erano più né misteriose né affascinanti, ora che si potevano comprare in negozio. A quei tempi lontani la gente le esibiva come se fossero esotici amuleti. O le apriva spaccandole in due. Ne usciva uno strano fluido bianco, oleoso e puzzolente. Non velenoso, solo guastato da un viaggio così lungo e difficile, un frutto a migliaia di miglia dalla sua casa sotto le fronde verdi di una palma.

Passare dal verde al rosso non è difficile: sono colori gemelli. Membrane sottili come retine, attaccate al fondo. Suo padre il rosso lo vedeva verde, e il verde lo vedeva rosso. Una condizione permanente, le assicurò. E c'era un'erba rossa originaria delle Antille da cui si poteva ricavare una tintura verde.

Ora, immaginate delle tende di velluto rosso.

Apritele.

Vedrete una sala con un'acustica perfetta. Dentro, un pianoforte nero e luccicante. Lei può specchiarsi sulla sua superficie come se si chinasse sopra una pentola con un dito d'acqua. Si siede a suonare: Chopin, un preludio che va bene per gli addii, per i sogni in tono minore.

Fate girare lentamente il mappamondo, una volta, e tornate là dove la linea tratteggiata passa sopra l'isola di Cuba.

Lei attraverserà il Tropico del Cancro e inizierà la sua nuova vita.

Prima parte

1

Gennaio 1958

Fu la prima cosa che vidi quando aprii gli occhi quel mattino. Un rettangolo arancione, il colore della lava rovente, appeso alla parete della mia camera da letto. Era la luce, che entrava dalla finestra in un raggio polveroso, muovendosi sul muro come un film lento e silenzioso. Nient'altro che questa strana luce arancione. Ero certo che sarebbe svanita da un momento all'altro, come quando appare l'arcobaleno e comincia subito a sbiadire, e tu guardi dove lo hai visto qualche attimo prima e già non c'è più: resta solo un colore pallidissimo, e anche quel colore potrebbe essere frutto della tua immaginazione, il semplice ricordo di ciò che hai appena visto.

Andai alla finestra e guardai fuori. Il cielo era di un viola caliginoso, come il colore della pelle delicata sotto gli occhi di mia madre, due semicerchi che diventavano scuri quando era stanca. Il sole era una sfera sfocata, rosso scuro. Potevi guardarla direttamente, attraverso la foschia, come una gemma sotto strati di veli. Sicuramente avremmo avuto un tempo piuttosto curioso, pensai. Nella parte orientale di Cuba, c'erano delle mattine in cui mi svegliavo e sentivo subito che il tempo era radicalmente cambiato. Potevo vedere la baia, dalla mia finestra, e quando stava arrivando una tempesta tropicale l'alba tagliava con nastri di luce le fitte nuvole che si addensavano all'orizzonte, tingendole di rosa come se ardessero dall'interno. Amavo la sensazione di svegliarmi nell'imminenza di un drastico cambiamento, sapendo che quando fossi sceso da basso avrei trovato i domestici che correvano di qua e di là, portando dentro i mobili del patio e inchiodando assi di legno alle finestre, l'aria fuori calda e burrascosa, e la prima ondata gigantesca simile a un vitreo muro verde che si sarebbe abbattuta sulla banchina appena oltre il nostro giardino. Se la tempesta era già scoppiata, mi svegliavo al rumore della pioggia che scrosciava sul tetto, in una stanza così buia che dovevo accendere la lampada sul comodino anche solo per vedere che ora fosse. I cambiamenti mi elettrizzavano, e quel mattino, quando mi svegliai e vidi il rettangolo di luce arancione, viva come la brace di un focolare, sulla parete della mia camera da letto, sentii che stava per succedere qualcosa di speciale.

Era mattino presto, e i miei genitori dormivano ancora. Mio fratello, Del, era ormai sparito già da tre settimane, cioè da quando eravamo tornati dalle vacanze natalizie all'Avana. Papà non ne parlava apertamente, io però sapevo che Del era in montagna con la colonna di Raúl. Non ero mai stato un patito della sala biliardi di Mayarí, ma cominciai a frequentarla dopo la sua scomparsa. A Preston era difficile avere informazioni sui ribelli. I cubani sapevano tutti cosa bolliva in pentola, però con gli americani tenevano la bocca chiusa. La società esercitava forti pressioni sui dipendenti perché stessero lontani da chi aveva contatti con i ribelli. Ma chi se la sentiva di dare consigli al figlio tredicenne del boss? A Mayarí la gente beveva e vuotava il sacco. La settimana prima, un vecchio *campesino* mi aveva preso per una spalla e fermato per la strada. Aveva accostato il suo viso al mio, così vicino da farmi sentire il suo fiato che puzzava di rum. Aveva detto qualcosa a proposito di Del. Che era ancora giovane, ma che sarebbe stato uno dei grandi. Un liberatore del popolo. Come Bolívar.

Sentivo Annie che preparava la colazione, che apriva e chiudeva cassetti. Mi misi le ciabatte e andai giù. In cucina era così buio che quasi non ci si vedeva. Annie aveva chiuso le finestre e tutte le persiane. Le chiesi perché non avesse aperto le imposte o acceso la luce.

I domestici hanno le loro curiose abitudini – superstizioni – e non si capisce mai cosa stanno combinando. Annie non amava uscire al crepuscolo. Se mia madre insisteva per farle sbrigare qualche commissione, si metteva una sciarpa sulla bocca. Diceva che al crepuscolo gli spiriti maligni cercavano di entrare nella bocca delle donne. Sia Annie che la nostra lavandaia, Darcina, ascoltavano a Radio CMQ uno strampalato guaritore di nome Clavelito. Darcina, a volte, piangeva di notte. Diceva di avere nostalgia di quando dormiva nello stesso letto con i figli. Mia madre le comprò una radiolina perché le facesse compagnia, e finì per regalarne una anche a Annie, per non fare differenze. Ci stava molto attenta, a queste cose. Clavelito diceva alla gente che lo ascoltava di mettere un bicchier d'acqua sulla radio, perché così la sua voce l'avrebbe trasformata in acqua benedetta, e Annie e Darcina lo facevano tutt'e due.

Annie spiegò che aveva chiuso le imposte a causa dell'aria. C'era una terribile foschia, che le faceva prudere il naso e le arrochiva la voce. Disse che dovevano essere stati ancora quei *guajiros* che bruciavano i rifiuti. Annie non li amava, i *campesinos*. Lei era una domestica, che è un'altra classe.

Mi sedetti in cucina col nuovo numero di "Unifruitco", la rivista della società. Usciva ogni due mesi, il che significa che le notizie erano sempre piuttosto vecchie. Questo era il numero del gennaio 1958, e in prima pagina c'era una foto di mio fratello e di Phillip Mackey in posa con un pesce spada che avevano catturato in ottobre, nella baia di Nipe. Avevano vinto il primo premio nel torneo di pesca autunnale. Era strano vedere quella fotografia, ora che tutti e due se n'erano andati e mio fratello non aveva più alcun interesse per cose come i tornei di pesca. Nella pagina seguente c'era papà con Batista e l'ambasciatore Smith sul nostro yacht, il *Mollie and Me*. Diedi una scorsa alla rivista mentre Annie preparava la pasta per i dolci. Tagliava la sfoglia in cerchi, ci metteva dentro formaggio e pasta di guava, li piegava a forma di mezzaluna e li sparpagliava su una teglia da forno. I *pastelitos de guayaba* di Annie, appena sfornati, erano la cosa più deliziosa del mondo. Alcuni americani di Preston non permettevano ai domestici di cucinare piatti locali. Mamma era di vedute notevolmente più larghe su queste cose, e amava svisceratamente certi piatti cubani. Non cucinava, lei. Faceva delle liste per Annie. Annie prendeva un grosso "azzannatore rosso" e lo farciva di patate, olive e sedano, poi lo marinava in una miscela di burro e succo di lime e lo cuoceva al forno. Quello era il mio piatto preferito. Sei mesi prima, nell'estate del '57, quando compii tredici anni, Annie disse che, poiché ormai ero un giovanotto e sarei diventato grande prima che lei potesse dire beh, voleva farmi una torta al rum per il mio matrimonio. I ragazzi di tredici anni non pensano mica tanto al matrimonio. Certo, facevo un po' lo stupido con le ragazze, ma non era niente di serio. La torta al rum può durare anche dieci o quindici anni, e Annie riteneva che questo fosse un lasso di tempo sufficiente per consentirmi di diventare grande e trovare moglie. Ai ragazzi dell'officina della società fece preparare uno stampo di cinque piani solo per quella torta. Lo stampo fu verniciato di bianco, col nome Kimball C. Stites dipinto sopra, a mano, e dei manici laterali per estrarre i vari strati della torta. Non so cosa ne fu della torta né dello stampo con il mio nome scritto sopra. Andò perso nella fretta della partenza, come molte delle nostre cose.

Annie stava mettendo i suoi *pastelitos* nel forno quando sentii i passi di papà rimbombare sulle scale, e mamma che gli gridava dietro: «Malcolm! Malcolm, ti prego, in nome di Dio, stai attento!».

Corsi nell'atrio e incontrai papà ai piedi delle scale. Non mi guardò, mi passò davanti come una furia, quasi fossi invisibile, aprì la porta e scese a due a due i gradini della veranda. Lo seguii, correndo fuori sul vialetto del giardino, in pigiama. Lui svoltò verso gli alloggi dei domestici dietro la casa e bussò forte alla porta di Hilton Hardy. Hilton era l'autista di papà.

«Hilton! Sveglia!» Bussò di nuovo. Solo allora notai che sotto la giacca papà aveva ancora il pigiama spiegazzato.

«Signor Stites, il signor Hardy è andato dai suoi a Cayo Mambí!» gridò Annie dalla finestra dell'office, con la voce soffocata dalle imposte chiuse. «Gli ha dato il permesso la signora Stites.»

Papà imprecò a voce alta e corse al garage dove Hilton teneva la berlina della società, una lucida Buick nera. Ne avevamo due, due Dynaflow, con feritoie ovali cromate lungo i parafanghi anteriori. Papà aprì le porte del garage e salì in macchina, ma non l'avviò. Dopo un secondo scese dall'auto e gridò verso la casa: «Annie! Hilton dove le tiene le chiavi di questo dannato macinino?».

«Appese a un gancio lì dentro, signor Stites. Il signor Hardy tiene tutte le chiavi appese ai ganci» gridò lei di rimando.

Papà le trovò, avviò la Buick e uscì in retromarcia dal garage. Io, fuori in giardino, assistevo alla scena e non osavo chiedere cosa stesse succedendo. Lui percorse rombando il vialetto, con le ruote che schizzavano la ghiaia in ogni direzione, e svoltò a destra nell'Avenida.

Quella fu la prima volta in vita mia che vidi papà al volante della sua macchina. Aveva sempre avuto un autista. Ogni giorno papà indossava un vestito di tela bianco, perfettamente stirato e inamidato. Camicia bianca, cravatta bianca, e il panama. Ogni pomeriggio Hilton Hardy lo accompagnava con la Buick a fare i suoi giri. A ogni sosta una segretaria gli serviva una *demitasse* di caffè cubano da due cent. Sapevano esattamente a che ora arrivava e come voleva la sua *demitasse*: una tazzina grande come un ditale, senza zucchero. Una «demi demi» diceva lui. A sentire lui, non si ammalava mai perché aveva lo stomaco foderato di quella roba. Papà era un uomo all'antica. Aveva le sue abitudini e se la prendeva comoda. Non era uno che correva.

Ricordo come vivevano i tagliatori di canna da zucchero: in capanne di una sola stanza dette *bohios*. Pavimento in terra battuta, una pentola al centro del locale, niente finestre, né servizi igienici, né elettricità. L'unica luce era quella che entrava dalla porta aperta e filtrava dalle fessure nelle pareti di fronde di palma. Dormivano nelle amache. Erano degli abusivi, ma la società li tollerava: dovevano pur vivere da qualche parte durante il raccolto. Per il resto dell'anno – il tempo morto, lo chiamavano – erano *desolajos*. Non so cosa facessero. Battevano le campagne in cerca di lavoro e di cibo, immagino. Nella baraccopoli dove vivevano i tagliatori di canna – il nome cubano è *batey* – c'erano bimbi nudi che correvano ovunque. Erano tutti scalzi, e sotto i piedi avevano un grosso strato di pelle incallita. Cucinavano i pasti all'aria aperta, sulla carbonella di mangrovia. Attingevano l'acqua da un rubinetto ai margini delle piantagioni di canna da zucchero. Dovevano portarla con i secchi, ma la società lasciava che ne prendessero quanta ne volevano. Era sicuramente una situazione migliore di quella dei minatori di Nicaro. Quelli erano dipendenti del governo americano, e l'acqua dovevano attingerla dal fiume – il Levisa – dove buttavano i residui di scarto della miniera di nickel. I lavoratori di Nicaro bevevano l'acqua del fiume, si bagnavano nel fiume, e nel fiume lavavano la roba. Se lavi la bicicletta nel Levisa dopo che ha piovuto, diventa pulita e luccicante. È una curiosità cubana. Non so perché, ma funziona sul serio. Dopo la pioggia erano tutti là, ragazzi e adulti che attraversavano il fiume in mutande, tutti a lavare macchine e biciclette.

I ragazzi americani dell'Avenida non dovevano varcare i cancelli di Preston, da dove si andava al *batey* dei tagliatori. Credo che fossero disposizioni della United Fruit. Entro i cancelli era okay. Oltre, cercavi rogna. Ma io e Curtis junior, il figlio di Hatch Allain, ci andavamo sempre. Eravamo ragazzi, ed eravamo curiosi. Ci infiltravamo nei balli della gente del posto. A Curtis piacevano le cubane. Perché era così: c'erano ragazze e ragazzi americani che uscivano solo con ragazze e ragazzi cubani. Come Phillip Mackey e Stevie, la sorella di Everly Lederer, di Nicaro, che poi furono mandati in collegio negli Stati Uniti. Anche se nel caso di Phillip non fu tanto questione di ragazze quanto dei guai in cui andarono a cacciarsi lui e mio fratello aiutando i ribelli. Quanto al povero Curtis, le ragazze cubane non gli diedero mai la possibilità di mettersi nei guai. Era sporco e aveva le orecchie a sventola, e alle ragazze non piaceva, ecco tutto. Provai a dirgli che dovevi mostrare un certo distacco, stile "prendere o lasciare", anche se non era quello che sentivi, ma Curtis non voleva capirlo.

Fu un'idea di papà quella di dare pezzi di terra ai tagliatori affinché potessero procurarsi di che mangiare, coltivare yucca e patate dolci. Lui credeva nell'autosufficienza. Fece venire il reverendo Crim, che dirigeva la scuola di agricoltura della United Fruit. I figli dei tagliatori di canna erano quasi tutti analfabeti. Studiavano cose pratiche: allevamento, coltivazione della terra, economia domestica, valori metodisti. Papà ci teneva a offrire un'istruzione, ma non voleva togliere i monelli dalla strada come intendeva fare mia madre. Mia madre era una vera progressista. Dalla porta di servizio distribuiva cibo alla gente. L'avrebbe fatta entrare in casa, se mio padre non le avesse posto dei limiti. E quando nel *batey* c'era un bambino messo male, invalido o ritardato, o che aveva qualche malattia, lei mandava qualcuno a prenderlo e lo faceva portare all'ospedale della società. A Natale, attraversava i campi a cavallo carica di giocattoli e di doni. Ci sarebbe andata da sola, ma mio padre non glielo permetteva. La seguiva a cavallo una guardia del servizio di sicurezza della United Fruit. Credo che fossero più agenti di polizia che guardie vere e proprie: erano armati di fucile e di *guampara*, che è una specie di machete con una lama larga e piatta che viene usata per schiaffeggiare la gente. Mia madre, in sella al suo cavallo, batteva tutta la campagna. Un giorno fece fare un giro a quelli del "National Geographic", che scattarono un sacco di fotografie. Per me questa è ancora la rivista più bella che ci sia. Quando mia madre si avvicinava, i cubani uscivano a frotte dalle loro case e le si raccoglievano intorno. Le volevano bene. Volevano toccarla. Era questo l'effetto che faceva.

Papà la vide per la prima volta a Crawfordsville, nell'Indiana, dove era andato a trovare suo fratello. Mamma era rimasta senza benzina, e papà la vide camminare sul ciglio della strada: gli sembrò un angelo sceso dal cielo. Mia madre era stata una Reginetta di Maggio ed era la presidentessa della Kappa Kappa Gamma alla De Pauw. Dovetti restituire il suo distintivo all'associazione, quando morì. Harlan Sanders – il colonnello Sanders, cioè – era dell'Indiana, ed era sempre stato innamorato di mia madre. Un giorno fummo suoi ospiti al Sanders Motel, mentre andavamo a Cumberland Falls. Si capiva benissimo che aveva questa grande passione per mia madre. Quando ci salutò diventò tutto rosso in faccia, le mani che gli tremavano. Credo che per papà fosse uno spasso. Non gli dispiaceva sfoggiarla davanti alla gente. Mia madre era una donna bellissima e aveva molta cura di sé. Non si lavava mai il viso col sapone, solo con la crema emolliente, e stava attenta alla salute. Faceva fare lo yogurt alla servitù quando lo yogurt era ancora una cosa piuttosto insolita da mangiare. Tutte le sere si sedeva al suo scrittoio e si dava cento colpi di spazzola ai capelli prima di andare a letto. Da ragazzi si notano queste cose. Due o tre volte l'anno papà ci portava a Miami a comprare vestiti per la mamma. Si faceva riservare una saletta privata da Burdine. Lui, Del e io stavamo là seduti con mia madre mentre le modelle sfilavano con indosso i vari capi d'abbigliamento. Se un capo ci piaceva, mamma lo provava e poi usciva e faceva una giravolta. Se tutti eravamo d'accordo che le stava bene, papà glielo comprava. Mamma diceva che non avrebbe mai portato nulla che non avesse avuto l'approvazione dei suoi uomini. Nei primi tempi io non avevo voglia di passare il pomeriggio in una sala di prova. Ma poi arrivai ad apprezzare questa sorta di rituale e l'eleganza con cui mia madre si vestiva. Quanto a Del, lui prese a disinteressarsi sempre più delle cose di famiglia quando cominciò a frequentare Phillip Mackey, e alla fine smise del tutto di venire a Miami con noi. Andarci senza di lui non era altrettanto divertente, però mamma era felice della mia presenza, e io ero fiero di aiutarla a scegliere il suo corredo, di essere il figlio su cui poteva contare. Anni dopo, all'accademia militare, se dovevamo metterci in ghingheri per balli e cerimonie, sapevo come farlo grazie a lei. Ci tenevo, a queste cose. Mamma diceva che l'eleganza consisteva nello scegliere un abito semplice e nel farlo risaltare con un particolare che attirasse l'attenzione: una cravatta, per esempio. Penso ancora a lei quando indosso qualcosa di elegante.

Capanne su terra battuta, senza acqua corrente: il modo in cui viveva quella gente, ecco com'era la vita per me. Ero un bambino. A mia madre non piaceva, ma papà le ricordava che la società li pagava meglio di qualunque altro zuccherificio di proprietà cubana. Mamma trovava semplicemente terribile il modo in cui le piantagioni cubane facevano affari. L'idea di una popolazione che sfruttava i propri simili le spezzava il cuore. I tagliatori di canna erano tutti giamaicani, naturalmente – non c'era un solo cubano –, ma io capivo cosa intendeva dire: indigeni che si approfittavano di altri indigeni, mulatti contro neri, questo genere di cose. Lei era orgogliosa di papà, orgogliosa del fatto che la United Fruit Company volesse mantenere un certo standard, che pagasse meglio di quanto era tenuta a fare, solo per essere corretti. Diceva che sperava che questo influenzasse i cubani e li spingesse a trattare un po' meglio quelli come loro.

Compresi che era successo qualcosa di terribile vedendo papà filare via così, con indosso ancora la maglietta del pigiama. Rientrai di corsa a vestirmi e udii mamma al telefono col signor LaDue, col quale si scusava di chiamare così presto. «Il signor Stites mi ha detto di informarla che nei campi di canna da zucchero c'è un incendio» disse. Certo, un incendio. Nient'altro che un incendio avrebbe potuto mandare quella strana luce arancione. «Voleva farle sapere che è andato laggiù.» Anche in un momento di difficoltà come quello mamma era cerimoniosa, sempre corretta e composta. Fu così fino alla fine. E non fu facile per lei, credetemi. Perdere ogni cosa. E non solo la casa, tutto il nostro mondo, ma anche sapere che il figlio maggiore era lassù insieme a quella gente.

Mia madre era in cucina e stava parlando con Annie, e io pensai che fosse meglio tenere la bocca chiusa e sgattaiolare fuori senza farmi notare. La nostra casa era vicino alla diga foranea, proprio in fondo all'Avenida, davanti alla mia scuola, la Preston Academy for American Children. Aprii il cancello e presi a destra, verso la piazza della città. L'Avenida era la via dei manager, con cancelli chiusi a chiave e guardie davanti all'ingresso. A Preston c'era un ordine gerarchico, e noi eravamo sul gradino più alto, nella casa più grande, con le nostre guardie private, una di giorno e una di notte. La guardie notturne si chiamavano *serenos*, e una sedeva sui gradini della nostra veranda fino all'alba. Era ancora presto – appena le sei del mattino – e la strada era tranquilla e silenziosa. Si sentivano solo i pavoni della signora LaDue. Tutte le case dell'Avenida avevano un bersò di bougainvillea sopra il cancello d'entrata, e dei magnifici giardini, curati in maniera impeccabile dai giardinieri della società. Una brezza arruffava la bougainvillea, e le foglie di un rosa intenso svolazzavano sul marciapiede. Su ogni veranda c'era il nuovo numero di "Unifruitco", tenuto arrotolato da un elastico. Passai davanti alla piscina, dove la settimana prima avevamo organizzato un importante barbecue per i Cabot Lodge, che erano venuti a farci visita. Henry Cabot Lodge era più grande di noi, ma a Harvard aveva fatto parte della squadra di nuoto, e si tuffava dal trampolino alto insieme a noi ragazzi, facendo tuffi rovesciati e carpiati. I Cabot Lodge erano tornati a Boston da qualche giorno. Adesso la piscina era deserta e silenziosa. C'era qualcosa, notai, che si posava sulla superficie dell'acqua, una pellicola grigiastra. Era cenere che fluttuava nell'aria prima di depositarsi.

Il posto di guardia era in fondo al viale. Salutai la guardia con un cenno della mano e proseguii. Dalla piazza della città, dove c'erano la sede centrale della società e l'ufficio di papà, si vedeva lo zuccherificio sulla destra. Durante il raccolto la fabbrica lavorava ventiquattro ore su ventiquattro, illuminata come un albero di Natale. I mulini a cilindri andavano a pieno ritmo, lo sciroppo di canna bolliva, le centrifughe ronzavano. Mi aspettavo di vedere del vapore uscire dalle due gigantesche ciminiere dello zuccherificio, invece erano fredde tutt'e due. Vagoni carichi di canna tagliata erano fermi sui binari appena fuori dalla fabbrica, in attesa di essere portati dentro e vuotati nei mulini. Non si può tagliare la canna e lasciarla dov'è: diventa acida e si secca. L'intero processo di estrazione era studiato in modo da impedire che una cosa del genere potesse accadere.

A Preston l'odore dello sciroppo di canna che bolle – la *meladura*, la chiamano – riempiva l'aria. Un intenso odore di malto. Amavo quell'odore. Riesco a sentirlo ancora adesso. Ma quel mattino nell'aria c'era un odore diverso, un odore non proprio familiare. Mi diressi verso il passaggio a livello. Pensavo che il casellante potesse sapere cosa stava succedendo e dove trovare papà. Oltre i campi da tennis c'erano il campo da golf, quelli da polo, poi, per miglia e miglia, nient'altro che canna da zucchero. Un bastardino giallastro, uno di quegli ossuti cagnolini cubani, trotterellava al mio fianco. Mentre mi avvicinavo ai campi, quell'odore particolare diventò più forte. Il cane procedeva a zigzag e alzava il muso per fiutare. L'aria sapeva di zucchero bruciato, un odore intenso e penetrante di carbonio, come quando le torte di Annie traboccavano dallo stampo gocciolando sul fondo del forno.

Al passaggio a livello il casellante non c'era, e la cosa mi parve strana. Vi convergevano tre binari, e c'erano sempre dei vagoni in arrivo. Un vagone carico a metà di canna da zucchero appena tagliata era fermo, abbandonato come se qualcuno avesse deciso improvvisamente di sospendere il lavoro. Scavalcai le traversine e oltre una fila di capanne presi la strada che portava al villaggio dei braccianti. Questi di solito la mattina avevano dei fuochi accesi per cucinare, per lessare le patate dolci che mangiavano mentre lavoravano nei campi. Ma in giro non c'era nessuno. Forse è stupido, ma ricordo di aver pensato: *Se non ci sono dei fuochi accesi, come ha fatto la canna a incendiarsi?*

Dalla strada che portava al villaggio vidi alzarsi un pennacchio di fumo nero. Il mio pensiero successivo fu che ci avessero bombardato. La settimana prima Batista aveva sganciato fosforo bianco sulla Sierra del Cristal, le montagne sopra di noi dove si nascondevano i ribelli. Il vento aveva spinto il fumo sopra Preston, e il giorno dopo cadde la pioggia, che coprì la città di una fuliggine untuosa. Piovve anche sulle montagne, ma lassù gli incendi continuarono a bruciare. L'acqua non spegne il fosforo bianco, che ama l'umidità. Gli incendi durarono parecchi giorni, uccidendo gli animali e alcuni dei *guajiros* che vivevano lassù. I *guajiros* sono una cosa, gli americani un'altra. A noi, Batista non ci avrebbe bombardati. Eravamo praticamente l'unico appoggio che gli fosse rimasto nella parte orientale di Cuba.

Vidi papà fermarsi con la Buick per la strada, a quattrocento metri di distanza. Aveva preso a bordo Hatch e Rudy Allain. Hatch era il capo della piantagione. Suo fratello Rudy era quello che aggiustava tutti i macchinari dello zuccherificio e l'impianto di irrigazione. L'incendio era nella zona sud dei nostri campi. Mentre mi avvicinavo sentii il calore cuocermi il viso e i vestiti. Avevo nelle orecchie il rumore secco e crepitante delle fiamme. Attraverso le ondate di calore vedevo papà che parlava con Rudy, e il vecchio signor LaDue che, dall'altra parte, correva nella loro direzione. Altri due impiegati stavano faticosamente risalendo la strada a bordo di un camion della società. Rudy urlò qualcosa a papà. Ero ormai vicino, ma non riuscii a capire cosa disse. Ci fu un botto, come di un'esplosione. La canna da zucchero è leggera e infiammabile, specie quando è pronta per essere tagliata. Il fumo nero saliva al cielo così in fretta da sembrare acqua che scorresse all'incontrario. Papà prese un machete da tagliatore di canna e si diresse verso lo stretto corridoio tra due campi incandescenti. Vi entrò di corsa e sparì, avvolto da fumo e fiamme.

Nell'ufficio di papà, alla sede centrale della società, era appesa sulla parete una grande carta geografica della provincia di Oriente. Oriente era dove stavamo noi, ed era la provincia cubana più grande, più povera e più nera. Qui c'è il clima migliore e la terra più fertile per la coltivazione della canna da zucchero. Oggi Castro l'ha interamente suddivisa, non so perché: un'altra idea strampalata come aver cambiato il nome della nostra cittadina da Preston in "Guatemala". Una cosa senza senso. Ai tempi invece l'intera metà orientale dell'isola formava una sola provincia, Oriente. Sulla carta geografica nell'ufficio di papà le proprietà della United Fruit erano segnate in verde. Praticamente l'intera mappa era verde – 130.000 ettari e più di terra arabile –, con una piccola area grigia che non era nostra contrassegnata dalla scritta "proprietà di altri". La gente non ha idea dell'ordine di grandezza delle cose. Quattordicimila tagliatori di canna. Ottocentocinquanta vagoni ferroviari. Le nostre officine, per riparare ogni singolo pezzo di macchinario dello zuccherificio. La nostra pista di atterraggio. Due DC-3 della società, un Lockheed Lodestar e il Cessna Bobcat di papà, che usava per volare raso terra e controllare così le piantagioni o per fare un salto a Banes, l'altro zuccherificio della società a una cinquantina di chilometri da lì. Avevamo la nostra flotta di navi da trasporto dello zucchero che facevano la spola tra l'isola e Boston. Seduti al Pan-American Club, che aveva una fila di finestre panoramiche sospese sull'acqua come la prua di un transatlantico, potevamo veder arrivare le barche che venivano caricate di sacchi di zucchero greggio. Durante la stagione del taglio della canna, il nostro zuccherificio trattava ottomila tonnellate di zucchero al giorno.

I tagliatori venivano sempre pagati a fine stagione. Prima della cosa terribile che gli capitò, il signor Flamm, il ragioniere, calcolava i loro salari su un gigantesco libro mastro. I braccianti si allineavano lungo la strada e il signor Flamm apriva la cerniera di una borsa di pelle verde e distribuiva parsimoniosamente i suoi *pesos*. La borsa aveva un grosso lucchetto in fondo alla cerniera e il logo della società impresso sul davanti. Quando il bracciante aveva riscosso la paga, il signor Flamm lo spuntava dalla lista. A ciascuno chiedeva di controfirmare che aveva ricevuto la paga per intero. Questi lavoratori venivano per lo più dalla Giamaica. Parlavano l'inglese correttamente, ma quasi nessuno sapeva scrivere il proprio nome. Così, invece di firmare, facevano quasi tutti un segno accanto al nome. Alcuni di essi non avevano un cognome, solo un soprannome. Hatch Allain sorvegliava le operazioni per assicurarsi che non ci fossero imbrogli. Era tutto denaro liquido. La paga era in contanti, meno i soldi spesi nel negozio della società, l'*almacén*. Se i braccianti avevano chiesto degli anticipi, veniva segnato sul libro mastro. La società dava loro il permesso di farlo, perché potessero comprarsi da mangiare prima del giorno di paga. Nessuno possedeva una macchina o un mulo, ed erano costretti a fare la spesa a Preston. Per qualche tempo la società li aveva pagati alla fine di ogni giornata di lavoro, ma papà disse che era meglio trattenere il denaro e pagarli a fine stagione. Questo perché alcuni degli uomini che venivano a tagliare la canna dalla Giamaica scoprivano, una volta lì, di non gradire troppo quel lavoro. Allora se ne andavano, senza pagare alla società la traversata da Kingston. Tagliare la canna da zucchero è un lavoro durissimo, uno dei lavori più duri del mondo. Stare piegati in due per tutto il giorno sotto il sole cocente, e colpire la canna con la lama piatta del machete. Foglie così affilate che ti si riducono le mani a brandelli. Ogni tanto qualcuno si buscava un'insolazione, nelle nostre piantagioni, se non addirittura degli attacchi cardiaci. I braccianti devono lavorare in fretta perché lo zucchero comincia subito ad alterarsi. Il contenuto acido cresce e lo zucchero fermenta se la canna resta lì per più di qualche ora. I braccianti la tagliavano e la sfrondavano. Legata in fascine caricate poi sui carri tirati dai buoi, la canna passava dai carri ai vagoni, che venivano immediatamente instradati verso lo zuccherificio. Era una giornata lavorativa di diciotto ore, con forse quattro ore di sonno. Quegli uomini erano in piedi prima dell'alba, e dopo il tramonto lavoravano alla luce di bruciatori a petrolio. Se la paghi a fine stagione, la gente resta lì e finisce il lavoro.

I tagliatori di canna di Preston non erano sempre stati giamaicani. Fino a circa metà degli anni Quaranta la società ingaggiava soprattutto haitiani. Ogni anno papà saliva a bordo di una nave e andava a Cap-Haïtien a prenderne una squadra da portare a Cuba per la stagione del taglio della canna. Là c'era un signore, un francese straordinariamente elegante di nome Bloussé, che gli trovava gli uomini di cui aveva bisogno. Io ero solo un bambino, ma ricordo una di quelle navi, una carretta a due ponti ormeggiata nella baia di Preston e stracolma di uomini con le braccia nere penzoloni sulle fiancate aperte. Li scaricavano dalla nave e li trasportavano su vagoni ferroviari scoperti. Forse erano gli stessi pianali usati per la canna da zucchero, a pensarci bene. Quei vagoni sono semplici gabbie, muniti di sbarre di ferro che sporgono verso l'esterno come la cassa toracica di una balena, per tenere insieme le canne accatastate. Spingevano gli haitiani all'interno di una palizzata, una specie di recinto per il bestiame, e li annaffiavano coi disinfettanti. Andava a dargli un'occhiata il medico dell'ospedale della società, il dottor Romero, che rilasciava i certificati di sana costituzione per la servitù: ogni domestico doveva averne uno, se voleva lavorare nelle nostre case. Gli uomini venivano visitati e poi lasciati nel recinto per qualche giorno così da esser sicuri che non avessero malattie contagiose, oftalmia o altro. C'erano cose pericolose su quelle navi. Che possono farti diventare cieco.

Quando io ero un ragazzo avevamo le ghiacciaie, e il ghiaccio arrivava avvolto dentro un sacco di tela per lo zucchero coperto di segatura per evitare che si sciogliesse. Ogni giorno l'Avenida era percorsa da un carro tirato da un cavallino e l'uomo del ghiaccio ci consegnava il nostro blocco da mezzo quintale. Il giorno dopo quello di paga, e appena prima di essere rispediti ad Haiti su quelle carrette a due ponti, i tagliatori di canna andavano fino a Mayarí a comprare dei bauli che poi riempivano di cose da portare a casa, sgargianti camicie di seta rosse o gialle, ninnoli, bottiglie di rum cubano, roba così. Uno di questi comprò un baule, andò a procurarsi un blocco di ghiaccio da mezzo quintale e, senza dirlo a nessuno, lo mise nel baule portandolo con sé sulla nave. Quando attraccarono a Le Cap voleva uccidere il capitano perché secondo lui gli aveva rubato il suo ghiaccio.

C'erano già stati degli incendi di canna da zucchero. Avevo sei anni quando cadde un fulmine e bruciarono diverse decine di ettari. La società svegliò i braccianti, e quasi mille persone si misero ad allargare col machete i sentieri tra un campo e l'altro per impedire all'incendio di passare da un lato all'altro della strada. Facevano terra bruciata perché così, quando l'incendio fosse arrivato lì, non avrebbe trovato più nulla con cui alimentarsi. Gli incendi di canna da zucchero sono notoriamente difficili da spegnere. Quel mattino vedevo le fiamme estendersi attraverso la parte sud dei nostri campi. Non riuscivo a immaginare come avrebbero potuto domare l'incendio, anche con l'aiuto di tutti i braccianti.

Quando arrivai, di corsa, Rudy stava parlando con il signor LaDue e altri due o tre uomini. Non mi ero mai aperto un varco tra le canne da zucchero, ma afferrai il machete che era appoggiato alla piccola tettoia dove il povero signor Flamm – riposi in pace – una volta pagava gli operai: essendo un ometto dall'aria delicata che portava un paio di occhiali con la montatura metallica, gli avevano costruito la tettoia perché non dovesse stare sotto il sole cocente mentre distribuiva le paghe ai tagliatori. Il machete era pesante. Non sarei riuscito a combinare granché, però ci volevo provare. Mi incamminai verso il varco che aveva inghiottito papà, ma Rudy mi prese per le spalle e mi fermò. «Calma, figliolo» disse. «Non abbiamo bisogno che tu vada a bruciarti là dentro.» Proprio allora arrivarono due uomini su un camion e gli gridarono che non riuscivano ad aprire la valvola principale. Rudy mi ordinò di seguirlo. Corremmo verso di loro e saltammo su uno dei camion. Percorremmo un bel tratto della strada che portava alla piantagione, prima di fermarci. Là c'era il rubinetto della linea principale dell'impianto di irrigazione. Rudy si chinò e con una chiave inglese cominciò a svitare il dado sul rubinetto. Tolse il dado e girò la saracinesca in senso antiorario. Non accadde nulla. Non uscì una goccia d'acqua. La girò fino in fondo. Era completamente aperta.

«Maledizione.» Buttò per terra la chiave inglese. L'aria era densa di fumo e Rudy aveva un occhio rosso e irritato. L'altro era di vetro. Cominciai a tossire e mi tirai la camicia sulla bocca.

Lui provò a girare ancora la valvola aperta. «Siamo davvero iellati, K.C.»

Stava arrivando altra gente, venivano dagli uffici della società. C'era anche il signor Suarez, il segretario di papà: sicuramente l'unico cubano della comitiva. Avevano tutti dei machete in mano e delle sciarpe legate attorno alla bocca. Imboccarono il sentiero vicino alla valvola rotta. Lì non c'erano braccianti, e nemmeno operai dello zuccherificio. Solo impiegati: agronomi e passacarte degli uffici.

«Il *batey* è una città fantasma» gridò Hatch Allain, il capo della piantagione, camminando verso di noi. «Ho detto alle guardie di bussare alle porte, di chiamare la gente che c'è in giro. Presto dovremmo avere qui almeno cento uomini.»

Il calore delle fiamme mi premeva sul viso come quando uno ha preso troppo sole e si è scottato. Continuavo a tossire, anche se avevo la camicia sulla bocca. Non capisco come facesse papà a sopportarlo, circondato com'era dal fuoco.

Stava arrivando il signor LaDue, e Rudy gli gridò che la valvola era rotta e non c'era acqua. Il signor LaDue sembrava ancora più vecchio del solito. Non aveva finito di farsi la barba. Aveva ancora un po' di schiuma sul collo.

«Se non riusciamo a fermare l'incendio all'altezza della strada di accesso, l'intera città sarà distrutta» disse a Rudy.

A mano a mano che giungevano altri uomini, Rudy e Hatch gridavano istruzioni, dove andare nei campi di canna da zucchero e fino a quale profondità tagliare. Anch'io volevo dare una mano, e allora dissi: «Rudy, Hatch, fatemi fare qualcosa». Rudy però rispose che dovevo andare a casa per dire a mia madre di telefonare al signor Smith, l'ambasciatore americano. Cosa potesse fare l'ambasciatore per un incendio nei campi di canna da zucchero mi sfuggiva del tutto, ma obbedii.

La nuvola di fumo dell'incendio si stava spostando in direzione della baia. Pareva un enorme transatlantico nero che si muoveva attraverso il cielo. La cenere fioccava sulla città mentre correvo a casa per riferire a mia madre il messaggio di Rudy. Sembrava una nevicata, fiocchi grigi e merlettati che venivano giù e tornavano ad alzarsi verso il cielo sospinti dalle correnti d'aria calda dell'incendio. Forse era più somigliante alla neve finta di una palla di vetro che alla neve vera. Si limitava a girare su se stessa, una tormenta circolare di cenere di canna da zucchero.

Il signor Bloussé, l'uomo che ingaggiava i braccianti ad Haiti, un giorno venne a trovarci a Preston. Era elegante come un divo del cinema, i capelli biondi impomatati e lucenti, e un cravattone di seta annodato intorno al collo. Portava camicie francesi con gemelli di onice nera e calzoni da cavallerizzo. Aveva sempre un servo al seguito, un ragazzo haitiano silenzioso come un topo, e alquanto strano. Il signor Bloussé schioccava le dita e gli diceva qualcosa in francese, e il ragazzo correva a eseguire una commissione. Credevo che parlasse solo francese o una sua qualche versione, un patois indigeno, e invece in una circostanza il ragazzo haitiano del signor Bloussé mi rivolse la parola in inglese. Il signor Bloussé era in salotto con papà, e il ragazzo mi fermò nel corridoio e mi chiese se avevamo qualche libro da mostrargli. Questo ragazzo portava i bagagli e lucidava le scarpe del signor Bloussé. Stava pazientemente lì in piedi, come se non avesse un'idea in testa. Eppure evidentemente sapeva leggere, e *in inglese*, nientemeno. Gli diedi alcune riviste da guardare e gli domandai come lo aveva imparato. Disse che gliel'aveva insegnato il signor Bloussé. Che faceva parte della sua educazione. Non so di quale educazione parlasse. Più tardi lo stesso ragazzo finì per andare a lavorare per la famiglia Lederer a Nicaro. Una delle figlie dei Lederer, Everly, la rossa, lo seguiva dappertutto. Era lo stesso ragazzo ormai diventato grande, non diverso dai tanti domestici haitiani di Nicaro, se non per questa sua strana storia personale, che io conoscevo.

Il signor Bloussé portò del pizzo Luxenil per mia madre, e per papà una costosa bottiglia di cognac. I due uomini bevevano e fumavano sigari tutta la sera fino a tardi. Papà collezionava liquori di tutto il mondo. Su un carrello di mogano aveva orsi di vetro russi in miniatura pieni di kümmel e bottiglie di Chartreuse gialla e di Chartreuse verde; quella gialla era luminescente: sembrava ci fosse una lampadina accesa la cui luce attraversava il vetro dal di sotto. C'erano poi delle caraffe di cristallo intagliato, con l'orzata e della *crème de menthe* bianca. Del sidro spagnolo e una bottiglia di brandy di pere dentro la quale galleggiava una pera. Quella veniva dal Portogallo. Dentro la bottiglia trasparente il frutto sembrava un pesce sotto la superficie di uno stagno. Gli impiegati più giovani della direzione venivano a sedersi in salotto, a bere cognac e a conversare col signor Bloussé, che era stato nella Legione Straniera e aveva girato tutto il mondo. Zanzibar, e chi più ne ha più ne metta. Lo ammiravano tutti. Era ricco e aveva una magnifica tenuta a Cap-Haïtien. Mi ricordo di lui che parlava delle sue tre figlie. Erano già abbastanza grandi per sposarsi, avevano forse diciassette o diciotto anni. Alcuni di quei giovanotti volevano organizzare degli incontri col signor Bloussé per fare la corte alle figlie. Io le immaginavo come principesse francesi tropicali, belle ragazze in costumi elaborati, circondate da servitori che le rinfrescavano sventolando fronde di palma in un cortile.

«Sì, mi rendo conto che Sua Eccellenza si trova all'Avana, ma mio marito pensa che dovrebbe essere informato» disse mia madre a qualcuno dell'ambasciata.

«Chiamare i pompieri? Sissignora.»

«Be', non so perché voleva che telefonassi, ma doveva certamente esserci una ragione. Se potesse riferirgli il messaggio, che Evelyn Stites ha chiamato a nome di Malcolm Stites, e che siamo alle prese con un incendio proprio grosso.»

«Sissignora, abbiamo chiamato i pompieri.»

Mia madre era troppo educata per dire alla receptionist dell'ambasciata che questo era il territorio della United Fruit, e che i pompieri eravamo noi.

Appena mise giù la cornetta mamma scoppiò a piangere: mi strinse forte, e sembrava non volesse più lasciarmi andare. Le lacrime erano una cosa che papà non tollerava. Sapevo che doveva sfogarsi adesso. Non le riferii ciò che aveva detto il signor LaDue della città che bruciava. Non ce n'era bisogno. Dalla finestra tutti e due vedevamo Ho, il nostro giardiniere, che puntava il tubo in alto, per annaffiare il tetto e le pareti della casa.

A mezzogiorno il fumo che si alzava dai campi di canna da zucchero era così denso da oscurare il sole. A metà del giorno c'era la luce torbida e incerta del tramonto, come se fossero le nove di una sera d'estate. Mamma, Annie e il resto della servitù correvano a destra e a sinistra mettendo asciugamani bagnati contro i telai delle finestre e sotto le porte. La segretaria dell'ambasciatore Smith, o forse la segretaria della segretaria, telefonò per dire che stava sempre tentando ma non era ancora riuscita a rintracciare Sua Eccellenza. L'ambasciatore Smith non c'era mai in ufficio, quando papà aveva bisogno di lui. Se gli operai scioperavano, o se nasceva qualche malinteso con gli uomini di Batista sui dazi di esportazione, papà gli telefonava e l'ambasciatore se la prendeva comoda, sempre occupato com'era a giocare a golf allo Yacht Club o a mettere le sale dell'ambasciata a disposizione per un ballo di beneficenza. Era un perfetto esponente dell'alta società del New England, laureato a Yale e via dicendo. Lo Havana Yacht Club era un circolo talmente esclusivo che aveva bocciato la domanda di ammissione del presidente di Cuba. Batista era un mulatto di Banes, l'altra città sorta intorno agli zuccherifici della United Fruit. Suo padre aveva lavorato per noi come tagliatore di canna. Anche Batista aveva lavorato per noi, per la ferrovia della società. Cominciò come aiuto conducente di un mezzo di trasporto della società – cioè di un'automobile con le ruote flangiate che viaggia su rotaia – e alla fine fu promosso casellante.

Ero andato in salotto ad ascoltare la radio, per vedere se riuscivo a scoprire cosa stava succedendo in montagna. Non mi aveva sfiorato la possibilità che il fuoco potesse essere stato appiccato di proposito, ma istintivamente avevo cercato di captare la stazione dei ribelli, Radio Rebelde. Trasmetteva sulla banda di venti metri, tutti i giorni alle cinque di pomeriggio e alle nove di sera, e si prendeva perfettamente. Papà era contrario, ma io la ascoltavo quando lui non c'era, pensando magari di scoprire qualcosa su mio fratello. Parlavano della colonna di Raúl, e di questa vittoria e di quella, e dell'orribile bombardamento al fosforo sui monti, e un giorno sentii qualcosa sui "coraggiosi stranieri" che aiutavano la causa. Ma nessuno fece mai il nome di Del. Ripensandoci, appare sorprendente che si fossero lasciati sfuggire una simile occasione per fare propaganda. Il primogenito del nemico numero uno, il capo della United, aveva abbracciato la loro causa, ed essi non ne approfittavano.

Quando sequestrarono gli uomini di Preston e Nicaro alcuni mesi dopo – nell'estate di quell'anno, il 1958 –, i ribelli invitarono un fotoreporter di "Life" a raggiungere la Sierra Maestra e visitare il loro accampamento. A giudicare dalle fotografie pubblicate sulla rivista, lassù quei ragazzi avevano l'aria di spassarsela un mondo, con sequestratori e ostaggi che bevevano rum e fumavano sigari, o che si rilassavano nelle amache, i piedi nudi. Il signor Lederer di Nicaro posava con la fondina di un ribelle sull'anca, una pistola spianata, e la didascalia diceva che i cubani lo avevano soprannominato "Desperado". Che razza di sequestro era quello? I ribelli riuscivano a sembrare autentici eroi – rivoluzionari del tipo romantico – niente di meno che sulle pagine di "Life". Che avessero un ragazzo americano dalla loro parte sarebbe stato un grosso scandalo. E non un ragazzo qualsiasi, ma un simbolo dell'"imperialismo" americano: Delmore Stites, figlio di Malcolm Stites, direttore della Divisione Cubana della United Fruit Company.

Armeggiai un po' con l'apparecchio e finalmente trovai Radio Rebelde. A quanto pareva, i ribelli avevano bloccato la strada principale a est di Camagüey. Erano famosi per quest'abitudine a esagerare i loro successi, e io ci credetti poco. Poi sentii la porta del salotto che si apriva e spensi la radio in fretta e furia. Ritto sulla soglia c'era un uomo coperto di fuliggine. Sembrava uno spazzacamino, annerito da capo a piedi. Sulla testa aveva chiazze di capelli bruciati. Era papà. Le sopracciglia non c'erano più, e nemmeno i baffi. In mano aveva una tanica di benzina ammaccata, una tanica verde e gialla della società come quelle che aveva Rudy in officina. Restò là fermo, senza dire una parola. Si limitò a gettare la tanica sul pavimento di legno del salotto, facendola rimbalzare, vuota. Papà non indossava mai nulla di diverso dal suo completo bianco. Era l'immagine del dirigente della United Fruit, alto e minaccioso nell'abito perfettamente stirato. E ora eccolo qui, senza giacca e con i calzoni bianchi tutti insudiciati. Portava ancora la maglietta del pigiama con le maniche rimboccate, e sulle braccia e sulle mani aveva qua e là delle ustioni dello stesso colore della carne cruda.

La tanica ammaccata giaceva sul pavimento del salotto, senza tappo. Papà la guardava dall'alto della sua statura, nei suoi panni bruciati e fuligginosi. Sembrava troppo sporco perfino per potersi sedere nella sua stessa casa.

«L'ho trovata in mezzo ai campi» disse.

Non capii se dovevo rispondere o tacere. Sapevo bene cosa voleva dire. Che qualcuno aveva appiccato l'incendio.

Se c'era un responsabile delle piantagioni e dello zuccherificio, quello era papà. E se qualcuno voleva distruggere tutto questo... era come se volesse distruggere lui. E noi con lui.

«È disgustoso quel che è pronta a fare questa gente.» Cominciò a tossire. «Quei figli di puttana.» Era ormai senza voce, per colpa del fumo. «Quei maledetti figli di puttana. E questo lo chiamano *negoziare*?»

Papà si lasciò cadere sulla poltrona davanti a me e si prese la testa tra le mani.

«Dicono che vogliono trattare, trovare un'intesa. E poi scopri che stanno cercando di incenerirti.»

Allora non lo sapevo, ma da diverso tempo papà inviava dei messaggi ai ribelli sulle montagne, nel tentativo di negoziare con Raúl. Ormai i manager americani di Oriente vedevano i segni premonitori del disastro, e tutti si stavano precipitando a tenere la porta aperta ai ribelli, nella speranza di continuare l'attività e di non perdere il trattamento di favore e i vantaggi che avevano ottenuto da Batista, caso mai i ribelli fossero andati improvvisamente al potere. Papà trattava sempre con Batista, naturalmente – era il presidente –, solo che Batista aveva perso il controllo di Oriente. Questo era un dato di fatto, anche se all'Avana l'ambasciatore americano Smith e i generali di Batista lo negavano. Così papà si era mosso per conto suo e stava tentando di aprire una linea di comunicazione con i ribelli. Sono certo che stava anche cercando di riportare a casa Del. Il problema era che Del non aveva nessuna voglia di tornare a casa.

«Avevamo un accordo» disse papà, «e l'accordo era che io li avrei aiutati e loro ci avrebbero lasciato in pace. Ho spedito una lettera a Raúl Castro. Nero su bianco. Ora cambiano idea e ci attaccano.»

Mio padre non mi aveva mai confidato queste cose. Il lavoro era il lavoro, e lui lo lasciava fuori dalla porta; la sua regola era questa.

«Ho promesso personalmente a quel finocchio di Raúl che avrei chiamato Dulles al telefono per convincerlo a non inviare più armi. E l'ho fatto – ho mantenuto la parola – ed ecco cosa ci ho guadagnato: un branco di indigeni che vengono giù dai monti per andare ad appiccare incendi.»

L'area grigia sulla mappa appesa nell'ufficio di papà, quella con la scritta "proprietà di altri", era una piantagione di grandezza rispettabile vicino a Birán, quindici miglia a sud-ovest della nostra. Apparteneva a don Ángel Castro, il padre di Fidel e Raúl, che per qualche strana ragione aveva accumulato molti terreni laggiù. Non so come avesse fatto: spostando i recinti di confine, probabilmente. Ci vendeva la sua canna da zucchero, ma non voleva vendere la terra. Tutti conoscevano la sua famiglia. Quando tornavano dall'Avana, dove tutti loro andavano a scuola, i ragazzi, specie Raúl e Fidel, se ne stavano tranquilli a Mayarí, nelle sale biliardo e ai combattimenti di galli, senza farsi notare. Più tardi Fidel avrebbe detto che finché erano stati bambini non avevano mai potuto mettere piede a Preston, né erano mai stati invitati a nessuno dei nostri ricevimenti, e che non avevano il permesso di usare le nostre spiagge. Ma non erano dipendenti della United Fruit Company, e quella era tutta proprietà privata, fino all'ultimo metro di terra. E anche se fossero stati dei dipendenti, ai cubani non era consentito frequentare certi posti, come il Pan-American Club. Loro, d'altra parte, non avrebbero mai voluto venire al nostro club. Ognuno stava sulle sue. Gli americani con gli americani. I cubani con i cubani. I giamaicani con i giamaicani. Ricordo di aver pensato che Raúl fosse una checca. Lo diceva anche la gente. Non so se mi spiego. Un *maricón*. Dicevano anche che sua madre era cinese: sembrava un'orientale, e questo destava sospetti. Non so se ci fosse qualcosa di vero o se invece fossero semplici pettegolezzi. La madre di Fidel era la cameriera del vecchio – Lina – e aveva un braccio atrofico a causa della polio. Del e io andavamo a caccia a Birán, faraone e piccioni blu, e vedevamo don Ángel seduto sulla veranda nella sua *guayabera*, con un grosso sigaro in bocca. Ci fermavamo sempre a salutarlo.

La prima volta che ci invitò a bere un bicchier d'acqua non potei far a meno di tenere gli occhi puntati sul braccio rinsecchito di Lina, affascinato come tutti i ragazzi da quello spettacolo. La casa era in puro stile *guajiro*, su palafitte, con polli e capre che ci passavano sotto.

Qualche mese prima che scoppiasse l'incendio papà aveva cominciato a sospettare che alcuni tagliatori di canna simpatizzassero con i ribelli. Aveva chiesto al reverendo Crim di denunciarli. E potrete anche dargli del razzista, soprattutto al giorno d'oggi, ma era ragionevole supporre che chiunque avesse la pelle nera – cubani, haitiani o giamaicani, non importa – fosse una fonte di guai. Due mesi prima dell'incendio uno dei tagliatori di canna era andato a parlare con il signor Flamm nel suo ufficio. Voleva una ricevuta firmata da lui per poter comprare a credito all'*almacén*, una sorta di anticipo sulla paga. Ma aveva già speso più di quanto avrebbe guadagnato in tutta la stagione del raccolto. Alcuni di questi uomini avevano poco sale in zucca: si facevano dare queste ricevute dal signor Flamm per comprare degli elettrodomestici nel negozio della società, che poi andavano a rivendere a Mayarí per un quarto del loro valore, solo per avere un po' di soldi in tasca. Da spendere in liquori di pessima qualità o in biglietti della lotteria. Quando arrivava il giorno di paga non avevano più un centesimo da ritirare. Lavoravano come bestie senza paga, solo per sdebitarsi con la società. Questo tagliatore e il signor Flamm ebbero una discussione. Il signor Flamm non voleva concedergli il credito per l'*almacén* e provò a mostrargli i libri e a spiegargli perché, ma l'uomo non ne volle sapere. Che rabbia. Non c'è ragione di portare un machete negli uffici della società. Il signor Flamm era un omino piccino picciò con gli occhiali dalla montatura metallica. Se solo qualcuno avesse fermato quel bracciante prima che entrasse nel suo ufficio col machete... Dopo di allora Hatch ordinò che nessun nero mettesse più piede negli uffici. Il signor Flamm morì dissanguato proprio là negli uffici della contabilità. Questa non è politica, è malattia mentale. C'erano moltissimi tagliatori di canna, a migliaia, e come dicevo alcuni non avevano neanche il nome. Venivano da Kingston sulle barche e abitavano in questi tuguri. Quello che uccise il signor Flamm scappò via. Non so se lo abbiano mai preso.

Gli impiegati della società che volevano corteggiare le figlie del signor Bloussé vennero a rendergli omaggio a casa nostra. Erano in tre, e si presentarono con i capelli ben pettinati, in smoking, olezzanti di Vitalis. Erano scapoli, si annoiavano e si sentivano soli. Avevano buoni stipendi, alloggio gratis, e niente spese; tutto era fornito dalla società. Ma non c'era nessun posto dove andare, nulla per cui valesse la pena spendere il denaro, e non potevano uscire con le ragazze cubane. Almeno, non con quelle dell'alta società, le ragazze dalla pelle chiara. I cubani non lo permettevano: gli americani, per come la vedevano loro, erano meticci. Non avevamo il sangue giusto. I cubani ricchi, i piantatori e gli uomini politici, mandavano i figli a studiare in Europa – a Parigi o a Madrid –, non negli Stati Uniti. Volevano che le loro figlie sposassero degli aristocratici spagnoli, non qualche bifolco del Kansas. Se questi giovanotti riuscivano a strappare un appuntamento a una ragazza cubana, dovevano sedersi sulla veranda con la madre, la sorella e la nonna: una severa *dueña* con uno scialle di pizzo nero che controllava la situazione. In Oriente non andavi mai fuori con una ragazza cubana non accompagnata. Ma questi uomini non ci erano abituati, e allora trovavano qualche scorciatoia. Papà diceva che aveva perso un mucchio di brave persone, impiegati proprio in gamba, a causa dei pasticci in cui si erano cacciati con donne cubane. Era sensibile a queste cose, lui. Diceva che, anche fossimo stati i padroni della terra, dovevamo trattare con i cubani perché tutto procedesse senza intoppi con Batista, con la sua Guardia Rurale, con questa specie di factotum latini, ed era meglio licenziare un dipendente che offendere chicchessia. Così aveva adottato la linea di mandare giamaicane vecchie e grasse a lavorare nelle case degli scapoli. Più era giovane l'impiegato, più era grassa e vecchia e brutta la domestica. Niente servette giovani e graziose per quei ragazzi. Lui stesso sceglieva sempre un uomo come suo segretario personale. Lavorava fino a tardi, e diceva che non voleva che la sua segretaria lo piantasse in asso per andare a preparare la cena alla famiglia.

Il signor Bloussé tornò a Preston portando con sé la moglie e le tre figlie. Presero delle stanze nell'albergo della società vicino al porto: come tutto il resto della città, a quest'ora chissà com'è ridotto. Ho visto delle foto, ed è terribile lo stato di degrado in cui versano questi posti. Stipano dieci famiglie in ogni casa e lasciano che l'edificio vada in malora: niente tinteggiatura, niente manutenzione. Era un albergo elegantissimo, con le pareti rosso scuro e i mobili di mogano. Il signor Bloussé, la moglie e le figlie si registrarono e poi vennero a cena a casa nostra. Quando arrivarono, mamma rimase di stucco. La moglie del signor Bloussé era haitiana: era nera, e intendo dire *nera*, e così pure le figlie. Annie non le voleva servire. Credo che trovasse offensivo dover servire altri neri, e per giunta così neri. Ci sono delle regole in queste cose. Gli scapoli che avevano cercato di impressionare il signor Bloussé con i loro capelli impomatati e il Vitalis sentirono puzza di bruciato e non vennero, nessuno dei tre, a conoscere le figlie. Il corteggiamento fu disdetto. In seguito tutti gli impiegati ci scherzarono sopra, dicendo che il signor Bloussé andava pazzo per i negri. Ma io non ho sentito un solo commento uscire dalla bocca di papà. Sapevo che disapprovava i miscugli razziali. I cubani a volte lo facevano, uscivano con le nere e si rivolgevano alle loro amichette chiamandole "*mi negrita*". E i cinesi sposavano le cubane perché non avevano altra scelta. Di donne cinesi non ce n'erano. Forse era per questo che la gente accusava i cinesi di essere omosessuali. E che accusava di omosessualità anche Raúl Castro: perché sembrava mezzo cinese. Avevamo due cinesi a casa nostra, uno per l'orto e uno per il giardino. Papà ne aveva un villaggio intero: lavoravano tutti alle centrifughe dello zuccherificio. Faceva caldo come nell'Averno in quella sala. Mentre le centrifughe mescolavano lo sciroppo di canna in ebollizione, le ultime impurità venivano a galla e si formavano i cristalli di zucchero. I cinesi, quando lavoravano, si tenevano addosso solo un po' di biancheria, una sorta di costume da bagno. I cubani si rifiutavano di fare questo lavoro a causa del calore. Ogni cinese aveva una tazza di sale e un secchio d'acqua a portata di mano, e stavano in costume perché a volte là dentro c'erano anche sessanta gradi. E loro non facevano altro che sudare.

«Come vede» disse il signor Bloussé a papà quella sera quando ci mettemmo a tavola, «io sto facendo la mia parte per *blanchir* la popolazione.» Indicò la moglie e le figlie. Durante la cena il signor Bloussé raccontò la storia di una nave colpita da un'epidemia di oftalmia. Tutte le persone a bordo, compresi il capitano e il timoniere, si ammalarono, diventando ciechi, e così andarono a sbattere in pieno contro un altro piroscafo. Papà rise, con l'aria rilassata, come se la sua ammirazione per il signor Bloussé non fosse diminuita affatto avendo scoperto che aveva una famiglia di colore. Io ero un bambino, e mi disorientava che una cosa che papà disapprovava improvvisamente andasse bene. Nella mia testa ciò dipendeva dal fatto che il signor Bloussé era francese e aveva un'aria esotica e disinvolta. Forse i ricchi non dovevano rispettare le stesse regole di tutti gli altri. I miei genitori non volevano neanche che io abbracciassi Annie troppo stretta. Mamma era una donna aperta, ma non troppo. Diceva che così Annie mi attaccava il suo odore, e mi annusava per controllare. Un odore che Annie aveva veramente, simile a quello del muschio, che a me piaceva molto. Riesco a sentirlo ancora adesso. Quando ero piccolo le permettevo di abbracciarmi, se i miei genitori non erano nei paraggi. Lei mi stringeva forte. Era una sensazione meravigliosa, e mi pareva di essere al sicuro, con la faccia affondata nel suo grembiule tanto che non riuscivo quasi a respirare. Diceva che ero il suo *muñequito*, il suo bambolotto. Non ricordo se aveva figli. Forse sì, ma credo vivessero a Mayarí. Annie abitava con noi. Un giorno ho preso un taxi qui a Tampa, e l'autista era un nero dei Caraibi: il suo taxi aveva lo stesso odore di Annie.

Senz'acqua per spegnere gli incendi, avremmo dovuto aspettare – disse papà – che si estinguessero da soli. Gli uomini continuarono ad aprire trincee tagliafuoco, a spargere ritardante di fiamma lungo la via d'accesso alle piantagioni, a bruciare la sterpaglia che poteva favorire il propagarsi dell'incendio, e poi non ci rimase che sperare in un miglioramento. Verso le cinque del pomeriggio venne a casa nostra Rudy Allain. Era coperto di cenere nera da capo a piedi. Non ricordavo che fosse mai venuto prima, a casa nostra. Sicuramente non c'era mai entrato in qualità di ospite. Come dicevo, a Preston esisteva un ordine gerarchico, c'era sempre qualcuno a cui rispondere. Papà non era il diretto superiore di Rudy, che era sotto di qualche gradino. Lui e suo fratello Hatch erano socialmente diversi da noi, potremmo dire. Rozzi abitanti della Louisiana che sapevano trattare con gli operai. Non stavano nell'Avenida come noi. Papà li aveva sistemati in due case in muratura vicino allo zuccherificio.

Papà e Rudy si sedettero in cucina, a parlare. Rudy disse che i ribelli avevano prosciugato le nostre scorte di benzina, e che nelle pompe non era rimasto più nulla. Lo avevano fatto la notte scorsa, poco prima di appiccare il fuoco ai nostri campi. Disse che chiunque fosse stato doveva avere le chiavi dell'officina. Le chiavi delle pompe di carburante. Che per toglierci l'acqua sapevano per forza di cose dov'erano le valvole dell'impianto di irrigazione. Ipotizzò che qualcuno, da dentro, li stesse aiutando. Forse un americano, disse, e poi tornò a sottolineare che doveva essere uno con le chiavi. Hilton teneva tutte le chiavi della società di papà attaccate ai ganci nel garage, con una targhetta per ogni mazzo. Ricordavo di averlo sentito dire a papà che aveva bisogno delle matrici per fare altre copie, perché ne mancavano alcune. Questo era successo subito dopo la scomparsa di Del.

Papà si alzò in piedi. «Maledizione, Rudy. Mio figlio è scomparso, forse l'hanno sequestrato questi pazzi. Per quanto ne so, potrebbe essere legato a un albero che mangia corteccia, e tu vieni a raccontarmi che è stato lui a incendiare la città dov'è nato? Dove sono nati tutti e due i miei figli?»

«Non sto dicendo che l'abbia appiccato lui, l'incendio, signor Stites...»

«Allora che diavolo stai dicendo?»

«Niente, signore. Mi scusi, non volevo insinuare... Spero anch'io che il ragazzo stia bene, tutto qui.»

Del stava bene, e papà lo sapeva. Tanto per cominciare, non lo avevano affatto sequestrato. C'era andato di sua spontanea volontà. Non era più dalla nostra parte.

L'incendio durò fino a notte fonda. Dalle finestre del piano di sopra si vedeva un bagliore rossastro, e il fumo illuminato in controluce. I ribelli avevano interrotto le nostre linee ferroviarie e la strada che portava a Preston. Papà continuava a chiamare l'ambasciatore Smith, sperando che ci facesse arrivare qualche aiuto da Guantánamo. Forse potevano inviare lungo la costa un battello antincendio, una di quelle navi che pompavano l'acqua dell'oceano. Ma poi si dovettero spegnere i trasformatori della città a causa del pericolo di incendio, e si interruppe anche la linea telefonica. Mamma, papà e io restammo là seduti, alla luce di qualche lanterna controvento. Mia madre cercava di sdrammatizzare. Sapeva come affrontare una crisi, e io e lei ci mettemmo a giocare a canasta. Che altro c'era da fare? La canasta ha qualcosa di rilassante. Batista ci giocava ossessivamente. Secondo qualcuno, il suo governo crollò per questo. I ribelli si stavano impadronendo del Paese, e lui era al palazzo presidenziale a giocare a canasta, con i suoi aiutanti alle spalle degli altri giocatori per segnalare con discrezione quali carte avevano in mano. Annie ci preparò dei sandwich che mangiammo mentre giocavamo. Papà passeggiava avanti e indietro, imprecando contro Smith: aveva avvertito l'ambasciatore che stava per succedere il finimondo, ma lui continuava a insistere che Fidel era solo una canaglia rifugiatasi in montagna. L'ambasciatore non aveva la minima idea di quanto stava accadendo in Oriente. Si era appena recato a Santiago, dov'era stato accolto con lo stesso entusiasmo e la stessa cordialità con cui i venezuelani accolsero Nixon qualche mese dopo l'incendio, nel maggio del '58. Sassi che fischiavano nell'aria. Quando Smith arrivò a Santiago, la Guardia Rurale aveva dato un giro di vite per avvertire i ribelli. Avevano ucciso alcuni studenti, e la gente era livida di rabbia. Quella fu la sua ultima visita. Credo preferisse lo Yacht Club dell'Avana.

Più tardi quella sera Rudy tornò da noi per informare papà che a Preston tutta l'acqua potabile rimasta era quella che avevano raccolto nelle cisterne di melassa.

La società non aveva mai operato ad Haiti. Papà diceva che non c'era il clima politico giusto per svolgervi un'attività di qualsiasi tipo. A Cuba noi americani avevamo le nostre tradizioni, il nostro mondo. La società aveva preso accordi con Batista, versandogli dei pagamenti annuali, e in cambio non c'erano né tasse né tariffe doganali, e non dovevamo preoccuparci di sindacati e di leggi sul lavoro. Esportavamo zucchero greggio, e nessuno aveva qualcosa da obiettare. Spedivamo lo zucchero a Boston per raffinarlo là, alla Revere Sugar Refinery. Batista era un frequentatore della nostra casa. Lui e papà andavano d'accordo. Non so se fossero proprio amici, ma avevano un'intesa.

Saprete di sicuro che ad Haiti gli schiavi fecero la rivoluzione. Cent'anni prima che la schiavitù fosse abolita a Cuba, gli schiavi andarono al potere su quell'isola. Ma invece di insediarvi un autentico governo si abbandonarono a ogni genere di sfrenatezza. Si misero sulla testa corone tempestate di pietre preziose e si comportarono da despoti impazziti, esibendo con fierezza neonati bianchi infilzati sulle loro picche. Ma cosa puoi aspettarti da una rivoluzione iniziata al suono dei tamburi africani, da schiavi che comunicavano tra loro col vudù? Non poteva che finire nel caos. Schiavi liberati che, in divisa da generale completa di medaglie e spalline dorate, e nudi dalla cintola in giù, correvano per le strade in preda a un furore omicida. Si attribuivano titoli ridicoli: cavaliere, viceré, generalissimo. Era come un brutto sogno provocato da un febbrone. E intanto i latifondisti francesi si rivoltolavano nello squallore delle loro tenute devastate, sdraiati sotto gli zipoli aperti delle cantine, a bere fino a star male. Io credo che fossero felici di non possedere più nulla, finalmente. Di non dominare nessuno. Ville bruciate, raccolti bruciati: gli schiavi di Haiti diedero alle fiamme ogni cosa. Certo, la schiavitù è terribile e, come ho detto, tagliare la canna da zucchero è un lavoro durissimo. Ma gli schiavi c'erano costretti, e la differenza è questa. In certe piantagioni i padroni li costringevano a portare sul viso delle maschere di latta perché non mangiassero la canna da zucchero. Ve lo immaginate? Noi gliela lasciavamo mangiare, cioè non come linea di condotta generale, ma nessuno doveva portare una maschera. Confezionare quelle maschere sarà costato certamente più che perdere qualche canna da zucchero.

A Preston quella notte regnò un silenzio innaturale. Non c'erano più treni. Normalmente li sentivo passare per tutta la notte, da casa nostra. Giacevo nell'oscurità e tendevo l'orecchio per cogliere quel fischio lungo e basso, e immaginavo il faro giallo e tondo del treno che tagliava col suo raggio la nebbia della notte, la nebbia che veniva dalla baia e si spandeva sui nostri campi, un lago fluttuante bianco e spettrale. Dalla tonalità del fischio mi dicevo: ecco il Numero Trentadue. Il Numero Quarantuno. *El Veintiuno, El Veintiocho*. Erano tutte locomotive a vapore, e le riconoscevo dal suono. Quando ero molto più piccolo, certe notti Annie si stendeva nel letto insieme a me. Se i miei genitori erano a un cocktail party o io avevo paura e voglia di compagnia, Annie veniva a sentire i treni con me. Li riconosceva anche lei. Tutti i domestici li riconoscevano. I fischi delle locomotive erano come voci, tutte diverse l'una dall'altra.

Forse avremmo dovuto prevederlo. Ci vuole un po' di tempo per mettere insieme le cose. Non è sempre possibile farlo mentre ci sei in mezzo. Una settimana prima che scoppiasse l'incendio i ribelli sbarrarono la strada principale a est di Las Tunas. Ciò significava che avevano il controllo della provincia di Oriente, gran parte della quale era di proprietà degli americani. Nostra e del governo americano, che gestiva la miniera di nickel di Nicaro. Batista era ormai persona non grata ai cubani, e noi fummo coinvolti. Fidel e Raúl erano ragazzi del posto, e credo che papà nutrisse la speranza di poterci ragionare. Ma dopo l'embargo sulle vendite di aerei militari americani a Cuba, che entrò in vigore nel marzo del '57, Batista chiese insistentemente a mio padre di convincere John Foster Dulles – il quale era amico di papà nonché azionista della società, e suo fratello Allen faceva parte del consiglio di amministrazione – a trovare una scappatoia che permettesse agli Stati Uniti di vendergli i bombardieri. Papà lo fece, parlò con Dulles, e insieme studiarono un piano piuttosto strampalato. In seguito Dulles informò il Congresso che i cubani avevano ricevuto il materiale sbagliato – *prima* dell'embargo – e che la nuova spedizione serviva a riparare all'errore. Così Batista ottenne i suoi B-26. Questo avvenne nell'autunno inoltrato del 1957. Del scomparve lo stesso anno, a Natale. Quasi un mese dopo, nel gennaio 1958, i ribelli incendiarono le nostre piantagioni. Batista li stava bombardando con i suoi aerei americani, e i ribelli erano furiosi. Ecco perché ci attaccarono, a causa dei bombardieri. Il patto di papà con Batista mandò all'aria il patto di papà con i ribelli. Gli uomini che appiccarono gli incendi erano per la maggior parte ex dipendenti della United Fruit. La nostra era l'azienda più grande di tutta la regione. La cosa peggiore era che il figlio maggiore di papà se ne stava sulla sierra, a farsi bombardare dagli aerei americani che Batista aveva comprato proprio grazie al suo aiuto.

Ma c'eravamo già passati, attraverso una situazione simile. C'era stata una rivoluzione nel 1933, prima della mia nascita, quando fu rovesciato Machado. Allora i miei genitori vivevano a Guaro, a qualche miglio da Preston, nell'interno. Papà era sovrintendente incaricato dell'agricoltura, e la società gli assegnò una casa in campagna, proprio sul fiume Guaro. I miei genitori si nascosero dietro un tavolo mentre i proiettili mandavano in frantumi il vetro della finestra. Era un buon tavolo, disse mia madre, col piano di mogano spesso dieci centimetri. Diceva che sarebbero morti se non avessero avuto un tavolo così bello. I sobillatori erano proprio davanti alla casa. Il governo degli Stati Uniti inviò delle cannoniere nella baia di Nipe per proteggere gli americani. I miei genitori si nascosero e aspettarono che venisse lanciato il razzo, il segnale che dovevamo raggiungere le cannoniere con qualsiasi mezzo. Ma non venne lanciato nessun razzo. Sumner Welles, che era allora l'ambasciatore americano, consigliò al presidente Machado di lasciare l'isola, e i ribelli smisero di sparare. Mia madre disse che fu una cosa strabiliante. Come niente fosse, l'ambasciatore americano schiocca le dita e fuori tutto tace.

Qualche mese prima che scoppiasse l'incendio, papà aveva già cominciato a spedire il nostro mobilio di mogano negli Stati Uniti, pezzo dopo pezzo, ma non mi era venuto in mente di chiederne il motivo. Ero nato a Preston, nell'ospedale della società. Fino ad allora avevo passato tutta la vita nella provincia di Oriente, in una proprietà della United Fruit Company. Ero un ragazzo, e quello era il mio mondo. Non ero disposto a rinunciarvi.

2

Marzo 1952

«Non sapevo che le ragazze come te avessero addirittura dei parenti» disse il dirigente della United Fruit, alzando la voce per vincere il ronzio del motore dell'aereo.

Rachel K gli aveva detto che suo nonno, Ferdinand K, aveva trascorso un periodo della sua vita vicino al posto dove stavano andando, nella parte nordorientale della provincia di Oriente.

«E che razza di cognome è K, comunque?» chiese il dirigente.

Lei rispose che non lo sapeva. Probabilmente stava per qualcosa, che lei però non aveva mai scoperto. Suo nonno era venuto dall'Europa alla svolta del secolo e aveva lavorato in una piantagione per un certo Dumois.

«Ciò significa che tuo nonno lavorava per noi. L'abbiamo comprato noi, Dumois, secoli fa. Erano i proprietari di Cayo Saetía. C'è una vecchia casa colonica. Ora è nostra.»

«Pensa» aggiunse, «probabilmente tuo nonno abitava negli alloggi della servitù della casa di Saetía.» Scosse il capo. «Che senso ha fare la vita che fai, esibirti in quegli… come li chiamate?… *shimmy show* nella Pam Pam Room, se un pedigree in fondo ce l'hai? Una famiglia e tutto quanto.»

Diede istruzioni al pilota. «La sorvoliamo subito.»

Il nonno di Rachel K era venuto a Cuba per documentare la guerra ispano-americana, e aveva finito invece per filmare gli incendi di alberi di legno duro intorno alla piantagione di Dumois. Foreste di campeggio, di legno amaranto e di mogano bruciate per fare largo alla canna da zucchero, incendi così maestosi e roventi da spaccargli l'obiettivo. Decise che era più sicuro starsene all'Avana a costruire diorami per i suoi trucchi da illusionista. E così fece saltare in aria la nave da guerra americana *Maine* nel lavabo di un albergo con i petardi cinesi e vendette i filmati come riprese di guerra.

Un avventuriero francese, aveva detto sua madre, il che non spiegava per quale motivo Ferdinand parlasse quasi sempre in tedesco. All'Avana aveva fondato una società cinematografica, cui diede il nome della nonna di Rachel K, Irene: "Irene Fantoscope". Volevano proiettare messaggi commerciali sulle nuvole che passavano sopra la città. Poteva essere un'idea tanto brillante quanto cretina. Comunque sia, non aveva funzionato. Ferdinand si prese la sifilide e morì. Lasciò Irene con una bambina piccola – la madre di Rachel K – che in materia di uomini doveva aver avuto gusti simili ai suoi, perché finì anche lei sola e squattrinata con la sua, di figlia, Rachel K.

Sotto di loro si agitava la canna da zucchero, verde o argentea a seconda della direzione in cui veniva piegata dal vento, come una superficie di velluto sulla quale passasse una mano.

All'inizio era stata restia a recarsi in Oriente col dirigente d'azienda. Quell'uomo le aveva sempre dato l'impressione di una persona pericolosa perché poco consapevole di quanto fosse marcio dentro. Quella consapevolezza, anzi, gli mancava del tutto.

«Questa è tutta roba nostra» disse lui, mentre sorvolavano i verdi campi di canna da zucchero a bassa quota. «Centoventimila ettari.»

Forse non era pericoloso, in fondo. Voleva solo sbalordire una showgirl col suo impero dello zucchero.

Aveva portato una bottiglia di whiskey mezza piena e un bel po' di ghiaccio. La vuotarono, con lui che ogni tanto gridava le istruzioni al pilota e poi indicava questo e quello a Rachel K. Lo zuccherificio della società, la cittadina costruita dalla società. I trenini della società che facevano "ciuf ciuf", come diceva lui.

«Adesso fa' la brava e finiscilo.» Le versò dell'altro whiskey nel bicchiere. La bottiglia era vuota e i due passeggeri dovevano essere sbronzi, ma era difficile misurare il grado di ubriachezza quando bisognava stare al proprio posto, fermi, pigiati dentro un aeroplanino.

«I vuoti li buttiamo per saggiare il terreno» la informò lui. «Più in alto rimbalza la bottiglia, più è fertile il terreno. È così che si capisce se è il caso di comprarlo. Non dobbiamo neanche scomodarci ad atterrare.»

Insistette per farle gettare la bottiglia dal finestrino dell'aereo. Era Dewar's, ricordò lei più tardi. Dewar's White Label. Aveva seguito con lo sguardo la bottiglia di vetro trasparente che mulinava giù fino a immergersi nel verde. Lui sosteneva che era rimbalzata, ma lei non aveva visto nulla. Solo il verde.

Atterrarono nella sede centrale della società, in un posto chiamato Preston, lungo il tratto settentrionale della costa. Lei si sentì subito avvolgere e soffocare dal caldo umido, e ai lati del viso cominciarono a colarle gocce di sudore. «Non ci sei abituata, eh?» disse lui con un sorriso. «Umido, umido, umido... l'ideale per la canna da zucchero.»

Con la mano indicò le file di *haciendas* grandi e riccamente ornate costruite intorno a una baia verde e azzurra. «Noi abitiamo laggiù. Mia moglie è andata a Santiago con i ragazzi per un paio di giorni, a fare shopping.» Afferrò Rachel K per la vita con entrambe le mani. «E io ho marinato la scuola.» Senza mollare la presa, le disse: «Devo confessare una cosa: certe volte mi viene voglia di chiuderti in una cassetta». E poi aggiunse, con aria perplessa: «Perché mi sento così?». Come se lei potesse conoscere la risposta.

Lei si liberò dalla sua stretta e si allontanò lungo un sentiero di banani, un baldacchino verde chiaro di foglie lunghe e mosce, più alto di lei e carico di umidi e pesanti caschi di banane.

Poggiò la mano sul tronco di una pianta e ne sentì il fresco pulsare.

«Sono piene d'acqua» gridò il dirigente alle sue spalle, «acqua pura.»

All'aeroporto dell'Avana dove aveva fatto atterrare l'aereo della società, Stites – questo era il suo nome, lei non se lo ricordava mai e allora evitava di chiamarlo – le chiamò un taxi che la riportasse in città.

Le mise una mano sulla testa. «Senti, dispiace anche a me che il nostro viaggetto sia finito, ma cerca di non fare il broncio.»

«Okay.» Lei assunse prontamente un'espressione imbronciata e salì sul taxi.

Una volta a casa, si distese nella vasca, contenta di essere sola dopo due giorni passati a recitare la parte che il dirigente d'azienda aveva scritto per lei, con loro due che avevano una "storia", come diceva lui, e lei che mostrava un grande interesse per la sua canna da zucchero. Dopo avere fatto il bagno, si dipinse sulle gambe le calze a rete: usando un pennello da trucco di zibellino e un vasetto di mascara liquido, tracciò le righe che incrociandosi tra loro formavano i rombi, col piede appoggiato al davanzale della finestra, nel cucinino. Era un rito, questo, che per essere completato richiedeva diverse ore. Come la preghiera, era una meditazione silenziosa e annullatrice dei ricordi che le apriva spazi vuoti nella mente.

Quella sera al Cabaret Tokio si presentò il presidente Prio.

«Sei stata via» disse. «Bello ha sentito la tua mancanza.»

Bello era come lo chiamava lei, un soprannome, benché Prio, a dire il vero, non fosse tanto bello. Lui era il presidente, ed era un uomo vanitoso. Sedevano insieme nel suo séparé, arredato come una grotta romana con un paesaggio classico dipinto sullo sfondo, statuette di gesso e tradescanzie dalle foglie purpuree che scendevano a coprire le pareti come edera. Prio le regalò un pendant di opale e un vestito di seta con una tasca segreta. Lei lo baciò sui baffi e lasciò che provasse i suoi discorsi su di lei.

Lui parlò dei suoi grandi progetti amministrativi, annunciando che avrebbe costruito un nuovo acquedotto all'Avana, scuole per i bambini nei quartieri poveri e un giardino botanico aperto al pubblico, con una speciale voliera per uccelli africani. Erano tutte chiacchiere. A Prio la cosa che interessava di più era divertirsi. La stampa lo sfotteva per i suoi gusti costosi: caviale, vodka russa, maniglie dello sciacquone a quattordici carati. Il giornale aveva pubblicato delle foto che lo ritraevano insieme al suo primo ministro, Tony, mentre saltavano sui sofà della Stanza Verde del palazzo presidenziale inseguendo ragazzine in calzoncini corti. Erano state scattate durante uno dei famigerati party "bianchi" di Prio, dove c'era cocaina per tutti. Dopo la pubblicazione delle foto Tony si era trasferito in Venezuela e aveva fondato un'impresa di costruzioni. Prio usciva solo con gli occhiali neri. Sua moglie aveva fatto cucire lunghi veli neri a tutti i suoi cappellini. Salivano e scendevano dalle limousine, loro due e i bambini, più in fretta che potevano, per sottrarsi ai flash dei fotografi.

«Facciamo due passi? Vuoi un gelato?» disse Prio a Rachel K.

Non si aspettava una proposta simile. Semmai che dicesse: *va' nella Stanza Verde del palazzo e collabora come si deve*. Ma la sua delicatezza – opali, vestiti, gelati – era uno dei motivi per cui Prio le piaceva di più, tra i presidenti che aveva conosciuto. Non perché la viziava, ma perché poteva essere imbarazzante e sentimentale, un uomo fragile che aveva bisogno di essere consolato. Quando la stampa lo respingeva, metteva il broncio e si sfogava con lei: anche sua moglie lo respingeva.

Lasciarono il club e raggiunsero la vicina Rampa, un grande viale di lussuose gelaterie pieno di ricconi che passeggiavano e leccavano. Negozi esclusivi che poi sarebbero stati rimpiazzati da un'enorme gelateria di stato, una nave spaziale di cemento che smerciava venticinquemila coppette di gelato alla vaniglia e alla fragola al giorno, un'impresa tetra e massiccia che sarebbe stata il sottile vaffanculo del futuro governo ai ricchi, ai presidenti e alle loro accompagnatrici, che avevano passeggiato e leccato lungo la Rampa dell'Avana dei tempi d'oro.

Prio scelse il gelato al cioccolato e lei alla guava, un frutto che aveva un sapore deliziosamente innaturale, più genere veleni femminili, tipo profumo o shampoo, che roba da mangiare. Passeggiavano e leccavano e guardavano le vetrine della Rampa; Rachel K rideva di Prio, che col gelato sui baffi, disse, non aveva proprio un'aria presidenziale. Uno degli uomini della scorta, tutti in abito scuro, che normalmente camminavano qualche passo dietro di loro, si avvicinò, toccò Prio sulla spalla, si chinò e gli sussurrò qualcosa. Prio impallidì e si rivolse a Rachel K:

«Ora devo lasciarti. Ti faccio riaccompagnare al club da Lelo.»

Quella sera alla Rampa, 10 marzo 1952, fu l'ultima di Prio da presidente. Con la collaborazione dei militari, Fulgencio Batista attuò un colpo di stato: aveva telefonato da Miami promettendo di comprare divise nuove a tutti gli ufficiali. Questi in cambio gli giurarono eterna fedeltà e circondarono il palazzo con i carri armati.

«Facile come ordinare una torta di compleanno da Schrafft» Rachel K sentì poi un americano commentare ad alta voce al Cabaret Tokio. Un attimo prima c'era Prio che rideva e guardava le vetrine, mentre moglie e figli dormivano profondamente nell'ala privata del palazzo. E un attimo dopo lui e i suoi familiari, stretti insieme nella pretenziosa eleganza dell'ambasciata dominicana, prenotavano i biglietti dell'aereo per andarsene. Si stabilirono a Miami. Prio scrisse a Rachel K che contava di iscriversi a un corso di arte drammatica per coronare il sogno di una vita: diventare un attore. La gente parlava del golpe come della fine della democrazia. Questo, fino agli ultimi giorni della settimana, quando l'ambasciatore americano diede il suo appoggio al nuovo governo. Batista era già stato presidente, un illustre generale dell'esercito che gli americani conoscevano e apprezzavano.

Stites tornò all'Avana qualche giorno dopo il colpo di stato. Arrivò al Tokio felice come una pasqua, dicendo che si era incontrato con Batista. «Una gran brava persona» fu il suo commento. «Un tempo lavorava per noi.»

Rachel K sentiva la mancanza di Prio, ma sospettava che lui potesse provare un certo sollievo, ora che era stato privato della presidenza. Non aveva opposto alcuna resistenza, il gelato al cioccolato ancora incrostato ai peli dei baffi e un tono di voce stranamente sollecito, nonostante l'espressione allarmata. «Ti faccio riaccompagnare al club da Lelo.» *Perché non devono esserci testimoni. Dove firmo?*

Un paio di settimane dopo il colpo di stato Rachel K stava guardando attraverso una fessura tra le tende del sipario chiuso quando due uomini della scorta di Batista entrarono nella Pam Pam Room e presero posto al bar. Uno parlava con La Paloma cercando, forse, di scroccarle qualcosa, per collaudare il suo nuovo ruolo di gorilla al servizio dello Stato. L'altro si guardava intorno con un'espressione truce in viso, una mano sulla pistola infilata nella fascia che gli cingeva la vita.

Dal pianoforte partirono le prime note.

Lei era in piedi dietro il sipario, in attesa del segnale.

«Ecco a voi, da Parigi...»

Secondo lei, se una dice che viene da Parigi, viene da Parigi punto e basta. Venire da Parigi significava limarsi le unghie fino a renderle appuntite e laccarle di un bel Rosso Emorragia, bere birra con granatina e vestirsi in stile *zazou*, con calze a rete dipinte sulle gambe, gonne corte e grossi tacchi di legno. Consumare grandi quantità di cocaina e fare la doccia con lo champagne. Un giorno aveva sentito una ragazza, francese per davvero, dire al direttore di scena che lei e Rachel K avevano lavorato insieme «per anni» al Moulin Rouge. Una cosa misteriosa e magnifica.

Avevano lavorato insieme per anni al Moulin Rouge! Forse è vero, pensò Rachel K, forse è vero. A suo modo di vedere, tutti noi rinasciamo ogni minuto della nostra vita, e in ognuno di quei minuti siamo interamente, in tutto e per tutto, ciò che siamo. Essere zazou e venire da Parigi sono cose che lei faceva. Cose che lei era per il semplice fatto di farle. Era una bugia di cui le altre ballerine capivano la logica e il presupposto. Anche Prio capiva. Batista no, ma l'apprezzava comunque, insinuando stupidamente che alla fine lei avrebbe accettato la propria *cubanidad*. «Stile "conosco il colore della mia pelle» le disse «e non mi importa più di incipriarmi".»

L'accompagnatore cominciò a suonare un antiquato *danzón*.

«La ballerina zazou, Rachel K!»

Entrò in scena. Le luci blu erano puntate su di lei, e nel loro riverbero lei riusciva a scorgere più che altro una fluttuante cortina di fumo, e attraverso di essa gli uomini delle prime due o tre file. Quelli in fondo alla sala non contavano: a deporre le banconote ai suoi piedi erano gli uomini vicini al palcoscenico, ed era per loro che ballava. Questa sera però ce n'era uno, nelle ultime file, che stuzzicò la sua curiosità. Non riusciva a vederlo ma sapeva che era là, seduto a un tavolo da solo. Veniva da quando Batista era salito al potere, forse era un notabile straniero. Le ragazze lo chiamavano "il tedesco". Il barista diceva che era francese. Appariva riservato, sicuro di sé, e sembrava divertirsi. Ogni volta la sua presenza l'aveva turbata, perché lui sapeva che lei sapeva che la stava guardando mentre fingeva di no, e lo sguardo di quell'uomo colorava ogni suo movimento. Avrebbe voluto rivolgergli la parola, ma sentiva che non era ancora il momento, come se di comune accordo avessero tacitamente deciso di continuare per un po' con questo rituale di lui che la guardava e fingeva di no. Ballava per lui, invisibile in fondo alla Pam Pam Room.

«Il presidente ti aspetta» disse il direttore di scena quando ebbe finito il suo numero. Mentre si dirigeva verso il séparé di Batista passò vicino al tavolo del francese, pensando che ancora una volta avrebbero comunicato silenziosamente tra loro. Ma al tavolo non c'era nessuno. Il tedesco se n'era andato.

3

«Chi mi ha dato la macchia nera?» chiese Everly Lederer imitando il forte accento scozzese del pirata. Era la domanda di Silver, dall'*Isola del tesoro*.

Suo padre continuò a caricare le valigie nel bagagliaio.

«Se vado su un'isola ho bisogno di un coltello» annunciò lei, sporgendosi verso il sedile anteriore. Sua madre le disse di stare seduta al suo posto.

Nell'*Isola del tesoro*, quando un pirata moriva, la prima cosa che facevi era frugare tra la sua roba per prendergli il coltello. Un'isola era piena di pericoli: paludi infestate dalla malaria, una malattia che dava ai tuoi occhi il colore della buccia di limone, serpenti velenosi e pirati doppiogiochisti come Barbecue. Everly aveva bisogno di un coltello per tagliare rami e costruirsi una capanna nei boschi, per aprire le gallette da mangiare con la carne salata, come faceva Jim Hawkins.

Lungo la strada verso Miami si fermarono in un motel della Georgia chiamato l'Ammiraglio Benbow. Lo stesso nome della locanda gestita da Jim Hawkins e da sua madre, dov'era morto Billy Bones. Nel baule di Billy Bones Jim trovò la mappa del tesoro, e così ebbe inizio l'avventura. Ma l'Ammiraglio Benbow dove si erano fermati loro non aveva nulla in comune con quello dell'*Isola del tesoro*. Era affollato di famiglie del Sud dall'aria aggressiva, con i ragazzi che si tuffavano a bomba nella piscina dell'albergo e gli adulti che li sgridavano o li schiaffeggiavano con i giornali. Everly notò un uomo e una donna che parlavano a bassa voce, dondolando le braccia dalla balconata del primo piano del motel, un filo di fumo che si alzava pigramente dalla sigaretta dell'uomo. I due scesero la traballante scala metallica, con i tacchi alti della donna – "décolleté" le chiamava sua madre – che ticchettavano sui gradini. L'uomo e la donna non si salutarono e nemmeno si guardarono. Si separarono e si avviarono in direzioni opposte. Per un attimo Everly pensò che avrebbero contato i passi prima di voltarsi sfoderando la pistola come al cinema: nei film western, cioè. Ma né l'uomo né la donna si voltarono indietro. Non stavano contando i passi. Stavano solo camminando, la donna con le décolleté che facevano tictac. Salirono su macchine diverse e uscirono dal parcheggio.

Mentre lasciavano la loro stanza la mattina dopo, suo padre disse qualcosa a proposito dell'Ammiraglio "Bimbo".[1] Sua sorella Stevie, la maggiore, rise forte. «L'Ammiraglio Bimbo! Ah-ah!» Stevie amava partecipare ai giochi di parole degli adulti, anche se doveva fingere di avere capito. Suo padre la prese per il gomito e le disse di tacere.

Lasciarono la macchina al porto di Miami perché fosse caricata sottocoperta, e attesero dietro una gomena che un maragià salisse a bordo della nave prima di tutti gli altri passeggeri. Everly aveva visto il ritratto di un maragià sull'enciclopedia e si aspettava un uomo con un turbante ornato di pietre preziose, scarpe con le punte rivolte all'insù e un codazzo di elefanti decorati al seguito. Anche se immaginava che non ci sarebbero stati gli elefanti.

Finalmente apparve il maragià: attraversò la passerella seguito da facchini che spingevano carrelli carichi di enormi bauli di cuoio con serrature di ottone. Era un uomo fra-

[1] Gioco di parole tra "Benbow" e "Bimbo", dove però "bimbo" in inglese non vuole dire "bambino, bimbo", bensì "bambola, bellona svampita".

gile e stempiato, con indosso un abito nero e una camicia aperta sul collo. Niente scarpe con le punte arricciate e niente elefanti. Neanche il turbante.

Cos'era che faceva di lui un maragià, chiese Everly a suo padre, se era tale quale un qualsiasi altro uomo d'affari, troppo gracile perfino per portarsi i bagagli da solo? Il conto in banca, fu la risposta di suo padre. Le spiegò che quell'uomo aveva dei problemi col governo indiano, che aveva preso dei soldi non suoi. Sulla nave era salito per primo con tante storie e tante cerimonie, disse suo padre, ma in realtà era stato espulso dal suo Paese. Il maragià se l'era filata all'inglese, aggiunse. Che voleva dire? Che aveva tagliato la corda.

I suoi genitori sembravano odiare chi era ricco, eppure volevano diventare ricchi anche loro. I soldi erano sempre un problema. Ecco perché andavano a Cuba, dove suo padre avrebbe avuto uno stipendio più alto e sarebbe stato un dirigente. Se dovevano vivere nella giungla perché George Lederer avesse lo stipendio e il rispetto che meritava, disse sua madre, ebbene, allora avrebbero vissuto nella giungla.

Everly era entusiasta all'idea di vivere nella giungla. Perché no? Ma sua madre ne parlava come se fosse una cosa che facevano perché non avevano altra scelta. Diceva che era stanca di vivere con "pochi mezzi", ed Everly si immaginava della gente che se ne andava in giro con metà corpo, anche quando le ebbero spiegato che cosa voleva dire quell'espressione. Se i suoi genitori fossero mai diventati ricchi, il loro vecchio io avrebbe odiato quello nuovo. Ma forse questo non contava, perché avrebbero dimenticato il loro vecchio io, cancellato da quello nuovo, perché l'io era l'io e in un corpo solo non ce ne poteva stare più di uno.

I problemi del maragià erano finiti sul giornale e, da come ne parlava suo padre, Everly capì che anche gli altri adulti in coda dovevano averlo letto. Le sembrò più una vergogna che un privilegio attraversare da soli la passerella sotto gli occhi di tutta quella gente. Si sentiva triste per il piccolo maragià, un uomo che aveva troppe valigie per potersele portare da sé; e che differenza c'era, poi, tra la vergogna di un adulto e quella di un bambino? Lei si sentiva sempre triste per la gente, e a volte anche per se stessa. La sensibilità era una faccenda spinosa, e dove ti fermavi quando avevi imboccato quella strada? Lei pensava a qualcosa, al ricordo di qualcosa di spiacevole, come a quella volta che era stata sculacciata in un grande magazzino o spinta sotto la doccia vestita di tutto punto. Quando cominciava a fare le bizze non era più capace di smettere, e allora suo padre, per calmarla, la chiudeva nella cabina della doccia. Un giorno Everly ci aveva messo Tinker, nella doccia, perché si era comportato male. Subito lui si era spaventato, ma poi la cosa gli era piaciuta. Era un cane e non capiva che si trattava di una punizione. Tempo dopo, scappò via.

La coda per salire a bordo iniziò a muoversi. Sua madre stringeva nervosamente i documenti di viaggio e il passaporto, un sottile libretto verde per lei e le tre figlie. Dentro il passaporto c'era una lettera del Dipartimento di Stato. La lettera ricordava a tutta la famiglia che erano emissari degli Stati Uniti e che dovevano comportarsi di conseguenza. Nell'attraversare la passerella Everly teneva per mano Duffy, la sorella minore. Il sole era basso, e il cielo aveva preso il colore dell'anguria matura. La Florida era tutta colori tenui e artificiali. Case rosa, acqua turchese, fiori profumati e grandi alberi nodosi col muschio che pendeva dai rami come pizzo strappato. L'aria aveva un che di subacqueo, un blu verdastro che li avvolgeva mentre, nella densa umidità, si muovevano lungo la passerella per salire sulla nave. Everly guardò fuori, dove l'orizzonte marino incontrava l'anguria del cielo. Già si sentiva più vicina a quel luogo misterioso, i tropici. Immaginava un'isola in un mare di tiepido vetro verde, con una gala spumosa di onde che ne lambivano la spiaggia. Oltre la spiaggia, le maglie infinite delle piante della giungla. Il profumo della frutta matura. Una laguna dimenticata cinta di palmizi la cui immagine si rifletteva nell'argenteo specchio d'acqua. All'ingresso della laguna, una cortina di verdi rampicanti pesante come il sipario di un teatro, in attesa di essere aperto.

Stavano finendo di cenare nella sala da pranzo quando la pioggia cominciò a schiaffeggiare il vetro spesso degli oblò con scrosci violenti, come se qualcuno ci buttasse sopra secchi d'acqua. Stevie leggeva ad alta voce una lista di passatempi descritti sulla guida turistica: *Ping pong, tennis sul ponte e shuffleboard. Skeeball e bingo al Lido. E col permesso dei genitori i bambini sono invitati a partecipare a una visita guidata del ponte.* Quando ebbe terminato, mise la guida nella borsetta, per tenerla come souvenir. Stevie documentava la propria vita man mano che essa si svolgeva. Everly no. Documentare la vita mentre si svolgeva le sembrava fosse un modo per non viverla. Così come posare per una fotografia, o concentrarsi a pensare se una cosa era da tenere e poterla così chiamare souvenir, trasformava istantaneamente il presente nel passato. Secondo Everly bisognava scegliere: o l'uno o l'altro. O cercavi di trasformare un momento in un ricordo da conservare e riguardare più tardi, oppure vivevi il momento mentre si presentava, ma non potevi fare tutt'e due le cose. Everly non aveva conservato il giornale fatto in casa, il "Lederer Times", alla cui stesura aveva dedicato un intero weekend prima di lasciare Oak Ridge. L'aveva buttato via insieme a uno scatolone di disegni e di vecchi quaderni di scuola. Roba mia, aveva pensato, da distruggere se voglio. Suo padre aveva stampato alcune copie del suo giornale con la telescrivente dell'ufficio. Lei era partita con l'intenzione di fare un quotidiano, in seguito aveva ripiegato su un mensile, poi aveva finito per farne una sola edizione: "Marzo 1952". C'erano tre articoli: "Il chicco di grandine più grosso della storia", quindici centimetri di diametro, con un disegno per illustrare l'articolo. "Timothy Hodgkiss dichiara che mangiando un sigaro si può morire", voce confermata dall'infermiera della scuola. E "I Lederer si trasferiscono a Cuba!", con altri disegni e un articolo contenente alcune frottole, come quella che Everly avrebbe presto avuto in dono una scimmietta dalla Cina, così piccola da dover portare i pannolini ed essere nutrita con un poppatoio di latte di cocco. E un pappagallo, come quello che stava appollaiato sulla spalla di Barbecue nell'*Isola del tesoro*, solo che il suo non si sarebbe chiamato Capitan Flint, bensì Jim Hawkins, e avrebbe recitato battute del libro. "Ti darò la macchia nera!" avrebbe detto il pappagallo, ma solo ai cattivi. Sembrava incredibile che i pappagalli potessero parlare. E campare cent'anni, il che significava che Duffy avrebbe dovuto badare al pappagallo dopo la morte di Everly, dettaglio che incluse nell'articolo. Sua madre disse che era una bambina "morbosa". Cosa significava? Che non dovevi pensare alla morte.

Fuori dalla finestra della sala da pranzo la pioggia butterava la superficie del mare, increspandolo con disegni che cambiavano ogni volta che il vento modificava l'angolazione della pioggia. Il vento cresceva e diminuiva d'intensità, come un intreccio di voci di gente in pericolo. La settimana prima, durante l'ultima lezione di piano di Everly con la signora Vanderveer, per mostrarle un vero crescendo e diminuendo la sua insegnante aveva suonato un preludio di Chopin. I preludi di Chopin erano i preferiti di Everly. Erano tutti in minore, e a lei piaceva solo la musica in minore. Quella, e la musica che richiedeva la sordina. Quando era sola, usava il pedale della sordina più spesso di quanto indicasse lo spartito: la faceva sentire più intensa e drammatica. Per fare il diminuendo la signora Vanderveer si era chinata profondamente e delicatamente sui tasti, toccandoli sempre più dolcemente, e nell'ultima strofa le note si erano sciolte come una vitrea scheggia di caramella sulla lingua, senza lasciare altro che una vibrazione, una cosa silenziosa sospesa nella stanza. Una sensazione che era presente anche se non la potevi vedere e non mandava alcun suono.

Everly però era pigra e non si esercitava abbastanza: suonava solo i suoi brani preferiti e ignorava quelli troppo difficili, o troppo allegri, e andava a lezione con le mani sporche o senza tagliarsi le unghie. All'ultima lezione era stata travolta dal rimpianto. Non avrebbe più avuto nessuna possibilità di compiacere la signora Vanderveer esercitandosi diligentemente e presentandosi preparata, con le unghie corte e le mani ben lavate. Così era la vita, evidentemente. Capivi come dovevi comportarti e come apprezzare le cose solo quando te le portavano via.

La nave cominciò a dondolare, a sinistra e poi a destra, e l'orizzonte saliva e scendeva dietro la finestra. Duffy si mise a piangere. Una voce maschile proruppe dall'altoparlante, echeggiando sonoramente tra le pareti della sala da pranzo. «Il comandante prega tutti i passeggeri di tornare nelle loro cabine.» La signora Lederer avvolse nei tovaglioli diversi panini ancora intatti e li mise nella borsetta. Mentre tutti si alzavano per uscire dalla sala da pranzo, la nave tornò a piegarsi da un lato, e il pavimento della sala si inclinò come quello di una giostra. Un carrello di piatti sporchi andò a sbattere contro una parete e un gigantesco samovar si rovesciò formando un lago di caffè sul pavimento.

A nessuno era permesso salire sul ponte.

«Accidenti. Niente bingo al Lido» disse Stevie.

Duffy saltava sul letto. «Bingo al Lido! Bingo al Lido!» Quando si fu stancata di saltare su e giù, nella cabina tornò il silenzio: si sentivano solo il suo respiro ansimante e la pioggia.

A una certa ora della notte avrebbero attraversato il Tropico del Cancro. Forse lo stiamo attraversando proprio adesso, pensò Everly, immaginando la prua della nave che senza lasciare tracce tagliava quel confine invisibile ed entrava nei tropici, una zona tra il Cancro e il Capricorno che girava intorno alla terra come la cintura intorno alla vita di una persona.

Quando Everly le aveva detto che la sua famiglia si trasferiva a Cuba, la signorina Jiggs, la bibliotecaria della scuola, aveva tirato fuori un libro intitolato *Impero in verde e oro*. Vere e proprie banane vestite come ballerine di flamenco, con collane di perle e rossetto, danzavano lungo il margine inferiore delle pagine del libro. Il libro diceva che Cuba era la zuccheriera del mondo. Everly si immaginò una vaschetta di cristallo rosa molata sui bordi e piena di zucchero bianco e scintillante. E un coperchio di cristallo rosa, sfaccettato come una pietra preziosa. Una di quelle cose che la signora Vanderveer avrebbe tirato fuori per servire il tè.

Tutti gli altri dormivano. Distesa sul letto accanto a Stevie, Everly ascoltava il rumore del vento e aspettava che un fulmine illuminasse la cabina come il flash di un fotografo. Erano bianchi o viola, i fulmini? Sembravano bianchi, ma lasciavano un residuo di viola, come le forme che le fluttuavano sotto le palpebre quando ci premeva sopra le mani. Contò i secondi – duravano quattro ognuno – fino al tuono e arrivò a sette. Il fulmine era lontano, ma non riuscì a farsi venire in mente la formula per dire quanto. La cabina andava su e giù, e l'unica finestra era un oblò piccolo e tondo. Le sembrava di essere dentro una scatoletta girata su un fianco.

Quando si svegliò, tutto era tranquillo e non c'era più il rumore della pioggia. Il silenzio sembrava più profondo proprio perché veniva dopo una notte tempestosa. Dall'oblò si vedeva una riga sottile di luce colorata che sfiorava l'orizzonte, un lembo della sottoveste rossa del sole. L'oceano aveva la smorta lucentezza di qualcosa che fosse stato spalmato di burro e poi lasciato nel frigorifero a raffreddare. Si tirò su contro il finestrino per vedere meglio l'acqua, in cerca di qualcosa che indicasse che avevano attraversato quella linea tratteggiata ed erano entrati nei tropici, ma era difficile capire cosa cercare. Dopo tutto il suo sognare a occhi aperti davanti al mappamondo, scrutando come un gigante le lettere piccolissime del "Tropico del Cancro" Everly era nel posto che il mappamondo rappresentava. Eppure il mappamondo sembrava più reale. Una carta geografica illustrava i rapporti tra le isole e i mari e i continenti. L'acqua che Everly vedeva dall'oblò non illustrava nulla: era solo acqua, senza ghirlande né segni di alcun genere. Aveva letto di una donna di Guernsey che aveva buttato nell'oceano una bottiglia con dentro un messaggio. Aveva galleggiato fino all'Africa e il mare l'aveva gettata sulla spiaggia di Dakar. L'uomo che la trovò scrisse alla donna di Guernsey. E lei, dopo aver ricevuto la sua lettera, lo invitò a cena. L'articolo del giornale non diceva se lui pensava di accettare l'invito. Aveva tutta l'aria di essere un viaggio piuttosto lungo.

L'orologio segnava le cinque. E ora?

Era presto, ma non c'era altro da fare che vestirsi: in silenzio, altrimenti qualcuno le avrebbe ordinato di tornare a letto. Indossò il vestito comprato a Miami da Sears, un vestito puntinato marrone con uno scamiciato bianco sopra. Odiava gonne e vestiti. Voleva portare jeans con i risvolti arrotolati e camicie a scacchi western come Hopalong Cassidy. Ogni tanto suo padre la chiamava Tex anziché Everly. Lui intendeva stuzzicarla, ma a lei il nomignolo piaceva: certe volte pensava addirittura a se stessa come a Tex, Tex Lederer. Suonava bene. Un giorno aveva visto dei veri cowboy. Erano venuti a Oak Ridge per una *square dance*, manovali edili assunti dal governo che abitavano fuori dalla recinzione di sicurezza di Clinton. «Montanari», li aveva chiamati sua madre. Si erano presentati al locale con gli stivali a punta e i cappelli da cowboy e le camicie western, quelle eleganti con i profili bianchi. Si ubriacarono, diventarono violenti e attaccarono briga. I montanari non furono più invitati, e al ballo seguente una guardia armata si sedette accanto alla porta. Sua madre diceva che li avevano chiamati solo per far sembrare più autentica la festa, con le balle di fieno e la band western e tutto quanto. «L'autenticità» aveva detto, «non è sempre una buona idea.»

Da Sears, a Miami, dovettero scegliere tutti qualcosa di speciale per Cuba. Suo padre si prese una pila di camicie in dacron con le maniche corte. Stevie, una borsetta rotonda in similpelle bianca. Duffy, una bambola di nome Scribbles, sulla cui faccia andavano disegnati occhi, naso e bocca con gli speciali pennarelli colorati venduti insieme alla bambola. Everly capì subito cosa voleva: un coltello che si trovava in una vetrinetta nel reparto attrezzatura da campeggio. Era il coltello di cui aveva bisogno per andare su un'isola, come quello che Jim Hawkins portava attaccato alla cintura. Ma sua madre insistette perché prendesse un vestito. Ce n'erano di ogni tipo nel reparto bambini. Lei voleva un coltello, proprio come Stevie voleva una borsetta. Non voleva uno stupido vestito. Sua madre era troppo stanca per discutere e fece un patto. Uscirono da Sears con il coltello in un fodero di cuoio marrone e il vestito puntinato.

«Tutte alzate e lavate e pronte per la dogana. Everly? Stevie?» chiamò sua madre dall'altra cabina.

«Io sì che sono vestita, mamma» disse Everly.

«Allora sveglia le tue sorelle e ricordagli di pettinarsi. Fatti vedere.»

Everly si fermò sulla soglia.

«Oh, Everly, non potresti far a meno degli occhiali, soltanto per oggi? Ti fanno sembrare strabica.»

«Io *sono* strabica, mamma.»

«Ma si nota molto di più con quei fondi di bottiglia sugli occhi. Ci vedi anche senza, e non ti ucciderà. Soltanto finché avremo passato la dogana.»

Sua madre aveva parlato della dogana come se, nel caso non fossero state attente, qualcuno avrebbe potuto dare loro la macchia nera. Everly s'immaginava severi uomini in uniforme con la pistola nella fondina, che le ispezionavano. Se lei e le sue sorelle fossero state spettinate, malvestite, se i capelli non avessero avuto la riga diritta, e lei si fosse sentita Tex anziché Everly insistendo a portare jeans sporchi e una logora camicia da ragazzo, le avrebbero respinte e costrette a tornare a Oak Ridge. Una città di fango e filo spinato, dove suo padre occupava uno dei posti più bassi sul palo del totem.

Mentre la nave si preparava ad attraccare, Everly e le sue sorelle si spinsero contro il parapetto, a guardare. Echeggiò il suono basso della sirena, e la nave si mosse verso la riva, sollevando una grossa ondata mano a mano che rallentava. Un castello di pietra torreggiava a un capo della baia. All'altro capo, un'enorme fabbrica si sporgeva verso il mare, una città in miniatura di bianche luci intermittenti ed enormi serbatoi argentei muniti di scalette laterali. Le ciminiere eruttavano fiamme arancione sullo sfondo di un pennacchio nero.

«Quella dev'essere la nuova raffineria della Shell» disse suo padre.

Era tale quale Oak Ridge, grossi edifici industriali con ciminiere che scaricavano nuvole di vapore e pennacchi di fumo. Vapore e fumo erano diversi, e lei si divertiva a osservare la differenza. Il vapore si alzava da una tazza di caffè bollente, e dalle strade del Tennessee dopo una pioggia estiva. Il fumo usciva a fiotti da Gamble Valley, il quartiere negro di Oak Ridge, sempre in fiamme, e rimaneva sospeso nell'aria intorno a K-25, l'impianto segreto dove lavorava suo padre. Aria che era acida se la respiravi con la bocca, e sapeva di veleno. K-25 ronzava e crepitava di elettricità. Da qualche parte all'interno del complesso di edifici c'era un magnete gigantesco, e la gente diceva che se ti avvicinavi troppo alla rete metallica la forza del magnete ti strappava i chiodi dalle scarpe e ti sbatteva per terra. La capo coccinella di Everly aveva fatto togliere le scarpe a tutte le bambine quando la loro squadriglia era passata di lì. Avevano proceduto con grande cautela in mezzo al fango solo con i calzettoni, in fila indiana.

La nave si stava accostando al fronte del porto dell'Avana, e si vedevano guglie di chiese e palazzine a due o tre piani rosa, gialle e blu. Il bacino del porto era di un marrone torbido, pieno di rifiuti galleggianti, bottiglie vuote, bolle di sapone e pezzi di legno. Ragazzi cubani, magri e nudi dalla vita in su, il petto liscio e la pelle di un viola cioccolato, si radunarono lungo la banchina. Uno di essi, più alto degli altri, si mise le mani a imbuto intorno alla bocca e gridò in inglese: «Butta giù una moneta!».

La nave era ormai abbastanza vicina perché Everly potesse vedere le facce dei ragazzi. Agitavano le braccia, sorridendo come se lei e gli altri passeggeri americani fossero amici loro.

« Butta giù una moneta!» urlò di nuovo il ragazzo alto, questa volta più forte.

Qualcuno la tirò, una moneta, e questa volò oltre il parapetto e cadde in acqua. I ragazzi applaudirono, e tre di essi si tuffarono. Emersero dall'acqua scura, oleosa e coperta da una pellicola iridescente, muovendo braccia e gambe, fuori e dentro l'acqua, che si alzava a ondate schiaffeggiando la banchina. Gocce d'acqua splendevano come polvere di stelle sui capelli crespi dei ragazzi, i quali urlavano, rivolti al ponte della nave, gesticolando e chiedendo altre monete. Qualcuno ne tirò un'altra da sopra il parapetto, e i ragazzi scattarono in quella direzione. Ci fu una mischia, corpi che sguazzavano freneticamente vicinissimo alle gigantesche eliche della nave, e queste, roteando, facevano venire a galla rifiuti molli e gonfiati dall'acqua. Uno dei ragazzi riemerse da quella pappa nera, col viso scuro dello stesso colore dell'acqua densa di fango, quasi indistinguibile se non fosse stato per le gocce argentate che gli brillavano nella curiosa aureola dei capelli. Sorrise, e la moneta gli balenò tra i denti.

«Guardateli!» disse sua madre. «Si esibiscono come foche!»

E sembravano davvero delle foche, con quei corpi lisci dalla pelle viola, mentre si tuffavano in acqua e poi nuotavano appena sotto la superficie con movimenti rapidi e sciolti.

La passerella fu calata e un fiume di gente scese a terra. Operai con guanti da lavoro e tute striate di grasso cominciarono a scaricare la nave. Pesanti casse dondolavano appese a enormi gru, poi venivano abbassate lentamente fino a toccare la banchina. Gli uomini si erano messi in fila e urlando tra loro in spagnolo si passavano i bagagli che poi impilavano su carrelli. Altri operai prendevano i carrelli e li spingevano dentro il palazzo della dogana. Portavano tutti rudimentali scarpe di corda e lavoravano tenendo sempre una sigaretta accesa tra le labbra. Erano tutti negri, con la pelle più scura di quella dei ragazzi sulla banchina, di un nero violaceo simile a quello del cuore polveroso di un tulipano. Everly pensò a Mavis, la loro domestica di Oak Ridge, l'unica persona di colore che conosceva. Mavis guardava per terra e diceva *Sissignora* e *Nossignora* quando la madre di Everly le dava degli ordini. Le diceva di spegnere quell'orribile stazione radio che trasmetteva musica gospel. Il marito di Mavis, quando veniva a prenderla, aspettava nel cortile sul retro. Teneva gli occhi bassi e non si avvicinava mai alla casa. Questi uomini del porto ridevano e gridavano, e quando una bella donna scese la passerella nel suo abito attillato le fissarono tutti il sedere, che tremolava mentre camminava. Uno di essi fischiò.

La madre di Everly le diede uno strattone. «Non guardare, signorina!» Gli uomini potevano guardare il sedere di quella signora. Everly no.

Rimasero alla dogana per ore, sedute in una sala poco illuminata e dalle pareti verdi, con alcuni ventilatori a pala attaccati al soffitto alto che giravano così piano da non creare la minima corrente d'aria. Duffy disegnò diverse facce a Scribbles, e Stevie lesse qualche pagina di quello che papà, per prenderla in giro, aveva chiamato un romanzetto da bancarella di mercato. Everly, sentendolo, si era convinta che il libro parlasse di persone che si erano innamorate davanti alla bancarella di un mercato. Everly continuò a guardare di sottecchi due gemelle, le figlie adolescenti di una famiglia diretta anch'essa a Nicaro. Avevano entrambe l'aria cavallina, ossa robuste ed enormi denti bianchi simili alle gomme da masticare Chicle, e indossavano identici abiti celesti e nastri dello stesso colore tra i capelli. Tutt'e due bionde, erano il tipo di ragazze che la gente sembrava trovare carine per il semplice fatto di essere bionde, anche se non avevano un viso particolarmente bello. Everly poté osservarle a suo piacimento perché sua madre era tutta presa dai moduli che doveva riempire e non poteva dirle di non farlo. Non capiva come facessero alcuni a resistere al bisogno impellente di fissare la gente. Dove li posavano, gli occhi? I suoi si incollavano alle facce delle persone.

Non riusciva a farne a meno, e distoglieva lo sguardo solo quando qualcuno la fissava a sua volta.

Le gemelle si avvicinarono e si presentarono. Si chiamavano Pamela e Val. Pamela disse che il loro padre era stato incaricato di costruire lo stabilimento di Nicaro.

«Mio padre è stato incaricato del nickel» disse Everly.

«Tuo padre non può essere stato "incaricato" del nickel» puntualizzò Pamela. «Al massimo di qualche *aspetto* del nickel.» Poi, rivolgendosi a Val, disse qualcosa in francese. Val rispose nella stessa lingua.

Un funzionario doganale con una divisa militare beige e un paio di occhiali ambrati si avvicinò e chiese alle gemelle qualcosa in spagnolo. Pamela rispose, parlando con la stessa rapidità dell'uomo con gli occhiali ambrati, e passando dall'inglese allo spagnolo in modo del tutto naturale. Everly chiese alle gemelle da dove venivano.

«Hmm. Vediamo. Tela, Limón, Buenos Aires» disse Val, contando sulle dita, «Bogotà, Panama City...»

«Nostro padre ha costruito il porto di Limón» disse Pamela. «L'anno scorso eravamo in Bolivia. Ma poi gli agitatori hanno cominciato a sollevare la popolazione.»

«Papà cercava di aiutare il governo» soggiunse Val.

«Ma gli agitatori alla fine hanno avuto la meglio, e tutte le brave persone se ne sono dovute andare via in fretta e furia.»

«E ora siamo qui, e praticamente c'è la rivoluzione.»

«O come la chiamano.»

«Papà dice che è un *coup d'état*» disse Pamela, «perché hanno messo alla porta il presidente Prio.»

«Cos'è un *cu-detà*?» chiese Everly.

«Oh, Dio, arriva la mamma» disse Val. Le due ragazze si alzarono velocemente.

Una donna stava correndo verso di loro attraverso la sala affollata. Aveva un viso largo e rubicondo e gli stessi capelli biondi lisci e piatti delle figlie, sotto i quali si intravedeva la pelle rosea e lucida del cranio.

«Vi ho cercato dappertutto, ragazze.» La sua voce era forte ma roca, come se avesse urlato troppo. Aveva l'aria di una persona capace di urlare parecchio.

«Vostro padre è pronto a vendervi tutt'e due a un circo» ansimò.

Nessun circo aveva coppie di gemelli. Troppo comuni. Fossero state almeno tre…

Everly stava ancora pensando al circo, ai coni di carta che, immersi in un cilindro, ne uscivano avvolti da turbanti di cotone rosa imbottito, e alla macchina che registrava le voci, quando Pamela e Val si allontanarono, obbedienti, alle calcagna della madre.

Pamela si voltò indietro e disse: «Ci vediamo a Nicaro, bambina».

Everly aspettò con la famiglia, in piedi sotto i raggi cocenti del sole davanti alla capitaneria di porto, che l'automobile venisse portata sulla banchina. Oltre l'edificio, una passerella di legno si perdeva in lontananza. Grosse ondate le si rompevano contro, con gli spruzzi che schizzavano in aria come coriandoli d'acqua salata, per poi cadere sul passaggio pedonale. Ritto sull'angolo un uomo gridava «*Lotería! Lotería!*» e agitava una lunga pertica alla quale erano attaccate delle strisce di carta con file di numeri stampati. L'aria che spirava intorno a lei era calda e umida come il respiro febbrile di un malato. Stevie si sventolava col menu della cena della sera prima, un altro souvenir per il suo album di ritagli. La strada e tutti gli edifici sembravano ricoperti di una combinazione di nerofumo e acqua salsa dell'oceano. Dal marciapiede veniva l'anonimo insulto del puzzo di orina. Sua madre prese dalla borsetta un fazzoletto di cotone sbiadito e se lo portò al naso. Tutta quell'agitazione, con Everly e le sorelle che dovevano avere la faccia pulita e i capelli pettinati, e i loro vestiti fru fru. Le sembrava di essere un centrino da tè, umido e tutto fronzoli e fuori posto.

Un uomo senza un braccio stava frugando nel bidone della spazzatura accanto a loro. Tirò fuori una vaschetta di carta, rovesciò la testa all'indietro e se la portò alla bocca. Del riso gli si sparse sulla faccia. In bocca non gli entrò nemmeno un chicco, ma l'uomo masticò freneticamente, poi gettò via la vaschetta e si mise a camminare in cerchio. In strada si muovevano in massa donne dall'aria furba che si lanciavano occhiate misteriose. Avevano la stessa pelle viola dei ragazzi che si tuffavano dietro alle monete, ma i capelli erano diversi. Erano lisci e tirati indietro come quelli di una donna bianca. Una di loro si asciugava le ascelle con quelle che sembravano pagine di un libro. *Erano* pagine di un libro. La donna prese un libro dalla borsa, ne strappò altre due pagine e si asciugò la fronte. Ragazzi con cassette di legno piene di scatole di lucido da scarpe, spazzole e stracci gironzolavano come cani randagi in cerca di avanzi. Un uomo passò tra loro barcollando, la mano stretta intorno a una bottiglia infilata dentro un sacchetto di carta gualcito e macchiato di grasso. Gli si stavano staccando le suole delle scarpe, che sbattevano mentre camminava.

Everly alzò lo sguardo e vide un enorme ratto saltare giù dal ramo di una palma, atterrare sul marciapiede sporco d'olio e partire alla carica verso una donna che dormiva in un androne. Qualcuno lanciò un fischio di avvertimento: la donna si svegliò e tirò su le gambe un momento prima che il topo le guizzasse accanto. Non aveva le scarpe, solo una lacera gonna nero-grigiastra come gli stracci che Mavis usava per lustrare l'argenteria.

«Ehi, guardate là» disse Stevie, indicando un manifesto attaccato a un chiosco, una grande fotografia a colori di donne in costumi tempestati di paillettes, con fili e fili di perle intorno al collo e lampadari in testa. CABARET TOKIO – IL PIÙ BEL LOCALE DELL'AVANA! annunciava il manifesto. E sotto: VISITATE LA NOSTRA CELEBRE PAM PAM ROOM, CHE PRESENTA, DA PARIGI, LA BALLERINA ZAZOU RACHEL K!

«Papà, possiamo andarci?» chiese Stevie.

La risposta, naturalmente, sarebbe stata "no". I loro genitori non erano tipi da spendere per quel genere di cose, ma Everly ammirava l'ottimismo di sua sorella.

Il padre guardò la fotografia più da vicino. «È una cosa per adulti» disse.
«Perché?» chiese Stevie.
«Perché è un burlesque.»
Un burlesque. Everly pensò che forse ne aveva visto uno un sabato pomeriggio al cinema, quando lei e Stevie si erano intrufolate in una sala per errore. Sullo schermo, una donna ballava in un saloon, cantando con una voce acuta e anelante. *Puoi toccarmi le ciliegie, ma lascia stare le mie prugne.* Il pubblico era solo di adulti, quasi tutti uomini. Everly aveva sussurrato all'orecchio di Stevie che quella era la sala sbagliata, ma Stevie l'aveva zittita. Guardarono la donna cantare la canzone, con i seni bianchi che praticamente traboccavano dal corpetto del vestito: somigliava più a un indumento intimo, come il busto della mamma. Solo che questa donna aveva un corpo ben diverso da quello della loro mamma. Quando la canzone finì, Everly e Stevie uscirono di corsa dalla sala. Spinsero le doppie porte e si trovarono nel frastuono e nella luce accecante dell'atrio, dove i bambini facevano la coda per comprare popcorn e Coca-Cola nei bicchieri di carta con dentro il ghiaccio tritato. Everly si sentiva poco bene, come se avesse fatto qualcosa di brutto e di irreversibile. Stevie continuò a cantare la canzone mentre tornavano a casa. *Puoi toccarmi le ciliegie, ma lascia stare le mie prugne.*
Arrivò un portuale al volante della loro Studebaker: aveva attraversato il Tropico del Cancro proprio come loro e adesso era lì, in quel posto esotico e sporco dove sembrava di essere sott'acqua. Era uguale a sempre, con la sua vernice verde foresta e la griglia del radiatore a punta di proiettile, solo che la guidava un uomo con la pelle viola e un braccio penzoloni fuori dal finestrino. L'uomo premette con forza il pedale del freno e la macchina si fermò con uno stridio. Sua madre trasalì. L'uomo smontò e rimase in piedi, appoggiato alla portiera del guidatore, in attesa. Suo padre lo ringraziò, ma l'uomo non si spostò finché lui non ebbe tirato fuori una moneta.

Mentre si allontanavano, qualcuno gli gridò dietro: «Mi scusi... signore! Americano!». Suo padre frenò.

«George, non parlare con questa gente!» disse sua madre. «Vai!»

Proseguirono, sobbalzando sul fondo accidentato della strada. Due uomini rincorrevano la macchina urlando: «*Americanos! Americanos!*». Sua madre si sporse con la testa fuori dal finestrino e guardò indietro. «Accelera!» disse. Uno degli uomini che li inseguivano urlò: «Ehi, signora, portami con te!». Gli altri correvano al suo fianco ridendo. «Sono molto buono!» gridò lui. «Sono molto bello!»

Everly guardava attraverso il lunotto. Chi corre a piedi non può tenere a lungo il passo di una macchina. Nemmeno un cane può farlo. Gli uomini stavano diventando più piccoli. Erano già a un isolato di distanza, eppure continuavano a correre e a ridere. La macchina prese velocità, a un incrocio passò con l'arancione, e gli uomini sparirono.

4

Si accendono le luci blu. Sopra i tavoli c'è una nuvola di fumo.

«E ora ecco a voi, da Parigi, la ballerina zazou Rachel K!»

Rachel K compare da dietro un paravento cinese. È avvolta nello chiffon nero, con una cascata di piume di gallo che sotto le luci mandano verdi bagliori metallici.

Il francese se li ricorda, i zazou. Avevano a che fare col jazz durante la guerra. Ragazze con tacchi grossi e pesanti, calze a rete, rossetto scuro e parasole. O forse era un basco… Non ricorda bene. Ragazzi con giacche lunghe e calzoni a vita alta, gamba larga e stretti alla caviglia, e un indecoroso luccichio di olio da insalata sui capelli. Erano dei *bohémiens* che andavano a piazzarsi vicino ai tavoli esterni del Café de Flore chiedendo sigarette e bevendo il brodo lasciato dalla gente sul fondo delle scodelle. Non era solo una questione di povertà. Era una forma di protesta. Ma quando i zazou caddero nelle retate delle pattuglie tedesche lui era lontano da Parigi. Marciava immerso fino alla cintola in una fredda apocalisse con un panzerfaust in spalla.

L'insegna luminosa del Tokio diceva BALLERINA DI VARIETÀ FRANCESE, ma quando la guarda attraverso gli occhiali color melanzana, da dittatore, lui capisce subito che non è francese. Qualunque cosa sia o non sia, gli sembra una bugiarda, e a lui i bugiardi piacciono. Immagina che per qualcuno l'onestà abbia un potente effetto seduttivo, ma non è un sentimentale e quel qualcuno non è lui. La seduzione, lo sa, è un miscuglio di proiezioni, inganni, rifiuti. Cosa puoi pretendere di sapere esattamente di una persona, tanto più se non la conosci e ne sei attratto? Eppure lo sai perfettamente quando hai davanti una persona evasiva, e le sue evasioni ti interessano.

Questo francese, tale Christian de La Mazière – ex Waffen SS della Divisione Charlemagne, piccolo aristocratico, memorialista e traditore della nazione francese –, aveva preso un aereo da Parigi all'Avana il giorno dopo aver saputo del golpe. Dall'aeroporto venne con una limousine e fece un bagno di schiuma nella vasca di marmo incassata della sua suite all'Hotel Nacional. Ordinò una bottiglietta di Perrier-Jouët, due uova sode e una saliera. Consumò il suo spuntino e si diresse al Cabaret Tokio.

Si sedette in fondo alla Pam Pam Room a guardare lo spettacolo di Rachel K, il cui *sartouche* dorato frustava l'aria come un lazo mentre lei volteggiava intorno all'asta, non meno aggraziata di una ballerina classica, anche se quelle parevano statuette di porcellana, finemente modellate e freddamente asessuate, mentre Rachel K era fatta di carne dalle curve morbide e, così sembrava, decisamente calde. Una sgargiante cascata di capelli color platino, e quei seni di gelatina compatta e appena vibrante che non sono solamente rari, felice combinazione di genetica e fortuna, ma estremamente sensibili al passare del tempo, perché esistono solo in una stretta finestra della giovinezza. La giovinezza non era un miracolo, lui lo sapeva. O, al massimo, era un miracolo banale. Eppure amava l'arrotondata perfezione della carne giovane. Sventata, perché altro non conosce che la propria fugace esistenza. Lei aveva un viso sottile, occhi neri, le labbra piene e i denti grandi di una zingara sinti o di un'ebrea tedesca. Zazou... incredibile! In scena aveva un'aria stranamente perspicace, malgrado le carni tonde, stupide e perfette.

La Mazière la guardò inginocchiarsi davanti alle luci blu

e rivolgere un timido sorriso agli uomini dei tavoli più vicini. Erano seri e stoici, e lui capì che il cabaret era la loro chiesa e il suo show un sermone avvincente che ascoltavano con una fede ingenua e assoluta. Serio lo era anche lui, ma mentre gli altri uomini guardavano intimiditi e ammirati l'esotica creatura misteriosa come i raggi conici di luce divina che entrassero dal vetro istoriato di una chiesa, lui aveva visto subito qualcosa che loro di sicuro non vedevano. La ragazza aveva avvolto la propria persona nei veli di un personaggio, ma lui intravedeva la persona che cercava di scappare tra le maglie, persona e personaggio stretti in un groviglio difficile da sbrogliare.

La studiò con distaccato desiderio, senza alcuna fretta di andarle più vicino. Era un uomo paziente, di una pazienza quasi perversa. Rimandare il piacere, dopo tutto, era una forma di piacere più intensa e raffinata.

Aveva cominciato ad andare al Tokio tutte le sere, arrivando proprio quando toccava a lei fare il suo numero. Si sedeva in un angolo buio in fondo alla Pam Pam Room, dove i tavoli erano sempre vuoti. Da là vedeva bene sia il palcoscenico che il corridoio dei séparé, dove uomini d'affari ubriachi ed entusiasti aprivano goffamente le tende e chinavano la testa per entrare con ragazze che avevano sul viso espressioni maliziose e fiere, gli uni e le altre convinti di essere stati loro a trionfare. Guardò il barista del Tokio, un uomo al quale gli occhi bassi conferivano un'aria malinconica, come una canzone in tonalità minore. Osservò come il mesto barista giocasse ritualmente a canasta con due ballerine annoiate e senza clienti, ragazze che – pensò La Mazière – non avevano altra scelta che aspettare che gli si presentasse qualche cliente dai gusti speciali. Una era troppo magra, con un badile al posto del bacino, tutt'altro che stuzzichevole. L'altra, molto formosa e alta un metro e ottanta e più, era un'autentica gigantessa. Una sera, dopo aver visto la gigantessa perdere a canasta e fare per due volte il giro della sala cercando di farsi notare da lui, La Mazière tirò fuori un paio di *pesos* per una lap dance. Probabilmente Rachel K si sarebbe accorta che lui aveva pagato per avere compagnia, ma per lui prestare attenzione a tutti i presenti tranne che a lei faceva parte del gioco. Da due settimane si sottraeva al suo sguardo, e lei si sottraeva al suo. Quello che doveva accadere tra loro sarebbe accaduto, era inevitabile, e intanto, nell'attesa, lui poteva provare l'allegra gigantessa, pagarla perché si agitasse su di lui muovendo nel modo giusto i bruni fianchi caraibici, e godersi queste cose con tutta la concentrazione necessaria.

La ragazza che aveva sulle ginocchia ridusse il movimento a una regolare rotazione, tenendo gli occhi chiusi. Lui ebbe l'impressione che si fosse presa la libertà di appisolarsi, ma i suoi movimenti insonnoliti non erano per questo meno efficaci. La sua pelle era perfettamente liscia, e le paillettes brillavano sotto le luci colorate del cabaret. Immaginava che questa ragazza, e probabilmente tutte le ragazze del club, nonostante il loro glamour da showgirl, venissero dal disgustoso cerchio di disperazione che circondava la città. Se il centro era un concentrato di case da gioco pulsanti di luci al neon, alla periferia dell'Avana c'erano miglia e miglia di catapecchie senza elettricità, senza acqua corrente, con mucchi fumanti di spazzatura tifoide. Era una combinazione che lo attirava molto, perché a volte preferiva che i suoi piaceri, di buona o di cattiva lega, fossero misti anziché puri. Il Marcel di Proust aveva donato il divano della zia Léonie a un bordello, e ogni volta che visitava quel locale per stuzzicare "Rachel quand du Seigneur" (ma mai per comprarne i servigi), la vista delle puttane ciondolanti sui suoi cuscini di velluto rosa lo sconcertava. Uno dei dettagli preferiti di una letteratura preferita, ma La Mazière sapeva una cosa che Marcel non sapeva: che non c'è nulla di più perfetto e di più appropriato del velluto rosa schiacciato dal sedere di una puttana. A lui poco importava di accomodarsi su una poltrona di lusso nel foyer del Ritz o in uno squallido casino di Saint-Denis. Di mangiare la sua bistecca da Maxim o in un avamposto coloniale di

Gibuti, una stagnante distesa di saline e di roventi temperature alla foce batterica del mar Rosso. Una bistecca cotta a puntino è uguale dappertutto. Aveva addirittura sostenuto, risolutamente, che a Gibuti si potevano mangiare le migliori bistecche del mondo, evitando di nominare ad alta voce l'ingrediente speciale che ne rendeva la carne più frolla: la contraddizione.

Le ballerine della Pam Pam Room lo avevano quasi sempre lasciato in pace, là da solo al suo tavolo, trovandolo strambo, disinteressato e avaro. Finché lui non si fece salire sulle ginocchia la gigantessa. La sera dopo, le ragazze cominciarono a sfarfallargli intorno. Convinte fosse tedesco, continuavano a dire: «*Das ist gut, ja? Das ist gut?*». Lui annuiva, le guardava con un sorriso distaccato dicendo: «*Ja, gut*» col suo accento francese. Ordinò un bicchiere di rum con menta schiacciata e cristalli di morfina che si scioglievano nell'acqua del ghiaccio. Sorseggiò la sua bibita e guardò di sottecchi Rachel K mentre faceva il solletico alla ragazza seduta sulle sue ginocchia, che scoppiò a ridere. La ragazza gli si mise a cavalcioni. Gli tolse gli occhiali scuri da dittatore e se li provò. Gli poggiò una mano tra le gambe.

«*Das ist gut?*» chiese con un sorriso, premendo con la mano, mentre gli occhiali le scivolavano giù dal naso.

«*Ja*» rispose lui, «*gut.*»

Tre settimane dopo il colpo di stato La Mazière, nella suite dell'albergo, guardò alla televisione Batista che teneva il discorso ufficiale di accettazione. Forse il presidente l'aveva rimandato fino ad allora pensando che si sarebbe sbiadito il ricordo delle mancate elezioni. Era un mulatto dai lineamenti delicati, con un pizzico di severità che gli induriva il sorriso, una vena di cattiveria che non si poteva eliminare. La divisa da generale era tappezzata di medaglie e distintivi, galloni e nastrini. Quella gente ci cascava sempre. Presto avrebbero preso a chiamarlo "Tappi di bottiglia", che era il soprannome con cui i dominicani chiamavano il presidente Trujillo. La Mazière pensò a Darnand che si appuntava le decorazioni francesi – i *bonbon* – alla divisa nuova da Sturmbannführer, quando diventò il capo *de facto* della milizia di Vichy. Medaglie che Darnand si era guadagnato combattendo contro i tedeschi sulla Linea Maginot, ora appuntate sotto le nuove mostrine delle SS cucite con filo d'argento.

Batista sorrise e addolcì l'espressione del viso. «Io sono un dittatore *con* il popolo» disse.

Adesso Prio era in esilio. Batista in patria. Tutti cambiavano posto, ora che c'era la resa dei conti. Darnand e l'intero governo di Vichy fuggirono in Germania, ma la posta era molto più alta. Darnand, Laval, Pétain. Questi non erano factotum di mezza tacca di una repubblica delle banane, e non c'era nessuna Miami dove fare anticamera e aspettare gli sviluppi giocando a canasta nel patio. Darnand fu catturato. Portato a Parigi. Giustiziato.

Tempi difficili. La Mazière preferiva i primi giorni di gloria nella Parigi occupata, quando i realisti e la feccia giravano con le tasche piene di soldi, La Mazière tra loro, assaporando il silenzio ovattato della città al tramonto, dopo il coprifuoco, spostandosi da una strada all'altra a bordo di una Mercedes nera sotto il vuoto rosso-viola del cielo parigino. Che cosa gli importava se la città era stata "annessa"? O se Hitler contemplava gli Champs-Élysées e visitava il Sacré-Coeur? L'incubo degli anni Trenta, dei lavoratori e delle loro vacanze "pagate" che invadevano la Côte d'Azur, era finito, per fortuna. La Francia stava andando verso la rovina socialista. Forse, aveva pensato, era proprio dei tedeschi che avevano bisogno per liberarsi delle pessime idee del cosiddetto Fronte Popolare. I parigini incolpavano i tedeschi dei carri armati che ardevano alla periferia di Parigi, stendendo uno strato di cenere unta sulla città. Incolpavano i tedeschi della propria rapida e miserabile disfatta, della fuliggine velenosa che copriva le ciliegie sugli alberi. Quando erano loro stessi la causa di questo fallimento. La fuliggine veniva dai carri armati che i tedeschi gli avevano portato via, carri armati francesi. Potevano riflettere sul motivo per cui la Germania era forte e la Francia era debole mentre mangiavano il cuoio delle scarpe e bruciavano il mobilio per scaldarsi. La Mazière non aveva mai dovuto mangiare ciliegie avvelenate o il cuoio delle scarpe bollito. Appartenendo alla nuova élite che era quella marmaglia danarosa, lui viveva benissimo, cenava al Boeuf sur le toit e da Maxim, che facevano affari d'oro, con feste sfrenate e rumorose che duravano fino al mattino. Tempi impossibili, quei tempi a Parigi. Impossibili mentre accadevano.

La televisione trasmise un filmato di Batista che scendeva da un aereo e si inginocchiava per baciare la pista, evidentemente travolto dall'amore per il suo Paese.

Che cattiveria, paragonare la Parigi occupata, persone come Darnand, con questa repubblichetta e il suo generale Tappi di Bottiglia. Eppure qualcosa in quel posto risvegliava sensazioni familiari, un misto di timore e privilegio, con gli americani su Cadillac lucenti al posto dei tedeschi in Mercedes. Ma l'Avana era molto più calda e stellata. Le ragazze avevano le labbra viola. I cinematografi avevano il tetto retrattile. Non c'erano né notorietà né vergogna: al loro posto, un rimpasto al potere che era un aperto invito agli opportunisti. Un nuovo presidente che puzzava di irresolutezza. Un vecchio presidente in esilio, impaziente di tornare. Tutti e due avrebbero cercato aiuto. La Mazière gliel'avrebbe dato.

E poi c'era questa ragazza, gitana o ebrea che fosse, non poteva nasconderlo in nessun modo. Sembrava l'avesse formata lui, coi suoi ricordi e i suoi desideri, eppure era inconoscibile. Un messaggio cifrato con le coppette sui capezzoli, pitturata come una bambolina. Aveva un'aria impiastricciata e gongolante, come le ragazze in topless sui cavalli della giostra di Fifine in rue Saint-Denis. La giostra che girava piano, con un moto erotico, le ragazze che andavano su e giù come snelli centauri dal corpo di burro. Più tardi quelle stesse ragazze mangiavano carne di vitello con gli ufficiali tedeschi, mentre la maggior parte della popolazione faceva la coda per le razioni, aspettando di ricevere un pane così muffito e raffermo che per tagliarlo dovevano usare l'accetta.

«*Das ist gut?*» gli chiedevano le ragazze del Tokio, totalmente ignare di chi fosse.

«*Ja*» rispondeva lui, e sinceramente: «*gut.*»

Era seduto al suo tavolo in fondo alla sala, quando Batista si presentò nel locale. Diverse guardie del corpo lo spinsero velocemente dentro a un séparé, alla fine di un corridoio sbarrato da un cordone. Era prevedibile, uomini politici nei bar coi seni al vento. Eppure La Mazière rimase sorpreso vedendo Rachel K oltrepassare il cordone scortata dagli uomini di Batista, e sparire nel séparé del generale. Sorpreso e incuriosito. Era ormai tempo di rompere il sigillo di cera sulla muta conversazione dei loro sguardi.

La sera dopo, quando lei gli passò davanti, lui la fissò con occhio freddo. Rachel K non poté evitare, stavolta, di incontrare il suo sguardo, come faceva di solito.

Lui le fece un cenno quasi impercettibile con la testa.

Lei si avvicinò.

«È un ambasciatore o qualcosa di simile?» chiese.

La voce della ragazza, scoprì lui con grande sollievo, era calma e piuttosto bassa. Una voce acuta e stridula avrebbe potuto rovinare ogni cosa.

Sì, esattamente, disse La Mazière, un ambasciatore, ma sapevano entrambi che era una bugia, che ambasciatore era una parola in codice per qualcosa di complesso e forse indicibile.

Si prese del tempo per studiarla. La bocca tumida. I capelli imbionditi dalla chimica. Calze a rete nere: La Mazière riusciva a scorgerne il motivo alla fioca luce blu. Amava il diafano *allure* delle calze a rete. Erano un invito mascherato da barriera, come una tenda di perline su una soglia che dice "entrate", non "aspettate fuori", le perline un messaggio per dirti che dentro c'è qualcosa di incantato e di speciale. Le toccò il ginocchio, e si sorprese di trovare una pelle fresca, nuda, liscia. Con un dito le sfiorò la coscia, dal basso verso l'alto, con cautela, come se stesse tirando una riga su un vetro brinato. Il dito le lasciò uno sbaffo dello stesso colore della pelle nel reticolo delle calze, che evidentemente non erano di filo ma d'inchiostro.

«Un'illusione... Un dipinto» disse, e la guardò con un sorriso sconcertato. Aveva un vago ricordo di donne parigine che si dipingevano le calze sulle gambe durante la guerra. Ma tutto questo era finito. Si era nel 1952. La ragazza si era creata un suo stile perverso ispirandosi alla penuria della Francia in tempo di guerra. La cosa lo colpì. E quello che avrebbe dovuto essere un invito, una sottile membrana di rete che diceva non soltanto "ti prego, toglimi" ma anche "ti prego, fammi a pezzi", non poteva essere fatto a pezzi. Poteva essere tolta, naturalmente, con acqua e sapone, ma un simile rituale, senza lo scopo di accedere ai suoi favori, non avrebbe avuto alcun significato. Perché disturbarsi, quando poteva averla così com'era? Le sue calze erano materiali come l'ombra della rete metallica proiettata dal sole sul muro di una cella. Pensò a Inge, la ragazza tedesca con cui aveva girato la Renania prima di arruolarsi nella divisione Charlemagne. La piccola Inge, che insisteva per fargli sfondare l'intricato ripiglino di stecche e giarrettiere, busto, corsetto e biancheria intima. Lui si faceva largo tra gancetti e bottoncini, e abbassava gli stretti indumenti elasticizzati fino alle ginocchia della ragazza tedesca, smantellando le intime fortificazioni per violare la frontiera della sua finta verginità. Qualche volta si spazientiva, le ficcava la mano nelle mutande e ne tirava il cavallo premendolo contro l'interno della coscia, per sgomberare la strada. Il suono lacerante della stoffa che non voleva cedere strappava a Inge un piccolo gemito, come se quelle della stoffa fossero le pieghe delicate della sua innocenza. Con le calze disegnate sulle gambe, non c'era niente da sfondare. Né giarrettiere, né stecche, né gancetti. Solo carne.

Rachel K ammise, sì, di averle disegnate lei. «Ed erano perfette... finché lei non mi ha fatto questo segno.» Allungò le gambe per controllare il suo lavoro. «Ci ho messo tutto il giorno per finirle.»

«Ha passato un giorno intero a dipingersi le gambe?» chiese lui divertito.

«Certe ragazze passano ore a depilarsi le sopracciglia» disse lei. «O a bruciare zollette di zucchero e lasciarle cadere nell'assenzio.»

Lui annuì. «E lei invece fa questo.»

«Faccio tante cose.»

«Non ne dubito» disse lui. «Dopo tutto, lei è una ballerina di "varietà". Una ballerina di varietà *francese*, niente meno.» Era un modo di flirtare, di smontare le sue menzogne per costringerla a produrne di nuove.

«Forse il mio modo di ballare è *alla francese*» disse lei. «Ma è qualcosa di più. Mio nonno, Ferdinand K, era francese.»

«K potrebbe essere un mucchio di cose, mademoiselle» disse La Mazière, toccandole la gota col dorso della mano. «Ma K non è francese.»

«Loro dicevano che era francese.»

«"Loro"?»

«Veramente, mia madre.»

«E lei era...»

«Una nessuno. Una sconosciuta che mi ha abbandonato in questo posto quando avevo tredici anni.»

La Mazière disse che tredici anni gli sembravano pochi per debuttare nel suo lavoro. Non ai tropici, ribatté Rachel K, dove le ragazze raggiungono la pubertà a dieci anni. Gli spiegò come le addette ai camerini del Tokio l'avessero coperta di lustrini, fiocchetti e profili dorati di *sartouche*. Erano donne gentili, di mezza età, con voci roche da fumatrici e pesanti mascheroni di trucco. Le avevano modellato i ricci e dipinto la bocca con un rossetto importato da Parigi, di un nero rossastro, come di sangue scurito dall'asfissia. Le avevano coperto i seni con due coppette ornate di fiocchi e l'avevano mandata in scena nella Pam Pam Room. Voilà. Eccola qui.

Lei e sua madre si erano infilate dentro al Tokio, lasciando fuori il sole accecante dell'Avana di mezzogiorno. Qui starai meglio, aveva detto sua madre. Cuba era un posto crudele in mano a gente che abitava a New York, ed era più sensato separarsi che girare insieme per le strade, patetiche monelle che nessuno voleva aiutare. Era così buio dentro il club che Rachel K ci vedeva appena. Attesero al bar della Pam Pam Room, finché un direttore uscì da un ufficio chissà dove, lasciandosi dietro il fumo del sigaro. Respirava rumorosamente, e dalla difficoltà del suo respiro lei capì che l'aveva scritturata. Questo era successo dieci anni prima. Ormai era al Tokio da così tanto tempo che il locale era per lei una specie di madre. Aveva dato una forma alla sua vita. Le altre ragazze erano di passaggio. Consideravano quello nel cabaret un lavoro transitorio e sordido, e speravano sempre di essere salvate da qualche politico o da qualche uomo d'affari. Poiché il Tokio aveva dato una forma alla sua vita e non l'aveva mai costretta a tormentarsi su immaginarie alternative, Rachel K era libera in un modo in cui non lo erano le altre ragazze. Anche lei aveva i suoi desideri, ma non erano una malattia che doveva essere curata. Erano parte di lei.

A volte le sembrava di aver vissuto l'intera adolescenza tra gli specchi dei camerini del Cabaret Tokio. Aveva passato ore a fissarli, chiusa fuori e con la voglia di entrarvi, per essere là dove il mondo era lo stesso, ma argenteo e verdastro, raddoppiato e invertito. Lo stesso, ma diverso. Quando era sola nel camerino premeva la guancia contro l'argento e guardava nello specchio di sghembo, sperando di cogliere un barlume… di cosa?... del suo segreto invisibile, qualunque cosa fosse. Credeva fermamente che ci fosse un segreto nel cuore dell'invisibilità, anche se crederci significava ammettere la possibilità che non ci fossero segreti, che l'invisibilità non avesse un cuore. Se avesse conosciuto il segreto dello specchio, avrebbe saputo come passare dall'altra parte. Per entrare in una regione argenteo-verdastra che era il suo mondo, ma invertito.

Ora le venne fatto di pensare che non guardava più gli specchi come spazi misteriosi. Forse era passata di là senza saperlo.

«Lei ha amici nelle alte sfere» le disse La Mazière. «Il presidente fa la sua maestosa entrata, con la sua scorta al completo...»

«Chi ha detto che siamo amici?»

«Ah. Come ha ragione! L'amicizia è fondata sulla lealtà. Non sui servizi resi da una *cocotte*.»

«L'amicizia è un servizio. In ogni modo, preferivo il vecchio presidente, Prio.»

«Ma certo. "Eletto democraticamente", un uomo del popolo...»

«Io non ho *votato* per lui. Era un amico. Ma se n'è andato, e non sento suonare i violini.»

La Mazière sorrise. «È troppo occupata a spassarsela col suo nemico.» Aveva le mani strette intorno alla sua coscia, una giarrettiera di dita umane che le cingevano la gamba. «Se questa fosse Parigi, dopo la...» fece una pausa e tracciò nell'aria delle virgolette con le dita, «..."Liberazione", le raderebbero la testa, mademoiselle.» Le accarezzò i ruvidi capelli biondi con l'attenzione di un parrucchiere che separa le ciocche da tagliare.

Le francesi che se l'erano spassata con i tedeschi non potevano nascondere i loro romantici incontri con i nazisti più di quanto potessero nascondere le orecchie, mentre La Mazière aveva raccontato menzogne incredibili e scontato la pena in una cella lussuosa. Il suo incarico, organizzare le cene ufficiali del direttore. Fino a quando arrivò un telex giallo, che gli concedeva l'indulto dopo soli cinque anni.

Aveva preso alcune ciocche di Rachel K e se le stava passando tra le dita, tirandole energicamente.

«*L'amicizia è un servizio*» disse. «Naturalmente. Uno ha bisogno della propria intimità. Dev'essere libero di muoversi. La gente diventa un intralcio, non è vero?»

Proprio così, pensava lei. Anche Prio. Verso la fine veniva troppo spesso, e lei si annoiava, stanca com'era di dover recitare sempre lo stesso personaggio, una figura familiare e coerente che lui potesse riconoscere.

«L'amicizia» disse La Mazière, tirandole i capelli per farle voltare la testa verso di lui, «è un concetto barbarico.»

La stava guardando, e lei ebbe la strana sensazione che, se il tempo si fosse fermato, insieme a tutti quelli che erano sospesi nella sua stretta vischiosa, soltanto loro due sarebbero rimasti com'erano, mobili e coscienti.

«Cosa le piace fare» chiese lui, «oltre a dipingersi le gambe?»

Tutti gli uomini del Tokio le facevano questa domanda. *Cosa ti piace?* Faceva parte del tête-à-tête della sua professione, ma la risposta che volevano sentire era soltanto una di quelle confezionate apposta per loro in un numero limitato: *Mi piace farti piacere. Mi piace dimenarmi sulle tue ginocchia. Mi piace essere sexy e puttana. Ridanciana e rispettosa. Mi piace immaginare che un uomo come te mi guarda mentre mi spoglio. Ci penso quando sono tutta sola, e devo mettermi le mani nelle mutandine per soddisfare il desiderio di starti seduta sulle ginocchia.* Non era questione di minchioneria: gli uomini pagavano per ascoltare queste cose. Non gli importava di sapere che cosa le piaceva, e a lei non sarebbe mai saltato in mente di andarglielo a dire. Però intuiva che il francese, col suo sorrisetto perplesso, fosse troppo intelligente per volere una così ovvia messinscena. Aveva l'aria di sapere cosa volesse dire flirtare: flirtare veramente, e non per finta. Sospettava che se gli avesse detto "mi piace dimenarmi sulle tue ginocchia" sarebbe scoppiato in una risata omerica, e a sue spese.

«Mi piacciono quei pochi giorni dell'anno in cui fa freddo, qui, alla fine della stagione degli uragani» disse. «Quando fa abbastanza freddo da aver bisogno di un golf. E la notte di coperte. Ma io non prendo sonno sotto le coperte. Le lascio in fondo al letto e mi addormento scoperta. Quando mi sveglio, più tardi, perché muoio di freddo, mi copro.»

La Mazière la vide prender sonno fredda e scoperta giusto per sentire il caldo con maggiore intensità. Fantasticò di essere il corpo caldo che soffocava questa ragazza mingherlina, tremante di freddo sopra un materasso. Allo stesso tempo, però, non voleva essere solo il caldo, ma anche il freddo. Succedeva un'altra cosa, prima, in questa fantasia, cioè che lui toglieva le coperte dal letto e la lasciava là a rabbrividire, senza niente addosso. O forse solo la biancheria. Lui che prima la raffreddava, e poi la scaldava.

Guardò il suo viso, così chiaramente mitteleuropeo. «Credo che dovresti raccontarmi la tua storia» disse. Non che non credesse alla storia dell'orfanella abbandonata sui gradini di un club di spogliarello, ma voleva qualcos'altro. Non sapeva se voleva sentirsi raccontare una storia inventata o una storia vera, né se c'era differenza. La gente parlava del carattere, una specie di sostanza determinante. Ma era una sostanza anche l'inganno, importante e ammirevole come ciò che nascondeva. Sempre che nascondesse qualcosa, cioè.

«Okay, ecco una storia» disse lei. «Un uomo di nome Ferdinand K arrivò qui dalla Francia. Lavorava nel cinema, e incontrò una ragazza di nome Irene, mia nonna. Ebbero una bambina – mia madre –, la nessuno di prima. Poi morirono entrambi di malattie veneree. Mia madre, l'orfana, era una ragazza di strada. Chi fosse mio padre, non so. Il resto te l'ho già raccontato.»

«Mi hai raccontato le circostanze. Non la storia.»

«Okay, giusto. Forse dovresti raccontarmi tu la tua storia» disse la ragazza, guardandolo negli occhi dietro le lenti scure, «*signor ambasciatore*.»

Lui sorrise come per dire: non c'è problema. Guarda come ti infinocchio. «Io sono Christian de La Mazière. E okay, non sono un ambasciatore.» Fece una pausa. «Sono un giornalista.»

«Menti» disse la ragazza.

«È possibile.»

«E sai un'altra cosa? Ho la sensazione che tu ometti le umili "circostanze" perché non vuoi tirar fuori la tua, di storia.»

«Perché far sapere ciò che è insignificante?» disse lui. «Un banale resoconto tipo "questo era mio nonno, mi hanno indirizzato verso questa o quella professione". La mia esistenza è priva di queste cose tediose.»

«Scommetto che è vero il contrario. Scommetto che il tuo "tedioso" passato è una prigione.»

«Non è una prigione» disse lui. «Vedrai.»

Fosse solo tedioso, pensò, ma non lo disse ad alta voce. Se solo lo fosse.

In realtà, era sordido e straordinario essere stato un'occasionale SS. Essere rimasto senza guerra, senza esercito, senza patria, soltanto ricordi fluttuanti di medaglie e di serate da Maxim, e andare a combattere i bolscevichi pensando che il fascismo fosse meglio di Stalin e che lui combatteva per la sua classe e per il suo retaggio, e poi capire che non era vero. Che non c'entrava niente con la politica o gli ideali, ma solo con la passione. Certo, qualcuno li aveva, gli ideali. Lui no. Anche se aveva le sue convinzioni – cosa rara, si potrebbe dire –, che lo avevano spinto ad arruolarsi, all'Hotel Majestic, un caldo e soffocante giorno di agosto del 1944, poche ore prima che arrivassero gli Alleati. Aveva spiegato la sua storia meglio che poteva nel suo memoriale *Il sognatore con l'elmetto*, facendosi largo, di capitolo in capitolo, tra i ragionamenti e i fatti della sua vita come tra file di denti di pescecane. Quando il libro uscì, lui acquistò un prestigio immediato, e studentesse e casalinghe facevano la coda per andare a letto con un ex nazista pentito. *Avances* alle quali rispondeva con particolare gratitudine, benché questi *engagements* fossero caratterizzati da una struggente e inquietante intimità.

Perché si fosse arruolato, ancora non lo sapeva. Aveva cercato di spiegarlo col proprio retaggio ugonotto e monarchico, con la ribellione a un'ignobile disfatta e ai cosiddetti Alleati che a Mers el-Kábir, in un solo, devastante colpo, avevano assassinato milletrecento marinai francesi. Aveva cercato di spiegarlo con l'effetto che a un Paese demoralizzato e ai suoi militari scombussolati e impotenti aveva fatto l'esercito tedesco. Col brivido che gli davano i ragazzi tedeschi nell'atrio del Ritz, i muscoli gonfi contro la stoffa perfettamente stirata delle loro eleganti uniformi, ansiosi di lustrargli gli stivali. Ma come far capire alla gente qual era stata veramente la posta in gioco? Il magnifico baluginare di un *traumschloss* – un castello in aria – e il sogno di un'Europa gloriosa. Due grandi nazioni, la Francia e la Germania, che confluivano in uno storico fiume, eredi dell'impero di Carlomagno. E c'era l'orgoglio, la questione dell'orgoglio. Invece di inventarsi la meschina scusa di aver sempre lavorato per la Resistenza, aveva scelto l'onore. Erano sensibili a questo ragionamento soprattutto le donne. Che preferivano sempre il coraggio alla codardia, senza badare alla politica o all'etica.

Alla fine queste ragioni, anzi la ragione stessa, c'entravano come i cavoli a merenda. Era stato un puro e semplice sacrificio, privo di ragioni. Un'autocancellazione più grande, più solenne. Andando ad arruolarsi, quel caldo giorno di agosto, a guerra già perduta, vide della gente entrare al Velodrome. Non negherà di aver visto che li conducevano dentro. Era un sognatore con l'elmetto che aspettava in divisa tedesca mentre il maresciallo Pétain, il loro "audace leader" di un regime di Vichy in caduta libera, sonnecchiava nei suoi alloggi. Pétain col suo chepì con la spighetta dorata, che si rifiutava di vederli, i pochi disposti a continuare, i soli – mi correggo, il solo – con ancora la convinzione che bisognava battersi fino alla sconfitta, per provare che non ci si ferma davanti a nulla. Si arresero tutti, e Pétain continuò a dormire col suo chepì con la spighetta dorata.

Era un uomo che doveva affrontare le cose da solo, battersi con convinzione e per niente, un castello in aria, insieme a uomini che non parlavano la sua lingua. L'unico che non si era arreso.

E dunque eccolo qui, in un club di burlesque sotto il Tropico del Cancro, in un'umida città dove i sogni erano marezzati del nulla.

La ragazza era sparita. Lui si era lasciato assorbire dai propri pensieri così profondamente da non essersene accorto.

Era l'ora dello spettacolo. Si accesero le luci blu.

«Ed ecco a voi, da Parigi, la ballerina zazou Rachel K!»

5

Sua madre disse che era una polizza di assicurazione: prosciutto di Dubuque, ordinato apposta dal loro droghiere di Oak Ridge. Nell'eventualità che il cibo del posto fosse immangiabile. Sette ingombranti scatole di latta ovali tra le quali Everly e le sue sorelle incuneavano i piedi da tre giorni, sedute sul sedile posteriore della Studebaker mentre attraversavano l'isola da un capo all'altro. L'ottavo prosciutto, che avevano aperto, era in una borsa termica sulla quale Duffy appoggiava le gambe mentre disegnava le facce a Scribbles. Le cancellava con una spugnetta speciale per poi disegnarne di nuove.

Si fermarono a una stazione della Esso. Marjorie Lederer distribuì i sandwich che aveva preparato in albergo quel mattino a Santa Clara, dopo aver trovato un negozio che vendeva roba americana, pane bianco e senape da aggiungere al prosciutto.

«Prosciutto viene da prosciugare?» chiese Everly.

Nessuno rispose.

«Prenderemo un tram?» Sapeva benissimo che non avrebbero preso un tram. Le piaceva la parola. Sembrava, sulla carta, che dovesse avere qualcosa in fondo. Una *b*, magari. Tramb.

Everly sentiva che in macchina era stata adottata una nuova linea di condotta, in base alla quale gli adulti non avrebbero risposto alle sue domande. Se intendevano ignorarla, avrebbe chiesto tutto quello che voleva chiedere.

«È "morboso" se penso alla morte di altre persone, o solo alla mia?»

«Se una persona avesse una faccia come quella di Scribbles, sarebbe una persona nuova di zecca ogni volta che la faccia le viene cancellata e disegnata di nuovo? O sarebbe solo un trucco per far credere alla gente che è un'altra persona?»

Duffy stava disegnando le ciglia a Scribbles, grandi e grosse come le zampe di una tarantola. Anche dopo morta, pensò Everly, eri prigioniera della tua faccia. Cioè, se qualcuno ti avesse fatto delle fotografie, com'era probabile. E se avesse potuto cambiarsi la faccia e non essere eternamente prigioniera di quella con cui era nata? O anche solo cancellare i propri lineamenti? Quando la faccia di Scribbles non era disegnata, non potevi assolutamente indovinare quello che pensava. Di sicuro c'erano dei vantaggi nel potersi ogni tanto cancellare la faccia, e andarsene in giro senza.

Mentre facevano benzina, un uomo si avvicinò alla macchina con un paniere coperto di cenci.

«*Americanos!* Vende bomboloni!» gridò. «Bomboloni caldi! Carne o *guayaba*! Carne o marmellata!»

George Lederer disse *no gracias*.

«Bomboloni! Bomboloni caldi!»

Un padre cubano che aspettava all'altra pompa di benzina ne comprò alcuni e li porse ai figli sul sedile posteriore.

«Voglio un bombolone caldo» disse Everly. «Con la carne.»

Le diedero invece un sandwich col prosciutto, che le parve normalissimo e del tutto fuori luogo lì. Una cosa familiare che non ti andava di vedere in una stazione di servizio di Cuba, con quel verde elettrico tutt'intorno. Volevi mangiare un bombolone, qualunque cosa fosse. Un bombolone caldo. Carne o marmellata, sembravano buoni tutti e due.

Suo padre guidava e sua madre guardava la carta. Lungo la strada c'erano alti palmizi, e gruppi di buffe capannucce nelle pieghe tra le verdi colline. Sembravano nidi di vespe, ammassi informi di fango e di foglie. Everly chiese se ci abitava qualcuno. Suo padre disse di sì, che erano capanne indigene. Ecco come vivono i cubani, disse, nelle capanne.

Di capanne ce n'erano meno ed erano invece circondati di campi di canna da zucchero nel punto in cui furono costretti a fermarsi perché la strada era stata allagata da un fiume.

Suo padre spense il motore, e tutti rimasero in silenzio, ad aspettare che lui pensasse a cosa fare. Udirono un rumore di zoccoli, una famiglia cubana su un carro tirato da un cavallo. Il cavallo si impuntò quando raggiunse l'acqua, ma il carrettiere gli diede una frustata per farlo proseguire. Il cavallo entrò in acqua lentamente, affondandovi sempre più, tirandosi dietro il carro, finché le ruote furono sommerse per tre quarti.

Due uomini lavoravano sul ciglio della strada, martellando il palo di uno steccato con un grosso sasso. Indossavano entrambi un cappello di paglia, esattamente come tutti gli uomini da quelle parti, avevano notato i Lederer dopo aver lasciato l'Avana. Suo padre gli si avvicinò, e loro lo ascoltarono mentre lui comunicava con gesti delle mani e frasi smozzicate.

Disse «auto» e indicò la macchina.

Disse «acqua» disegnando un'onda con la mano. «È possibile attraversare?»

Uno di essi annuì. «*Sí, sí.*»

Suo padre sorrise allegramente e tornò alla macchina con uno dei cubani. Annunciò che quell'uomo gentile si era offerto di guidarla attraverso l'inondazione.

«George, questa persona non può guidare la nostra macchina» disse Marjorie Lederer. «Non lo permetterò.»

George Lederer doveva occuparsi di tutto, ma doveva farlo nel modo che diceva sua madre.

«Quest'uomo» disse sua madre «non parla neanche inglese.»

L'uomo si tolse il cappello, si asciugò la fronte con la manica della camicia e sorrise educatamente a Marjorie Lederer.

«Non capisce nemmeno quello che dico! E questa è la persona alla quale tu vorresti dare le chiavi della nostra macchina?»

«Cara, queste sono persone di qui» disse George Lederer, «e credo che sarebbe una buona idea...»

«Sarebbe una buona idea fare *cosa*?»
«Lasciare che ci aiutino, cara.»
«Bene.» Marjorie Lederer aprì lo sportello e annunciò alle bambine che il loro padre avrebbe risolto il problema da solo mentre lei avrebbe aspettato nel bar in fondo alla strada. Chi voleva seguirla, era libero di farlo. Everly e le sorelle scesero dalla macchina e la seguirono.

George Lederer non faceva che parlare con gli estranei, la qual cosa irritava e imbarazzava la madre di Everly. Quando gli altri non avevano voglia di chiacchierare, Everly lo capiva. Suo padre, invece, continuava comunque, e parlava con gli sconosciuti che facevano la fila in banca o dal fornaio, diceva loro come si chiamava, che lavoro faceva, cosa voleva comprare o spedire o depositare. «Mando questo a Cuba» aveva detto a una donna in coda dietro di lui all'ufficio postale di Oak Ridge, mostrandole l'indirizzo sul pacco che aveva in mano. «Mi trasferisco con tutta la famiglia.» Dal fornaio di Oak Ridge raccontava storie alla gente che aspettava il suo turno. «Nonna Lederer era una fornaia... giusto, Everly? Abita a St. Louis. Ora è in pensione, ma aveva un forno in centro. Io ci ho lavorato da bambino. Lei e mio padre facevano delle torte al formaggio dentro teglie rettangolari che erano troppo grandi per farle stare sugli scaffali. Allora le mettevano a raffreddarsi sul pavimento. Una notte, quando ero molto piccolo, forse avevo sei anni, scesi dal letto per bere un bicchier d'acqua. Era buio e non vidi la torta sul pavimento e così ci misi dentro un piede.» Era capace di continuare così all'infinito. Anche Everly provava imbarazzo, ma quando sua madre sgridava suo padre lei cercava in tutti i modi di non esserne imbarazzata affatto.

Il bar, con il tetto di foglie di palma, era aperto da tutti i lati. La madre di Everly ordinò da bere, e il barista allineò quattro bicchieri pieni di ghiaccio, ci versò della limonata e vi lasciò cadere qualche goccia di uno sciroppo rosso che filtrò tra i cubetti di ghiaccio come una tintura. Mentre sorseggiavano la loro limonata rossa, la pioggia cominciò a tamburellare sul tetto di fronde, col rumore sommesso e cigolante dell'acqua che goccia su un cesto di vimini.

L'uomo parlava un po' l'inglese e domandò a sua madre da dove venivano e dove stavano andando.

«Arrivate a Cuba» disse, «giusto in tempo per *el golpe.*»

Sua madre gli chiese cosa intendeva dire.

«Il cambiamento di governo, *señora*. Una settimana fa. L'hanno fatto, come dite voi, con *mucha fuerza*. Il presidente Prio non è più presidente. È a Miami adesso, in un hotel *lindo*. Batista, *el dictador, el general*, è lui adesso il presidente. Ma senza elezioni. Non l'ha saputo?»

Sua madre disse di no, nessuno all'Avana ne aveva parlato. L'avevano detto alla radio o sui giornali?

Sì, certo, disse lui, ma ora tutto era tornato alla normalità. «Per un giorno intero la stazione radio trasmette solo musica. Il giorno dopo danno il comunicato. Ma forse non era sui giornali americani.»

La madre di Everly disse che potevano averla data, la notizia, ma lei non aveva avuto il tempo di leggere i giornali da quando erano arrivati. Erano andati via subito, dall'Avana, e nei giorni seguenti avevano viaggiato, con le cartine alla mano, cercando di portare tre bambine, ventuno valigie e una Studebaker fino a Nicaro.

«E i prosciutti» disse Duffy. «Abbiamo sette prosciutti!»

«Otto» disse Everly.

«Abbiamo otto prosciutti!»

Avevano invertito la marcia e preso un'altra strada, visto che questa era impraticabile a causa dell'inondazione. Volevano andare a Preston, la città della United Fruit oltre il canale, dove una barca poteva traghettarli a Nicaro.

«C'è stato un golpe!» disse Duffy.

«Cos'è un golpe?» chiese George Lederer.

«Ci stavo arrivando» disse la loro madre, e spiegò che era una cosa cui aveva accennato il barista. C'era stato un importante avvenimento politico cubano, a quanto pareva, e il vecchio presidente se n'era andato a Miami e ora stava in un posto chiamato l'Hotel Lindo, che probabilmente era mille volte più bello dell'albergo di infimo ordine dove avevano dormito loro. Da come l'aveva raccontata il barista, tutta la faccenda non aveva molto senso. Aveva detto qualcosa a proposito della radio che trasmetteva solo musica, e ora tutto era tornato alla normalità. Ma, e se ci fossero dei disordini?

George Lederer dichiarò di essere abbastanza certo che non ci fossero disordini, perché il governo americano non avrebbe mai chiesto a ventisei uomini e alle loro famiglie di trasferirsi in un posto non sicuro.

Lei disse che sperava che avesse ragione lui. Ma che voleva cercare nel dizionario questa parola, "golpe", appena arrivati a Nicaro.

«Golpe!» urlò Duffy.

«Golpe! Golpe! Golpe!»

«Okay, Duffy» dissero loro, «ora basta.»

6

Del e io avevamo appena catturato uno squalo martello, e lo stavamo sventrando con una mannaia sul molo quando incontrammo gli Allain per la prima volta. Era l'estate del 1951. Quel pesce buttava sangue come una vacca in un mattatoio. Lo avevamo preso con una lenza a mano, appena oltre il pontile di Preston. Quando aveva abboccato, aveva quasi strappato la lenza. Io pensavo che lo avremmo lasciato andare, accontentandoci della possibilità di dire che uno squalo aveva abboccato al nostro amo. E invece Del comincia a darsi da fare come un forsennato tenendo la lenza, e mi ordina di tirare e mollare, tirare e mollare. Non potevo credere che pensasse veramente che saremmo riusciti a catturare quel pesce, o che valesse anche solo la pena di provarci. «Del, non ce la faremo mai... Ci trascinerà in acqua» dissi. Ma Del non ascoltava. Tirava quella lenza così forte che ero certo si sarebbe rotta, mentre l'attorcigliava freneticamente intorno a una delle ancore sul molo come se fosse la cosa più importante del mondo. Secondo me non avevamo la minima possibilità di catturare quello squalo, ma obbedii.

Ci volle quasi tutta la notte per metterlo fuori combattimento. Fu poco prima dell'alba che parve cominciare a cedere. Io tiravo dalla mia parte e lui non tirava più dalla sua. Ricordo di essermi sentito d'un tratto profondamente a disagio. Certe volte vuoi una cosa così, tanto per volerla, e quando finalmente la ottieni ti dispiace. Del disse che ormai si poteva entrare senza pericolo. «In acqua?» dissi io. «Sei matto?» Non sarei entrato in acqua con uno squalo manco morto. Gli squali martello hanno una pelle che sembra di vetro frantumato. Basta sfiorarla che ti riduce la carne in poltiglia. Del disse che ormai era moribondo, e che sarebbe entrato in acqua per mettergli una fune intorno alla coda in modo che potessimo tirarlo fuori. Io mi immaginavo già lo squalo che raccoglieva le sue ultime energie per scagliarsi contro quei bastardi che avevano messo fine alla sua vita felice. Del si tolse la camicia e si tuffò. Io sentii lo squalo tirare, solo un'ultima fiacca contorsione, e poi rimase immobile.

Quando finalmente lo issammo sul molo stava spuntando il sole. Avevamo le mani a brandelli, a forza di tirare la lenza. Del gli assestò una botta con un mazzuolo, e quello morì. In seguito la nostra fotografia uscì sulla rivista della società, "Unifruitco", con un trafiletto sui figli di Stites che avevano catturato uno squalo vicino al molo di Preston. Scrissero "squalo dalla testa reniforme", ma è la stessa cosa di uno squalo martello. La baia di Nipe brulicava di squali. Un mese prima che catturassimo il nostro, un idrovolante della Pan Am urtò un tronco d'albero e andò in frantumi durante l'atterraggio. Poveracci. Alcuni sopravvissero all'urto solo per essere fatti a pezzi da squali martello affamati. Tempo dopo, due pescatori cubani ne catturarono uno, e quando gli aprirono la pancia ci trovarono dentro dei gioielli da signora.

Mentre Del e io eravamo intenti a pulire lo squalo, una lancia della società attraccò al molo. Noi eravamo parecchio su di giri, e all'improvviso sentiamo questa gente gridare e far cagnara: americani, con l'accento del Sud, ma diversi dai parenti di papà. Questi parlavano proprio come dei rozzi montanari. Alzai gli occhi e vidi una famiglia con una cosa come sette bambini arrampicarsi sul molo. Credo che fossero tutti a piedi nudi, con indosso tute stile Tom Sawyer o giù di lì. Urlavano e si rincorrevano l'uno con l'altro mentre i bagagli venivano scaricati dall'imbarcazione. Si affollarono intorno a noi per dare un'occhiata allo squalo martello, che è uno spettacolo piuttosto strano da vedere, se non ne hai mai visto uno prima. Pelle che sembra carta vetrata, una testa come una coda biforcuta, con questi occhi spenti da cretino che sporgono a destra e a sinistra. Accanto a me c'era una montagnetta di budella, organi interni e roba appiccicosa che avevamo raschiato via dalla cavità addominale. Uno dei ragazzi la indicò e ci chiese che cosa ne avremmo fatto. Io dissi: la buttiamo. Lui si chinò a prendere quello che sembrava un pezzo di intestino e cominciò a ruotarlo come se fosse un'alga. Tee-Tee c'era, me lo ricordo perché non avevamo mai visto una bambina con occhi come i suoi: blu ghiaccio, sembravano gli occhi di un lupo. Era scalza come tutti gli altri ed entrò direttamente nella pozza di sangue nero intorno allo squalo. Ci guardò, con i lunghi capelli sottili che le cadevano sul viso, e disse che avremmo potuto attirarne degli altri se avessimo buttato in acqua un pezzo di carne dello squalo.

Io avevo otto anni e Del doveva averne dodici, e non avevamo mai incontrato nessuno come gli Allain. La United Fruit aveva assunto Hatch Allain e suo fratello Rudy, e loro due si erano tirati dietro tutta la famiglia, persino la nonna, Pearly. Pearly, che bagnata non pesava quaranta chili e che teneva nella tasca del grembiule una Derringer calibro 32. Rudy era un aggiustatutto e gestiva l'officina, mentre Hatch era il capo della piantagione. Hatch era un gigante, con mani e gomiti enormi. Papà disse che la società lo aveva assunto perché aveva lavorato nelle piantagioni della Louisiana e sapeva come trattare i neri. Non lo disse così educatamente, ma credo di aver reso l'idea. Hatch non si chiamava così senza motivo: credo fosse un'abbreviazione di *hatchet*, "accetta". I braccianti ne avevano un terrore sacro. In Louisiana aveva ucciso un uomo, ed era per questo che gli Allain erano venuti a Cuba. Non potevano tornare negli Stati Uniti, perché Hatch sarebbe finito in prigione. In teoria era un segreto; in pratica lo sapevano tutti. Era parte di quello che faceva di Hatch, Hatch e gli Allain, gli Allain, appunto.

Quando Hatch e sua moglie Flordelis se ne andarono da Cuba, i figli erano diventati nove. Se penso a Flordelis Allain, la penso sempre incinta. Mi sembra sia stato così in tutti gli anni della loro permanenza qui. Nel clan di Rudy c'erano sei bambini e la moglie Marthize, che tutti chiamavano Mars. Il figlio di Hatch, Curtis junior, aveva la mia età, e diventammo grandi amici fin dal primo giorno. È così che succede qualche volta coi bambini. Quando due si piacciono, basta un giorno e diventano amici per la pelle. Ma in un giorno possono anche diventare nemici, come accadde in seguito tra me e Curtis.

Tee-Tee, la figlia più grande di Hatch, aveva l'età di Del. Doveva essere alta almeno un metro e ottanta, quella ragazzina, esile e allampanata, con queste gambe lunghe, sporche e piene di lividi. Pelle chiara, quasi incolore, come quella di un bebè. Era bella, ma di una bellezza singolare. Del si prese una cotta per lei da quel primo momento sul molo. Mentre io ragionavo su quanto fosse stramba, Del se ne innamorava. Il primo anno che gli Allain frequentarono la scuola di Preston con noi, Del regalò a Tee-Tee una scatola di cioccolatini a forma di cuore per San Valentino. L'aveva comprata con i suoi soldi all'*almacén*. Eravamo tutti nel cortile della scuola, e Del le si avvicinò e borbottò qualcosa tipo «ecco». Era molto timido. Era una di quelle persone che, appena trovavi un argomento che gli interessava, si animava tutto e aveva tante cose da dire, ma altrimenti niente di niente. Tee-Tee gli strappò di mano la scatola a forma di cuore, si sedette sulla diga e l'aprì. Povero Del. Lei nemmeno lo ringraziò. Mangiò tutti i cioccolatini, tirandoli fuori dalle loro nicchie di carta crespata, finché non svuotò la scatola. Vi frugò dentro per essere sicura di non averne saltato qualcuno e si pulì le mani sulla gonna. Lo guardava con aria inespressiva, leccandosi il cioccolato che aveva sulle dita, ispida e indifferente come un gatto randagio. Anch'io per San Valentino comprai dei cioccolatini, ma io li diedi a mia madre.

A Preston gli Allain non si mescolavano con gli altri americani. Erano diversi a livello sociale, si potrebbe dire. Erano dei *cajun*, venivano da una piccola città della Louisiana meridionale e facevano le cose a modo loro. Non andavano al Pan-American Club e non giocavano a golf, né tantomeno a polo, a tennis o a croquet. La sfilata natalizia, i balli sul pontone al chiaro di luna, le gite sullo yacht: c'era sempre qualche divertimento organizzato dalla società, ma a queste cose gli Allain non partecipavano. Immagino non fossero invitati. Ma neanche ci sarebbero venuti. Preferivano mangiare a casa loro, andare a pesca o a caccia, campeggiare sulla spiaggia. Papà li aveva sistemati in due basse case di mattoni vicino allo zuccherificio e allo scalo merci dove si trovavano tutti i vagoni ferroviari. Tra le due case avevano tirato delle corde da bucato che formavano una specie di cencioso recinto, con pannolini e magliette dei bambini e tute da lavoro di Hatch e Rudy che la brezza proveniente dalla diga foranea faceva sventolare. Indumenti sbrindellati che puliti non erano molto diversi rispetto a quando erano sporchi. Non so dove dormissero, tutti quanti: sicuramente in quattro o cinque per camera, talmente vicino allo zuccherificio da trovarsi praticamente nella sua ombra. Laggiù la sirena dello zuccherificio era assordante, e durante il periodo della spremitura suonava puntualmente ogni ora, ventiquattr'ore al giorno. Era così che molti dei cubani riuscivano a sapere l'ora: non tutti avevano i soldi per comprarsi un orologio. Io credo che papà avesse sistemato Hatch e Rudy laggiù per essere sicuro che non ci fossero problemi. Se succedeva qualcosa, erano a due passi dallo zuccherificio.

Quella prima settimana dopo l'arrivo a Preston degli Allain, Curtis junior e io prendemmo le biciclette e andammo insieme fino alla pista di atterraggio. Tornando in città, lui mi chiese se volevo mangiare con loro. Era una cosa diversa. Loro cucinavano e mangiavano all'aperto. Grigliavano tutto sopra un fusto da duecento litri che Rudy aveva tagliato in due e saldato a un cavalletto. Ci sedemmo tutti insieme, le due famiglie e tutti i bambini, intorno a due tavoli da picnic accostati per il lungo. Adulti, bambini, urlavano tutti. I più piccoli piangevano, addosso solo il pannolino; gli altri, scalzi e mezzi nudi pure loro, stavano in piedi sulle panche per prendere dal tavolo quello che volevano. A casa nostra la cena era una specie di cerimonia. Papà ci teneva. Lui indossava vestito e cravatta bianchi. Mia madre un abito elegante, con i capelli tirati su, un po' di belletto sulle guance e profumo, anche se non troppo: diceva che dovevi sentire il profumo di una donna solo quando ti chinavi per abbracciarla. I bambini si dovevano vedere e non sentire, a meno che papà non ci facesse una domanda diretta. Del e io avevamo l'obbligo di presentarci alle sei in punto, lavati e vestiti per la cena, e nessuno mangiava finché papà non aveva ringraziato il Signore. Il nostro maggiordomo, Henry Das – era mezzo giamaicano e mezzo indù – serviva le varie portate. Papà apparteneva a una vecchia famiglia del Mississippi, e Henry Das indossava giacche bianche inamidate e cravatte a farfalla nere. Mentre noi mangiavamo lui stava in piedi accanto alla porta della cucina, immobile come una statua. Le portate erano tre o quattro, la tavola apparecchiata con argenteria tirata a lucido, bei servizi di porcellana, vaschette per le dita. Un giorno venne a cena a casa nostra un avvocato cubano, e quando avemmo finito di cenare tirò fuori un pettinino dalla tasca, lo immerse nella vaschetta per le dita e se lo passò tra i capelli. Mia madre ne fu inorridita, ma non disse nulla, naturalmente. Anche quando il signor Bloussé arrivò con la moglie haitiana e le figlie nere, mia madre si comportò in modo educato. Le trattò come avrebbe trattato chiunque. Lei, seduta al capo del tavolo, aveva un campanellino d'argento. Appena lo suonava, Henry Das veniva a vedere cosa volevamo, camminando con la sua postura perfettamente studiata. Quell'uomo era la grazia in persona. Al termine della cena, se fuori nel viale c'era qualcuno che giocava, a nascondino o a baseball con una palla di gomma e un manico di scopa, Del e io non eravamo liberi di andarcene finché non avevano servito il caffè. Sentivamo i ragazzi che urlavano e correvano qua e là, ma noi dovevamo stare a tavola fino a quando papà non ci dava il permesso di alzarci. A quel punto andavamo fuori e giocavamo fino all'imbrunire. Nostra madre leggeva, dipingeva con gli acquerelli o scriveva una lettera a qualcuno negli Stati Uniti. Papà, seduto sulla veranda, ascoltava alla radio il listino serale della borsa. Dopo le quotazioni c'era Lowell Thomas, e quando questi diceva «Arrivederci a domani» papà ci gridava che era ora di rientrare e di prepararsi per andare a letto.

Sono abbastanza sicuro che gli Allain fossero gli unici americani di Preston che non avevano domestici. Questa era una cosa decisamente insolita. Tutti i bianchi, a Cuba, avevano dei domestici. Noi avevamo sempre otto o nove persone che lavoravano a casa nostra. Ai tropici, avere dei domestici rientrava nella normalità: sapevano mandare avanti la casa, tirare sul prezzo al mercato, conservare ogni cosa con quel caldo e con tutta quella pioggia. E la manodopera costava poco. Eppure gli Allain non avevano nessuno. Non abitavano nell'Avenida, come ho detto: vivevano in due basse case di mattoni praticamente attaccate allo zuccherificio. Ecco come funzionava la gerarchia sociale lì. Rudy e Hatch non facevano parte della direzione, erano dei capisquadra, dei colletti blu, e sembravano felici di abitare vicino allo zuccherificio e allo scalo merci. Non credo che avrebbero voluto stare nell'Avenida, con maggiordomi, cuochi, domestici, giardinieri, uomini tuttofare, autisti, lavandaie e via dicendo.

Flordelis e Mars deposero grandi zuppiere sul tavolo esterno. Cucinavano *cajun*, roba che non avevo mai mangiato. Ostriche, non so bene che pesce annerito, pane di granturco, ciccioli di maiale, riso, fagioli dall'occhio nero. Roba deliziosa, piccante, il sale della terra. Ne sento ancora la mancanza. Ognuno cominciò a servirsi da solo, e io feci lo stesso, allungai le mani come tutti gli altri e mi riempii il piatto con quello che volevo. L'educazione non è comportarsi bene, è fare le cose come si fanno a casa di chi ti ha invitato. Questo non me l'ha insegnato nessuno; è una cosa che impari strada facendo. Mettere un braccio davanti alla faccia di qualcuno? Questa per loro era educazione. La madre di Rudy e Hatch, Pearly, ci raggiunse quando tutti avevano cominciato a mangiare. Aveva i bigodini, con le forcine che spuntavano da tutte le parti. La sua testa sembrava una mazza ferrata. «Hai qualche appuntamento, più tardi?» le chiese Hatch. «Forse sì» disse Pearly. «Cioè, quando avrò finito di prenderti a calci nel culo.» È l'unica persona che io abbia mai sentito rispondere per le rime a Hatch Allain. Dopo essersi seduta, Pearly tolse la piccola pistola dalla tasca del grembiule e la poggiò con delicatezza sul tavolo. Credo fosse per scherzare, perché risero tutti. Rudy disse: «Attenti che stasera nessuno si becchi una rivoltellata». Mia madre sul tavolo aveva il campanellino d'argento, per chiamare Henry Das. Pearly la Derringer calibro 32.

Il fratellino di Curtis, il Cinese, per tutta la durata della cena buttò via la roba che aveva nel piatto, senza che nessuno gli dicesse alcunché. Anzi, sembravano divertirsi un mondo. Il suo vero nome era Clovis, ma lo chiamavano il Cinese perché era cicciottello e aveva gli occhi a mandorla. Tutti quei bambini avevano nomi strani, tranne Curtis junior, che era sempre e solo Curtis. Hatch era Curtis senior, ma non ho mai sentito nessuno chiamarlo così. Non so che fine abbia fatto ora Curtis junior: sarà magari in Louisiana, anche lui con una decina di figli. Non lo vedo da quarant'anni. Hatch e Rudy sono morti, ne sono sicuro. Pearly sarà stata seppellita con quella pistola nella tasca del grembiule.

Il Cinese aveva forse due anni, ma sapeva quello che faceva: teneva banco. Era una dura lotta riuscire a essere al centro dell'attenzione, alla tavola degli Allain. Dopo cena Rudy si mise le mani intorno all'occhio destro e strinse. L'occhio schizzò fuori. Non ci potevo credere. Cadde sul tavolo come uno di quei confetti di gomma da masticare rotondi... Cloc! Era di vetro. Lui allungò la mano e lo girò verso di me. «Ti sta guardando, ragazzo» disse. Dopodiché lo prese e se lo fece rimbalzare sulla mano. «Sì» disse, «questo è il prezzo che si paga quando si fa incazzare Marthize Allain. Ma prima o poi la perdonerò.» Mi guardò. «Voglio svelarti un segreto, figliolo: tra moglie e marito non è occhio per occhio. È un'altra cosa. Tu che ne pensi, Mars?» Aveva stretto la mano intorno all'occhio e se lo stava rigirando tra le dita. «Secondo te che cos'è?»

Nessuno parlava. Mi guardai intorno, e i bambini tenevano tutti gli occhi sui piatti, tranne Tee-Tee, che aveva quel sorriso imbarazzato, come per dire: ecco, ci risiamo, e proprio davanti a un ospite che non ne sa niente. Pensavo che Rudy stesse scherzando, anche se non sembrava uno scherzo molto divertente. Mars lo guardò fisso. Poi si mise a sparecchiare ed entrò in casa con una pila di piatti sporchi. A quel punto tutti rimasero seduti in silenzio. Finalmente disse qualcosa Hatch. «Se non chiudi il becco, Rudy, ti caverà anche l'altro.»

Mars gli aveva davvero cavato un occhio. Alcuni anni prima, quando vivevano ancora tutti in Louisiana, tra lei e Rudy era scoppiata una lite furiosa. Mars ruppe una bottiglia contro il banco della cucina e lo minacciò, senza avere realmente l'intenzione di ferirlo. Lui si lanciò verso di lei per portargliela via, e una punta gli entrò nell'occhio. Gli perforò il globo oculare. C'è da chiedersi quanto possa risentire un matrimonio, di un simile incidente. Lei gli aveva fatto una cosa imperdonabile. E Rudy a causa sua aveva subito una perdita terribile: un occhio, Cristo! E adesso si ritrovavano ancora insieme, senza una via d'uscita.

A casa nostra Annie preparava flan, flambé, raffinate torte a tre strati. Ogni pomeriggio si sentiva questo profumo che dalla cucina si diffondeva in tutte le stanze. Henry Das portava il dessert sul carrello del tè e lo serviva sugli speciali piatti da torta di mia madre con le sue posate d'argento. Quella sera dagli Allain, sparecchiata la tavola, Mars mise sopra un vecchio tagliere le due metà di un'anguria. Ne tagliammo via un pezzo per ciascuno, e sputammo i semi nella polvere. Gli adulti fumavano tutti. Rudy disse che aveva finito il tabacco, e Mars gli offrì una delle sue sigarette. Lui la prese, diede un morso al filtro e lo sputò per terra. Disse che fumare una sigaretta col filtro era come – fece una pausa, cercando di pensare al paragone giusto – «come succhiare una tetta attraverso il reggipetto», ecco cosa disse.

Dopo cena andarono a prendere gli strumenti. Curtis junior e sua cugina Mitty suonavano il violino e la fisarmonica, e Genevieve, Eglantine e Tee-Tee ballarono a turno su un pezzo di linoleum. Eglantine – o Giddle, come la chiamavano loro – aveva un paio di scarpe da tiptap. Le altre bambine ballarono una specie di finto tiptap a piedi nudi. Ricordo come le lunette di metallo sulle suole di Giddle ticchettavano sull'asfalto del cortile della scuola: le portava tutti i giorni per andare in classe, come se fossero scarpe normali. Panda, la figlia più piccola di Rudy, cantava. Aveva circa sette anni, e una voce strana e bellissima, ma non in senso tradizionale: aveva qualcosa di speciale e tutti lo sapevano. Panda aveva i capelli biondi, lunghi e sporchi, con un enorme nodo aggrovigliato sulla nuca, e una voglia color prugna intorno a un occhio. Un giorno venne a scuola in camicia da notte. Non so perché. La signorina Sparks la mandò a casa e le disse di tornare vestita come si deve. Io credo che i bambini si mettano quello che vogliono, pigiama o scarpette da tiptap, quando sono in tanti in famiglia e non c'è molta sorveglianza. Curtis e Mitty si vestivano come dei *guajiros*, con i calzoni tagliati all'altezza del ginocchio, una corda nei passanti della cintura, niente calze, scarpe da tennis di tela bucate. Anche Tee-Tee, con la sua bellezza strana, era sporca né più né meno degli altri.

Panda cantava, e Curtis e Mitty l'accompagnavano con i loro strumenti. Hatch segnava il tempo, battendosi una mano enorme sulla coscia enorme, mentre sorseggiava rum da una bottiglia di Matusalemme. Quel che si dice un torcibudella. Trenta centesimi al litro all'*almacén*. I dirigenti della United Fruit bevevano scotch whiskey Dewar's White Label. Era il liquore ufficiale della società. Un signore di nome Joseph P. Kennedy, il padre di JFK, aveva la concessione della Dewar negli Stati Uniti ed era amico di papà. Non è un segreto per nessuno che la United Fruit fosse coinvolta nell'affare della Baia dei Porci. E il figlio dell'amministratore delegato della società che distillava il nostro whiskey ufficiale è la persona che tutti quanti qui accusarono di averli abbandonati, di non avere colto l'occasione per tornare a impossessarsi dell'impero dello zucchero. Il Dewar's White Label era anche il tipo di whiskey che bevevano i più giovani, gli scapoli che ciondolavano al Pan-American Club, seduti sulla terrazza a guardare gli scaricatori di porto che spostavano sacchi di zucchero da centocinquanta chili. Questa era la direzione della United Fruit, e c'erano dei rituali, dei modi di fare quasi ogni cosa. Portavi un vestito bianco inamidato dal bavero della giacca fino ai risvolti dei calzoni; abitavi in una casa piena di domestici; i tuoi figli erano allevati da bambinaie giamaicane; ascoltavi dalla radiolina le quotazioni delle azioni della società; mandavi a letto i bambini quando Lowell Thomas diceva «Arrivederci a domani» e sorseggiavi il tuo scotch whiskey Dewar's White Label. I fratelli Allain portavano tute macchiate di olio; le loro mogli cucinavano, pulivano e facevano il bucato; i loro figli crescevano come dei selvaggi; e Hatch beveva da quella caraffa di torcibudella come se fosse un elisir piovuto dal cielo.

Quella prima sera che mangiai con loro papà non mi permise di entrare in casa se non dopo avermi fatto spogliare in garage e aver ordinato a Hilton Hardy di annaffiarmi con la pompa dell'acqua per il giardino. Non aveva nulla da obiettare al fatto che andassi dagli Allain. Solo, non voleva che "me la tirassi in casa". La bassa estrazione sociale, intendeva dire: una malattia che non si poteva prendere. Io credo che papà la pensasse così: se volevo essere amico di Curtis dovevo essere consapevole delle differenze che c'erano tra noi. Alla fine la piantarono di costringermi a spogliarmi e di farmi la doccia nel garage, e potei tornare a casa dopo una serata dagli Allain come se fossi uscito per una gita all'aperto. Papà fingeva ancora di trovarmi dei pidocchi nei capelli, o diceva a Annie di controllare se avevo le pulci, ma il suo era solo uno scherzo.

Prima del nostro litigio, Curtis e io facevamo tutto insieme, costruivamo forti, fabbricavamo fionde, nuotavamo nel fiume e raggiungevamo in bicicletta la pista di atterraggio per colpire i colombi. Rudy ci portò a Mayarí con un camion della società a comprare fuochi artificiali e cartucce. La domenica gli Allain facevano un grande barbecue – selvaggina, ostriche, aragoste e così via – e io ero sempre invitato. Mi trattavano come uno dei loro figli, specie dopo che gli ebbi trovato Panda. Panda scomparve un sabato pomeriggio, e Mars era a pezzi, e continuava a torcersi le mani e a piangere. Rudy e Hatch formarono una squadra per le ricerche. Me li ricordo mentre caricavano i fucili da caccia in cucina. Erano convinti che qualcuno l'avesse rapita, e andarono giù al *batey* dei braccianti e perquisirono tutte le capanne per vedere se qualcuno l'aveva nascosta là. Setacciarono la città e nessuno riusciva a trovarla, una bambina di sette anni scomparsa nel nulla. Ma Panda era una bambina strana, ben diversa dai suoi fratelli. Viveva in un mondo tutto suo, e io ebbi la sensazione che potesse essersi semplicemente allontanata, forse in cerca di un po' di silenzio e di tranquillità. Il secondo giorno dalla sua scomparsa, stavo attraversando lo scalo merci, lungo i binari della ferrovia. Davanti a me c'era il vagone letto di papà, con il sole che luccicava sulla sua vernice verde scuro e le lettere gialle sulla fiancata che dicevano *United Fruit Company*. Papà lo usava per i viaggi all'Avana. La società aveva i DC-3, e papà avrebbe potuto prenderne uno ed essere là in un'ora, ma era un uomo all'antica. Tutti i vecchi signori della United Fruit erano come lui. Ogni tanto prendeva l'aeroplano, ma più spesso, quando doveva andare all'Avana, attaccavano il suo vagone letto alla linea principale a Holguín, e da là era un viaggio di una notte. Il vagone era elegante: tende di velluto rosso, tappezzeria di velluto, un ufficio foderato di legno di teak, rubinetti d'oro nella toilette, una sala da pranzo con posate d'argento, ceramiche Wedgwood e tovaglie bianche. Lo pulivano regolarmente, e capitava che le addette si dimenticassero di chiuderlo a chiave.

Passando di fianco al vagone udii una vocina venire da dietro i finestrini chiusi. Aprii la porta, e Panda era là, con i suoi capelli arruffati e spioventi sul viso, e quella voglia intorno all'occhio che sembrava una macchia di vino. Seduta sul pavimento, cantava e parlava da sola, giocando con una bambola che faceva muovere come se parlasse con lei. Aveva portato con sé una valigia, e c'era roba sparsa dappertutto. Alzò gli occhi e mi guardò. «Andiamo all'Avana!» disse. Le spiegai che erano tutti in pensiero per lei, che forse era il caso di andare da Mars per informarla che la sua bambina stava bene. Mi disse che era stufa di dividere il letto con Genevieve, che Genevieve le dava dei calci nel sonno. Provai quasi tristezza all'idea di doverla portare a casa. Non tutti sono adatti a una famiglia come quella degli Allain.

Io e Curtis andavamo spesso a pescare, e il pesce che prendevamo lo davamo a Mars e a Flordelis per il barbecue della domenica. A volte veniva con noi anche Del. Il sabato sera facevamo un fagotto con le coperte, i panini e gli attrezzi per la pesca, e magari una radio, e caricavamo tutto su uno di quei carrelli a quattro ruote che viaggiano sui binari, con una leva per controllarli. Lo si metteva in moto spingendo la leva, e c'erano delle pulegge che entravano in azione per rallentarlo, oltre che il freno. Lo portavamo fino in fondo al molo, calavamo in acqua le nasse e passavamo la notte là. Se avevamo la radio, ascoltavamo il programma di Clavelito, tanto per divertirci. Era alle otto di sera, e lo trasmettevano in tutta l'isola. Certe volte, al tramonto, prendevo la bicicletta e percorrevo la strada di accesso ai campi di canna da zucchero e alle capanne dei braccianti. Si sentiva questa eco misteriosa, tutte le radio sintonizzate sul programma di Clavelito, la sua strana voce acuta che veniva dai *bohios* immersi nel buio. Avevano le batterie, non l'elettricità. Clavelito curava la gente per radio. Presumibilmente, intendo dire. Faceva previsioni sui numeri vincenti della lotteria: ecco l'altra cosa, a parte Clavelito, di cui erano fanatici i cubani, la *lotería*. A volte suonava la chitarra e cantava. Noi scherzavamo su Clavelito che curava la gente dicendole di mettere sulla radio, mentre parlava lui, un bicchiere d'acqua. Che poi bevevano. Quell'uomo, comunque, doveva avere qualcosa, carisma: altrimenti, perché saremmo stati là a sentirlo? E io lo ascoltavo sempre. Lo facevano tutti.

La pesca degna di questo nome però era a Cayo Saetía, e Hatch decise di organizzare una gita e portarci noi ragazzi. Questo accadde circa un anno dopo l'arrivo degli Allain, quando Curtis e io ci prendemmo a botte.

Saetía era un'insenatura perfettamente protetta, con sabbia rosa che luccicava come se avesse dentro piccolissime schegge di diamante, e scogliere brulicanti di vita marina. Se in quell'acqua verde e trasparente piantavi una pertica con attaccato in punta un rampino aguzzo, tiravi fuori un polipo dopo l'altro, e se stendevi delle reti sul fondo, quando le alzavi erano piene di enormi aragoste verdi. L'isola era coperta di alberi da frutto tropicali, mango, papaya, albero del pane, melarosa, anona, albicocchi di San Domingo, e di fiori grossi come la testa di un uomo che appassivano su alberi e rampicanti. Nella scogliera c'era un'apertura per entrare nella baia, e le barche potevano passarci solo con l'alta marea. La manovra faceva paura, ma per la pesca era il posto migliore di tutta la parte orientale di Cuba. Saetía apparteneva alla United Fruit Company, e i cubani non avevano il permesso di andarci. Pescatori di frodo cercavano di arrivarci in continuazione. Per impedirglielo la società aveva messo una guardia a sorvegliare la baia. Nel 1947, così si racconta, Fidel Castro fece parecchi chilometri a nuoto fino alle sponde di Saetía, dopo un fallito tentativo di invasione della repubblica dominicana organizzata da lui e da qualche altro cubano nella speranza di rovesciare il dittatore Trujillo. Ho sentito dire che ora è Raúl Castro, il padrone di Saetía, che è il posto dove va a passare le vacanze, e la cosa non mi sorprende. Tutto ciò che era nostro, i due fratelli si fecero un dovere di appropriarsene. Fidel parla ancora di Saetía, di Preston eccetera eccetera, quando tiene i suoi interminabili discorsi.

La prospettiva di quella gita a Saetía ci elettrizzava tutti, cinque giorni in cui ci saremmo nutriti di ciò che il mare aveva da offrire. Del rimase a casa, e allora non riuscii a capire perché: pensavo che fosse matto a perdere un'occasione come quella. Sono sicuro che fu per via di Tee-Tee. Cercava sempre di scoprire dove potesse essere o cosa stesse facendo. Lei di certo a Saetía non sarebbe venuta, a pescare polpi con una banda di ragazzi, e forse lui sperava che, spariti Hatch e i ragazzi, avrebbe avuto la possibilità di vederla. Mia madre, mi ricordo, era contenta che Del restasse a casa, perché papà era andato all'Avana a incontrare Batista. Era il marzo del 1952. Batista era andato al potere con un colpo di stato, e c'erano trattative di ogni genere da condurre con la società. Papà seppe del golpe prima ancora che venisse attuato. Deke Havelin, un uomo d'affari dell'Avana nostro amico di famiglia, gli inviò un telex per informarlo. Gli americani la ritenevano una cosa positiva. Papà sicuramente. C'era un legame tra la United Fruit e Batista, che era cresciuto in una delle sue città, aveva lavorato alle dipendenze della società ed era decisamente propenso a fare affari con loro. Credo che papà rispettasse Batista, ma era difficile dire quanto papà rispettasse chicchessia. Aveva un modo di trattarti come se fossi una persona eccezionalmente intelligente, e poi, con la stessa facilità, da perfetto idiota.

Io, Mitty, Curtis, un nipote del signor LaDue venuto a trovarlo dal Missouri aiutammo tutti a caricare le provviste sulle barche: riso, olio per cucinare, zucchero, caffè. Hatch mi passò una cassetta del suo rum di Matusalemme e mi disse di stare attento, e di maneggiarla come se fosse una scatola di uova di gallina. Avevamo con noi tre cubani, un vecchio di nome Perequín e i suoi due figli grandi. I figli remavano e il vecchio sedeva nella barca masticando il sigaro: non fumava veramente, si limitava a masticare il mozzicone di sigaro spento che aveva in bocca. Parlava pochissimo, ma sapeva tutto del mare. Lui e i suoi figli ci guidarono attraverso la scogliera, si occuparono delle barche, cucinarono per noi.

I primi due giorni furono un paradiso. Prendemmo seriole, cernie nere, cernie rosse, lutiani, e anche dei polpi, che il vecchio e i suoi figli sbattevano sugli scogli e attaccavano a una lenza per farli asciugare. Li tagliavano a pezzettini, poi lessavano, friggevano e mescolavano tutto con un bel po' di riso. Cucinavano quello che pescavamo noi e servivano ogni cosa con piantaggine fritta, riso, fagioli e grossi spicchi di avocado. Un tempo Saetía era stato un frutteto della società. Agrumi, per lo più, ma c'erano anche piante di avocado, così cariche di frutti da piegarsi sotto il loro peso. Mangiavamo piatti stracolmi, e poi crollavamo tutti sulla spiaggia. Dormivamo sui sacchi da zucchero della società, sacchi puliti, stesi sopra foglie di ficus strappate dagli alberi. La seconda notte piovve, e i cubani tirarono un telone sotto il quale ci riparammo.

A Saetía c'era una vecchia *guesthouse* della United Fruit, vicino all'insenatura principale. Quando ero piccolo ogni tanto ci trascorrevamo le vacanze. Somigliava alle case di Savannah, in Georgia, tre piani di balconi decorati che giravano tutt'intorno alla casa. Se avevamo dei visitatori importanti dall'Avana o dagli Stati Uniti, la società organizzava grandi ricevimenti nella *guesthouse* di Saetía. Prendevamo lo yacht di venti metri della società, il *Mollie and Me*, e se non era abbastanza grande gli attaccavano una chiatta da sabbia e così rimorchiavano gli altri ospiti. La casa aveva venti camere da letto, un bel mobilio di mogano e durame viola, una gigantesca scala vecchio stile, con la balaustra curva. Lampadari di cristallo, tutta la biancheria col monogramma UF CO ricamato sopra. A prendersi cura di ogni cosa c'era una squadra di domestici al completo, che ci abitava. Avevano smesso di coltivare agrumi a Saetía anni prima; non era redditizio come lo zucchero. La frutta doveva essere spedita in container con l'aria condizionata, il raccolto era minimo, e non ne volevano più sapere. Per qualche tempo lasciarono solo una persona a occuparsi della casa, una signora giamaicana. Poi la società l'abbandonò del tutto. Quando noi andammo a pescare con Hatch, era disabitata ormai. Continuavamo a fare i nostri grandi picnic sulla spiaggia di Saetía, e ci sedevamo sui gradini della casa per avere un po' d'ombra, ma quella casa stava andando in rovina, le finestre sprangate con assi di legno. Era ancora dipinta del giallo senape che era il marchio di fabbrica della United Fruit, però la vernice era scolorita e cominciava a staccarsi, una metà delle tegole rosse di argilla era scivolata giù dal tetto e l'assito della veranda mancava dove il legno era marcito. Perequín diceva che era infestata dagli spiriti.

La porta di quella casa era alta almeno tre o quattro metri ed era stata sigillata con i chiodi. Il nostro terzo giorno a Saetía Curtis e io la schiodammo con un martello a granchio. C'erano dei piccoli pipistrelli appesi a testa in giù al telaio della porta, che dormivano: il nostro mezzogiorno era mezzanotte per loro. Quando riuscimmo finalmente ad aprire la porta, rimasero attaccati là dov'erano, appesi a testa in giù come una decorazione, come le nappine lungo l'orlo inferiore di una tenda. Curtis aveva portato una lampadina tascabile, e avevamo un fucile da caccia calibro venti per ciascuno. Non so quale fosse la nostra idea: di sparare a un fantasma, probabilmente. I mobili erano coperti di teli bianchi, e da ogni angolo pendevano ragnatele mosse dall'aria che entrava dalla porta. Era la stessa casa dov'ero stato da piccolo, eppure non era la stessa. Una volta era il fiore all'occhiello della società, e invece ora era un rudere abbandonato, col pavimento coperto di terra ed escrementi di topo. Puzzava di umidità e di muffa e di chiuso. C'erano degli alveari incuneati contro le travi del soffitto della sala da pranzo, e Curtis e io puntammo i fucili contro gli alveari e sparammo per farli cadere ed estrarne il miele. Facemmo dei grossi buchi nel soffitto della sala da pranzo dove i miei avevano tenuto cene raffinate con i vari Cabot e i Lodge, i du Pont e i Bacardi.

Allora, le sere in cui il tempo mite lo permetteva, i domestici preparavano dei letti sulle balconate del primo e secondo piano, e noi ci dormivamo. Io avevo forse tre anni, ma ricordo che, steso sul mio letto là fuori, ascoltavo il guardiano suonare il suo strombo per annunciare l'arrivo di una nave: il segnale era rivolto ai piloti, che dovevano uscire e andarle incontro. Alzavano una bandiera, una bandiera o due, per indicare quante navi erano e di quanti piloti c'era bisogno. Il capo dei guardiani, Chatsworth – noi lo chiamavamo Chatty –, mi regalò uno strombo e mi insegnò a suonarlo. Mia madre lo fece montare in argento, perché potessi conservarlo. Chatty diceva che durante la Seconda guerra mondiale aveva visto da Saetía i sommergibili tedeschi colpire le navi della United Fruit con i loro cannoni. La società perse un'intera flotta.

Volevo vedere le camere ai piani superiori dove dormivamo noi una volta. «Vai tu per primo» disse Curtis. Oltre la curva della balaustra non si vedeva niente, solo il buio. L'odore di muffa veniva giù, lungo le scale. «Ti lascio tenere la lampadina» proposi, «se ci vai tu, per primo.» Niente da fare. Salimmo fianco a fianco, fermandoci ogni due o tre gradini per puntare la pila qua e là e tendere l'orecchio a rumori che facevano accapponare la pelle. In cima alle scale c'era un corridoio con tutte le porte chiuse. Ne toccai una con la punta del piede: non era chiusa con lo scrocco, e si aprì andando a sbattere contro il muro interno. La luce filtrava tra i listelli delle persiane che davano sul balcone. La stanza era vuota, niente mobili, c'era soltanto una pila di giornali legati con lo spago: vecchi numeri dell'"Havana Post", con le pagine rosa che si erano stinte fino a diventare giallo pesca. All'improvviso udimmo un rumore. Saltammo tutti e due praticamente fino al soffitto. Era solo il guardiano che suonava il suo strombo. Entrammo nella stanza e aprimmo le persiane sul balcone per dare un'occhiata.

La giornata era limpidissima, sull'acqua neppure un accenno di foschia, e dal balcone si vedeva la scogliera e, ancora oltre, il blu luccicante e immenso della baia di Nipe.

Una barca era diretta a Levisa, che è la baia di Nicaro, dove si trovava lo stabilimento per la lavorazione del nickel. Ogni volta che pioveva, com'era appena successo, le strade diventavano fiumi di fango e nessuno poteva più passare per Mayarí per raggiungere Nicaro. Allora piegavano a sinistra fino a Preston e dal nostro molo prendevano una barca con cui attraversavano il canale, passando davanti a Saetía, e arrivavano così alla baia di Levisa. La miniera di nickel di Nicaro, di proprietà del governo americano, era stata appena riaperta. Il governo l'aveva costruita durante la Seconda guerra mondiale, e chiusa quando la guerra era finita. La stavano facendo ripartire a causa della guerra in Corea. Il nickel si usa per blindature, rivestimenti di aeroplani, munizioni di ogni genere. Era una cosa seria, e per dirigerla stava arrivando una squadra di americani.

La barca che passava era piena di gente che, a giudicare dagli eleganti abiti da viaggio, era americana, con le signore in guanti bianchi di cotone e i ragazzi che avevano quell'aria schizzinosa da catalogo della Sears, tutti pallidi come spettri. Una donna aveva in grembo un nervoso cagnolino che continuava ad abbaiare ai rematori, e questi ridevano di gusto dell'animale come se fosse la cosa più stupida che avessero mai visto. «Bau bau bau!» Il suo fievole latrato echeggiava nella baia. Dissi a Curtis che avevo sentito dire che stavano venendo tutti a lavorare a Nicaro.

«Un'altra scodellata di perdenti» disse Curtis. E cominciò a fare tutta una filippica sulla gente che veniva a Cuba dopo essersi tagliata le gambe in patria. Disse che ai tempi della frontiera la gente partiva per l'Ovest quando aveva fatto fiasco, si era creata una cattiva reputazione o aveva guai con la legge. Andavano in un'altra città, in un'altra contea, dove nessuno li conosceva. «Ora vengono qui» disse.

«Forse qualcuno preferisce stare qui, e ci viene per questo» dissi io.

«Tu mi vorresti dire che tutti questi americani vengono qui perché ci *vogliono* venire? Perché vogliono vivere con un mucchio di negri ai margini di una palude?»

«Io ci sono nato qui, Curtis. Mio padre vive a Cuba da quando è uscito dalla scuola di agricoltura. Ha fatto venire qui mia madre. È casa nostra.»

«Lo zio Rudy dice che è il paradiso dei perdenti.»

«Non so di quali perdenti parli. Mio padre non è un perdente.»

«No, qui no» disse Curtis. «È *el jefe*. Il grande capo. Come dice lo zio Rudy: *se non sei capace di ubbidire in paradiso, tanto vale comandare all'inferno.*»

«Solo perché tuo padre ha ammazzato qualcuno...» – non gli avevo mai detto una parola sulla condanna per omicidio di Hatch, mi scappò – «... non significa che da queste parti sono tutti dei criminali in fuga. Quella è la *tua* famiglia.»

«Come fai a sapere cos'ha fatto tuo padre prima di venire qui? Magari ha messo incinta una ragazza, una cugina o chissà chi, e ha dovuto tagliare la corda...»

Fu allora che lo colpii con un pugno. È possibile che lo abbia messo kappaò con un pugno solo. Curtis cadde all'indietro, contro la balaustra del balcone, che doveva essere marcia, perché cedette. Volò giù dal balcone, con le spalle verso il vuoto. Mi sporsi dal balcone, in preda al panico, e per un pelo non finii giù anche io. Aveva fatto un bel volo. Era atterrato sulla schiena sul terreno sabbioso. Non avevo l'intenzione di colpirlo così forte. Sapevo tirare di boxe, e metterci della forza mi veniva naturale. I cubani montavano un ring nell'arena per il combattimento dei galli, quando non era la stagione, e io mi ci allenavo. C'era un uomo dello zuccherificio, Luís Galindez, che allenava me e Del. Anni dopo, quando andai all'accademia militare, ero nella squadra di pugilato e tutti mi chiamavano Cuba, Cuba Stites.

Corsi in fondo al corridoio, scesi due gradini per volta lo scalone che portava al foyer e attraversai l'atrio come un razzo, in mezzo a tutti quei mobili coperti di teli bianchi, alzando la polvere e sentendomi salire nel naso quell'odore di umidità e di muffa. La porta d'ingresso era aperta e la luce si riversava dentro, così intensa che non riuscivo a vedere nulla: sembrava che quella porta conducesse al paradiso. Era come se quello all'interno della casa fosse un mondo completamente diverso da quello che c'era fuori – diversa la luce, diversa la temperatura, molto più fresca, con il suono dell'oceano che arrivava soffocato attraverso le finestre sbarrate. Speravo di scoprire, una volta uscito da quella porta, che non avevo affatto tirato un pugno a Curtis, e che lui non era caduto dal primo piano, come fosse stato nient'altro che un incubo fatto dalla casa stessa. Forse era questo che intendeva Perequín quando diceva che la casa era infestata dagli spiriti, un posto che lascia galoppare la tua immaginazione, o dove finisci accidentalmente per spingere un altro ragazzo giù da un balcone.

Curtis aveva il viso coperto di sangue, ed era svenuto, o per il pugno o per la caduta, o forse per tutt'e due le cose. Urlai per chiamare aiuto. Hatch e Perequín arrivarono di corsa. Hatch era calmo. Mi chiese cos'era successo, prese in braccio Curtis e lo portò alla spiaggia. Come vorrei non averlo visto, ma Curtis si pisciò addosso tra le braccia di Hatch. Succede, immagino, quando il corpo è in stato di choc e si è privi di sensi. Hatch lo sistemò in una delle barche, e partimmo per Preston, per portarlo all'ospedale della società. Mentre remava Perequín diceva delle avemarie sottovoce e scuoteva la testa. Era colpa della casa, disse, lui sapeva che dentro c'era qualcosa che non andava. Hatch aveva appallottolato una camicia e la teneva premuta contro il naso di Curtis per cercar di fermare l'emorragia. «Figliolo, svegliati» gli disse. «Mi senti? Figliolo?» Gli occhi di Curtis ebbero un fremito. Hatch lo scosse con dolcezza e Curtis finalmente riprese conoscenza. Aprì gli occhi, si tirò su a sedere e fece l'atto di colpirmi come un indemoniato. Hatch lo bloccò costringendolo a stare giù. «Ehi, ehi, calma, Curtis. Meglio che ti riposi.» Curtis chiuse gli occhi. Era svenuto di nuovo.

Riuscimmo ad affidarlo alle cure del dottor Romero un'ora dopo. Curtis si svegliò e il dottor Romero disse che sembrava a posto, che aveva una commozione cerebrale e lo avrebbero tenuto sotto osservazione per qualche giorno, tanto per essere sicuri che non ci fosse nulla di grave. Disse che aveva incassato bene il colpo perché era un bambino, ed era forte e flessibile. Il naso non era rotto; è facile sanguinare per un pugno in faccia, lo so dal pugilato.

Nei giorni in cui Curtis era all'ospedale, non riuscivo a smettere di pensare all'accaduto e a ciò che lui aveva detto a proposito degli americani che venivano a Nicaro. Cominciai a chiedermi se non fosse proprio vero che venivano a Cuba perché c'erano costretti, perché erano in un certo senso dei falliti lì, in patria, e dovevano sfuggire a questa o quella sorte. Hatch Allain aveva ucciso un uomo a mani nude: era quello che dicevano tutti. Ma, che tu fossi veramente un criminale o meno, cambiare Paese significava allontanarsi da tutte le persone che avevano deciso che tipo di uomo eri e in che modo dovevi vivere la tua vita. Come Panda quando era entrata nel vagone letto di papà, soltanto che lei non aveva fatto niente di male. Voleva solo ricominciare da capo, lontano dalla famiglia. Ma poniamo che tu avessi sul serio fatto qualcosa di male, commesso un delitto. Rifarsi una vita in un posto come Cuba voleva dire che, se anche in patria eri ricercato dalla giustizia, non contava più niente perché qui dovevi rispondere a un sistema di leggi diverso. Non le leggi di Cuba. Le leggi della United Fruit Co.

Alla United Fruit importava in qualche misura che Hatch avesse ucciso un uomo? Sapevano benissimo della sua condanna per omicidio. Quando lasciammo tutti Cuba si discusse parecchio su dove sarebbero andati gli Allain, visto che non potevano tornare negli Stati Uniti. La società aveva assunto Hatch perché sapeva come trattare i neri. «Tu bada ai negri» gli aveva detto papà. Ma... E se la società lo avesse assunto proprio perché era un assassino? Nella provincia di Oriente c'era una Guardia Rurale, un esercito speciale che pattugliava la campagna per proteggere i proprietari terrieri. Uno dei capitani, Sosa Blanco, era stato in prigione per omicidio. Verso la fine, incendiava le capanne dei braccianti a Nicaro e impiccava i neri agli alberi intorno a Mayarí. Era un mostro che tornò utile a Batista e ai suoi compagni d'armi, perfetto per terrorizzare chiunque e comandare col pugno di ferro. Era quello che la gente diceva di Hatch: che comandava col pugno di ferro. E lo dicevano anche di papà, benché papà non stesse sfuggendo a nessuna condanna per omicidio. Papà era un onesto cittadino, un gentiluomo del Mississippi, elegante nel suo vestito di tela bianco. Suo padre era il proprietario di un emporio di campagna e di quasi tutta la terra della contea dov'era nato papà. Ma i braccianti avevano paura di papà, e io pure. E forse, come nel caso di Hatch, a fare di lui un buon *jefe* era proprio quel suo lato terrificante.

Mi rifiuto di credere che Hatch Allain fosse un mostro. Si sentiva la sua forza, ma verso di me ebbe solo delle gentilezze. Io picchiai suo figlio e lo feci volare giù da un balcone del primo piano, eppure lui non si arrabbiò. Nella sala d'attesa dell'ospedale, benché preoccupatissimo per Curtis, Hatch continuava a scherzare e mi dava del "picchiatore". Per molti versi era più tenero con me lui di mio padre. Avevo sei anni quando papà mi trascinò nella corte, davanti agli alloggi della servitù e al garage dove tenevamo le due Buick. Legato là dietro c'era un maiale, regalo di alcuni operai dello zuccherificio. Per Natale, i dipendenti che andavano particolarmente d'accordo con papà gli portavano un maiale in dono. Papà lo colpì con un martello. La povera bestia lanciò un grido orribile. Io ero piccolo e non avevo mai visto nulla di così violento. Mi misi a piangere e lo pregai di smettere. Lui aveva un'espressione feroce sul viso, e colpì di nuovo il maiale, e poi ancora, e ancora. C'era sangue dappertutto. La lezione, ovvia, è che i maiali sono roba da mangiare e non animali da compagnia, e il dovere di un padre è farlo comprendere a suo figlio. Ma credo che papà volesse anche farmi capire che la vita è violenta, arbitraria e ingiusta: che non è facile, come potrebbe pensare un bambino, soprattutto un bambino come me, che viveva in un paradiso, coccolato da sua madre e da Annie, senza pensieri, divertendosi dalla mattina alla sera. Lui ammazzò quel maiale a martellate nella corte sul retro della casa, e mi costrinse ad assistere alla scena.

Quella settimana, mentre Curtis era all'ospedale, arrivò altra gente di Nicaro. Non smetteva di piovere, e il fiume Levisa esondò allagando la strada per Nicaro, così erano tutti costretti a venire a Preston. Si fermavano all'albergo della società, in attesa delle lance che li avrebbero portati a Nicaro. Queste persone e i loro figli erano dappertutto: nella piazza cittadina, all'*almacén* e al Pan-American Club. Mia madre invitò qualcuno di loro a casa. Papà era ancora all'Avana, ad appianare le difficoltà con Batista e i suoi nuovi ministri. Fu in quella circostanza che i Mackey vennero per la prima volta a casa nostra. Il figlio, Phillip, aveva la stessa età di Del, e loro andarono subito d'accordo. Phillip era il burlone della classe, un capobanda nato. Andavamo tutti al cinema in una grossa comitiva, e Phillip alzandosi davanti allo schermo entrava nel raggio del proiettore e faceva uno spettacolo di burattini con le mani. Qualcuno gli tirava un hot dog. Lui lo prendeva al volo e ne staccava un morso. Ognuno cercava di mostrare la propria personalità, l'esibizionismo tipico di quando ci sono tanti ragazzi tutti insieme, e appariva subito chiaro chi sarebbe stato il più popolare. Come al campeggio estivo, era una gara per catturare l'attenzione, nel corso della quale si formavano le varie conventicole. Curtis invece si teneva in disparte. Alla fine ci rappacificammo, ma per qualche tempo la novità furono i ragazzi di Nicaro. Un gruppetto, Phillip Mackey, le sorelle Lederer e qualcun altro, venivano a Preston ogni weekend. I ragazzi andavano a pescare, oppure si faceva un grande barbecue intorno alla piscina tutti insieme.

La settimana in cui quelli di Nicaro continuavano a fermarsi a Preston mia madre invitò a pranzo i Lederer. Annie preparò *arroz* con pollo, e le tre sorelle Lederer lo divorarono, chiedendone poi dell'altro. La loro madre si dichiarò stupita: di solito non volevano mangiare altro che hamburger. Dopo pranzo ci sedemmo tutti in salotto, e Everly Lederer suonò il piano. Ricordo che ci fu un battibecco tra lei e la madre; forse non voleva suonare. Il brano che eseguì era bello, diverso dalle cose che suonava mia madre. Mia madre suonava vecchi motivi di riviste, canzonette, non musica classica. A me piaceva molto, e mi divertiva quella ragazzina così seria, così drammatica, piegata sui tasti. Ma poi sbagliò una nota, e poi un'altra, ci rimase male e smise di suonare. Diede un colpo alla tastiera col taglio della mano e corse fuori. La signora Lederer disse che aveva un caratteraccio, e si scusò per il comportamento della figlia. Mia madre andò a cercarla. Disse a Everly Lederer che la colpa era del nostro stupido piano, che era scordato. Nella provincia di Oriente c'era un clima talmente umido che se un giorno veniva l'accordatore, già il giorno dopo il piano era scordato e lui doveva venire di nuovo. «È il piano» disse mia madre, «non sei tu.»

Più tardi quel giorno portai Everly e Stevie a fare un giro; era stato il mio compito, quella settimana, con tutti i ragazzi nuovi di Nicaro. Pensavo solo di mostrare loro la città, il cinematografo, la piscina, lo zuccherificio, la nostra scuola. Ma quando passammo vicino al vagone letto di papà, decisi di farle salire. Feci vedere alle sorelle Lederer dove dormiva mio padre, e lo scompartimento dove dormivo io quando lo accompagnavo nei suoi viaggi, il finestrino sopra il letto che potevo aprire verso l'interno per far entrare l'aria se ne avevo voglia, il tavolino con i sedili abbassabili dove facevo i compiti mentre papà, seduto davanti a me, controllava i conti della società. Dissi loro che un inserviente veniva a portarmi una cherry cola, e poi serviva a papà il suo *demi-demi*. E che, qualunque cosa succedesse, l'inserviente non rovesciava mai neppure una goccia, neanche quando il treno curvava e si inclinava da una parte. Il vagone letto di papà per me era speciale. Mi sembrava di mostrare loro qualcosa di privato, di intimo: la mia camera da letto, qualche altra camera da letto, quasi più privata di quella vera, l'unica che volessi e a cui pensassi. La sorella maggiore, Stevie, non ne fu particolarmente colpita. Ebbi invece l'impressione che Everly capisse: quello era un fortino con le ruote, un posto dove potevi sederti, ammirare il verde paesaggio che ti scorreva davanti, e sognare a occhi aperti.

Mia madre era gentile con tutti i bambini, ma per Everly Lederer aveva un debole. Anch'io, credo, sebbene allora non me ne rendessi conto. Avevo nove anni, e a quell'età, quando c'è qualcuno che ti attira, non si sta tanto a pensare o a ragionare. Credo che Everly avesse circa otto anni, ed era strabica, con gli occhiali spessi, i capelli rossi come il fuoco, e se stava al sole per trenta secondi diventava paonazza come un'aragosta bollita, e irritabile. A una festa per bambini in piscina, il weekend successivo, vide che io, Del e Phillip Mackey ci tuffavamo dal trampolino alto e insistette per fare lo stesso. Quando arrivò giù diede una terribile spanciata, un tonfo che fu udito da tutti. Poverina. Doveva essersi fatta molto male, eppure finse che tutto andava a meraviglia. Uscì dalla piscina, zoppicando raggiunse l'asciugamano, e non permise a nessuno di andarle vicino.

7

Everly aveva detto una bugia bell'e buona ad alcuni bambini di Oak Ridge, e cioè che a Cuba le avrebbero comprato una scimmietta, ma qualcuno a Preston una scimmietta ce l'aveva per davvero.

Si chiamava Poncho e apparteneva ai signori LaDue. La madre di Everly diceva che i LaDue soffrivano della "sindrome del nido vuoto" e che la signora LaDue trattava la scimmia come fosse suo figlio. Ma nessuno avrebbe mai tenuto un figlio in una grossa gabbia in giardino, soprattutto non a mezzogiorno, quando il figlio non sapeva dove andare a nascondersi per ripararsi dal sole cocente. I LaDue avevano anche dei pavoni, i quali erano liberi di spostarsi dove volevano, dondolandosi e lisciandosi le penne all'ombra delle felci giganti, mentre Poncho se ne stava attaccato alle sbarre del tetto della gabbia metallica, a guardare Everly. Batteva le palpebre proprio come le battono gli esseri umani, e con gli occhi iniettati di sangue le faceva capire che si annoiava esattamente come potrebbe annoiarsi un essere umano. L'espressione negli occhi era passiva – come di rassegnazione al proprio destino, a una vita passata a stare appesi al tetto di una gabbia –, ma era anche interrogativa. Si stava chiedendo se Everly potesse provare compassione per lui, benché lei non fosse poi sicurissima che lui la volesse, questa compassione. Poncho era annoiato, passivo e curioso, allo stesso tempo però sembrava rendersi conto che lui ed Everly erano creature diverse, e non intendeva lasciar cadere la cosa.

La famiglia di Everly era arrivata a Preston la sera prima, molto tardi. Dopo tre giorni di buie strade di campagna, si trovarono improvvisamente a percorrere un viale fiancheggiato da antiquati lampioni stradali, bianche sfere di vetro smerigliato simili a grappoli d'uva, grandi case con le finestre illuminate da una luce gialla. Passarono la notte all'albergo della United Fruit Company, in una grande suite con antiquati letti a baldacchino che cigolavano quando ci salivi sopra, e pesanti lenzuola di cotone che erano state stirate, sottolineò sua madre con aria di approvazione, aggiungendo che, per essere un albergo della società, era un posto notevolmente lussuoso. «È la United Fruit Company» gridò Duffy, «e sulle colonne del letto ci sono degli ananas!» «Signori, si chiude!» annunciò George Lederer, prendendo in braccio Duffy, che strillava e scalciava. «Signori, si chiude!» significava che Duffy era in quello stato di agitazione che la prendeva prima di crollare.

La mattina andarono a fare la spesa allo spaccio aziendale della United Fruit. George Lederer disse che ognuno poteva prendersi qualcosa, ma si ripresentò la stessa scena di quella volta ai magazzini Sears, e ciò su cui cadde la scelta di Everly non fu giudicato "accettabile". Duffy prese una sei colpi giocattolo, anche se gliela tolsero di mano appena fuori dal negozio perché non smetteva di puntarsela alla testa. Stevie scelse una scatola Little Lady con *eau de cologne*, saponi e cipria. Everly voleva un paio di pinze estensibili che erano appese a un chiodo dietro il banco. «A che diavolo ti servono?» chiese suo padre. «Non vuoi prenderti una Little Lady come tua sorella?» Lei insistette per le pinze estensibili, che si dimostrarono uno spasso proprio come aveva previsto, anche se poi, quando si furono sistemati a Nicaro, le proibirono di portarsele in macchina dopo che le ebbe usate per pizzicare le orecchie di suo padre mentre guidava. «Volevo solo ricordarvi che sono qui» disse Everly. «Non fare l'impertinente» ribatté sua madre, «quello è stato un caso.» L'avevano dimenticata in una stazione di servizio a Mayarí, nel corso di un viaggio in città, una domenica, per assistere alla funzione religiosa. Everly era andata in bagno mentre l'inserviente faceva il pieno. In realtà, non aveva veramente bisogno di usare il bagno. Aveva una copia del "National Geographic" e voleva starsene da sola per qualche minuto a leggere la rivista seduta sul water. Perse la nozione del tempo, e quando uscì loro non c'erano più. «Hai paura?» le chiese in spagnolo l'inserviente. «No» disse lei, sapendo che ben presto la macchina sarebbe tornata indietro, con i due sul sedile davanti intenti a discutere di chi fosse la colpa, irritati come se fosse stata lei a fare qualcosa di sbagliato. L'inserviente le offrì un bicchiere di succo di canna e le permise di sedersi nell'ufficio, ma lei aveva appena cominciato a rilassarsi e a divertirsi quando vide la Studebaker fermarsi davanti alla porta.

Trascorsero la giornata a Preston a far visita a questa o quella famiglia, prima di salire a bordo di una barca che li avrebbe portati a Nicaro nel tardo pomeriggio. Pranzo dalla signora Stites, poi tè dai LaDue, perché il cugino del signor LaDue conosceva il pastore della chiesa dei Lederer a Oak Ridge. Stessa scena di quando suo padre parlava agli estranei in coda all'ufficio postale o dal fornaio, secondo la versione di sua madre. *Ero scalzo e ci ho messo un piede dentro. L'hanno tagliata intorno alle mie impronte e venduta lo stesso. Ma forse non dovrei dirle queste cose. Magari è qui proprio per comprare della torta al formaggio!* L'aria impassibile dello sconosciuto. Educato, ma desideroso di non incoraggiarlo. Sua madre "stringeva amicizie". Suo padre era "di una cordialità inopportuna": ecco perché sua madre lo frenava nelle occasioni mondane, non lo perdeva di vista e interveniva se non le garbavano i suoi discorsi.

La signora Stites aveva modi gentili e un bel sorriso, ed emanava un delicato profumo di fiori. Gli Stites avevano un pianoforte a mezza coda, e quando sua madre disse che

Everly aveva preso lezioni a Oak Ridge, la signora Stites le chiese di suonare qualcosa. Everly era imbarazzata e non voleva, ma la signora Stites fu così gentile, sembrava che avesse proprio voglia di sentirla suonare. Lei acconsentì, e non per accontentare sua madre che insisteva. Scelse un pezzo di Mozart che sapeva a memoria, ma sbagliò un trillo difficile e poi saltò una battuta e non riuscì più a finire. Si arrabbiò e corse fuori dalla sala. La signora Stites si comportò come se non ci fosse nulla di male e la reazione di Everly fosse la cosa più normale del mondo. Le disse anzi che poteva andare da lei a suonare il piano ogni volta che lo desiderava. Di solito era Stevie che gli adulti prendevano in simpatia. La signora Stites invece scelse Everly, nonostante la scenata che aveva fatto nel suo stesso soggiorno. Everly pensava che doveva esserci stato un errore. Ma la signora Stites fu insistente e le disse di tornare il weekend dopo, che avrebbero mangiato insieme e suonato qualche duetto.

I suoi due figli, K.C. e Delmore, avevano entrambi i capelli sbiancati dal sole e la pelle abbronzata, come se fossero appena usciti da un cartellone pubblicitario della Coppertone. Delmore aveva circa la stessa età di Stevie, ma non si mostrò particolarmente interessato a parlare con lei. K.C. le fece salire sul vagone letto personale di suo padre, tende di velluto rosso, sedili tappezzati di velluto rosso e moquette rossa. Sembrava l'interno di una bocca. Le pareti sopra i finestrini erano foderate di specchi di un colore tra il rosa e l'oro: come Everly apprese più tardi, il nome del colore era champagne. K.C. spiegò che gli specchi servivano ai passeggeri per vedere il paesaggio due volte: fuori dai finestrini, e dentro, riflesso nello specchio. Perché guardarlo in uno specchio, domandò Stevie, quando puoi vedere il paesaggio vero? A Everly invece l'idea piacque. Forse nell'immagine riflessa vedi qualcosa che ti è sfuggito nel paesaggio vero. E inoltre, ora sarebbe stato tinto di rosa e oro. Sembro bella persino io, pensò, in uno specchio rosa e oro.

Due bambine, una più grande e una più piccola, infilarono la testa nel vagone. La più piccola aveva una grossa voglia intorno all'occhio. Chiese se stavano andando a fare una gita. «Dimenticavo di dirvi» disse K.C. a Everly e Stevie, «che questo in realtà è il vagone letto di Panda.» «No, non è vero!» strillò la bambina, divertita dall'idea che forse era vero.

Le due bambine li seguirono passo passo mentre giravano per la città. Clic clic clic clic, facevano le scarpe della più grande. Erano scarpette da tiptap. «Perché porti quelle scarpe?» volle sapere Stevie. «Perché mi va» disse la bambina. Dopo, a Everly venne il sospetto che fosse l'unico paio di scarpe che Giddle Allain aveva. Ma forse era stato così che era diventata tanto brava a ballare il tiptap. Avendo i piedi già infilati nelle scarpe poteva esercitarsi ogni volta che voleva. K.C. le condusse dagli Allain, dove conobbero tutta la famiglia. Fu loro offerto un pezzo di canna da zucchero tagliata, che Hatch mandò Mitty a prendere da un vagone di canna appena dietro la casa. Hatch mostrò loro come fare per pelarlo e mangiarlo.

«Noi *non* diciamo "il Cinese"» le sgridò la mamma quando Everly e Stevie tornarono in albergo.

«Ma è il suo nome! Lo chiamano così!»

La qual cosa non fece altro che confermare l'impressione di Marjorie Lederer che gli Allain fossero non soltanto gente comune, ma decisamente volgare. «Tipacci» li definì suo padre. Giddle Allain aveva invitato Everly e Stevie a stare a dormire da loro una volta.

«Non possono venire a casa vostra!» sfuggì detto a Duffy quando Giddle e Panda andarono al porto a salutarle mentre i Lederer si imbarcavano sulla lancia per Nicaro. «Mamma non vuole!»

«È solo che non vuole che dormiamo in casa d'altri» spiegò Everly vedendo l'espressione ferita sul viso di Giddle. Ma durò poco. Giddle non si curava di ciò che pensava la gente. Nessuno di loro se ne curava. Tipacci o no, gli Allain, come Everly poté constatare quando li ebbe conosciuti meglio, non piangevano e non si lamentavano. Nessuno badava a loro né gli diceva di lavarsi o di mettersi un vestito o di fare i compiti. Si vestivano da soli e decidevano loro dove andare e cosa mangiare e con chi passare il tempo. Non dormivano su lenzuola stirate. Non ce le avevano nemmeno, le lenzuola. Everly aveva visto i letti nella stanza delle tre femmine: semplici materassi, con la fodera a righe del materasso che non ti capitava di vedere a meno che la domestica non stesse cambiando il letto. Panda era forse l'unica a essere un minimo delicata. Gironzolava in camicia da notte, stringendo un pezzo di gommapiuma a mo' di orsacchiotto. Sulla gommapiuma, che sembrava fosse stata staccata dalla coibentazione del soffitto, aveva scritto con un pennarello "cuscino di Panda" perché nessun altro lo usasse.

Marjorie Lederer prese nota di tutto ciò che aveva osservato a casa degli Stites e dei LaDue. Disse che queste persone abitavano a Cuba da molto tempo e sapevano come organizzare la propria vita nella giungla. Avrebbe prestato attenzione. Everly aveva preso nota e prestato attenzione anche lei: per esempio, a non abbracciare più Poncho se fossero stati invitati ancora a casa dei LaDue.

«Non morde» le aveva detto la signora LaDue, incoraggiandola ad abbracciarlo. «Fagli le coccole, a questo bebè»: ecco come si era espressa la signora LaDue. E se anche l'avesse morsicata, aveva aggiunto, non le avrebbe fatto male perché a Poncho erano stati tolti tutti i denti. E non graffiava, perché gli avevano cavato le unghie. E non era aggressivo, perché lo avevano "sterilizzato". Everly lo prese in braccio, ed era proprio come un bambino piccolo, tutto rannicchiato contro di lei, con le dita lunghe e sottili che giocavano con i bottoni della sua camicetta. Pur senza unghie, le sue dita erano attente, decise e rugose come dita umane. I suoi occhi, umidi ed espressivi come occhi umani.

Un essere umano chiuso dentro una scimmia chiusa dentro una gabbia. Ma quando cercò di metterlo giù, mandò un grido acuto come una bestia incattivita.

Seconda parte

8

ALL'AVANA COME A PARIGI...
MADAME MASIGLI FA SHOPPING DA JEAN PATOU

Siamo orgogliosi di offrire la fragranza preferita di Sua Eccellenza Masigli, COLONY, che celebra i tropici dal 1938. Disponibile nelle varianti profumo, acqua di colonia, talco, lozione e sapone.

Visitate la nostra esclusiva showroom, Prado 157 tra Colón e Refugio, o acquistatelo per corrispondenza con El Encanto.

Blythe Carrington chiuse il catalogo e riprese a incipriarsi il viso, sudando sotto la cipria, poi incipriandosi di nuovo. Era inutile. A causa del sudore e dell'umidità il trucco era diventato una pasta. Ci rinunciò e tracannò l'avanzo del cocktail ormai tiepido.

La temperatura non era mai scesa sotto i trenta gradi da quando lei, il signor Carrington e le gemelle, Val e Pamela, erano arrivati a Nicaro quattro settimane prima. Diversamente dai loro vicini, i Lederer su un lato e i Billings sull'altro, che si erano presentati con guardaroba di tessuti sintetici che non solo trasformavano l'odore del corpo in una puzza inorganica, ma si scioglievano addirittura, dopo una sola giornata passata nel clima della Cuba orientale, Blythe Carrington portava sempre solo roba di cotone e non si era fatta sorprendere dal caldo umido tropicale. Aveva trascorso la sua vita adulta sospesa in quel caldo. Quella sera, tuttavia, l'aria era pesante e ferma come l'aria in un armadio chiuso, anche se l'odore che sentiva non era di naftalina ma di polvere di nickel. Lo stabilimento aveva iniziato la produzione, perché i direttori erano troppo impazienti per aspettare che arrivassero dagli Stati Uniti i nuovi gorgogliatori per le ciminiere. E così la città era ricoperta di uno strato di ossido di nickel: una polvere rossiccia che mescolandosi con l'umidità diventava una specie di sabbia. A peggiorare la situazione, Tip Carrington aveva finito gli ultimi cubetti di ghiaccio: ecco perché i cocktail erano tiepidi.

Era già leggermente ubriaca, quella fase dell'ubriacatura che Blythe chiamava crepuscolare: un momento particolare in cui era ancora abbastanza sobria per *notare* che era ubriaca, quando le importava più di certe cose e meno di altre, e il suo campo visivo cominciava a sfocarsi ai margini come una macchina fotografica con un filtro *twinkle* sull'obiettivo. Ed era già irritata col marito, che si era vestito, impomatato i capelli e asperso di colonia con l'attento ottimismo di uno scapolo arrapato.

Mentre andava a prepararsi un altro drink, Val e Pamela entrarono nel soggiorno.

«Mamma» disse Val, «credo sia assolutamente il caso di lasciarci venire al ricevimento. In città non ci sono ragazzi della nostra età, e dunque dovremmo essere promosse alle cose degli adulti.»

Blythe Carrington ribatté che nessun altro ci portava i figli adolescenti, che era una serata d'incontro organizzata espressamente per i dipendenti e le loro mogli. Pamela, più impulsiva e irruente della sorella, protestò che nessuno portava i figli adolescenti perché *non c'erano* figli adolescenti. Disse che erano state costrette a venire a vivere in questo buco fangoso e a farsi seguire dappertutto da una bambina di otto anni stramba come Everly Lederer. Pamela marciò lungo il corridoio e sbatté la porta, poi la riaprì per poterla sbattere di nuovo. Un'odiosa abitudine che aveva preso dal padre. Dopo esser riuscito a rompere tutte le porte della casa in Bolivia, Tip Carrington aveva ripiegato sugli sportelli degli armadietti della cucina, rompendo anche quelli. Blythe Carrington ne sapeva qualcosa, della collera, ma le porte non le guardava nemmeno. Fatti un altro cocktail a temperatura ambiente. Ecco qual era la risposta di Blythe Carrington a qualunque cosa.

«Odio questo posto!» strillò Pamela. «È brutto, e dobbiamo vivere appiccicati a una fabbrica disgustosa. Le mie scarpe sono tutte rovinate perché questi idioti non ci hanno asfaltato la strada.»

Perché poi Pamela provasse questa irrazionale nostalgia per la Bolivia era una cosa che a Blythe Carrington riusciva incomprensibile. Un altro posto infernale dove suo marito si era scopato la cameriera, la lavandaia, la segretaria e l'assistente della segretaria. Dove avevano fatto una vita impostata su vuote apparenze e bugie bell'e buone. E dove il lavoro da ingegnere di suo marito nella miniera d'argento era durato solo fintanto che l'ostile popolazione locale era rimasta sotto il rigido controllo della società. Che non era durato a lungo. Quando era scoppiata la rivoluzione, erano scappati a gambe levate. I dipendenti di suo marito – quegli stessi minatori che gli avevano portato regali, piccole cose indigene tessute a mano, dopo che Tip Carrington era riuscito a ottenere un sistema di tessere annonarie più conveniente per tutti loro – si erano improvvisamente trasformati nella folla disordinata e furibonda che tirava sassi di tutte le misure contro la loro macchina mentre fuggivano verso il porto di Sulaco. Avevano partecipato alla sassaiola anche le mogli.

Blythe Carrington rabbonì le figlie dicendo loro che potevano ordinare tutto quello che volevano dal catalogo di El Encanto sulla sua toeletta. Lo prese Val, felice di spendere, di spendere e spandere.

«Guarda qua, Pamela» disse Val. «Profumo Colony di Jean Patou. *Francese.*»

«*Adoro* il Colony» disse Pamela, facendo un'orecchia alla pagina per segnarla. «E costa solo quarantacinque dollari.»

Quando la jeep venne a prendere i Carrington per portarli alla festa, la luna aveva appena fatto la sua comparsa, rosea e sospesa, bassa e gigantesca, come un mango maturo. Forse era la polvere di nickel a darle quella sfumatura di colore. Iniziava a calare la nebbia, e Blythe Carrington provò un senso di sollievo a trovarsi fuori di casa, sotto quella luna, libera, per un attimo, dalle sue stesse meschine irritazioni. Stavano andando a una festa, e la festa poteva rivelarsi in realtà un'occasione per divertirsi. Nelle ultime tre settimane era arrivata alla spicciolata gente che aveva preso alloggio nella fila di case della direzione. Blythe aveva incontrato alcune mogli alla fabbrica del ghiaccio e al club, e cominciava vagamente a intuire chi potesse essere una compagnia tollerabile e chi no. Ma oggi c'era il primo incontro ufficiale, e ci sarebbero stati tutti.

Il padrone di casa era questo misterioso Gonzalez di cui la gente non smetteva di parlare da quando erano arrivati i Carrington. Il "milionario cubano" che aveva brigato, con successo, per partecipare all'operazione della miniera di nickel. Stavano andando, tutti, al suo padiglione di caccia sul fiume Cabonico. Blythe non sapeva che cosa aspettarsi, e questa era già di per sé una buona ragione per sperare.

La jeep passò a prendere i Lederer e proseguì, lungo una strada stretta, ripida e accidentata, fino alla lontana residenza di Lito Gonzalez. I rami percuotevano sonoramente le fiancate del veicolo mentre si faceva largo tra il fogliame che soffocava la strada. Chinarono la testa sotto un fico, e gigantesche foglie piene d'acqua si rovesciarono come mestoli, facendo piovere il loro contenuto dentro la jeep. Alcuni fichi caddero sul cofano con un lieve tonfo, simili a morbidi borsellini in pelle.

Il fiume scorreva veloce e rumoroso quando si fermarono davanti a una casa a due piani: sembrava l'avessero messa insieme alla bell'e meglio con detriti galleggianti e chiodi arrugginiti.

«Mio Dio» esclamò Blythe Carrington, «una persona educata lo definirebbe un rustico. Io una topaia.»

La casa, costruita sulla riva del fiume, si reggeva su palafitte, e si aveva l'impressione che la struttura pendesse tutta da un lato. Edera e liane avvolgevano completamente le grondaie del tetto insellato. Altre piante rampicanti soffocavano l'esterno e pendevano dai fili della luce in masse aggrovigliate, come ciuffi di capelli di uno scarico intasato.

Lito Gonzalez diede loro il benvenuto mentre entravano nell'atrio poco illuminato, pronunciando i loro nomi lentamente, con attenzione. Indossava un gabardine ben stirato: la giacca troppo imbottita sulle spalle, i calzoni con troppe pieghe intorno al giro troppo largo della vita.

Nuovi impiegati della direzione aziendale, insieme alle mogli – la signora Lederer ne aveva già conosciute alcune, altre le aveva solo intraviste in città –, erano raccolti intorno al bar, dove alcuni negri in giacca bianca versavano da bere da un carrello di sfavillanti bottiglie di alcolici. La signora Lederer cercò di non avere un'aria troppo impaziente mentre aspettava il suo turno per un drink. Si sentiva leggermente agitata, come se fosse alla fiera del bianco di un grande magazzino e temesse che le lenzuola migliori venissero vendute prima che lei potesse dire beh. Le figlie erano rimaste a casa a Nicaro, affidate alla sorveglianza del nuovo cameriere, e lei contava di prendersi una bella sbornia.

«Non ubriacatevi mai alle feste aziendali» consigliava la rivista "Fortune" nel numero dedicato al comportamento da tenere in queste occasioni mondane. Marjorie Lederer l'aveva letto da cima a fondo e aveva preso appunti. Ma dopo sole tre settimane a Cuba era arrivata a capire che gli impiegati della direzione bevevano. Altroché.

Tip Carrington requisì il bar e preparò una serie di martini, trasformando l'operazione in una lezione improvvisata a beneficio dei tre baristi giamaicani. Spiegò loro che *extra dry* non significava un goccetto, quanto piuttosto un'*ombra* di vermut, che voleva dire praticamente... *zero*. Ne diede una dimostrazione inclinando la bottiglia di vermut sullo shaker e raddrizzandola prima che cadesse una sola goccia di liquore.

«È un gesto del polso... come una danza» spiegò eccitato ai baristi. «Voi ragazzi amate le danze degli indigeni, non è vero? La rumba?»

Tip Carrington tornò a inclinare la bottiglia di vermut, poi di nuovo la raddrizzò. Mise il tappo al recipiente di acciaio inossidabile pieno di gin e ghiaccio, lo scosse, su e giù – un altro tipo di danza –, e lo filtrò in uno shaker vuoto.

Gli uomini parlavano d'affari e le donne si scambiavano informazioni e pareri sulle rispettive sistemazioni, mentre Tip Carrington girava qua e là con uno shaker appannato riempiendo i bicchieri a tutti.

«Il vostro freezer si sbrina automaticamente?» domandò una delle mogli. «Perché non credo che il mio lo faccia, e invece me ne avevano promesso uno autosbrinante. Avevo chiesto specificamente...»

«Ma cosa pensa di metterci dentro? Cioè, io non riesco ad abituarmi alla mancanza di verdura» disse una delle donne, «niente piselli, niente sedano, niente carote. Solo roba tropicale. Gli avocado ci escono dagli occhi, e i miei figli si rifiutano di mangiarli. Ieri non ce l'ho più fatta e ho speso un dollaro e venticinque per un cespo di lattuga allo spaccio aziendale di Preston.»

«Lei non è sulla strada del fruttivendolo? Passa vicino alle case, che carino, suonando una campana. Un vecchio cinese di nome Lumling. Io gli mando i domestici, e sono loro a tirare sul prezzo.»

«Il venditore cinese?» chiese la signora Lederer. «Però mi hanno detto che concima coi rifiuti della notte.» "Rifiuti della notte" era l'unica espressione decente a cui poteva pensare di ricorrere per dire che il venditore cinese fertilizzava le rape con liquami umani.

«La verdura non può essere cattiva come i latticini, che come sapete vengono dal caseificio di Gonzalez. La signora Billings ha fatto un giro del posto e ha detto che era incredibilmente antigienico. Assolutamente spaventoso. Vacche che orinavano e defecavano praticamente nel latte. Ho una mezza idea di ordinare un pastorizzatore da tenere in casa.»

«Be', non lo ordini da Sears all'Avana. Capaci di mandarle un aspirapolvere invece di un pastorizzatore... Per errore, naturalmente.»

Una donna commentò che il caldo la rendeva fiacca e svogliata, e Blythe Carrington disse allegramente che la gente era svogliata dappertutto, e lì almeno avevano la scusa del caldo.

«Nessuno ha notato che l'aria di Nicaro – oserei dire: il calore stesso – ha uno strano color ruggine?»

«È la fabbrica» disse la signora Carrington. «Ossido di nickel.»

Charmaine Mackey, il cui marito, Hubert Mackey, era il nuovo direttore generale, si tamponò il viso con un fazzoletto e disse che non avrebbe mai creduto che potesse essere così infernale, quel clima, e che non avrebbe potuto scegliere un momento peggiore per mettere su casa. Blythe Carrington si limitò a consigliarle di fare provvista di cubetti di ghiaccio, perché si scioglieva molto in fretta con quel caldo, e l'unica cosa da fare per rinfrescarsi era continuare a mettere il ghiaccio nei drink e tenere i ventilatori al massimo.

«Non dicono che sia deleterio bere nelle zone equatoriali?» chiese la signora Mackey. «L'ho letto nella brochure che ci ha mandato la società, *Consigli per gli anglo*.»

«*Deleterio*?» ripeté la signora Carrington, reprimendo il desiderio di prenderla a schiaffi proprio lì alla festa, davanti alle altre donne. «Mi perdoni, signora Mackey, ma non sono certa di conoscere il significato di questa parola.»

«Nocivo per la salute» rispose la signora Mackey, stringendo nervosamente il fazzoletto per attenuare il tremito alle mani. Si era fatta vedere da un dottore per questo problema. Le aveva prescritto qualcosa per i nervi, ma la medicina, e l'idea di avere i nervi scossi, gliel'avevano peggiorato, quel tremito alle mani. Era stata una cosa stupida da dire, avrebbe dovuto starci più attenta. La sua vicina, la signora Billings, l'aveva avvertita del problema di alcolismo della signora Carrington. «Andrà a finir male» aveva detto la signora Billings. E lei si era limitata ad annuire, chiedendosi silenziosamente *cosa* sarebbe andato a finir male. Gran parte del suo tempo lo passava a non capire cosa intendevano gli altri quando facevano queste sinistre, categoriche e vaghe dichiarazioni. *Andrà a finir male.* Dichiarazioni che spesso andavano a vuoto anche col signor Mackey, ma lui sembrava perfettamente a suo agio quando non capiva, non si accorgeva se c'era qualcosa che gli sfuggiva, specie ora che il suo udito era parzialmente compromesso da un orecchio. Al loro arrivo, un mese prima, Hubert aveva insistito che il chinino, il vaccino antimalarico distribuito dalla società, era innocuo. Terrorizzato dalle malattie tropicali, ne aveva ingerito più di cinque volte la dose raccomandata, e aveva perso l'udito dall'orecchio destro. Ora sosteneva di sentirci come prima, che il suo udito era "come nuovo", ma diverse volte lei lo aveva notato mentre, durante la conversazione, presentava alla gente il lato sinistro del viso. L'unico normale della famiglia era Phillip. Come avevano fatto ad avere un figlio così normale? Phillip sarebbe potuto diventare il portavoce dei boy scout d'America, magari anche andare alla televisione.

Dopo aver tratto un profondo respiro, Blythe Carrington disse che forse la signora Mackey aveva dimenticato che lei e il signor Carrington erano appena venuti lì dalla Bolivia. E che per via della carriera da ingegnere del marito avevano vissuto in Centro e Sudamerica per la maggior parte della loro vita adulta. Che poteva anche darsi che i signori Mackey fossero di Peoria – o era Moline? –, ma lei e il signor Carrington erano di Lima, di Caracas e di Panama City più di quanto lo fossero loro di qualunque altro posto. E checché "quelli" dicessero del bere, se e quanto alcol ti faceva bene, lei poteva assicurare alla signora Mackey che una persona ai tropici poteva bere tanto da cadere nell'oblio e svegliarsi sentendosi in piena forma.

«Carlsbad, New Mexico» disse la signora Mackey. Ma Blythe Carrington non stava ascoltando. «Noi siamo di *Carlsbad, New Mexico*» ripeté, ma era inutile. Blythe Carrington era una prepotente, e se ne infischiava di dove fossero i

Mackey. Qualche ora prima la signora Mackey l'aveva incontrata nel salone di bellezza. La signora Carrington era stata cordiale, ma anche la sua cordialità era provocatoria. «Alcune di noi ragazze andranno giù al club per l'happy hour» aveva detto la signora Carrington da sotto il casco. «Vediamoci là alle cinque.» La signora Mackey si era sporta in avanti dal suo casco, l'aveva ringraziata per l'invito, ma aveva detto che sarebbe andata a casa a riposarsi prima del ricevimento. La signora Carrington aveva alzato le spalle. «Faccia come crede.»

«Si è riposata?» le aveva chiesto la signora Carrington quando i Mackey erano arrivati da Gonzalez.

Al ritorno dal salone di bellezza la signora Mackey si era diretta verso la baracca della lavanderia per assicurarsi che la nuova lavandaia seguisse le sue istruzioni e stirasse cioè il vestito del signor Mackey col ferro al minimo, come aveva ordinato e poi enfaticamente ripetuto. Con questa gente era difficile capire se ascoltavano. Li mandava la società, e loro ti bussavano alla porta della cucina annunciando di essere il domestico, il giardiniere, la cuoca, con una curiosa miscela di timidezza e insistente ostinazione. Ti sentivi quasi obbligata a farli entrare, pensava Charmaine Mackey, anche se la innervosivano con i loro occhi gialli e iniettati di sangue, il loro impossibile accento giamaicano e le loro mani rosee, che in qualche modo ti costringevano a commiserarli. Come le odiava, quelle mani rosee. Stava per raggiungere la porta della baracca quando vide qualcosa dalla finestra che la fermò di botto. Lenore, la nuova lavandaia, aveva preso un lungo sorso d'acqua da una brocca e con le guance gonfie teneva il liquido in bocca. Poi lo buttò fuori con un magnifico spruzzo, distribuendolo su tutto il vestito del signor Mackey steso sull'asse da stiro. La signora Mackey aprì la porta. Nella baracca della lavanderia faceva un caldo disumano, e l'aria pesante sapeva di amido e stoffa riscaldata. «Lenore, cosa diavolo stai facendo?»

«Stiro il vestito di suo marito, come mi ha detto lei» rispose Lenore, col sudore che le scorreva sul collo. Fissò la signora Mackey con i suoi occhi sporgenti e iniettati di sangue. «Bisogna inumidire la stoffa, altrimenti non si stira.»

La signora Mackey le voltò le spalle e tornò a casa, cercando di non ascoltare il latrato a singhiozzo del barboncino della signora Billings di là dallo steccato, il cui suono era come un coltello che qualcuno le puntasse ripetutamente alla tempia, facendole venire cattivi pensieri sul modo di sgozzare un cucciolo, pensieri che non avrebbe confidato nemmeno a un dottore; d'altronde la signora Mackey aveva ben poca confidenza con i dottori. Se ne stava seduta nel loro studio cercando di indovinare cosa potesse dire una persona normale e poi la diceva, prendeva le pillole che le davano, e ora le tremavano le mani.

Cai! Cai! Cai! Cai! Cai! Era normale che desiderasse accoltellare un cucciolo? O che la lavandaia spruzzasse acqua e saliva sui vestiti di suo marito? Non era facile sapere cos'era normale. Quando era incinta di Phillip, Hubert l'aveva sorpresa mentre mangiava del gesso. Aveva chiamato il dottore, sicuro che quella matta di sua moglie dovesse essere finalmente internata in manicomio. Invece il dottore disse che era *normale*, il sintomo comportamentale di una carenza nutritiva relativamente comune, e che l'unica cosa di cui aveva bisogno era un complesso multivitaminico.

«Guardalo: è il nostro Edward G. Robinson» bisbigliò la signora Billings al marito, gli occhi fissi su Lito Gonzalez. Il signor Billings era il responsabile della sicurezza della miniera di nickel, e non rientrava certo nei suoi compiti sorvegliare gli altri dirigenti della miniera, ma comunque non avrebbe avuto bisogno di pensarci lui, perché a questo provvedeva già sua moglie. Per tutta la sera la signora Billings provò il suo nome in codice – "Edward G. Robinson" – sugli altri americani, alludendo al signor Gonzalez, sicura che lui non sapesse chi era il celebre attore di Hollywood, o che guarda caso non soltanto gli somigliasse, con quella faccia da carpa, ma che ne condividesse addirittura i difetti. «Un metro e sessantacinque… con i sopratacchi» disse a un invitato. E a un altro: «Un metro e sessanta*tré*, con i sopratacchi». Qualche giorno prima la signora Billings lo aveva visto fermarsi davanti alla direzione dello stabilimento alla guida di una Cadillac nuova di zecca. Lo aveva osservato mentre lasciava gli uffici, come raccontò nel dettaglio alle altre donne, per salire su quella macchina, lucida e bianca come una gigantesca saponetta, e percorrere mezzo isolato fino alle cassette della posta della società. «E a quel punto» disse «è risalito su quel vistoso macchinone – insomma, doveva proprio andare a comprare il modello più volgare che Detroit abbia da offrire? – e ha *ripercorso* il mezzo isolato per tornare nel suo ufficio allo stabilimento.»

Arrivò un cameriere con un vassoio carico di bicchieri, coppe poco profonde di un cocktail a base di rum dentro cui galleggiavano sottili fette di lime simili a dischi di vetro istoriato di verde, e una crosta di zucchero e ghiaccio tritato tutt'intorno al bordo. «Prenderò una di quelle cose dall'aspetto delizioso» disse Blythe Carrington alzandone una dal vassoio. Bevve un sorso. «Decisamente *deleterio*» disse, il labbro superiore incrostato di luccicanti cristalli di zucchero.

«Avete letto di lui nell'articolo su Nicaro del "New York Times"?» chiese la signora Lederer. «Sono rimasta disorientata. Gonzalez è un nuovo acquisto della società, eppure il giornale dice che aveva delle "concessioni" quando la miniera fu aperta all'inizio, durante la Seconda guerra mondiale. Che razza di "concessioni" poteva mai avere?» Quella parola, la signora Lederer la associava immediatamente alle bancarelle di hot dog e popcorn delle partite di baseball.

«Una baracca con una luce rossa sulla porta» rispose la signora Carrington.

«Temo di non capire.»

«Un *bordello*, signora Lederer» disse la signora Carrington, staccando bene le parole come se parlasse con un bambino. «Evidentemente faceva buoni affari prima che gli americani lo costringessero a chiudere bottega. Ipocriti» sbuffò la signora Carrington. «Ora c'è da aspettarsi che vadano a Levisa...»

«Che vadano? Chi?» chiese la signora Lederer.

«Gli uomini, signora Lederer. Siccome non lo vogliono a Nicaro, andranno a Levisa, ecco cosa sto dicendo.»

«Ha famiglia, Gonzalez?» chiese una donna.

«Ho sentito dire che è vedovo» disse un'altra.

«Quello che ho sentito dire io è una cosa che avrei potuto dirvi usando semplicemente il buonsenso» disse la signora Billings, e poi abbassò la voce: «*Solo gli omosessuali viaggiano in Cadillac.*»

La signora Lederer stava tornando dal bagno quando vide Charmaine Mackey da sola nel corridoio, attraente malgrado il vestito nero brutto e della taglia sbagliata; l'unica nota di colore un pallido filo di quelle che per la signora Lederer erano certamente perle coltivate. La signora Mackey era una di quelle donne naturalmente dotate di grazia ed eleganza che non avevano bisogno di ricorrere a un trucco vistoso e a colori sgargianti, o ad abiti studiati in modo da correggere difetti e protuberanze indesiderate. Non aveva stile, e ciò nonostante riusciva a sembrare perfetta. Anzi, stile e accorgimenti vari risultavano perfino pacchiani e di cattivo gusto. La signora Lederer si sentì d'un tratto goffa e sgraziata nel suo vestito cachi taglia quarantotto. E nelle scarpe cachi numero quarantatré.

«Buonasera, signora Mackey. Che eleganza.»

La signora Mackey sorrise timidamente.

«Volevo chiederle» disse la signora Lederer, «lei non è per caso nel comitato delle mogli?»

La signora Mackey scosse il capo. «No, non lo sono.»

«Vorremmo incontrarci per vedere se riusciamo ad avere uno spaccio aziendale migliore qui a Nicaro, così da non dover prendere la barca e andare a Preston per un pezzo di pane. Dovrebbe venire alla riunione, se le interessa. Vogliamo discutere anche della costruzione della piscina. Il signor Carrington ha acconsentito a presentare i progetti.»

«Una piscina? Bene.»

La signora Mackey aveva l'impressione che le mogli di tutti gli altri dirigenti fossero al corrente di questi progetti. Forse Phillip aveva accennato alla piscina. Non lo ricordava. Hubert non ne aveva parlato. C'erano un mucchio di cose di cui Hubert non parlava, ma era sua la colpa. A volte lei fingeva di interessarsi di queste cose, ma non riusciva mai a ricordare i dettagli, e questa era per tutti, persino per Phillip, la dimostrazione che non le interessavano affatto, e che sarebbe stato inutile accennargliene. A cena, negli ultimi tempi, Hubert si rivolgeva direttamente a Phillip e non a lei. Lei comunque annuiva e fingeva di ascoltare mentre lui continuava a parlare della lavorazione del nickel e dell'impianto pilota, della politica cubana e delle leggi sul lavoro, e di questo e di quello sui problemi tra Gonzalez e l'Amministrazione dei Servizi del Governo, che sovrintendeva alla Nicaro Nickel Company.

«Ha letto sul giornale di stamane il pezzo sul signor Neutra?» le chiese la signora Lederer. «È davvero entusiasmante che gli abbiano commissionato un progetto all'Avana: sarà un magnifico esempio di tropicale moderno.»

«Lavora per la società mineraria?» La signora Mackey prese distrattamente un portacipria dalla borsetta e lo aprì per controllarsi il rossetto.

«Richard Neutra? Oh, cielo, no, cara. È un famoso architetto austriaco... Il più famoso.»

«Buonasera, signora Lederer.» Era la donna della Guyana francese, di cui la signora Lederer non ricordava assolutamente il nome, e non osava pronunciarlo per paura di storpiarlo.

La signora Mackey si scusò piuttosto bruscamente, ma la signora Lederer non si risentì e, anzi, provò addirittura un certo sollievo. La donna della Guyana francese sicuramente sapeva chi era Neutra. Aveva un sobrio aspetto europeo, e da quando l'aveva vista dal fornaio alcuni giorni prima, la signora Lederer aveva pensato che potevano diventare amiche, parlare di arte moderna e degli articoli che entrambe avevano letto sul "New Yorker".

La donna alzò il bicchiere e indicò la sala con un gesto circolare. «Non è fantastico questo posto?»

«È certamente unico» azzardò la signora Lederer, guardandola intenzionalmente negli occhi, convinta fossero entrambe d'accordo che il posto era, non fantastico, bensì un totale orrore.

«Oh, non so se sia proprio unico, signora Lederer. A me pare molto tradizionale. Questo è un vero casino di caccia cubano. Ha visto quello straordinario raschiascarpe di ghisa appena fuori dalla porta? Avrà centocinquant'anni. Devo ricordarmi di chiedere a Lito di parlarmene.»

Lito? La signora Lederer non lo avrebbe chiamato mai nella vita col nome di battesimo, benché lui l'avesse invitata a farlo già due volte, quella sera. Ma forse quell'atteggiamento, da parte della donna francese, sottendeva un'elegante finezza, come se fosse segno di grande classe fingere di trattare da pari a pari il loro viscido anfitrione.

«Che ne direbbe se andassimo a Preston insieme la settimana prossima?» azzardò la signora Lederer. «Una gita tutta al femminile per una visita dal *friseur*.»

«Intende dire dal parrucchiere? Detesto scoprire il mio gioco, signora Lederer, ma io ai miei capelli do cinquanta colpi di spazzola e poi ci faccio un nodo.»

Sola, Charmaine Mackey si sentiva invisibile, con le risate e la conversazione che si fondevano in un rombo sonoro molto simile al silenzio, come se la festa si svolgesse dietro una vetrata, una barriera trasparente che la separava da tutti gli altri presenti nella sala. Passò a fatica tra persone a cui l'alcol impediva di rendersi conto che le stavano bloccando la strada, varcò una serie di porte e uscì finalmente sulla terrazza. Fuori c'erano dei domestici che apparecchiavano i tavoli per la cena. La terrazza si protendeva sul fiume, e il suono frastornante dell'acqua intorno a lei afferrava i suoi pensieri e li trascinava via sulla sua rapida corrente. Come si potesse vivere con quel rumore senza perdere la ragione le riusciva incomprensibile.

La signora Lederer sembrava una di quelle donne che si aspettano sempre moltissimo dagli altri. Aveva detto qualcosa dell'Austria o di un austriaco, e invece l'unica cosa alla quale Charmaine Mackey riusciva a pensare era la parola "madreperla". Aveva tirato fuori il portacipria confezionato con un'orecchia di mare e si era controllata il rossetto, solo per non guardare la signora Lederer negli occhi. Da quando non era più nemmeno capace di guardare la gente negli occhi? Mentre bloccava lo sguardo della signora Lederer col portacipria che teneva in mano, le era venuto in mente all'improvviso cosa voleva dire madreperla. L'ostrica è la *madre* della *perla*, il letto in cui la perla, un granello di sabbia coperto di qualcosa di latteo, viene messa al mondo. Una cosa bellissima nata dall'irritazione, la madre aperta con la forza da mani umane, la perla tolta dalla madre perché viva la sua vita con un foro che l'attraversa da parte a parte, unita da un filo alle altre piccoline forate come lei. Era stata la madre a fare la perla, eppure valeva molto meno. Era praticamente da buttare. Ci intarsiavano i tavoli, con la madreperla, e nei portacenere di madreperla si spegnevano le sigarette.

Sulla barca che li aveva portati per la prima volta da Preston a Nicaro, Charmaine aveva visto un'enorme chiazza di qualcosa di purpureo, una specie di grande relitto galleggiante – palloncini violacei e bluastri dalle strane forme, simili a vesciche, che passavano sulla superficie dell'acqua. Una delle figlie dei Lederer, la rossa, le aveva indicate con la mano dicendo che erano fisalie. Era un tipo di medusa, aveva spiegato la bambina, anche se la bambina aveva detto "specie", non "tipo". Ce ne dovevano essere centinaia. Circondavano la barca e si dirigevano verso la riva come l'Armada spagnola. Charmaine non le aveva mai viste, e non avrebbe saputo dire come si chiamavano. Era inquietante che i bambini sapessero cose che lei non sapeva. «Sai qual è il modo migliore per uccidere un polpo?» le chiese Phillip un pomeriggio. Era forse tenuta a saperlo? «Mi spiace, Phillip, no. Non lo so.» «Lo infili in un sacchetto di acqua di mare e lo chiudi nel freezer» disse lui. «Muore nel sonno!» Oh, pensò lei, sollevata. Non sono tenuta a saperlo.

Era lui che voleva dirmelo. Questi piccoli fraintendimenti da parte sua capitavano in continuazione. Il problema più grosso con i bambini non era che sapevano tutto della fauna marina, di tutte le quisquilie riguardanti gli animali; era il piacere che ricavavano da queste cose, la loro capacità di divertirsi, un modo tutto loro di accusarti. *Vedi lo splendido mantello della mia innocenza? Non è bello? Perché tu non ce l'hai? Vedrai quando sarò grande, come sarò diverso da te. Si può sapere cos'hai che non va?*

«Signora Mackey, lei è soprappensiero.»

Era il signor Gonzalez.

«Oh, io... sì, ero soprappensiero.»

«Lei mi sembra una persona che riflette attentamente sulle cose.»

Davvero? si chiese. Come fa a dirlo?

Il signor Gonzalez si offrì di farle visitare il casino di caccia. Per compassione, pensò lei, perché era là in piedi, sola, nel foyer. Tutti gli americani diffidavano del signor Gonzalez – suo marito si comportava come se fosse un assassino prosciolto dall'accusa –, ma le poche volte che si erano incontrati a lei era parso una persona ragionevolmente ammodo. Accettò la sua offerta, e si godette il brivido fugace della propria versione del potere: facendo ciò che – sentiva – non avrebbe dovuto. Come per esempio chiedere a Blythe Carrington se bere sotto il Tropico del Cancro facesse male alla salute, pur sapendo, in un angolo remoto della sua mente, che la signora in questione era decisamente un'alcolizzata. Era in queste sue timide incursioni che la signora Mackey percepiva vagamente la forma della propria personalità, come se la sua essenza si nascondesse ai margini e potesse essere percepita solo quando questi margini venivano attraversati.

«Lei non ha niente da bere, signora Mackey. Posso andare a prenderle qualcosa? Una limonata?»

Impulsivamente la signora Mackey disse che voleva un Tom Collins. Non sapeva nemmeno cosa ci fosse dentro. Era un cocktail di cui aveva sentito parlare.

«Quello col gin?» chiese il signor Gonzalez.

Fece quella domanda, si rese conto in seguito, perché non era certo di conoscere quel cocktail, mentre lei pensò che lui volesse insinuare, come avrebbe potuto fare suo marito, che una donna nervosa non dovrebbe bere.

«Non sono astemia, signor Gonzalez, anche se do questa impressione.»

Fino a quel momento, a dire il vero, era stata astemia. Il dottore aveva detto che l'alcol poteva interferire con l'efficacia delle sue medicine. Ma le sue medicine interferivano già, dunque forse avevano bisogno della propria interferenza.

Il signor Gonzalez andò a prenderle il Tom Collins, che era proprio buono. Poi le fece strada lungo un corridoio fino a quella che gli presentò come la sala dei trofei. L'illuminazione scarsa e fioca svaniva in pieghe di oscurità vicino al soffitto. La signora Mackey alzò lo sguardo verso le teste di animali che erano state mozzate all'altezza delle spalle e inchiodate o incollate a targhe laccate appese al muro. Perverso, come tipo di ornamento, pensò, ma anche divertente. Come se gli animali fossero in piedi dietro a quelle tavole di compensato dipinto che si vedono alla fiera, con la testa che sporge dai fori circolari per completare la scena raffigurata. O forse volevano irrompere nella sala, col corpo mezzo dentro e mezzo fuori dalle pareti. La stavano guardando? E facevano delle smorfie, o avevano più l'espressione delle foto segnaletiche, la faccia che facevi quando non volevi fare nessuna faccia?

Disse che ricordava di avere sentito che il generale Batista aveva una specie di riserva di caccia non lontano da lì, dove facevano arrivare selvaggina esotica dall'Africa.

Il signor Gonzalez disse di sì, che aveva ragione. Vicino a Gibara, disse.

«Lei è amico del presidente Batista?» chiese la signora Mackey, provando un'inconsueta e crescente sensazione di benessere. Una sensazione pungente eppure diffusa, come se fosse in atto una transizione meno brusca tra lei e il mondo esterno. Era una persona, un corpo, a una festa, e la sua presenza in quella casa le sembrava naturale, come un corpo in una piscina a temperatura corporea. Doveva essere stato il cocktail. Per tutto questo tempo aveva evitato l'alcol per via dello stato dei suoi nervi. Quando forse erano proprio le persone nervose che dovevano bere. C'erano delle donne sovietiche, aveva letto, che partorivano nell'acqua. Una transizione più dolce, e anche gli adulti sicuramente avevano bisogno di transizioni più dolci...

«È questo che ha sentito dire, signora Mackey?»

«È quello che dice Hubert, che lei è un amico intimo, un amico personale del presidente. Ma io che ne so? Cioè» ridacchiò, «che ne sa Hubert?» Il calore che si stava diffondendo nel suo corpo le dava le vertigini, mettendola di ottimo umore. «Forse una cosa la so» disse maliziosamente.

Ma il signor Gonzalez non le chiese cosa fosse. E più tardi lei non riuscì assolutamente a ricordare cos'era che sapeva.

Mentre la gente socializzava, beveva e ciarlava, il signor Mackey, perfettamente sobrio, aspettava nel foyer l'arrivo dell'ambasciatore. Mortificato dal cattivo stato della casa di campagna di Gonzalez, contava di salutare Sua Eccellenza, prenderlo in disparte e spiegargli la situazione. «Assecondatelo» aveva detto il rappresentante della Compagnia Mineraria Nazionale, «ma non ditegli un accidente.» Permettere a Gonzalez di ospitare la festa di benvenuto della Nicaro Nickel era ben più che assecondarlo. Il signor Mackey intendeva farla a Cayo Saetía, per la semplice e validissima ragione che Saetía era il posto dove la United Fruit organizzava le feste della società, e la United Fruit gestiva un'azienda nella Cuba orientale da cinquant'anni e la sapeva lunga su come andavano fatte le cose. Ma Gonzalez aveva spedito gli inviti prima che il signor Mackey riuscisse a fermarlo.

Quando arrivò Sua Eccellenza, Gonzalez parve materializzarsi dal nulla. Il signor Mackey si accorse che d'un tratto era sulla porta accanto a lui, e con suo grande disappunto lo vide prendere sottobraccio l'ambasciatore e trascinarlo nel folto della festa come se fossero vecchi amici. Il signor Mackey li seguì, sentendosi invisibile. Gonzalez e Sua Eccellenza ridevano. Il signor Mackey, tirato un profondo respiro, decise di inserirsi. Si avvicinò. I due uomini tacquero immediatamente, e Gonzalez, dopo essersi scusato, si allontanò per accogliere altri invitati.

Il signor Mackey si presentò e venne subito al sodo.

«Corre voce che questo Gonzalez sia il killer di Batista» disse sottovoce, sporgendosi verso l'ambasciatore, dal momento che il suo udito non era ancora perfettamente guarito dopo l'incidente del chinino.

«Signor Mackey, non dimentichi che egli ha l'approvazione del governo degli Stati Uniti» disse freddamente l'ambasciatore. «Non permetterebbero certo al primo gorilla che passa di comprare il venti per cento delle azioni della società. Batista promette niente scioperi, niente leggi sul lavoro, niente tasse, niente problemi. Da come la vedo io» disse l'ambasciatore, «Gonzalez è il *vostro* killer, signor Mackey.»

La signora Lederer osservò un gruppo di cubani unirsi alla festa alla spicciolata, dirigenti di basso livello di cui Gonzalez, così dicevano tutti gli uomini, aveva ottenuto l'assunzione. Le loro mogli erano talmente vistose da sembrare una voluta parodia, notò lei con rinnovata fiducia nel proprio abito su misura di organza di seta, di cui aveva momentaneamente dubitato alla presenza dell'elegante signora Mackey. Con i loro pesanti gioielli che probabilmente erano semplice bigiotteria, il rossetto fiammeggiante, i nei posticci, il fondotinta e il fard abbondantemente spalmati sulla carnagione scura, le mogli cubane non parevano molto diverse, agli occhi della signora Lederer, dalle *drag queen* dei burlesque. Ne sentì il pot-pourri di profumi – Fibah, Arpège, Chanel –, una miscela esagerata che sembrava l'equivalente morale del tè ghiacciato di Long Island, un cocktail che si beveva non per il sapore, ma come polizza di assicurazione contro la sobrietà. Molte di esse portavano una stola di volpe sulle spalle. O probabilmente di coniglio, tinto in modo da sembrare volpe. Questo, una sera in cui la temperatura avrebbe potuto scendere addirittura a ben trenta gradi sopra lo zero.

La signora Lederer si chiese ad alta voce se Gonzalez intendesse servir loro cibo cubano. Disse che le pareva di sentire odore di aglio, lo stesso che veniva dagli alloggi della servitù la domenica quando la loro cuoca, Flozilla, aveva il pomeriggio libero e si faceva da mangiare su un fornello. Disse che l'aglio le dava la nausea e che aveva una mezza intenzione di chiederle di smettere di usarlo.

«Lei permette ai suoi domestici di cucinare cubano a casa sua?» domandò la signora Billings.

«Be', dico, per sé possono cucinare ciò che vogliono» disse la signora Lederer, «purché preparino dei pasti come si deve per noi.»

La signora Billings disse che a casa sua non c'era posto per l'aglio e la yucca bollita. Aveva insegnato alla servitù a cucinare sensati piatti americani, e ora non doveva far altro che insegnargli a mangiare porzioni di grandezza sensata. Disse che i suoi domestici consumavano enormi quantità di cibo.

Le altre ascoltatrici ne convennero, e la signora Lederer chiese com'era possibile che nessuno dei domestici fosse minimamente grasso, mentre lei e il signor Lederer erano costantemente a dieta.

La signora Mackey disse timidamente di aver letto, nell'opuscolo *Consigli per gli anglo*, che ai tropici si potevano consumare più calorie. Ma non sapeva se questo valesse solo per chi era originario dei tropici. Aveva appena raggiunto la comitiva dopo il suo giro col signor Gonzalez. A dispetto dello *status* di paria di quell'uomo, rispetto ai presenti, era stata stranamente restia ad abbandonarlo. Di fatto, era stato lui ad abbandonare lei, dicendo che doveva andare incontro all'ambasciatore.

L'opuscolo comprendeva una lista di difficili domande alle quali gli americani dovevano essere preparati a rispondere quando viaggiavano in Paesi barbari. *Se siete una democrazia, perché bianchi e neri non mangiano allo stesso tavolo?* L'opuscolo non proponeva una risposta, come se la risposta fosse ovvia, e lo scopo fosse semplicemente informare la gente dell'inevitabilità di quella domanda. Secondo il signor Mackey era una domanda trabocchetto: bisognava dire solo che la democrazia aveva a che fare con la separazione dei poteri al governo, con le elezioni e le garanzie costituzionali.

Una donna raccontò che aveva sentito dire che ai tropici le bambine raggiungevano la pubertà molto precocemente, e che chi aveva delle preadolescenti avrebbe fatto bene a non perderle di vista. Un'altra aveva letto che il ciclo femminile era influenzato dall'equatore, ma non riusciva a ricordare bene in che modo, qualcosa che c'entrava con la luna e le maree. Blythe Carrington, a portata d'orecchio e ormai perfettamente carburata da tre o forse quattro coppe di quel delizioso cocktail a base di rum, stava pensando a come sarebbe stato divertente quando queste bambole avessero scoperto di trovarsi alla latitudine del ciclo mestruale di tre settimane. Eternamente fasciate di assorbenti in formato gigante, non avrebbero fatto altro che sanguinare. In un'umida palude non potevi fermare il flusso delle cose. In quel preciso momento il sudore stava probabilmente inzuppando la fodera di ogni abito da sera. Così come la linfa stava sicuramente colando dalle scure e folte piante di mancinella sopra il viottolo che portava alla topaia macabra e primitiva di Gonzalez. La linfa di mancinella era velenosa. Causava la formazione di vesciche piene di liquido sulla pelle appena la si toccava. E c'erano poi le punture delle zanzare, che piangevano lacrime ingrommate di pus giallo per un mese, lasciando segni permanenti. Erano tante le cose che queste donne dovevano ancora scoprire ai tropici, pensò Blythe Carrington con una rabbia impaziente, un amareggiato ottimismo nella previsione dei disagi altrui, disagi che già conosceva, e che aveva il vantaggio di aver accettato tanto tempo prima.

Tip Carrington flirtava con la frotta olezzante delle mogli cubane, parlando in spagnolo, complimentandosi con ognuna singolarmente per la sua bellezza, chiedendo dove sua moglie potesse andare a fare shopping per riuscire a essere chic ed elegante come loro. Le donne cubane si lasciavano scivolare le pellicce sulla schiena. Il sudore gli imperlava il labbro superiore, impastando il trucco e conferendo al décolleté la particolare lucentezza di uno specchio. Tip Carrington le trovava deliziose come coppe di gelato che cominciavano a sciogliersi. Da consumare in fretta, prima che si squagliassero.

Blythe Carrington passò proprio allora. Guardò il marito con i suoi occhi blu iniettati di sangue e si diresse verso il bar.

«Voi ragazze fate shopping all'Avana» chiese Tip Carrington, «o dovete andare fino a Parigi per poter essere così eleganti?»

Le donne ridacchiarono. I vestiti li compravano da Época, un grande magazzino di medio livello di Holguín, a due ore di macchina da Nicaro.

Tip Carrington continuò i suoi giri con lo shaker, fermandosi a riempire il bicchiere al signor Lederer e al signor Mackey. «Allora, Carrington, dove ha imparato lo spagnolo?» chiese Mackey. «Accidenti, sembra davvero uno del posto.»

«Uno del posto, certo. Uno dell'interno dello stato di New York. L'ho imparato facendo l'ingegnere. Ecco cosa fa il Sudamerica agli uomini» disse con una risata. «Li rovina.»

La cena fu servita, ma troppo tardi, quando era stato ormai raggiunto un livello nel consumo di alcolici decisamente alto. Così diventò secondaria, irrilevante, un rituale che si perse nella tendenza generale all'ubriachezza. Il giorno dopo la signora Lederer ricordava vagamente che avevano servito dei rigidi cubetti di chissaccosa, tutto impregnato d'olio e puzzolente di aglio, e che lei e il marito erano seduti a un tavolo insieme all'ambasciatore e ai Billings, sulla veranda coperta che si affacciava sul fiume. La signora Lederer si era ripresa, dopo essere stata snobbata dalla donna che veniva dalla Guyana francese: il nome era Fourier, ricordò troppo tardi. La signora Fourier non l'aveva snobbata veramente. Era stata anzi educatissima, il che aveva però reso la cosa ancora più sgradevole. Nel confuso ricordo di quell'ebbra serata, la signora Lederer aveva impressa nella memoria l'immagine di se stessa, dell'ambasciatore e della signora Billings che buttavano la "cena" nel fiume mentre nessuno guardava. E di se stessa e di suo marito che, tornati a casa dalla festa, mangiavano panini a mezzanotte seduti intorno al tavolo della cucina.

Checché ricordassero o non ricordassero del pasto, nella sovrabbondanza dei martini serviti dal signor Carrington, nessuno aveva dimenticato l'imbarazzante scenata che c'era stata tra lui e la moglie.

"Il teatrino serale": così Marjorie Lederer chiamò in seguito l'incidente.

I due avevano litigato a tavola, davanti a tutti.

La signora Carrington si era alzata in piedi.

Suo marito aveva cercato con la forza di rimetterla a sedere. Lei si era divincolata. «Mi stai umiliando! Non lo vedi?»

Che Tip Carrington lo vedesse o meno, era impossibile saperlo, perché non lo disse. Non disse nulla.

«Sono stufa» biascicò lei. «*Stufa, stufa, stufa marcia!*»

I domestici stavano portando il caffè e il dessert. Carrington provò a ostentare un'aria indifferente. Si frugò in tasca in cerca di una sigaretta. «Chi ha da accendere? Lito, hai un fiammifero?» chiese, con finta allegria, e una sigaretta spenta tra le labbra.

Gonzalez, seduto a capotavola, si sporse verso di lui per dargli una scatola di fiammiferi.

Mentre Carrington si alzava per prenderla, sua moglie gli diede uno schiaffo e gli fece volar via la sigaretta.

Lui si chinò, raccolse con calma la sigaretta e di nuovo chiese a Lito Gonzalez del fuoco.

Tutti rimasero in silenzio mentre prendeva i fiammiferi, ne estraeva uno, lo strofinava contro il lato della scatola e accendeva la sigaretta.

«Okay, qui ci vuole un po' di animazione. È una festa, dico bene?» esclamò, espirando il fumo e agitando il fiammifero per spegnerlo. «Nessuno ha una barzelletta da raccontare? Signor Lederer, lei ce l'ha, una barzelletta da raccontare?»

Nessuno aprì bocca.

«No? Nessuno? Okay, ne conosco una io» disse Carrington. «Una bella. Eccola: perché una torta nuziale cubana è fatta di merda?»

Tutti lo fissarono.

«Perché tiene lontane le mosche dalla sposa.»

Nessuno ruppe il silenzio.

«Ah… ah… ah. Mio marito, l'attore» disse Blythe Carrington. «Che cattivo gusto, eh? E l'hanno già sentita tutti, quella barzelletta. Ma nessuno di voi sa perché lui la trovi divertente.» Si guardò intorno. «Voi non la trovate divertente perché non avete il suo senso dell'umorismo.»

Si alzò in piedi e con passo pesante attraversò la veranda. Prima di varcare la porta e di entrare in casa, disse un'altra cosa. Non fu facile sentirla perché la disse piano e il fiume che scorreva sotto la veranda, gonfiato dalle piogge recenti, faceva un gran rumore. Ma la signora Mackey era convinta di aver udito bene.

«È divertente solo se uno sa che mio marito è cubano» disse Blythe Carrington. Dopodiché, con grande nonchalance, aprì la porta a zanzariera che non si chiudeva bene e si bloccava continuamente, ed entrò, badando a non sbattersela alle spalle.

9

Avevano rotto il ghiaccio, eppure La Mazière preferiva continuare a occupare il tavolo in fondo alla Pam Pam Room, e osservarla come se fosse un esemplare misterioso, perché in un certo senso Rachel K era rimasta tale.

Lui si trovava all'Avana ormai da tre mesi, dal giorno del suo arrivo subito dopo il colpo di stato di marzo, e l'aveva studiata con la sua solita calma, da vicino e da lontano, aspettando il momento opportuno, perché l'istinto gli diceva che non era solo carne e divertimento ma che forse, solo forse, quella ragazza poteva dargli una mano con l'ex presidente Prio e farlo diventare suo cliente. In che modo, però, non sapeva dirlo.

Il suo contatto con Prio – la stessa persona che originariamente lo aveva informato del golpe inviandogli un telex dall'Avana a Parigi – gli aveva garantito la possibilità di fare "grossi affari" fornendo armi agli istigatori di una nuova insurrezione. Ma ora quello stesso contatto sosteneva che la situazione era disperata.

«A quanto pare, non ci sarà nessuna insurrezione» gli aveva sussurrato un pomeriggio quando si incontrarono nel bar buio dell'Hotel Nacional, completamente vuoto a parte il piccolo indiano che era sempre là, a sorseggiare con aria avvilita la sua Harveys Bristol Cream, un maragià deposto troppo preso dai propri guai per curarsi di ascoltare di nascosto quelli degli altri. «L'ex presidente è proprio giù di corda» aveva detto il contatto. «Gli manca la motivazione necessaria per finanziare un rovesciamento del governo.» Anche i giornali avevano scritto che Prio era giù di morale. La mattina dopo il golpe i titoli dicevano PRIO LASCIA, nonostante il fatto che Prio, tecnicamente, fosse stato espulso.

La Mazière aveva affari da sbrigare a Ciudad Trujillo e contava di partire il giorno dopo. Tra Rafael Trujillo, leader e generalissimo della repubblica dominicana, e François Duvalier, un insorto haitiano con ambizioni presidenziali, La Mazière aveva un giro regolare di lavoro nei Caraibi. Dall'Avana a Ciudad Trujillo a Port-au-Prince era la sequenza di voli forse più breve del mondo. E chissà, magari al suo ritorno qualcosa sarebbe cambiato nella situazione cubana.

Comprò i biglietti nell'ufficio dell'Air Cubana vicino all'albergo e poi andò al Tokio, prendendo posto regolarmente in fondo alla Pam Pam Room. Stava ordinando qualcosa da bere quando nella sala entrò un uomo dall'aria familiare, anche se La Mazière non lo riconobbe subito. Era alto, pallido e lentigginoso, ed era in compagnia di un ragazzo di non più di diciassette, diciotto anni, con due occhi dolci da cerbiatto e pochi peli sopra un labbro superiore così adolescenziale che sembravano le briciole di una brioche. La Mazière si rese conto finalmente che il più alto era Fidel Castro, un impulsivo politicante che aveva rotto le scatole a tutti da quando Batista era entrato nel palazzo presidenziale. Lui e il suo giovane compagno – chiaramente una checca, pensò La Mazière – si fermarono al bar, imbarazzati, come se non avessero mai messo piede prima in un locale come il Tokio. Saltò fuori che aspettavano Rachel K, che li condusse in uno dei séparé in fondo alla sala.

La Mazière aveva visto la fotografia di Castro nella rivista "Bohemia", che l'aveva pubblicata di fianco a una lettera che Castro aveva scritto, come avvocato di se stesso, al Tribunal de Urgencia di Cuba, in segno di protesta contro il golpe. Era un brano di retorica politica così ispirato che La Mazière aveva preso un paio di forbici e lo aveva ritagliato.

"Io, Fidel Castro Ruz, ricorro all'umile logica" cominciava la lettera. "Io pulso questa terribile realtà. E la logica mi dice che se esistono i tribunali Batista dovrebbe essere incriminato. Se non dovesse essere incriminato, e continuasse a fare il Capo dello Stato, il Generale in Capo, il Presidente, il Capo Civile e Militare, il Padrone delle Nostre Vite, delle Aziende Agricole, delle Donne, del Bestiame e delle Puttane, Colui Che Esercita sull'Isola il suo Droit de Cuissage, vuol dire che i tribunali non esistono. Né i tribunali né la logica. Ripeto: io pulso questa terribile realtà."

"Io pulso questa terribile realtà" era uno strano modo di esprimersi, una locuzione quasi sensuale, e tuttavia c'era della coerenza. Castro aveva fatto del "pulsare" un atto transitivo, uno strumento per controllare e misurare, per "sentir pulsare". Nella stessa pagina della lettera di Castro, sotto, era stata pubblicata la replica del tribunale: "Con riferimento alla petizione presentata con cui si contesta il colpo di stato rivoluzionario che ha portato alla presidenza del generale Batista, il Tribunal de Urgencia delibera che la fonte del diritto è la Rivoluzione". Al che Castro aveva smesso di presentare le sue petizioni e cominciato a organizzare pubbliche proteste. Durante la più grande di queste manifestazioni, sulla scalinata dell'università, sparò diversi colpi in aria e uno contro gli uomini del servizio segreto di Batista, che erano di là dalla strada a bere la loro tazzina di caffè. Nessuno rimase ferito, ma Castro diventò immediatamente un nemico del nuovo regime.

Lui e l'adolescente che lo accompagnava restarono nel séparé con Rachel K per un tempo che a La Mazière sembrò piuttosto lungo. Quando la tenda finalmente si aprì, vide i tre uscire, uno dopo l'altro. I due uomini strinsero la mano a Rachel K come se avessero appena concluso la compravendita di una macchina usata o di una proprietà immobiliare.

«Solenni strette di mano tra un gangster, un finocchio e una ballerina di varietà» le disse La Mazière poco più tardi, quella sera. «È quantomai strano.»

Lei rimase muta.

«O forse non è strano. Ma dovresti starci attenta. Che cosa ne penserebbe Batista?»

«Non è un gran pensatore.»

Gli spiegò che i Castro – il più giovane era il fratello di Fidel, Raúl – erano venuti al club per chiederle di metterli in contatto con Prio.

E lei intendeva farlo?

«Ho detto che è a Miami e vuol essere lasciato in pace.»

Che Fidel Castro volesse mettersi in contatto con l'ex presidente era una cosa che infastidiva La Mazière. Era stato Castro a infiltrare la talpa che aveva fotografato le prodezze cocainiche di Prio nella Green Room. E dopo averlo smascherato e umiliato aveva cercato di accusarlo di alto tradimento.

Sull'aereo per Ciudad Trujillo, la mattina seguente, La Mazière intuì che probabilmente Castro voleva contattare Prio per la stessa ragione per cui voleva contattarlo lui. Prio era pieno di soldi: questo lo sapevano tutti, perché il suo unico atto di coraggio prima di andarsene era consistito nel vuotare i forzieri del Tesoro Nazionale Cubano. Castro aveva motivazioni e seguaci. Niente di strano che stesse tramando per rovesciare Batista, proprio quello che La Mazière, arrivato da Parigi, aveva sperato facesse Prio.

Avrebbe avvicinato nuovamente Prio al suo ritorno all'Avana, o tramite il suo contatto, oppure, meglio ancora, attraverso la ragazza, e lo avrebbe informato che la sua mancanza di motivazioni non era più un problema. C'era altra gente che le motivazioni le aveva. Prio doveva semplicemente metterci i fondi, e La Mazière avrebbe provveduto a fornire le armi presumibilmente necessarie a quel gangster sinistroide di Castro e ai suoi seguaci, posto che esistessero, per dare inizio alla loro campagna.

Era una logica raffinata, mettere insieme persone che avevano un nemico in comune. O forse era una logica rudimentale, ma La Mazière ci era affezionato. Raffinate o rudimentali che fossero, queste logiche creavano domande da ogni parte di grosse partite di Tula Tukarov e bustine di tè, di Camembert e di carabine.

«Cosa diavolo è il Camembert?» gli chiese il presidente Trujillo quando si incontrarono quel giorno nel palazzo dominicano.

Un formaggio francese, Signor Benefattore, era tentato di rispondergli La Mazière, poi invece disse: «Il mitra... sa, quello col caricatore rotondo. Come una forma di Camembert».

Saltò fuori che Trujillo aveva sperato di comprare dei piranha, da riempirci il Masacre, il fiume che separava il suo Paese da Haiti. Pur non essendo il Reno, che univa due culture sotto il mistico scettro di un grande imperatore, il Masacre era l'unica ragione per cui non era andato a fuoco l'intero pezzo di terra.

Trujillo aveva gli occhi pesantemente incrostati di trucco, e le spalline a frange, da bordello, gli spiovevano sulle braccia. In un'altra occasione aveva ricevuto La Mazière con indosso uno sciaccò e calzoni da equitazione di raso bianco. Calzoni che dovevano essere un po' troppo stretti, visto che Trujillo continuava a tirarseli sulle cosce e a cambiare posizione sulla sedia mentre interrogava La Mazière sui dettagli dei copricapi napoleonici. Come se, in quanto francese, La Mazière fosse tenuto a conoscere la differenza tra i berretti degli ufficiali del primo e del secondo impero. Quando in realtà era Trujillo che conosceva la differenza tra i diversi berretti da ufficiale in tutti i loro minuziosi dettagli, essendo le sue domande un mero pretesto per fare una dissertazione sull'argomento.

Invece di preoccuparsi dei piranha, gli suggerì La Mazière, forse sarebbe stato il caso di pensare a un'azione più diretta, come per esempio cooperare col ribelle dottor François Duvalier, il quale stava tentando di rovesciare il presidente di Haiti.

«Un negro?» chiese Trujillo, incredulo.

«Naturalmente. È haitiano.»

Trujillo scosse il capo. «Per una disgrazia della storia siamo costretti a vivere accanto a loro. Ma forse...» Chiuse gli occhi e rifletté un momento. Un raggio di sole si riversò nella stanza, facendo risplendere i bottoni d'oro sulla giubba del generalissimo. «Forse capisco il suo punto di vista, signor La Mazière. O partecipiamo alla costruzione di un nuovo governo per loro, oppure li abbandoniamo ai loro istinti.»

Fu un viaggio coronato dal successo, con Trujillo che comprava armi per Duvalier e il suo movimento rivoluzionario, col presidente haitiano avvertito del pericolo – da La Mazière, che questo pericolo lo aveva più o meno creato – e con tutti che correvano ai ripari.

Mentre La Mazière era via, i fratelli Castro erano tornati al Tokio a parlare con Rachel K, chiedendo nuovamente di essere messi in contatto con Prio. Lei aveva acconsentito, spiegò a La Mazière, e aveva inviato un telex a Miami. La risposta di Prio fu proprio quella che si aspettava:

A CHE SCOPO? STOP.

«Credo sia depresso. Mi ha detto che la sua casa è una bara. Gioca tutto il tempo a canasta con i vecchi pensionati del quartiere.»

«Potresti inviargli un altro telex» disse La Mazière. «Digli che c'è qualcuno che può dargli delle speranze ben fondate, un professionista in grado di fornire le armi che potrebbe voler comprare, semmai decidesse di tornare in patria. Digli che con l'appoggio adeguato e la guida e gli sforzi appassionati di questo gangster ignorante di nome Fidel Castro, *sul quale abbiamo tutti dei sospetti* – è importante aggiungere questo dettaglio, per tranquillizzarlo –, forse potrebbe cacciare Batista.»

La Mazière era convinto che lei non avrebbe fatto una piega nello scoprire che lui era coinvolto in affari violenti e illegali. Aveva ragione. Rachel K redasse il telex seguendo alla lettera le sue istruzioni, senza chiedergli nulla della parte che lui avrebbe sostenuto fornendo le armi.

Dopo una settimana le arrivò la risposta di Prio:

BELLO HA CAMBIATO IDEA. STOP. METTIMI IN CONTATTO. STOP.

10

La signorina Alfaro, la maestra di Nicaro, aveva un pianoforte che Everly, se avesse fatto meno di mezzo chilometro a piedi, avrebbe potuto suonare ogni volta che lo desiderava. Ma entrambe, lei e la signora Stites, finsero fosse per assoluta necessità che il sabato Everly veniva a Preston con la barca.

Una volta finito di suonare, rimaneva lì a pranzo, perché la signora Stites aveva detto alla cuoca di preparare qualsiasi cosa Everly chiedesse. Lei non voleva chiedere nulla di speciale, ma la signora Stites insisteva. «Tutto quello che vuoi, cara» le diceva. «Giusto, Annie? Annie è un mago in cucina, e qualunque cosa tu voglia, se l'abbiamo in casa, giuro, lei è capace di farla. E se non ce l'abbiamo, fammelo sapere la settimana prima, che gliela faccio ordinare all'*almacén*.» Everly sospettava che la cuoca ce l'avesse con lei per questa storia di preparare qualsiasi cosa venisse in mente alla bambina. Un giorno chiese dei panini al formaggio cotto in padella, e quando arrivarono delle fette di pane spalmate di formaggio la signora Stites notò la delusione sul viso di Everly e mandò indietro i panini, dopo averle chiesto come li voleva cotti. «Fritti in padella?» suggerì timidamente la bambina.

La cuoca era una donnona giamaicana che quando si sedeva in cucina a mangiare il suo pranzo, avendo finito di servirlo a Everly e alla signora Stites, mugolava, letteralmente. I casi erano due: o soffriva per qualche motivo, oppure quello che mangiava era così delizioso che lei non poteva far a meno di esprimere il proprio godimento. Un giorno preparò una torta al cioccolato per dessert. Everly odiava il cioccolato, e quella torta le fece quasi venire da vomitare, ma finse di apprezzarla e ne mangiò più che poté, temendo che la rimandassero indietro. Così la signora Stites si convinse che la torta al cioccolato fosse il suo dolce preferito e ordinò alla cuoca di servirla ogni sabato. Se ne stavano sedute in sala da pranzo, Everly e la signora Stites, a mangiare quell'orribile torta farinosa, in un silenzio rotto soltanto dal ticchettio della pendola. Il signor Stites era via, per i suoi giri per conto della società. I due ragazzi avevano i loro impegni del sabato, la boxe e il tennis e le lezioni di golf, o le loro escursioni di pesca. L'impegno del sabato della signora Stites era Everly, ma non avevano granché da dirsi, l'una con l'altra. Everly se ne andava sempre con la preoccupazione di non avere soddisfatto pienamente le aspettative – quali che fossero – che la signora Stites, non avendo femmine, aveva nei suoi confronti, anche se la signora Stites era straordinariamente affabile, gentile, e chiedeva la sua opinione su tante cose come se fosse un'adulta. «Cosa ne pensi di questo motivo, cara?» la interrogava, mostrandole un campione di stoffa quadrettata che intendeva usare per farsi confezionare delle tende nuove. «Devo scegliere questa o andare su qualcosa di più semplice? C'è anche questa stoffa viola.» «Forse il viola» azzardava Everly, intimamente lusingata ma fingendo che fosse normale che qualcuno chiedesse la sua opinione prima di prendere una decisione importante. «Allora è cosa fatta» diceva a quel punto la signora Stites, «vada per il viola.»

Se dopo pranzo arrivava K.C., la signora Stites proponeva ai due ragazzi di giocare insieme, ma Everly si accorgeva che K.C. non ne aveva nessuna voglia. Era un maschio, tutto preso da un mondo di maschi. Un pomeriggio aveva in programma di andare a pescare con Hatch Allain e alcuni degli altri ragazzi di Preston. La signora Stites insistette affinché K.C. portasse Everly con loro. Everly si sedette in fondo alla barca indossando un viscido giubbotto di salvataggio arancione, che nessuno dei ragazzi era tenuto a portare. K.C. si tuffò in acqua, ridendo e spruzzando i compagni, nuotando dietro la barca. «Attenta» disse Hatch quando Everly, nell'umido e ingombrante giubbotto, si sporse per toccare l'acqua con le mani. A sentir lui c'erano degli squali, e l'acqua era pericolosa, troppo pericolosa per una bambina. Portarono la barca al di qua di un banco di scogli e i ragazzi pescarono dei polpi, che assomigliavano a delle parrucche di donna fradicie e gocciolanti.

Un pomeriggio la signora Stites suggerì a K.C. di portare Everly su uno di quei vagoncini ferroviari scoperti che si fanno andare tirando una leva. Vi salirono K.C., due degli Allain ed Everly. Uno dei ragazzi, non si sa come, le mise del catrame sui capelli. Stava tornando dal molo di Nicaro, ed era quasi arrivata a casa quando si accorse, solo dopo averci giocato a lungo soprappensiero, di avere dei grumi misteriosi e appiccicaticci sulle punte dei capelli. Sua madre e Flozilla le sciolsero il catrame con la benzina, e le ciocche da cui non riuscirono a eliminarlo le tagliarono con le forbici. Everly disse che forse era stato K.C. «Perché mai avrebbe dovuto metterti del catrame sui capelli, quell'angelo di un ragazzo?» chiese sua madre. Nessuno era un angelo. Tranne forse Duffy, che andava in giro a spiare la gente camminando così silenziosamente che praticamente volava. Per tutta la notte Everly sentì l'odore della benzina nei capelli; lo sentì perfino mentre dormiva. «Almeno tu non hai i capelli lunghi» disse sua madre. C'era una bambina, nella classe di Everly a Oak Ridge, con i capelli che le arrivavano alla vita. La gente diceva che erano "fini" intendendo dire che erano serici e delicati. Un giorno la bambina si chinò su una di quelle lavatrici automatiche che la madre di Everly voleva comprare: tonda, come un tamburo. Stava andando la centrifuga, e qualcuno aveva tolto il coperchio. I capelli della bambina si impigliarono nel cestello che girava, e furono strappati via insieme al cuoio capelluto.

K.C. inviò un biglietto di scuse, scritto di suo pugno. Probabilmente vi era stato costretto dalla signora Stites, ma il fatto che avesse acconsentito sembrava una scusa sufficiente. Everly capiva per quale motivo potesse non desiderare che sua madre colmasse di attenzioni una bambina che non era neppure una loro parente. Quando i Lederer assunsero Willy per il posto di cameriere, Everly cominciò a trovare delle scuse per stare a casa il sabato e seguire Willy dappertutto, anziché fingere di essere una bambina modello per la signora Stites.

Per eliminare la polvere Willy – erano questi gli ordini di Marjorie Lederer – innaffiava ogni pomeriggio l'esterno della casa con la pompa da giardino, lavava le finestre con aceto e fogli di giornale appallottolati, e lavava anche la Studebaker. Ma la polvere tornava a posarsi dappertutto entro la mattina dopo. Fuoriusciva ventiquattr'ore al giorno dalle ciminiere dello stabilimento di nickel, spumeggiante come una gigantesca cascata. La polvere restava sospesa nell'aria, e nei giorni di cielo coperto imbrattava di un rosso sporco la faccia inferiore delle nuvole. La sera aleggiava a bassa quota mescolandosi con la nebbia proveniente dalla baia. Le macchine risalivano la strada dei Lederer confuse nel nebbione, con i fari che proiettavano due coni luminosi.

La città era di un colore rosso quasi rosa, e verde era la giungla alle sue spalle. Il padre di Everly era daltonico, e diceva di vedere rosso il verde e verde il rosso. Sosteneva di non riuscire a distinguere tra i due colori. A Everly sembrava difficile da credere, anche se non pensava che suo padre mentisse. Quando alla mattina, dopo essersi vestito, entrava in cucina, lei e le sue sorelle si divertivano a dirgli che doveva cambiarsi perché si era messo della roba scompagnata. Di che colore è la polvere dello stabilimento? gli chiedeva Everly. «Rossa!» gridava Duffy. «Io non so di che colore sia» rispondeva suo padre. Everly provava a immaginarsi l'assenza di colore, e l'unica cosa che riusciva a vedere era il grigio.

«Deve prendere un televisore, signor Lederer» aveva detto Willy.

«Della RCA. O lo prenda della Du Mont, è il più grande. Qui nessuno ha un televisore Du Mont. Lei sarà il primo, signor Lederer. L'unico.»

Willy aveva ragione a proposito della televisione. Nessun altro aveva un televisore Du Mont. I Lederer furono i secondi, a Nicaro, ad averlo, e non solo: avevano il modello più grande disponibile. I primi *americani*, disse la madre di Everly, perché Lito Gonzalez la comprò prima dei Lederer, portandola dall'Avana dentro il baule della sua enorme Cadillac.

Willy aveva letto della televisione su "Popular Mechanics". Guardava tutte le riviste dei Lederer, anche quelle noiose come "Forbes" e "Time", ne sfogliava le pagine come se sapesse quando c'era qualcosa di interessante da leggere. Sembrava assorbito da quello che leggeva, sicuro di poter riconoscere le cose alle quali valeva la pena prestare attenzione. Everly prendeva le riviste dei genitori e girava le pagine, cercando ciò che immaginava potesse cercare Willy, desiderosa di avere la stessa sicurezza. Intuiva che il modo migliore per osservare attentamente Willy fosse interessarsi di tutto come faceva lui, fare tutto quello che vedeva fare a lui. Lo guardava voltare le pagine e notava i suoi palmi rosa. Le mani di Willy erano nere. Il rosa era come in mostra, delicato, come una mano in cui avessero piantato degli spilli, o che fosse stata immersa nell'acqua bollente o gelata.

Secondo Willy la televisione rappresentava un nuovo modo per informarsi e tenersi aggiornati sulle cose del mondo. Diceva che Cuba aveva bisogno di notiziari, e che forse i notiziari americani erano meglio di quelli dell'Avana, dove le notizie erano parziali e distorte. Che cosa voleva dire "distorte"? Che non sono notizie vere e proprie, rispose lui. Che sono quello che il presidente Batista vuole far sentire alla gente. Le spiegò che Cuba in realtà non aveva una stampa libera, che i giornali subivano tutti la censura del governo, e che le notizie che mettevano in cattiva luce il presidente non venivano rese pubbliche. Era importante tenersi aggiornati sui fatti politici. In caso contrario, sceglievi, non scegliendo, di accettare le cose come stavano. Everly si interrogò sui propri genitori, che di politica non parlavano mai. Stavano scegliendo che le cose stessero come stavano? Forse non erano così avidi di notizie come Willy. Willy diceva che la radio cubana non era certo diversa dai giornali cubani, ma almeno aveva il pregio di trasmettere musica da ballo. Batista censurava il giornale radio della CMQ, e l'unico programma radiofonico parlato aveva come protagonista un santone. Secondo Willy un sacco di gente si affidava alla superstizione invece di mettere un po' di ordine nella propria vita. Lui non buttava via i soldi in biglietti della lotteria e in acqua santa. Aveva dei progetti, non dei sogni a occhi aperti. «Io risparmio, e poi chissà? Forse un giorno avrò una casa mia. Se spendi tutto in biglietti della lotteria e acqua santa, garantito che alla fine non ti resta nulla.» Nel suo giorno libero Willy lustrava le gomme cerchiate di bianco del signor Gonzalez e faceva dei lavoretti per gli altri americani. Era girata la voce che sapeva aggiustare le cose, gli elettrodomestici e persino le macchine, e che era bravo a insegnare lo spagnolo e il francese. «Come fai a sapere tante cose?» gli chiese Stevie. Everly lo sapeva. Perché ascoltava, e perché era sveglio. Lei vedeva che quando lavorava in casa Willy assorbiva ogni cosa. Era bravissimo a non guardare proprio la persona che ascoltava con più attenzione. Se a qualcuno capitava di avere un problema di qualche tipo, lui era già là, pronto ad aiutarlo. Come era successo a George Lederer, un pomeriggio che lavorava in casa: cercava di aggiustare il ventilatore che teneva sulla scrivania perché non stava nella posizione giusta e continuava a piegarsi facendo volare via tutte le carte. A un certo punto aveva perso la pazienza e aveva cominciato a sbattere il ventilatore sulla scrivania. Willy gli chiese se poteva dargli un'occhiata. Prese un cacciavite e strinse con cura la molla del ventilatore.

La madre di Everly organizzò una festicciola per inaugurare il televisore Du Mont: con i ragazzi di Nicaro, i due fratelli Stites e qualche altro ragazzo di Preston. I figli degli Allain non furono invitati, cosa che fece piangere molto Panda. Con una certa vena di cattiveria, Duffy le aveva annunciato che la sua famiglia aveva il televisore più grande di tutto l'emisfero occidentale e che il sabato dopo avrebbero guardato i cartoni animati e mangiato brioches. «Ma sai almeno» chiese Stevie a Duffy, «cos'è un emisfero?» «Un posto» disse Duffy. «È un *posto*!» Stevie era sempre più convinta che Duffy si stava trasformando in un mostro. Stevie aveva preso l'abitudine di flirtare con Tico Leál, un impiegato cubano dello stabilimento. Duffy spiava la sorella maggiore, arrivando al punto di sdraiarsi per terra, sulla soglia fuori dalla camera da letto di Stevie, per origliare dalla fessura sotto la porta. «Ssss…» disse Duffy a Everly, quando la sorprese un pomeriggio e le domandò cosa stesse facendo. «Stevie sta parlando con qualcuno» sussurrò. «Un uomo… È in cortile e le parla dalla finestra.» Una volta Stevie aprì la porta della sua camera e praticamente la calpestò. Allora le disse di piantarla, e aggiunse che se avesse detto una sola parola alla mamma se ne sarebbe amaramente pentita. «Mi stai minacciando?» chiese Duffy. «Decisamente» disse Stevie. Duffy parve soddisfatta da quella risposta; una minaccia era una minaccia, e lei tenne la bocca chiusa, almeno per un po'. Tico Leál continuò a visitare Stevie alla finestra, e anche altrove. Everly li vide sulle gradinate del campo di baseball di Nicaro, che si baciavano. Stevie cominciò a sgattaiolare di nascosto fuori dalla finestra, la sera. Dalla sua camera da letto, Everly sentiva la finestra di Stevie che si apriva. Everly non pensava che Duffy fosse un mostro. Duffy era "amorale", non era cioè né morale né immorale. I princìpi morali erano una cosa che si imparava, e Duffy non aveva ancora imparato i suoi. E forse qualcosa bisogna riconoscere, a una bambina che era un mostro: Duffy sarebbe stata un ottimo killer, perché non le importava niente di niente e preoccuparsi non era compito suo. Se le avessero detto di picchiare qualcuno in testa con un grosso libro, o magari con un mattone, lo avrebbe fatto immediatamente. Non solo di buon grado, ma con gioia.

Willy e Flozilla portarono fuori gli snack per la festa della televisione, piccoli rollé preparati con uno dei preziosi prosciutti in scatola di Marjorie Lederer. Quando Willy e Flozilla si ritirarono in cucina, K.C. disse a Everly: «Il vostro cameriere. Sono sicuro di conoscerlo. Era il domestico del signor Bloussé». E disse che, se era la stessa persona, doveva essere venuto a casa sua quando lui era piccolissimo.

Quel pomeriggio, dopo che tutti se ne furono andati, Everly riferì a Willy ciò che aveva detto K.C.

«Non conosco nessun bambino americano» disse Willy.

«Ma lui dice che eri il domestico del signor Drussay.»

«Non conosco nessun Drussay.»

«Un signore di Haiti, ha detto, che portava qui la manodopera.»

«Vuoi dire il signor Bloussé? Non sono il suo domestico.» Willy scosse il capo. «Da moltissimo tempo.»

La famiglia di Willy era di Haiti, ma lui era stato tirato su da questo Bloussé: un bianco francese. Quest'uomo procurava squadre di haitiani alla United Fruit Company per tagliare la canna da zucchero, e si era portato dietro Willy in giro per i Caraibi. Gli aveva insegnato a parlare inglese e un ottimo francese, non da haitiano ma come lo parlava un francese, e a cavarsela in aritmetica perché lo aiutasse nella sua attività, che consisteva nell'organizzare il trasporto di braccianti haitiani che andavano a lavorare per le aziende straniere. Willy disse di non ricordare nessun K.C., mentre ricordava di essere stato dagli Stites, e che probabilmente avevano dei figli. «La casa grande» aveva detto a Everly, «in fondo al viale.»

«Allora conoscete Willy!» disse Everly alla signora Stites il sabato seguente. Sedute l'una accanto all'altra, erano in procinto di suonare un'invenzione a quattro mani di Bach su cui Everly non si era esercitata abbastanza. Era eccitante avere per casa Willy, e doveva concentrarsi in parte su di lui – dov'era e cosa stava facendo – la qual cosa rendeva difficile concentrarsi su qualche altra.

«Chi, cara?»

«*Willy*» disse Everly. «È venuto a trovarvi quando era un ragazzo. Col signor Bloussé.»

«Il signor Bloussé lo conosco. È venuto con la famiglia. Tre ragazze. Non ha portato nessuno che si chiamasse Willy. Vogliamo cominciare?»

La signora Stites non se lo ricordava, comprese in seguito Everly, per il semplice fatto che non lo aveva nemmeno notato quando era venuto a casa sua. Non era un invitato. Era un servo.

Quando parlava di lui Willy lo chiamava "signore", "signor" Bloussé. Willy era stato al suo servizio? O il signor Bloussé era per lui più come un padre, dal momento che lo aveva allevato? Una via di mezzo, disse Willy. Era difficile da spiegare. Il signor Bloussé gli diceva cosa fare e lui doveva farlo, perciò supponeva che fosse più come se fosse al suo servizio. Ma il signor Bloussé gli aveva anche insegnato le lingue e lo aveva mandato da un precettore perché imparasse a leggere e scrivere, cosa che lo rendeva più simile a un figlio. E alla fine lui se n'era andato, proprio come un figlio lascia il padre per andare a vivere per conto suo. «Ti pagava?» chiese Everly. «Mi ha allevato» disse Willy. «È stato questo il pagamento.» Disse che il signor Bloussé mandava gente a Cuba da Haiti per tagliare la canna da zucchero. «Come bestie» disse Willy. «Non guadagnavano praticamente niente, e intendo niente davvero, per un lavoro massacrante, mentre lui vive come un re a Le Cap. È bianco, ma ha scelto di vivere in un mondo nero, dove comanda tutti. Anche la moglie. Ha sposato una donna nera, e lei è sua moglie e la sua serva allo stesso tempo. Schiava e moglie insieme, proprio come i suoi tagliatori di canna. Quelli sono messi peggio dei servi perché gli sono debitori della traversata e tagliando canna non guadagnano mai abbastanza per saldarlo, quel debito. Anche le figlie sono delle serve, proprio come la moglie. Tutti che corrono a portargli questo e quello. La moglie, be', lei lo sa bene che lui la può cacciare in un secondo, e che allora dovrà tornare a vendere biancheria per le strade di Le Cap, dove l'ha trovata lui, tanto per cominciare. Correvamo tutti a destra e a manca come se gli appartenessimo. Come se fossimo di sua proprietà. Io mi sono stancato e ho deciso che ne avevo abbastanza.»

Everly non capiva come un uomo potesse avere una moglie che era anche la sua serva. Figlie che dovevano lavorare se non volevano essere cacciate di casa. Ma non le sembrava, chiedendo delle spiegazioni a Willy, di riuscire a vederci più chiaro. Ci sarebbe dovuta arrivare da sola, a capirlo, pensandoci su. Era un mondo diverso, che quasi non pareva vero.

E così aveva preso e se n'era andato? «Esatto» disse Willy. Erano appena attraccati a Cuba, e lui improvvisamente capì che non sarebbe più stato il domestico del signor Bloussé. Lavorò per della gente che abitava dalle parti di Santiago curando i fiori dei loro giardini e imparò lo spagnolo. Aveva in mente Preston e si ricordava com'era bella, perché il signor Bloussé ce lo aveva portato. Molto elegante, disse, con dei bei giardini. Pensò che a Preston si poteva vivere bene, e che ci sarebbe andato a cercare lavoro come giardiniere. Da Santiago fece l'autostop, e l'uomo che gli diede un passaggio disse che a Nicaro cercavano gente perché stava riaprendo la miniera di nickel. «Adesso lavoro per tuo padre» disse. «Lui mi paga e quando ho finito la mia giornata di lavoro ho finito la mia giornata di lavoro.» Quando era con il signor Bloussé, invece, per il solo fatto di essere allevato da lui, il lavoro non era mai finito perché lui gli era sempre debitore. Ogni tanto bisogna dare un taglio netto. Niente addii, solo il gesto dell'addio.

Il signor Bloussé c'era rimasto male quando lui era andato via? Willy alzò le spalle. Non lo vedeva, il signor Bloussé, da quando aveva preso la sua decisione, a quattordici anni, e ora ne aveva ventuno. Non si erano mai più visti? Willy disse che c'era un Willy che viaggiava col signor Bloussé, e poi c'era quest'altro Willy, che parlava con Everly Lederer e potava la siepe di casa sua, che viveva per conto suo e la sera lavorava per nessuno tranne che per se stesso. Non erano la stessa persona, e lui non poteva vedere il signor Bloussé e non essere il vecchio Willy. Loro due non avrebbero avuto niente da dirsi, a meno che lui non volesse tornare a essere il domestico del signor Bloussé.

«Sono venuto per il posto di autista» aveva detto Willy a suo padre, una settimana dopo il loro arrivo a Nicaro. Era in piedi davanti alla porta di servizio col berretto in mano, un berretto da strillone blu scuro.

Suo padre disse che non aveva bisogno di un autista.

«Allora sarò il suo domestico» disse Willy. Aveva saputo che nessuno di loro parlava spagnolo. «Lei ha bisogno di un domestico, signore, se non parla lo spagnolo. Posso parlarlo io per lei.» Il sorriso che aveva sulle labbra era così aperto, così contagioso, che George Lederer non riuscì a mandarlo via.

Sua madre diceva che sebbene Willy fosse pigro e preferisse delegare ad altri i lavori domestici, era impossibile non trovarlo simpatico, con quei suoi modi gentili e quel sorriso abbagliante, e che senza di lui sarebbero stati perduti. Everly sentì la signora della Guyana francese dire che Willy era "irresistibile". Cosa significava? «Che le piacciono i negri» sussurrò Stevie. «Non è un negro» disse Duffy. «Cos'è allora?» chiese Stevie. «È Willy.» Nessuna delle due gli era attaccata come Everly. «Mi segui come un cagnolino» diceva Willy, e le faceva una carezza sulla testa. A lei non dispiaceva.

Marjorie Lederer non sapeva ancora una parola di spagnolo, però si esercitava ogni pomeriggio col francese. Ci si esercitava da sempre, almeno da che si ricordava Everly, eppure non sembrava mai fare progressi. Per dargli le istruzioni sul lavoro da fare si rivolgeva a Willy in francese, come per aiutarlo, dal momento che l'inglese, diceva lei, era la terza lingua di Willy. Ma Willy non capiva il francese di sua madre e ripeteva le sue parole con quella che doveva essere la pronuncia esatta, chiedendo se era questo che intendeva. «Sì» diceva Marjorie Lederer, e ripeteva la pronuncia di Willy. «Esatto. Ora lo dice perfettamente.» Riusciva a mettere tutti a loro agio. Il francese di sua madre non era corretto, ma lei faceva del suo meglio. E Willy si complimentava per lo sforzo.

Il televisore Du Mont funzionava bene, però non era buona la ricezione. Quando la madre di Everly voleva vedere una cosa importante, Willy veniva spedito sul tetto a tenere l'antenna così o cosà, in modo che l'immagine fosse chiara. La settimana dopo l'arrivo in casa Lederer della TV trasmettevano la cerimonia dell'incoronazione della regina Elisabetta. «Dal vivo» continuava a ripetere sua madre, cosa che mandò in confusione Everly. Ma non era tutto dal vivo? O forse vedevano come fosse al presente una cosa che provava che il presente aveva avuto luogo, come le foto e i souvenir raccolti da Stevie per il suo album dei ritagli? Forse voleva dire che potevi fare l'esperienza di qualcosa, e vederla come un ricordo nello stesso istante. Stevie aveva un album fotografico sulle cui pagine nere e opache aveva incollato ritagli sulla regina, il duca e la duchessa di Windsor. Sotto aveva scritto, con un pastello a cera bianco, cose come *Galà di Natale, Bois de Boulogne, Abito: Givenchy, dic. 1951*. Ogni tanto Everly prendeva in mano l'album della sorella, ma più per il piacere di ficcare il naso che per un autentico interesse per la storia del duca e della duchessa, che le sembravano legnosi e irreali, personaggi da citare negli annunci pubblicitari, come quello dell'"Havana Post" per El Louvre, la grande gelateria sulla Rampa: "Assaggiate la nostra uva passa al rum, la preferita del duca di Windsor!". L'incoronazione andò per le lunghe, con la regina Elisabetta seduta sotto lampade roventi e visibilmente sudata, un'enorme corona sul capo e un vestito lungo che aveva tutta l'aria di essere ruvido e scomodo. A Nicaro pioveva, a dirotto per giunta, e sua madre costringeva

Willy a stare sul tetto per regolare l'antenna, con un piede incuneato nella grondaia per non cadere.

Stevie e sua madre se ne stavano sedute incollate al televisore. Everly uscì sulla veranda e gridò una filza di domande a Willy sotto la pioggia, finché sua madre disse che poteva scendere, che l'incoronazione era finita.

Willy disse che la sua famiglia era ancora ad Haiti, ma che sarebbe stato impossibile rintracciarla. Non era sicuro del cognome, non se lo ricordava. Era stato col signor Bloussé da quando aveva sei anni, e sulla carta d'identità il suo nome era Willy Bloussé. Non aveva documenti per viaggiare e dubitava di potersi recare ad Haiti. Non aveva il passaporto? Le mostrò quello che aveva: una scheda gialla e logora per aver passato tanto tempo in una delle sue tasche, col suo nome battuto a macchina, che diceva che era stato vaccinato per le malattie infettive e, sotto, la firma del medico di Nicaro. «Devi vaccinarti» disse Willy «se vuoi lavorare nelle case dei bianchi. Tutti devono vaccinarsi.»

Suo padre era venuto a Cuba a tagliare la canna quando Willy era piccolo. Quando tornò a casa, ci fu un problema. Willy non aveva capito di cosa si trattasse, ma c'entrava col signor Bloussé. Il quale venne a parlare con suo padre, e quando se ne andò, quel giorno, Willy fu mandato via con lui. Non si era rattristato a dover lasciare la famiglia? Erano in dieci figli, disse Willy, e non mangiavano altro che yucca bollita. I ragazzi dovevano tagliare canna da zucchero e non c'erano soldi per andare a scuola. Senza il signor Bloussé, non avrebbe mai imparato a leggere. E comunque era colpa sua, disse, se lo avevano mandato col signor Bloussé, perché aveva sognato di fuggire per non doversi mettere a tagliare la canna. Quando era piccolo avrebbe voluto essere cinese, qualunque cosa tranne ciò che era. «I cinesi sono furbi» disse. «Mica li vedi tagliare la canna, loro. Coltivano ortaggi, lavorano nello zuccherificio, vendono gelati. Trovano un modo di guadagnarsi la vita senza dover tagliare la canna.»

«Guanabana! Carombolla! Mamoncillo! Limone! Mango! Piña! Plátanos!» I cinesi bussavano alla porta dei Lederer ogni pomeriggio e vendevano frutta, verdura, pesce, attrezzi, sapone e detersivi. Willy mostrò a Everly come scegliere un ananas maturo, come tagliarlo col coltello e fare una perfetta spirale della buccia, che aveva lo stesso disegno di certe eleganti tappezzerie in pelle. Potevi tenerla e usarla per altre cose? No, scoprì. Marciva immediatamente. Si capiva che l'ananas era maturo, spiegò Willy, se era venato di rosso come un occhio iniettato di sangue. Dopo la scuola Everly andava a casa e comprava uno degli ananas iniettati di sangue dal venditore cinese, Lumling. Erano ananas piccoli, giusto per una persona, e lei se lo mangiava tutto e aveva l'impressione di mangiare qualcosa che aveva a che fare con Willy.

A volte, se Everly e Willy erano soli in casa, lui accendeva la radio e ballava nella cucina dei Lederer con una scopa. "La Pachanga" era la sua preferita.

Quando mettevano "La Pachanga", Willy alzava il volume e ballava, ondeggiando e facendo piroette come se la scopa fosse una persona vera. Everly rideva e lo pregava di ballare ancora. Un altro, per favore. Lui faceva girare la scopa su se stessa e l'abbassava, poi la teneva stretta, e lui e la scopa si muovevano fianco a fianco come un uomo e una donna. A Everly sembrava un divo del cinema, con quella sua vita sottile e le spalle larghe, muscoloso ma snello e aggraziato. Le mostrava tutti i balli. Cha-cha. Pachanga. Rumba. Mambo.

Come aveva fatto a imparare tanti balli? «Al Club Maceo» disse lui, ondeggiando con la scopa, «a Levisa.» Era come il Las Palmas? Più o meno come il Las Palmas, disse lui, ma era per la gente di colore. I neri non bevevano come i bianchi, però erano più vivaci. A loro piaceva di più ballare, disse.

Everly immaginò Willy che ballava al Club Maceo. Non con una scopa. Con una donna. Cercò di scacciare questa immagine dalla mente, ma niente da fare. Mentre mangiava le uova alla diavola preparate da Flozilla, seduta al tavolo della cucina, scopriva all'improvviso di non avere più fame e si sentiva profondamente triste, nella mente sempre la stessa immagine di Willy al Club Maceo, di Willy che ballava la pachanga con altri neri che non bevevano troppo e non facevano gli stupidi come gli americani al Las Palmas. Vide la gente al Club Maceo che ballava balli eleganti, romantici e dignitosi. Willy aveva un'altra vita tutta sua, lontana da quella dei Lederer, di cui Everly non sapeva nulla e che non poteva vedere.

«Dovrebbe mettere il bar» disse Willy un giorno al padre di Everly.

Quando lavorava dietro il nuovo banco del bar, Willy indossava una giacca bianca da barista col farfallino nero. Mescolava stinger e sidecar, pink slipper e old fashioned. Conosceva tutti i tipi di cocktail.

Everly, dal letto di camera sua, sentiva la voce tonante di suo padre che diceva a Willy di preparare un altro Tom Collins per Charmaine Mackey, o raccontava episodi della sua infanzia, offrendo dettagli che sembravano non avere né capo né coda con quello che dicevano gli altri. «Mettevano una palla rossa davanti al tram a indicare che lo stagno era gelato e il ghiaccio abbastanza spesso per pattinare. Ecco come lo sapevamo! C'era una palla rossa...» E Marjorie Lederer che interrompeva per cambiare argomento, chiedendo alla signora della Guyana francese se preferiva Cézanne o Pissarro. «Gauguin» disse la donna. «Dei corpi così belli...»

Gli uomini erano tutti felici di portare un altro Tom Collins a Charmaine Mackey. Era graziosa, con una faccia da bambina. Aveva due occhioni, il naso piccolo e perfetto, e le labbra tumide. Era la donna più carina di Nicaro, così diceva la gente, ed Everly pensò che una bella donna che si sbronza fosse più eccitante per un uomo, a maggior ragione se era lui a farla sbronzare, portandole un altro Tom Collins.

Un giorno, al Las Palmas, Charmaine Mackey passò davanti a Everly mentre andava al bagno, perse l'equilibrio e per non cadere si aggrappò a lei, schiacciandole con forza la spalla. Everly aveva solo dieci anni ed era piccola, ma riuscì a tenere in piedi Charmaine Mackey. Che la guardò in un modo strano, come se non esistesse, come se fosse solo un appoggio di qualche tipo, un mobile capace di reggere tutto il peso che vi aveva scaricato lei.

Si tirò su e le chiese se era arrivato il signor Gonzalez. Everly disse che le sembrava di no. Non aveva mai visto il signor Gonzalez al club. Non pareva in rapporti amichevoli con gli altri americani. Charmaine Mackey si mostrò delusa. Si voltò indietro e si allontanò con passo incerto lungo il corridoio. Everly si sentì in colpa per averla delusa. Evidentemente stavano aspettando il signor Gonzalez. Forse c'era qualche speciale motivo perché dovesse venire lì quella sera. Everly decise di stare attenta a quando fosse arrivato: questa sarebbe stata la sua missione. Sarebbe corsa a dirlo alla signora Mackey, per cancellare la delusione dal suo viso, e per farla contenta. Ma lui non si fece vivo, e poi i Lederer dovettero andare a casa. Forse era stata l'unica volta che Charmaine Mackey aveva rivolto la parola a Everly. Non parlava quasi con nessuno.

I Carrington abitavano nella casa accanto, ma Everly doveva percorrere il vialetto fin giù in strada e poi svoltare ed entrare dall'ingresso principale, invece di passare direttamente dal loro cortile a quello dei vicini, perché la siepe di cactus che cingeva il cortile dei Carrington pungeva e non la scavalcavi senza essere trafitta da qualche spina di cactus. Val diceva che quella pianta la chiamavano "acchiappa il negro". «Atajа*negro*» aveva detto, traducendo per Everly. Everly cercò di scordarne il nome. Un giorno Willy, che potava l'ibisco dei Lederer, indicò la siepe e disse: «Non è magnifica? Una barriera di piante. È un cactus speciale, che cresce solo a Cuba». Everly si sentì dolere le punte delle dita, dalla tristezza. La stessa siepe che per Willy era magnifica, altri la chiamavano "acchiappa il negro".

A ben guardare, Val e Pamela non erano proprio bianche, anche se doveva essere un segreto. «Latine» disse Val. «Latine per un quarto.» Secondo la loro madre, aggiunse Val, loro due erano bianche, proprio come la signora Carrington. Noi siamo bianche, come nostra madre.

Everly girò intorno alla siepe e bussò alla porta dei Carrington. Tutta la famiglia era stata invitata ad assistere a un combattimento di galli. Willy aveva consigliato loro di non andare, ma suo padre pensò che sarebbe stato scortese declinare l'invito.

Il domestico dei Carrington aprì la porta e chiamò Val, la quale uscì dalla sua camera in sottoveste e disse a Everly di entrare, che non era ancora pronta.

«Non ti importa che lui ti veda con addosso soltanto la biancheria?» sussurrò Everly sedendosi sul letto di Val.

«Perché dovrebbe? È solo Roosevelt.»

La porta della camera da letto era aperta. Roosevelt stava lucidando le piastrelle del corridoio con uno straccio, gli occhi fissi sul pavimento. Everly pensò che non aveva scelta, con Val là in piedi, in sottoveste, sedici anni e il corpo di una donna fatta.

«Dov'è Pamela?»

«Non viene» disse Val.

«Perché non viene?»

«Va a Preston. Non so perché.»

Succedeva sempre qualcosa di segreto e drammatico, quando si trattava di Pamela, che aveva cominciato a sostenere di non essere latina per un quarto bensì cubana per metà. Val roteò gli occhi e disse che era una fase che Pamela stava attraversando, una fase imbarazzante. Si rivolse rabbiosamente a Pamela in francese. E Pamela le rispose con tono aspro in spagnolo. «Mia sorella sta perdendo la ragione» disse Val. «E sta adottando quell'orribile spagnolo cantilenante, come una *guajira* senza scarpe.» Un sabato, tornando dalla casa della signora Stites, Everly aveva visto Pamela giù alla diga con l'allenatore di boxe di K.C. Stites, Luís Galindez.

«Scommetto che so perché va a Preston. Va a vedere Luís Galindez.»

«Cosa vuoi sapere, tu!» disse Val. «Hai dieci anni. E a te i ragazzi non ti interessano nemmeno, per ora.»

«Sì che mi interessano.»

«Allora dimmi chi è che ti interessa.»

«È un segreto.» Sapeva quali erano le cose che non si potevano condividere. Né con Val Carrington, né con chiunque altro.

Uno dei due galli cominciò subito a perdere. Era steso su un fianco, il sangue che gli si spandeva sotto il corpo, e il suo corpo di pollo che si gonfiava e si sgonfiava come il mantice di un caminetto. Un uomo saltò nell'arena, gli spalancò a forza il becco e gli soffiò nei polmoni. L'uccello si raddrizzò, stordito e con tutte le penne impastate, e mosse un passo incerto. L'uomo gli arruffò le penne e lo spinse verso l'altro gallo, che lo fece a pezzi e alla fine lo uccise.

Dopo il combattimento di galli servirono carne di pollo. Everly non riuscì a capire se stavano mangiando gli uccelli che avevano combattuto o se il pollo veniva da qualche altro posto. A tavola, i signori Carrington cominciarono subito a discutere. La madre di Everly diceva che i Carrington violavano abitualmente la regola del "fronte unito". La gente litiga, diceva, è normale, ma sono cose che si fanno in privato. Quando ebbero finito di mangiare, il signor Carrington uscì a fumare una sigaretta. La madre di Everly andò in bagno. Suo padre si alzò per pagare il conto. («Come mai il conto è rimasto sul gobbo a noi?» chiese più tardi sua madre.) A tavola c'erano solo Everly, Stevie e Val quando la signora Carrington cominciò a parlare, più tra sé che rivolta a loro.

«Crede che io dica stronzate quando sostengo che posso smettere quando voglio» disse la signora Carrington, «ma del bere lui non ne capisce un'acca. Della gente che beve.»

«Mamma...» disse Val, imbarazzata. «Ti prego, mamma.»

La signora Carrington continuò come se non l'avesse sentita. «Io smetto di bere ogni giorno. Quando decido di bere l'*ultimo bicchiere*. Arrivo all'ultimo bicchiere e smetto. Ogni giorno, maledizione. E lui crede che io non sappia cosa vuol dire bere l'ultimo bicchiere. Smettere di bere. Io so tutto, a questo proposito.»

La signora Carrington prese la coscia di pollo che aveva nel piatto come se si fosse accorta solo allora che ce l'aveva lì. «Ma» disse, gesticolando con la coscia di pollo in mano, «questo è un posto *ideale* per bere, e allora che senso ha smettere?» Everly non capì se a essere ideale per bere fosse il posto del pollo e dell'arena per i combattimenti di galli, o invece Nicaro, o addirittura Cuba. Sua madre avrebbe votato per il posto del pollo e dell'arena, che era terribilmente volgare, come più tardi avrebbe commentato parlando con la signora Fourier, la signora della Guyana francese. La quale disse che anche lei era stata a un combattimento di galli, a Santiago. Lo aveva trovato «veramente irresistibile». Ma ancora più irresistibile, disse la signora Fourier, era la cerimonia vudù alla quale avevano partecipato, lei e il signor Fourier, a Regla, sull'altra sponda della baia di fronte all'Avana, dove avevano visto sacrificare dei polli. Esaltante, disse, se si ignoravano il vapore sibilante e le fiamme della raffineria della Shell che incombevano su Regla. «Le danze degli indemoniati, i tamburi... Era tutto così *umano*» disse. «Si sentiva l'odore dell'umanità. Come un muschio.»

«Gliel'avevo detto al signor Lederer di non andare, che non gli sarebbe piaciuto» disse Willy, scuotendo la testa, dopo che Everly gli ebbe riferito i raccapriccianti particolari del combattimento di galli. «Gliel'avevo detto: "Non ci vada".»

Willy aveva messo le sedie del soggiorno dei Lederer a gambe in su e ne stava pitturando i piedi con uno smalto per unghie trasparente, un'idea della madre di Everly. Per non graffiare il pavimento, cosa che la bambina trovava insensata perché sua madre aveva già ordinato dei mobili nuovi, e dunque le sedie capovolte sarebbero state sostituite. La signora Billings era venuta per il tè, un pomeriggio, e aveva commentato, mentre sceglieva un posto a sedere nel soggiorno, che era facile capire dove George parcheggiava la propria mole. Indicò una larga e profonda cavità a forma di deretano nel sofà di imbottito di piumino dei Lederer. A quel punto la madre di Everly ne ordinò uno di canna d'India, come quelli che avevano tutti gli altri. È molto più fresco, disse Marjorie Lederer. «E la gente non ci lascia le impronte del sedere!» aggiunse Duffy.

Everly raccontò a K.C. Stites di essere andata a un combattimento di galli a Mayarí, e K.C. disse che in montagna, sopra Nicaro, organizzavano combattimenti di galli con gli uomini anziché con i pennuti. Stevie la prese in giro sostenendo che K.C. avesse una cotta per lei. Everly si chiedeva se raccontarle storie che facevano accapponare la pelle equivalesse, nel caso di K.C., al gesto, da parte degli uomini, di portare un altro Tom Collins a Charmaine Mackey. Cercando di ottenere su di lei lo stesso effetto che i cocktail facevano su Charmaine Mackey.

«Mettono degli uomini nell'arena» disse lui. «È proprio come un combattimento di galli, con gli spettatori e le scommesse.»

Lei cercò di cancellare dalla mente la scena dei due uomini impegnati in una lotta mortale, ma non ci riuscì. Ogni tanto la mente le giocava tiri del genere, si ammutinava come una squadra di marinai ubriachi, facendole vedere cose cruente che le toglievano l'appetito e le davano la sensazione di essere sporca dentro.

Sognò di assistere a uno spettacolo di attori sul palco. Due uomini, che litigavano per una donna. Erano vestiti nello stesso modo, con abiti scuri come quelli di suo padre e degli altri manager. Urlavano, ed Everly capì che non stavano più recitando, litigavano veramente. Gli uomini si tolsero la giacca, pronti a battersi in cravatta e camicia bianca. Lottavano muovendosi come in una specie di orribile danza. Uno dei due sollevò l'altro e lo scosse con violenza. L'altro cominciò a disintegrarsi. Dalle crepe uscivano spruzzi di latte. L'altro uomo continuava a scuoterlo, e il latte volava in tutte le direzioni.

11

Rachel K non si era resa conto che una cosa simile le sarebbe piaciuta. "Zazou" la chiamava Fidel, e diceva che la resistenza non poteva operare senza di lei. Specialmente ora che lui e Raúl erano stati messi sotto chiave, a scontare la condanna per l'assalto alla caserma Moncada di Santiago.

Ora dipendeva da lei, Zazou. Lei aveva il tocco magico con Prio, le scrisse dal carcere Fidel, lusingandola. Gli aveva fatto cambiare idea, e anche aprire il portafoglio. Prio prometteva milioni per rovesciare Batista. Le altre ragazze del club strillarono quando su "Bohemia", accanto alla famosa dichiarazione fatta da Fidel dal carcere, videro le foto di lui ritratto a metà di un discorso, col dito in aria. Era bello e coraggioso, e Rachel K era fortunata, dissero, veramente fortunata. Che onore essere la confidente del *guapo* Fidel. Ma lei, in cuor suo, dei due fratelli preferiva Raúl, proprio a causa della sua messinscena omosessuale. Era molto più probabile, pensava, che a prendere quella strada fosse Fidel. Troppo macho e troppo aggressivo per avere un reale interesse per le donne. Raúl, se da una parte batteva le ciglia e si muoveva come un travestito di Chinatown, dall'altra poi le diceva che nascondeva un'arma e, per provarlo, le prendeva la mano e se la metteva tra le gambe.

Anche le altre ragazze volevano aiutare. C'erano un sacco di cose che potevano fare, spiegò Fidel in una serie di biglietti che Rachel K ricevette attraverso un complicato sistema di intermediari. In un bar vicino al porto dell'Avana un bicchiere di rum fu servito con sotto un biglietto, un sottobicchiere di cartone con messaggi scritti a matita sulla faccia coperta. Certi clienti, spiegò Rachel K alla Paloma e alle altre ballerine, potevano essere coltivati. Dirigenti d'azienda, per esempio, che non amavano Batista. Le cose cambiarono rapidamente al Tokio, mentre i balli e le luci e la musica rimanevano gli stessi. Si raccolsero fondi, come pure petardi, bombe a orologeria e vasi di fosforo, pistole Colt e munizioni, litri e litri di benzina gelatinosa.

«Comincio ad avere la vaga sensazione» le disse La Mazière «che potrebbe capitarti qualcosa di brutto.»

Era arrivato al Tokio senza preavviso, dopo essere stato via per mesi. Le disse che era in città per affari, ma in realtà sarebbe potuto andare direttamente da Miami, dove si era appena incontrato con Prio, alla Repubblica Dominicana, dove gli insorti cubani stavano ammassando armi e allestendo un campo di addestramento per i ribelli. All'Avana La Mazière non aveva affari urgenti. Era lì per vedere lei.

Era stata una sensazione passeggera. Sapeva che era nella resistenza – in un certo senso ce l'aveva spinta lui –, ma non fino a che punto vi fosse coinvolta; lei non era stata molto chiara a questo proposito. Forse gli stava rendendo pan per focaccia. Era stato estremamente evasivo con lei nei due anni che erano passati da quando si erano conosciuti. Era andato e venuto senza avvertirla, senza mai spiegare cosa stava combinando, a volte non perché le informazioni fossero delicate, ma per altri motivi, per motivi estetici e di stile, perché la sincerità era sgraziata e irrilevante, come un mobile troppo ingombrante. Perché non buttargli sopra un lenzuolo e passare ad altro?

«È una delle tue fantasie?» chiese lei. «Che dovrebbe capitarmi qualcosa di "brutto"?»

«Ho le mie fantasie, ma questa non lo è. Le mie fantasie non sono noiose come certe storie edificanti, tipo "tragica fine di una ballerina di cabaret". Io le detesto, le storie edificanti.»

«Qual è la tragica fine della ballerina? Dimmi che cosa succede. Vorrei sapere cosa devo aspettarmi.»

«Oh, non so» disse lui stancamente, come se non valesse la pena di affrontare l'argomento. «Un gran numero di possibili scenari, veramente. Poniamo che la ballerina venga scoperta a fare il doppiogioco ed eliminata dai gorilla di Batista. Gorilla che prima se la spassano con lei... o dopo, dipende dalle loro, di fantasie, naturalmente.»

«E a te non dovrebbe capitare nulla? Mentre vai in giro a realizzare i tuoi equivoci "progetti"?»

«L'equivoco progettista la fa franca, così vanno le cose. Scappa e si rifugia in una remota località. Sdraiato su una chaise longue, sotto un palmizio, sulle rive di un lento fiume. Titoli di coda...»

«E la ragazza è morta da un pezzo.»

«Generalmente, sì.»

«Mi sta bene. Sai perché?»

«Lo immagino.»

«Non temo di fare quella fine.»

«Esatto. Proprio come immaginavo.»

Gli piaceva la sua spericolatezza, anche se era una posa. Sostenere di non curarsi di quello che può capitarci sembrava una forma di intelligenza. L'istinto di conservazione è una sorta di stupidità, di stupidità animalesca.

Se n'era andata, a prepararsi per lo spettacolo. Lui osservò il malinconico barista che giocava a canasta con una ballerina. Il barista vinceva, ma sul viso continuava ad avere un'espressione afflitta, come se vincere fosse un peso, un altro triste dovere da compiere. La Mazière si accorse di sperare che Rachel K trovasse il modo di evitare la fine che le aveva appena descritto, se non altro per scongiurare il noioso cliché dell'ennesima ballerina sparita nel nulla.

Terza parte

12

Nicaro Nickel Company
Nicaro, Oriente, Cuba
Circolare n. B-21

Hubert H. Mackey 23 ott. 1955
Direttore Generale
GSA – Attività Minerarie, Divisione Tropicale

A tutto il management:

Allego una fotografia di D.L. Mazierre. Quest'uomo è un agitatore politico della peggior specie: un estremista sospettato di fornire armi per le insurrezioni politiche in Nordafrica e nelle nazioni caraibiche di Haiti e della Repubblica Dominicana. Si ritiene costituisca un'autentica minaccia per la stabilità degli interessi americani qui a Cuba. La sua descrizione è la seguente:

30-34 anni
Nato in Francia
Stato civile: Celibe
Statura: m. 1,80
Peso: kg. 70
Razza: bianca
Occhi: grigi
Capelli: castani
Colorito: pallido, come se avesse qualche malattia

Sbarbato
Bocca piccola
A volte porta gli occhiali
Abitudini personali: occasionalmente beve
È un frequentatore abituale dei bassifondi

Sappiamo che il Signor Mazierre viaggia ripetutamente tra l'Avana, Santiago, Port-au-Prince e Ciudad Trujillo. Da alcune fonti risulta sia stato più volte sulla costa nordorientale della provincia di Oriente. Tenete alta la guardia, perché lui e altri loschi individui come lui potrebbero tentare di fare propaganda tra i nostri dipendenti. Se vedete qualcosa di sospetto, riferitelo immediatamente alla Direzione.

Cordiali saluti,

Hubert H. Mackey

Con quella faccia da ragazzino combinaguai, pensò Everly, non aveva l'aria pericolosa. In giacca e cravatta, i capelli lucidi di uno studente della scuola preparatoria, pettinati alla perfezione eppure leggermente arricciati all'insù: difficile domarli con la brillantina, come forse sarebbe stato difficile domare lui per gli uomini che dovevano tenere alta la guardia.

C'erano due fotografie, una di fronte e una di profilo. Sembrava bello e simpatico da entrambe le angolazioni, e comunque cos'era un "bassofondo"?

Studiò le foto attaccate al muro fuori dagli uffici della Direzione. Lei e gli altri scolari si ammassavano nel corridoio mentre la signorina Alfaro parlava col signor Carrington, che faceva da cicerone nella visita scolastica allo stabilimento.

«Lei è fresca come una rosa, signorina Alfaro» disse il signor Carrington.

La signorina Alfaro arrossì. Era nubile, e la madre di Everly diceva che non la invitavano alle feste perché le donne nubili erano un problema.

«Che tipo di problema?» aveva chiesto Everly, ma sua madre non aveva risposto.

«Lei è sempre squisitamente elegante, signorina Alfaro» disse il signor Carrington. «Sono curioso di sapere dove va a fare i suoi acquisti, così potrò dirlo a mia moglie. Va fino all'Avana?»

«Lei mi prende in giro, signor Carrington.»

«No davvero. Lei rinnova la mia fiducia, signorina Alfaro. Nel sistema educativo. Non immaginavo che le maestre potessero essere così... chic e attraenti.»

Stava flirtando con lei davanti a tutta la classe, ed Everly intuiva che la signorina Alfaro lo gradisse molto, benché ne fosse allo stesso tempo imbarazzata. Era sicuramente bella, o almeno aveva tutto quello che le serviva per esserlo, quello che il padre di Everly chiamava "sex-appeal". Capelli biondi decolorati con un'onda da salone di bellezza sulle punte. Rossetto scarlatto, gonna stretta e tacchi alti: alti come quelli che aveva messo Stevie quel mattino. Sua madre le aveva ordinato di fare subito dietrofront e di andare a mettersi qualcosa di più adatto a una visita alla miniera. Nessuno aveva detto ad alta voce che le scarpe col tacco alto – e il vestito di cotone a strisce crespe e il fard che Stevie si era spalmata sul viso – erano per Tico Leál, che lavorava nella miniera. Nella classe di Everly c'erano dei ragazzi che dicevano che le tende della signorina Alfaro erano intonate al tappeto, intendendo dire che si era tinta il pelo tra le gambe dello stesso biondo platino dei capelli. Everly non ci credeva. Per poter dire una cosa simile bisognava che quei ragazzi l'avessero visto con i loro occhi, e questo lei lo riteneva impossibile. E se a vederlo era stato un adulto, non avrebbe detto né "tende" né "tappeto" e di certo non ne avrebbe parlato con un ragazzino.

Per visitare la miniera li fecero salire su un carro scoperto, quello usato per il trasporto del minerale, con Everly che continuò a sobbalzare durante il giro sotto il sole cocente, pensando intanto all'uomo con i capelli lucidi e la bocca piccola, salmodiando tra sé:

È un frequentatore abituale dei bassifondi. Dei bassifondi. Dei bassifondi. È un frequentatore abituale dei bassifondi. Dei bassifondi. Dei bassifondi. È un frequentatore...

La miniera era così alta sopra Nicaro che si riusciva a vedere tutta la città. Il signor Carrington indicò lo stabilimento per la lavorazione del nickel sulla baia, e le ciminiere dello zuccherificio a Preston, oltre il canale. In mezzo, Cayo Saetía, dove andavano a fare i picnic della società, e, oltre il recinto di Nicaro, la bidonville di Levisa. Era enorme in confronto a Nicaro, con capanne dall'aria poco solida fatte di foglie di palma, stipate insieme e inclinate in ogni direzione possibile. Del fumo si alzava qua e là tra una capanna e l'altra. Willy ci abitava, a Levisa. Veniva a Nicaro a piedi, e ogni giorno Everly cercava con lo sguardo il suo passo familiare, lento e ritmato, quando svoltava nella loro strada. Willy diceva che a Levisa tutti cucinavano all'aperto, su fuochi di legna. O con l'alcol, se pioveva. Ma i fornelli ad alcol, diceva, erano pericolosi. Potevano esplodere e bruciarti la faccia o incendiarti la capanna, se non stavi attento. Tutti i domestici vivevano a Levisa, tranne quelli che abitavano negli alloggi della servitù, come Flozilla, che aveva una stanza dietro la cucina dei Lederer, col suo bagnetto: un water e un minuscolo lavandino. La gente di Levisa andava a lavarsi e a fare il bucato nel fiume, vicino alla strada maestra: le donne strofinavano sui massi la roba bagnata e insaponata, e gli uomini pescavano dalle rive senza la canna, solo con la lenza arrotolata su un rocchetto. Sembrava così vicino a Nicaro, di là dalla strada maestra e alla periferia della città. Lei non c'era mai stata.

Al di là dello stabilimento per la lavorazione del nickel si vedeva l'area cintata della baia di Levisa dove si andava a nuotare. Tutt'intorno c'era una rete metallica, un'idea del signor Carrington. Un giorno c'era stata un'invasione di fisalie, centinaia e centinaia di fisalie che avevano superato la rete a cavallo di un'onda gigantesca, e tutta la gente era scappata sulla spiaggia strillando e sguazzando nell'acqua bassa. Everly aveva visto la fotografia di un pesce stretto fra i tentacoli di una fisalia. La didascalia diceva che i tentacoli potevano raggiungere una lunghezza di cinque metri. Il pesce era paralizzato, sul punto di essere divorato, eppure aveva un'aria molto rilassata. Certe volte non avevi proprio voglia di muoverti, anche potendo. Avevi solo voglia di essere tenuto stretto. In quello stesso libro c'erano delle illustrazioni di pappagalli originari della parte orientale di Cuba. Ma erano estinti da quattrocento anni, spiegava il libro, perché un *conquistador* spagnolo e gli uomini della sua corte li mangiavano come fossero una prelibatezza. Pareva che "prelibatezza", da come il libro la descriveva, non significasse una cosa che si mangiava raramente, come per una festa speciale, quando servivano l'arrosto o prosciutto di Dubuque, ma una cosa che si mangiava più spesso che si poteva finché non ne rimaneva più. Erano dei *conquistadores*. Avevano fatto molta strada e avevano voglia di rimpinzarsi. Everly non riusciva a capire come una creatura così sfarzosa e così bella potesse risultare anche appetitosa. Il blu metallico e il verde smeraldo del suo piumaggio le facevano venire in mente qualcosa di amaro e non commestibile, come il talco in polvere o le gomme da cancellare. A renderli una prelibatezza non era evidentemente il loro sapore. Ma il fatto di essere degli uccelli parlanti. Everly si immaginava gli spagnoli che insegnavano ai pappagalli a ripetere frasi crudeli e offensive. E i pappagalli che strillavano: «Via di qui! Sei stupido e brutto! Ti odio!». E allora gli spagnoli si pigliavano una tale arrabbiatura da voler uccidere i pappagalli. «Prendi questo, uccellaccio maledetto. Chi credi di essere, per dirmi queste cose?» E poi, per vendicarsi, li mangiavano. Era terribile a pensarci, ma anche interessante. Perché voleva dire che mangiare non significava più solo riempirsi la pancia. Scacciare la fame. Era più come un processo, con la punizione e la giustizia.

Dall'alto si vedeva una grande nave entrare nel porto di Nicaro. Il signor Carrington spiegò che era lì per caricare il nickel estratto e portarlo in Louisiana per la lavorazione. Degli uomini spingevano dei carrelli sul binario: un binario che non portava in nessun posto finché una nave attraccava e i carrelli passavano dal binario direttamente sulla nave.

Ai bambini era vietato mettere piede sul molo quando arrivavano merci da scaricare. Era pericoloso, diceva sua madre. Un rampino poteva oscillare, colpirti e toglierti la vita come niente. Un giorno Everly e K.C. erano andati al porto di nascosto per vedere una nave enorme che stava gettando l'ancora. Degli uomini cominciarono a scaricare dalla nave dei sacchi di roba dall'aria pesante, sacchi che alzavano nuvole di polvere quando cadevano uno sopra l'altro sulla banchina di legno. Sulla fiancata della nave c'era una strana scritta a stampatello, in un alfabeto illeggibile che sembrava filo spinato. Gli operai gridavano in una lingua tutta di consonanti schiacciate insieme. Avevano braccia grosse e muscolose e si passavano i sacchi di mano in mano, l'un l'altro, formando una catena. Alcuni avevano sulla testa dei fazzoletti legati sotto il mento, cosa che Everly trovò singolare, finché non si rese conto che erano donne. Donne con seni grossi e pesanti che penzolavano come se non portassero il reggipetto. Sua madre diceva che se le donne non portavano il reggipetto il seno gli sarebbe sceso. Everly pensò che proprio questo doveva essere capitato alle donne straniere sul molo di Nicaro. Aveva undici anni ed era piatta come un ferro da stiro, ma sua madre le faceva portare un reggipetto sportivo perché i suoi seni imparassero, da subito, a non cascare. Diceva che avrebbero potuto svilupparsi dalla sera alla mattina, com'era successo a Stevie. Secondo lei Everly stava "facendo progressi" e chissà, magari sarebbe diventata una bellezza, contro ogni previsione. Everly non capiva se doveva considerarlo un complimento o se invece era il caso di offendersi. Stevie ormai portava vestiti da donna, e aveva il busto e i fianchi di una donna. I genitori, i quali erano ancora all'oscuro della storia di Tico Leál, dicevano che avrebbero fatto bene a tenerla d'occhio, perché era nell'età in cui ci si mette nei pasticci. Stevie vedeva Tico di nascosto. Un giorno tornò a casa e disse a Everly che Tico l'aveva stretta forte e lei aveva sentito il suo coso. Il suo coso? «Se ancora non lo sai» disse Stevie «significa che sei troppo piccola per scoprirlo.» Quando ci ebbe pensato su, Everly si rese conto che ovviamente lo sapeva. Ma quando Stevie ne aveva parlato, non aveva capito. Si può sapere una cosa anche senza riconoscerla nel preciso momento in cui se ne parla. Due anni dopo, quando vennero finalmente a sapere di Tico Leál, i loro genitori dissero che bisognava «stroncare la cosa sul nascere». Ma ormai era troppo tardi.

Everly e K.C. erano stati a guardare le donne straniere che si passavano i sacchi di mano in mano. Erano tutte donne, anche il capitano. Secondo K.C. erano russe. E gli uomini dov'erano? Lui disse che erano tutti morti in guerra.

Quella sera le donne russe erano venute in città. Erano al Las Palmas. La casa dei Lederer era abbastanza vicina al club perché Everly potesse udire, seppure debolmente, la musica, le grida e le risate. Suo padre tornò con un cubetto di grasso di maiale affumicato avvolto in carta di giornale che gli aveva regalato il capitano.

«Sono tutti morti in guerra, gli uomini russi?» chiese Everly.

«Molti di loro» disse suo padre.

Per la visita all'area di scavo il signor Carrington ordinò a tutti di mettere il casco. Quando allacciò il sottogola del casco alla signorina Alfaro vi dedicò una cura particolare. La signorina Alfaro disse che col casco si sentiva un maschiaccio, e il signor Carrington le assicurò che nulla avrebbe mai potuto farla sembrare un maschiaccio. Il casco di Everly era troppo grande. Puzzava del sudore di un adulto e continuava a scivolarle sugli occhi. Quattrocento uomini, spiegò il signor Carrington, lavoravano nella miniera. Sette giorni su sette. Altre squadre di operai facevano il turno di notte. Videro uomini caricare minerale sui vagoni con i badili, uno straccio legato intorno alla testa per proteggersi dal sole. Non sotto il mento, come le donne marinaio russe:

somigliavano più ad Alì Babà, con quegli stracci arrotolati intorno alla testa e gli angoli ficcati sotto. Si chinavano per colpire la terra dura con picconi che avevano all'estremità un dente acuminato. Cink, cink, cink. «Questa si chiama coltivazione a cielo aperto» disse il signor Carrington. Sembrava un lavoro titanico, scavare la terra a mano. Gli operai fissavano la signorina Alfaro, con la sua gonna attillata e il casco. Stevie si era preparata alla visita alla miniera come fosse un appuntamento con Tico Leál, ma di lui non c'era traccia. La miniera era enorme, più grande di quanto chiunque di loro avrebbe immaginato.

Un caposquadra sedeva all'ombra di un albero, e sorvegliava gli operai. L'unico albero dei dintorni. Il resto del terreno aveva lo stesso colore della ruggine ed era senz'alberi e cotto dal sole. Forse avevano lasciato solo quell'albero per il caposquadra, che portava occhiali da sole con le lenti tinte di verde e una pistola nella fondina appesa alla cintura. Sedeva perfettamente immobile, tenendo in mano un bicchiere di succo di canna. Sembrava sveglio e addormentato al tempo stesso, come una lucertola.

A letto, quella sera, Everly continuò a ripensare a quanto aveva letto sull'agitatore, D.L. Mazierre. Gli adulti davano del "piantagrane" a tutti quelli che creavano problemi alla società. Willy, invece, diceva che erano brava gente. Volevano solo ricevere un salario equo e avere condizioni di vita soddisfacenti. Disse che a Cuba i sindacati erano legali, erano una tradizione, e rientravano nel modo in cui si mandavano avanti le cose. Ma se lavoravi per una società americana non eri libero di organizzare un sindacato. Disse che la gente però intendeva organizzarsi lo stesso. Era un segreto che le stava confidando. Everly fu talmente elettrizzata dal fatto che Willy mostrasse di fidarsi di lei che decise che non l'avrebbe mai detto a nessuno, mai e poi mai.

Nella faccenda era coinvolto D.L. Mazierre. Forse veniva a organizzare i lavoratori perché potessero avere un salario equo. Nella foto aveva dei numeri sulla spalla. Sembravano dei galloni militari, ma forse servivano all'identificazione, come i numeri sulla targa che gli uomini nei manifesti dei ricercati alla posta tenevano tra le mani. A Oak Ridge, Everly aveva l'abitudine di guardare i manifesti dei ricercati e passare poi in rivista la gente in coda per vedere se c'era qualche somiglianza. Ogni volta che aveva la febbre faceva lo stesso sogno, che era ospite di un carcere che era anche un mausoleo, con ossa umane piantate sotto il pavimento sabbioso. Un vero carcere probabilmente era anche peggio del carcere-mausoleo delle sue febbri, e non poteva dare torto agli uomini delle foto alla posta se erano evasi. Il "ricercati" che si leggeva sui manifesti non voleva dire "desiderati".

È un frequentatore abituale dei bassifondi. Dei bassifondi. Dei bassifondi. È un frequentatore abituale dei bassifondi...

Fuori, il vento agitava le foglie del banano davanti alla finestra della sua camera da letto. Le foglie si toccavano l'una con l'altra con un fruscio di carta. Le raffiche di vento erano violente, e i banani proiettavano sulla parete della sua stanza ombre che parevano marionette impazzite. Willy diceva che dopo un acquazzone, se andavi a metterti sotto le foglie e tendevi attentamente l'orecchio, potevi sentir crescere le banane. Che suono mandavano? Uno schiocco umido e un cigolio, disse lui. Le spiegò come crescevano, che tu piantavi un "occhio" e che poi l'occhio fruttificava per diverse stagioni. Sapeva tutto del giardinaggio e delle specie di fiori tropicali, anche i nomi latini. Ordinava sementi dai cataloghi e le piantava in file regolari con i colori alternati. Pallide bignonie color salmone accanto a eliconie di un arancione più scuro e ad anturi che sembravano lucidi cuori di San Valentino ritagliati da un pezzo di coppale rosso. Lungo il bordo di un'aiuola, come un accento, amsonia bianca. Willy potava il *flamboyán* che cresceva davanti alle finestre della sala da pranzo dei Lederer in modo che fiorisse più a lungo di ogni altro nella schiera delle case dei manager. Rami di bioccoli vermigli decoravano le finestre e formavano un tappeto di foglie brillanti sul terreno sottostante. Quando il sole brillava attraverso l'albero, le finestre splendevano di fiamme arancione. Le donne che venivano a prendere il tè dai Lederer erano invidiose. «Ma dove diavolo lo hai *trovato*?» chiedevano. «Parla francese ed è bello – quel sorriso, oh, è praticamente una droga – e ha il pollice più verde che si possa immaginare.» «E non dimentichiamo» disse la signora della Guyana francese, «quelle sue bellissime mani.» Willy piantò una regina della notte nel cortile dei Lederer, proprio sotto la finestra della camera da letto di Everly. Non sarebbe fiorita per vari anni, le disse. Ma alla fine avrebbe prodotto un enorme fiore color avorio con uno strano odore dolciastro. Una sera, al crepuscolo, si sarebbe aperto, avrebbe continuato a fiorire fino all'alba, e poi si sarebbe chiuso, per non aprirsi mai più. Di lì a qualche anno il primo dei suoi fiori si sarebbe schiuso e avrebbe riempito di profumo la sua stanza, disse, ma allora Everly non sarebbe stata più lì. «Ci sarò!» protestò lei. «No, non è vero. Sarai al college, all'università, a prendere il tuo diploma.» «Forse resterò a Cuba» disse lei. «Forse non vorrò andare via.» «Che sciocchezza» disse Willy. «Dovrai andartene per forza.»

Le raffiche di vento erano come gli scoppi d'ira di una persona, poi cessavano, e poi riprendevano. Duffy russava sommessamente nel suo letto dall'altra parte della camera.

Everly pensava che forse non le sarebbe dispiaciuto se D.L. Mazierre fosse venuto ad agitarli, anche se non sapeva cosa voleva dire. Era certa che fosse una delle brave persone di cui parlava Willy, e che stesse arrivando qui per aiutarli.

Forse per bassifondi si intendeva quartieri difficili, quei posti dove sua madre le diceva che non aveva il permesso di andare. Come Gamble Valley a Oak Ridge, dove abitavano i negri. Timothy Hodgkiss le aveva detto che suo padre andava a Gamble Valley a comprare il torcibudella. «Cos'è il torcibudella?» gli aveva chiesto Everly. «Non lo sai?... il whiskey distillato clandestinamente.» Ma lei aveva solo otto anni, e non sapeva a cosa si riferisse esattamente. «Mio padre dice che la contea è proibizionista» aveva detto Timothy Hodgkiss, come per spiegare. Lei non aveva fatto altre domande, tanto non avrebbe capito lo stesso. Del whiskey a Cuba non avevano bisogno, perché tutti bevevano rum. «*Ron*» dicevano i cubani, e il termine spagnolo, con la enne al posto della emme, lo faceva sembrare in qualche modo più leggero e acquoso. Tutti potevano comprare il rum, perfino i bambini. Bastava entrare in un bar e ordinarlo. E poi c'era la marijuana, che cresceva dappertutto, come le aveva mostrato K.C.: se la arrotolavano nelle sigarette i tagliatori di canna. Li aveva visti lei con i suoi occhi fumare sigarette di marijuana – poteva indovinarlo dall'odore –, i tagliatori di canna che affilavano i machete con sasso e melassa, seduti sul ciglio di una strada che in teoria Everly non avrebbe dovuto percorrere perché nelle baracche lì vicino avvenivano cose da grandi.

Appena arrivati a Nicaro sua madre aveva commentato che il bagno di Everly e Duffy, con quelle piastrelle rosa e nere, sembrava un bordello. «Cos'è un bordello?» aveva chiesto Everly. «Un bagno con le piastrelle rosa e nere» aveva risposto suo padre. La prima volta che era stata invitata da Val e Pamela, Everly fece notare alla signora Carrington che anche loro avevano un bordello.

«Come hai detto, scusa?» chiese la signora Carrington.

Everly si sentì avvampare. «I colori delle piastrelle del bagno. Non è un bordello?»

Dopo che la signora Carrington si fu allontanata dicendo che andava a "incipriarsi il naso nel bordello", Val spiegò che le piastrelle non c'entravano. Il "bordello" era un posto dove gli uomini pagavano per certi servizi. «Che tipo di servizi?» «Sesso» disse Val. Adesso era più grande e sapeva che cos'era il sesso. Era possibile che sua sorella l'avesse provato con Tico Leál. Ma all'epoca lei si era immaginata una cosa dentro una scatola, come un oggetto comprato da Sears, piegato e avvolto nella carta velina.

Se Gamble Valley erano bassifondi, pensò, tra i bassifondi poteva esserci un bordello. Ma D.L. Mazierre non sembrava tipo da pagare per il sesso. Era già abbastanza occupato ad agitare.

13

Charmaine Mackey era vicino alla fabbrica del ghiaccio quando vide Lito Gonzalez venir su per la strada a bordo della sua Cadillac bianca. Si sentì qualcosa salire dentro, in modo strano – le pulsazioni cardiache, forse –, quando notò che la macchina rallentava e che lui si sarebbe fermato e le avrebbe rivolto la parola.

Il finestrino si abbassò. Aveva bisogno di un passaggio?

Gli spiegò che era uscita a piedi di proposito, per fare un po' di moto, cosa che tutt'a un tratto le parve un'attività ridicola. I cubani a piedi non andavano mai da nessuna parte, a meno che non vi fossero costretti.

Un'altra macchina si fermò dietro quella del signor Gonzalez, e la persona al volante schiacciò impaziente il clacson. Era la signora Carrington, che probabilmente stava andando a rifornirsi di ghiaccio.

Charmaine si sentì come colta in flagrante. A far cosa non sapeva, ma nell'ostinato intento di provare che non aveva niente da nascondere, e che non aveva fatto niente di male rivolgendo la parola all'unto milionario cubano, mise la mano sulla maniglia dello sportello del passeggero e l'aprì. Disse che accettava il suo passaggio, alla fine, e si accomodò di fianco al signor Gonzalez.

Lui ripartì, mentre la signora Carrington, dietro di loro, svoltava a sinistra nella via dei manager. L'abitacolo dell'automobile del signor Gonzalez era enorme, con una tappezzeria di pelle bianca che a Charmaine ricordò la liscia fodera imbottita di una bara. Ma che spreco, foderare una bara di pelle bianca. Questo, invece, era un interno che si poteva apprezzare. La signora Billings non aveva ragione a criticare il signor Gonzalez per i suoi gusti in materia di automobili. Era una macchina meravigliosa, e lei avrebbe voluto dirglielo, ma non sapeva come fargli un complimento senza anche accennare a quell'insulto.

«Stavo andando alla miniera, signora Mackey, ma posso accompagnarla dove vuole.»

«Crede che potrei venire con lei?» chiese impulsivamente la signora Mackey. «Non ci sono mai stata, alla miniera.» Che assurdità fargli questa domanda. Ma nel signor Gonzalez c'era qualcosa che la metteva a suo agio, forse troppo. Con i suoi modi riservati lui la incoraggiava a tirar fuori il suo lato più intraprendente. Gli americani di Nicaro erano cordiali in un modo prepotente, con i loro sorrisi e il loro calore e le loro strette di mano: certe volte persino con gli abbracci, che mettevano a dura prova il sistema nervoso di Charmaine Mackey. Lei era scostante perché non poteva farne a meno, perché essere abbracciata dai conoscenti le procurava sensazioni troppo intense. Il signor Gonzalez non era né cordiale né scortese. Lasciava che fosse lei a prendere l'iniziativa, e lei ne approfittava.

«Non c'è molto da vedere alla miniera, signora Mackey, e non è un posto per una signora. È pieno di polvere, fa caldo. Non è un posto affatto gradevole. E non è più tanto sicuro, di questi tempi. Ci sono dei ribelli nei dintorni. Forse suo marito le ha parlato della situazione?»

«Lui dice che non c'è nulla di cui preoccuparsi. Mio figlio, Phillip, c'è andato l'anno scorso per una gita con la signorina Alfaro, e l'ha trovato un luogo pieno di fascino, proprio...»

«Ha detto così?»

«Sì, si è divertito un mondo. La signorina Alfaro gli piace molto. Piace a tutti i bambini.»

«Intendevo suo marito, signora Mackey. Ha detto che la situazione non era preoccupante?»

«Ha detto che è solo un pugno di banditi.»

Hubert non le aveva accennato ai banditi. Lei stava ripetendo ciò che gli aveva sentito dire parlando con qualcuno per telefono.

Il signor Gonzalez disse di sperare che suo marito avesse ragione, ma con tutto il dovuto rispetto, era improbabile.

Lei tacque, pensando che fosse meglio fingere di sapere cosa intendeva lui quando affermava che Hubert aveva torto. Se non erano dei banditi, che cos'erano allora? Era certa che Gonzalez lo sapesse, e che lui l'avrebbe stimata di meno se avesse capito quanto poco sapeva lei stessa della situazione.

Quando scese dall'auto, davanti al fornaio, per una commissione che si era inventata su due piedi per dargli l'impressione di avere dei programmi, delle cose da fare, la signora Mackey provò prima un vago senso di abbandono, com'era successo alla festa, e poi si sentì turbata dal rammarico di aver dovuto lasciare il bozzolo imbottito della sua macchina.

Ferma davanti al fornaio, guardò la lunga automobile bianca che si allontanava lentamente lungo la strada. Quando sparì dietro una curva, Charmaine Mackey si voltò per entrare nel forno, scoprendo solo allora che era chiuso.

Dovevano essere le due passate, pensò. La pioggia cadeva in un velo finissimo, quasi una nebbia, ma veniva giù con regolarità. L'aria si era raffreddata, e l'acqua della baia era di un grigio-bluastro cupo, ed era mossa. Gli uccelli scendevano tra i cespugli di là dalla strada, come fanno quando la pioggia sta per cadere più forte. Come lo sanno? Lo sanno e basta. Charmaine non aveva l'ombrello. I piedi, dentro un paio di ballerine leggere, erano ormai zuppi, e freddi. Guardò l'acqua cupa e mossa, pensando che presto la scuola sarebbe finita, e che Phillip non avrebbe preso la barca con questo tempo. Sarebbe tornato subito a casa per chiudersi nella sua stanza a ponzare sulle sue carte nautiche e sulle sue riviste di pesca. Lei avrebbe finto di essere occupata per evitare la servitù, che la terrorizzava: erano persone chiassose e sicure di sé che avrebbero potuto spadroneggiare e ordinarle di spazzare il pavimento o preparargli uno spuntino, senza che lei gli si opponesse. Alle cinque e mezzo Hubert sarebbe tornato a casa e avrebbe burberamente sventato ogni possibilità di conversazione rispondendo in tono terso e spregiativo che la giornata era andata bene e che non c'era nulla di cui valesse la pena di parlare.

Sentì il rombo di una macchina che usciva dalla curva. Qualcun altro, venuto troppo tardi a comprare un po' di pane. Invece era la Cadillac bianca. Il signor Gonzalez, che tornava indietro lentamente lungo la strada verso il fornaio.

Si fermò davanti al negozio, col finestrino abbassato.

«È tornato» disse lei.

«Mi è venuto in mente, quando sono arrivato a casa e ho guardato l'orologio, che il fornaio sarebbe stato chiuso.»

«Sì, infatti. Oh, be'. Non avevo notato che ora era. Non va più alla miniera, signor Gonzalez?»

«Ci stavo andando. Ma ora piove, e la strada sta diventando un pantano. Non mi piace portare questa macchina nel fango. Ci andrò domani con una jeep della società.»

La guardò attentamente, come se stesse misurando qualcosa.

«Perché non sale» disse.

Non era una domanda. A Charmaine le mani, nascoste nelle tasche del maglione, tremavano. Ma non era il tremito che l'assaliva quando gli altri aprivano il fuoco sul suo sistema nervoso troppo sensibile. Le mani le tremavano per l'emozione.

La casa del signor Gonzalez era buia, ordinata e silenziosa. Non accesero la luce e non aprirono le tende. Il maggiordomo e la governante, spiegò lui, avevano il pomeriggio libero.

Fu un pomeriggio di tempo fuori dal tempo, anche se probabilmente non era durato più di quarantacinque minuti. Quando Charmaine arrivò a casa, l'orologio della cucina segnava le tre del pomeriggio. Di Phillip non c'era traccia. Era venuta a piedi, dalla casa di Gonzalez, rendendosi conto che naturalmente lui non poteva accompagnarla, ma sentendosi anche un po' snobbata perché lui aveva lasciato che si separassero in questo modo, un modo così poco cavalleresco da parte sua. Le aveva detto solo arrivederci, si era voltato ed era rientrato in casa, mentre lei si incamminava sotto la pioggia. Eppure era euforica.

Quando i giorni diventarono settimane l'euforia cominciò a spegnersi. La possibilità di un'altra visita a casa sua stava facendosi remota, e questo la inquietava. Se si incontravano per caso vicino a Nicaro, lui si comportava come prima di quel pomeriggio, in modo educato e cerimonioso. Un giorno si ritrovarono da soli davanti agli uffici della Direzione dello stabilimento. Lei aveva appena accompagnato Hubert al lavoro e stava andando a inviare dei telex ad alcuni collegi per chiedere informazioni sull'iscrizione di Phillip. Chiacchierarono brevemente, ma Gonzalez era distante. Era un'occasione, un momento in cui erano finalmente soli loro due, ma lui non la colse. Le chiese se l'avrebbe vista al club, con suo marito, per il ballo del sabato. Lei e il marito. Era un messaggio in codice? Voleva farle capire che, se non fosse stato per Hubert, avrebbero potuto passare insieme altri pomeriggi come quello in cui le era venuto in soccorso davanti alla panetteria chiusa? Quel sabato, al club, tenne gli occhi puntati sull'ingresso per tutta la sera, nell'attesa che Gonzalez facesse la sua comparsa. Non arrivò mai.

Due volte andò dal fornaio subito dopo le due, ben consapevole che sarebbe stato chiuso. Si fermò davanti al negozio pensando che, se la pioggia fosse caduta in un velo sottile come quel giorno, la sua macchina bianca sarebbe apparsa. Lui sarebbe arrivato e l'avrebbe invitata a salire, poi l'avrebbe portata a casa sua, dove non avrebbero né acceso la luce né aperto le tende.

Si rendeva conto che Gonzalez non corrispondeva certamente all'uomo dei sogni della maggior parte delle donne. La gente diceva che nell'attrazione c'era qualcosa di chimico, e lei pensava che fosse vero. L'attrazione era nata nel momento in cui gli aveva rivolto la parola durante la festa al casino di caccia. Da quella prima loro conversazione, aveva vissuto in attesa di parlare di nuovo con lui. Lito non andava mai alle feste organizzate dagli altri, non veniva mai al loro club. Charmaine sapeva che l'attrazione che provava per lui era reale perché non sentiva il bisogno di dirsi che le altre donne l'avrebbero approvata; la stessa cosa che si era detta prima di sposare Hubert: che molte altre donne l'avrebbero sposato. Nessuna di esse avrebbe approvato Lito Gonzalez, ma lei se ne infischiava. Era un maneggione, dicevano, un cosiddetto milionario cubano dai capelli unti, parole che pronunciavano mettendole tra invisibili virgolette, come se nessuno potesse ragionevolmente credere che fosse un milionario per davvero. Era grasso. I suoi capelli avevano un odore pungente di acqua di colonia. Ma le dava una strana sensazione, una nervosa aspettativa.

Non credeva seriamente che stando là nel parcheggio deserto della panetteria chiusa avrebbe fatto spuntare la sua macchina in fondo alla strada. Stava davanti alla panetteria perché questo la riportava a quel pomeriggio nella sua casa silenziosa e buia, una cosa che stava scomparendo nel passato, come se non fosse mai esistita.

Le pareva di conoscerne ogni istante, ogni dettaglio, il bloc-notes sul comodino, le fresche lenzuola di cotone. Erano passati dei mesi, ma ricordava di essersi rivolta a lui chiamandolo "signor Gonzalez" perfino mentre si riagganciava le calze, chiacchierando nervosamente e sentendo, all'improvviso, che lui aspettava che lei se ne andasse. Lo aveva chiamato "signor Gonzalez" e lui non si era preoccupato di correggerla.

Un giorno, stava facendo la spesa all'*almacén* di Preston con l'idea di tornare a Nicaro su una lancia della United Fruit, la *Mollie and Me,* quando vide la Cadillac bianca ferma di traverso davanti agli uffici della società. Estasiata, decise di sedersi su una delle panchine della piazza e di aspettare.

Finalmente venne fuori, riparandosi gli occhi dal sole di mezzogiorno. Charmaine non sapeva se lui l'aveva vista, ma poi notò che camminava verso di lei. Le si sedette a fianco e le chiese se aveva bisogno di un passaggio per tornare a Nicaro, come se fosse una loro vecchia abitudine. Tutti quei pomeriggi solitari passati a sperare di incontrarlo. Qualche volta, incontrandolo solo per rimanerne delusa. Soltanto un «Buongiorno, signora Mackey» e nient'altro. Dopo tutto questo, guarda come era facile!

Salì in macchina con lui come se fossero una coppia, due persone che erano già state insieme, anche se non per molto, perché l'elettricità le pulsava nelle membra come accade solo quando l'amore è nuovo. Stabilì che non l'avrebbe chiamato "signor Gonzalez". Non riusciva però nemmeno a decidersi a chiamarlo "Lito". Evitò di chiamarlo per nome. Come fece lui, del resto. Più tardi, non seppe dire se il tu che usavano nei loro rapporti fosse un segno di formalità o di intimità.

Non la invitò a casa sua stavolta, ma fermò la macchina su una via d'accesso a metà strada tra gli uffici e la miniera. Quel magnifico interno di pelle, con uno spaziosissimo sedile posteriore. Non fu esattamente gentile, quel pomeriggio. Anzi, fu sgarbato. La prese e le pizzicò un braccio e poi l'interno della coscia, così forte da lasciarle un livido. Ma quella violenza le parve appropriata. Voleva dire che gli importava. *Gli importava di lei.* Festeggiò il livido color barbabietola che aveva sull'interno della coscia, e ne pianse la scomparsa.

Qualche settimana dopo, aspettò in macchina che lui sbrigasse i suoi affari al Palazzo di giustizia di Mayarí, dopodiché lo seguì in una forra dietro la sala biliardi. Fecero l'amore per terra, sotto il sole di mezzogiorno. Era stesa su un letto di aghi di pino, le cui punture ebbero lo stesso effetto inebriante dei pizzicotti che le aveva dato quando lo avevano fatto in macchina.

E ogni volta, prima che si rivedessero, la faceva aspettare un'eternità. Ma ormai lei si era in qualche modo abituata all'attesa, e la considerava parte del corteggiamento. Sentiva che l'attesa, il fatto che lui la ignorasse per settimane, o anche per mesi, rispondeva a una logica che le era estranea, estranea per lei ma non per lui. Il corteggiamento esigeva grande pazienza da parte sua. Era per lei una tortura, ma la tortura faceva parte dell'infatuazione.

Hubert continuava a parlare di Gonzalez come se fosse un killer in libertà. Che cosa inverosimile che lei, Charmaine, fosse intimamente legata proprio alla persona che suo marito e gli altri americani disprezzavano così profondamente. Hubert era sicuro che Gonzalez sarebbe stato la loro rovina. Diceva – rivolto non alla moglie, ma a Lederer e Billings, però comunque davanti a lei perché lei non contava, perché era troppo stupida e matta per capire – che Gonzalez collaborava con i ribelli, e che intrallazzava anche con Batista, cercando di creare una pentola a pressione e di portare lo scontro nel cuore di Nicaro, per cacciare via gli americani. Era del suo amante che stavano parlando. Ah, se avessero saputo. Forse Gonzalez stava facendo davvero quello di cui lo accusavano, ma a lei non diceva niente. Era sgarbato e frettoloso e non pronunciava mai il suo nome, e questo lo rendeva ancora più attraente e misterioso.

Immaginava che forse di lì a qualche anno, quando Phillip fosse diventato grande, avrebbe potuto chiedergli del signor Gonzalez. Suo figlio era stato sorpreso a usare la propria barca per portare armi e rifornimenti ai ribelli di Saetía. Hubert parlò con Phillip e decise di mandarlo via. A Charmaine diede poche spiegazioni. Lei sospettava che il figlio, un ragazzo intelligente e dotato, un ragazzo sensibile, probabilmente comprendesse bene cosa stessero facendo i ribelli e il misterioso Gonzalez, e se quest'ultimo fosse o non fosse coinvolto in tutta la faccenda. Un giorno, quando fosse diventato un adulto come loro, forse Phillip avrebbe potuto spiegarle tutto.

14

Natale all'Avana

La mattina della partenza Del continuava a farci aspettare. Le sue valigie erano pronte, e si trovavano nell'ingresso con le mie e quelle dei nostri genitori, ma di lui non c'era traccia.

La stagione della torchiatura sarebbe cominciata subito dopo Capodanno, e la gente si recava all'Avana o a Miami o a New York per concedersi una vera vacanza prima che lo zuccherificio prendesse a lavorare ventiquattr'ore al giorno. Era il dicembre del 1957, poco prima del grande incendio della canna da zucchero. Prima che ogni cosa, veramente, avesse iniziato ad andare storta. Noi dovevamo fermarci a Miami per le solite spese folli di fine anno, per poi proseguire fino all'Avana, dove saremmo stati ospiti di Deke e Dolly Havelin.

Del sapeva a che ora bisognava essere sulla pista per prendere l'aereo della società. Era uscito prima, quel mattino, per andare in qualche posto. Io ero rimasto a casa. Curtis Allain passò a trovarmi, e ammazzammo il tempo tirando frutti marci contro l'albero di mamoncillo, per sloggiarne i pipistrelli: i pipistrelli dormono sugli alberi di mamoncillo. Gli Allain non andavano da nessuna parte. Credo che Rudy e Hatch dovessero stare lì per sorvegliare lo zuccherificio. Non riesco a immaginare gli Allain che se ne vanno in vacanza. A Pearly di sicuro non piaceva spostarsi da casa, neanche fino a Mayarí. «Non la schioderesti da lì nemmeno con la dinamite» scherzava Rudy. Mia madre quel mattino era andata a Nicaro. Le strade erano buone, e Hilton Hardy l'aveva accompagnata con una delle Buick. Voleva portare ai Lederer una ghirlanda di Natale, e aveva comprato un regalo per Everly: credo una boccetta di profumo. Mia madre aveva invitato Everly a venire con noi all'Avana, ma lei non poteva, per qualche motivo che non ricordo, e mia madre c'era rimasta male. Come ho detto, aveva un debole per Everly Lederer. Faceva accordare religiosamente il piano anche quando ormai Everly aveva smesso di venire a suonarlo. Secondo mia madre aveva una personalità unica: era molto "individualista", diceva. Ci amava da morire, noi ragazzi, ma credo che per lei avere intorno una bambina fosse una vera goduria.

Poiché il tempo passava e Del non si vedeva, pensammo tutti che avesse messo il broncio e che fosse nascosto da qualche parte. Papà lo aveva iscritto a un'accademia militare della Georgia, per dove sarebbe partito in primavera, e Del non ne voleva sapere. Era ormai troppo grande per la scuola di Preston. Ero quasi troppo grande perfino io, e l'autunno seguente mi avrebbero iscritto alla Ruston Academy dell'Avana. Del aveva studiato in casa seguendo i corsi per corrispondenza della Calvert. Dopo che Phillip Mackey era stato beccato ad aiutare i ribelli, papà diceva che quella era la dimostrazione che l'umidità rammolliva il cervello dei ragazzi più grandi. Del sarebbe andato negli Stati Uniti e un sergente istruttore gli avrebbe ficcato un po' di sale in zucca.

Aspettavamo forse da mezz'ora quando papà cominciò a spazientirsi. «Vada al diavolo» disse infine. «Sedici anni ce li ha e può badare a se stesso. Mangi pure il cibo dei gatti.»

Tutta la servitù aveva una settimana di vacanza, tranne le guardie della società e Ho, il cinese che ci curava i fiori.

Naturalmente, mia madre non voleva andare senza Del. Ma non si poteva contrariare papà. Hilton Hardy mise le valigie nella Buick, e partimmo. Papà malignava con la mamma sui problemi di malversazione del signor Carrington. Di solito mia madre provava un grande interesse per queste cose, ma adesso era troppo preoccupata per Del per godere dello scandalo. «Si è comprato una Cadillac nuova di zecca. Che scemo. Non poteva essere un po' più prudente?»

A bordo dell'aeroplano papà parlò di Deke e Dolly Havelin dicendo che probabilmente ci avrebbero preparato un bel roast beef e uno Yorkshire pudding. Sembrava di ottimo umore, e io lo trovavo strano, dal momento che il maggiore dei suoi due figli era scappato. Non sempre riuscivo a capirlo, mio padre.

A parte Del che doveva essere spedito all'accademia militare, tutto mi sembrò normale, quel Natale. Papà sicuramente sapeva che la situazione era più grave di come la presentava Batista, il quale parlava di pochi teppisti datisi alla macchia, ma a noi non aveva detto niente. Non diceva mai niente a mia madre perché lei non riusciva a serbare un segreto. Non era colpa sua, diceva papà, è biologico, le donne sono fatte così.

La United Fruit pubblicò il numero natalizio di "Unifruitco" con l'ironico titolo di "*Jungle Bells*" e le foto della mascherata al Pan-American Club, con tutti che facevano i buffoni indossando ridicoli costumi. Un sacco di gente si era limitata a scambiarsi di ruolo: mariti vestiti da mogli, le donne in pantaloni con baffi disegnati sopra il labbro superiore. Io ci andai vestito da Lone Ranger, e papà mi lasciò portare una pistola vera. Papà si mise in testa un alto cappuccio bianco appuntito con due buchi per gli occhi e diceva di essersi vestito come un penitente spagnolo della Settimana Santa. Era capace di simili cattiverie. L'anno prima si era camuffato da *guajiro*. Dopodiché, tutti cominciarono a imitarlo. È un costume facile, basta sporcarsi le guance di terra, sfilacciare l'orlo dei calzoni, tenerli su con una corda e andare in giro dicendo «*Sí, señor*». Non dico che sia fine. Ma erano altri tempi.

Il *flamboyán* di mia madre era coperto di fiori rosso vivo e creava un'atmosfera natalizia anche se l'aria era umida e caldissima. Io, comunque, non avevo mai fatto un bianco

Natale. Per noi Natale era Hatch che portava tutti i ragazzi a pescare a Saetía. A sguazzare nell'acqua verde e cristallina, che ti arrivava alla vita, calda come quella di una vasca. Mangiavamo i polipi sbatacchiati sugli scogli che portavamo a casa dalla gita, un tipico pranzo cubano, con l'unica differenza che mia madre suonava canti natalizi al pianoforte dopo il dessert, e Annie tradizionalmente non si presentava al lavoro. La sera del ventiquattro mia madre le dava il permesso di andare a Mayarí a trovare la famiglia. La mattina di Natale, puntuale come un orologio, Annie telefonava dall'ufficio postale di Mayarí dicendo che aveva perso l'autobus per Preston e avrebbe dovuto aspettare quello del pomeriggio. Mia madre sospirava. «Prenditi pure tutta la giornata libera, Annie.» Era un gioco. Annie che fingeva di avere perso l'autobus; mia madre che fingeva di esserne esasperata.

Un Natale risposi io al telefono, e il centralino disse: «Josephine Courtland in linea». Risposi che non conoscevamo nessuno con questo nome. L'avevamo sempre chiamata Annie. Non sapevo che mia madre le avesse appioppato un altro nome quando io ero piccolo, perché non ero capace di pronunciare quello vero.

La soddisfazione di papà per i guai del signor Carrington faceva parte di una lunga tradizione, di lui e il suo odio per la gente di Nicaro. Sosteneva che quel posto era un casino, una sciagura annunciata. Un po' dava la colpa a Lito Gonzalez, che aveva investito il suo denaro cubano nella miniera di nickel. Avere Gonzalez tra i piedi voleva dire che la società doveva rispettare le leggi cubane sul lavoro, la qual cosa era per papà una pura idiozia. Secondo lui avere un cubano in direzione generava un conflitto di interessi, e gli americani di Nicaro erano degli ingenui e degli sciocchi. Quando gli riferirono che Hubert Mackey aveva preso troppo chinino diventando di conseguenza sordo da un orecchio, papà trovò la cosa esilarante. Disse che la gente di Nicaro non era diversa dalle vacche che facevamo venire dall'Argentina, che non sapevano distinguere l'erba medica dal sorgo selvatico, che è velenoso, così mangiavano il sorgo selvatico e si ammalavano e morivano.

East Egg: è così che si chiama? Deke Havelin era un ricco e prospero magnate del rayon, e El Country Club, il posto dove abitava insieme alla sua famiglia, era la nostra versione di East Egg. Si trovava sul fiume Almendares, che divideva la città, e ci stavano la maggior parte degli americani ricchi. El Country Club era cintato e privato, e aveva un lago, un campo di golf e palazzi costruiti negli anni Venti, durante la Danza dei Milioni, quando tutti fecero soldi a palate con lo zucchero. Imitazioni di Versailles, con lunghi corridoi pieni di specchi. *Promenades* illuminate da sfere di vetro smerigliato grosse come quella che aveva nello studio papà, che si accendeva internamente e mandava una luce spettrale quando spegnevi le altre lampade. Deke era amico di papà, e il Natale nella loro casa all'Avana era un autentico cancan, di sicuro più eccitante che passarlo a Preston a decorare un albero del pane.

Papà mi portò a vedere Sugar Ray Robinson che combatteva allo Sports Palace dell'Avana. Il presentatore era il celebre pugile cubano Kid Chocolate, che era stato campione del mondo negli anni Trenta; e questa era già un'emozione. Quando papà aveva del lavoro da sbrigare, mia madre e io nuotavamo nella piscina con acqua salata dello Yacht Club. Su un lato della piscina c'era un bar piastrellato, e potevi sorseggiare un daiquiri alla banana senza nemmeno uscire dall'acqua. Se c'era l'alta marea, le onde scavalcavano il muro della piscina dalla parte del mare e ti facevano balonzolare come una barchetta. Era strano essere là senza Del, ma devo ammettere che era anche un sollievo. Del e io ci eravamo ormai allontanati l'uno dall'altro. Lui era sempre di cattivo umore, e trascorreva il tempo con Phillip Mackey, a pescare con un gruppo di giovani cubani impiegati nella miniera di nickel. A cena discuteva con papà, facendo il bastian contrario e tirando fuori brutte cose che andava a prendere chissà dove. Credo che molte venisse a saperle da Phillip.

«Lo sapevate che Batista costringe la gente a bere l'olio di ricino?» domandò un giorno Del, senza rivolgersi a nessuno in particolare. «Bella questa, vero mamma? Forse possiamo chiedergli di parlarcene, la prossima volta che viene a cena.»

«Bada a quel che dici» disse papà. «Forse sei tu che hai bisogno di un cucchiaio di olio di ricino. Magari potrei parlargliene, a Batista.»

Questo ridusse Del al silenzio per il resto della cena. Ma, arrivati al dessert, ricominciò. «Papà, quanto lo paghiamo quel gorilla?»

Papà ignorò la domanda e mi chiese dei miei compiti, come se a Del non valesse la pena di rispondere.

Allora, mentre si alzava da tavola, Del disse: «Non ti sembra strano che gli insegniamo l'agricoltura, quando nessuno di loro possiede un pezzo di terra?».

Fu allora che papà perse le staffe.

«Se ti crea problemi il modo in cui vanno le cose da queste parti, alza il culo e fa' qualcosa!» Batté il pugno sul tavolo facendo sussultare tutta l'argenteria. «Invece di startene lì seduto con un tovagliolo di lino sulle ginocchia come un maledetto cacasotto, mangiando la roba che pago io, il flan che hai chiesto alla tua tata di fare come se avessi cinque anni. Va' a fare qualcosa. Non sai neanche di cosa stai parlando. Non sei altro che un marmocchio viziato, maledizione.»

Quel Natale, mamma, papà e io andammo a vedere Xavier Cugat al Cabaret Tokio. Il teatro principale era all'aperto, ma con l'aria condizionata. Non so come facessero. Eravamo seduti sotto le palme reali, con riflettori colorati che incrociavano i loro raggi rossi e verdi, e pappagalli che ci volavano sopra la testa attraverso i raggi di luce colorata. Ce n'era uno stormo che viveva sulle palme del Tokio. Avevamo visto molte volte Xavier Cugat in concerto. Aveva registrato il jingle *Chiquita Banana* per la radio della società e alcuni spot per la televisione, ed era amico di papà.

Xavier Cugat teneva nella tasca della giacca un piccolo chihuahua. L'orchestra attaccava, e dopo un po' lui usciva, tra gli applausi, e il cane gli saltava fuori dalla tasca e trotterellava sul palcoscenico. Una volta, quando ero piccolo, mi alzai dal nostro tavolo e andai a sedermi sul bordo del palco per giocare col cagnolino di Xavier Cugat mentre lui dirigeva l'orchestra. Nessuno badò a noi o disse una parola. Al Cabaret Tokio i miei genitori mi incitarono a salire sul palcoscenico per prendermi in giro, ma adesso ormai ero diventato troppo grande.

Dopo lo spettacolo di Xavier Cugat papà ci portò a cena al Floridita. La sala da pranzo era gremita e siccome non avevamo prenotato, ci fecero accomodare al bar. Forse saprete che il Floridita era il locale preferito di Hemingway. Infatti, avevamo appena ordinato quando la sua faccia rossa e scorticata riempì lo specchio sopra le bottiglie di liquore. Papà diceva che Hemingway era volgare e osceno. Parlava di lui come se fossero mortali nemici, ma Hemingway ci passò davanti senza fermarsi, e credo che lui non lo conoscesse affatto, papà.

Io ordinai l'aragosta. Quella che mi portarono era incinta, e quando la tagliai ne uscì lentamente un liquido arancione: le uova. Credevo di non riuscire a mangiarla, ma papà disse che dovevo pensare a un'aragosta incinta come a una prelibatezza. Che ogni cosa sgradevole poteva diventare tollerabile se dicevi a te stesso che era una cosa speciale, una cosa esclusiva. Come il caviale, disse. Io gli dissi che odiavo il caviale, e papà disse che l'importante non era il sapore, ma avere cose che gli altri non potevano avere, e questo argomento aveva un certo peso.

Hemingway si installò al bar e cominciò a chiacchierare col suo vicino sullo sgabello accanto, un uomo dall'aria disinvolta, con un abito costoso e occhiali colorati. Qualcuno mise delle monete nel jukebox, e Augustin Lara cominciò a cantare *Mujer*. C'era questa canzone anche nel nostro jukebox al Pan-American Club. Era un successo, ed evidentemente Hemingway conosceva le parole. Chiese degli spiccioli al barista, poi pigiò personalmente i tasti del jukebox, continuando a cantare *Mujer*.

Poi tornò a sedersi. Aveva messo *La Pachanga*, un'altra canzone molto popolare. Hemingway l'accompagnava fischiettandone alcune parti. Si rivolse al tipo dall'aria disinvolta che, seduto al banco, badava ai fatti suoi.

«Le piace la pachanga?» chiese Hemingway.

L'uomo annuì come se non avesse capito bene, e distolse lo sguardo.

«La pachanga» disse Hemingway alzando la voce. «Come la canzone. O magari il cha-cha? Se conosce il cha-cha, può imparare la pachanga.»

«Temo di non saper ballare né l'uno né l'altra.» Aveva un accento che sembrava europeo.

«La rumba, allora?» Hemingway canticchiava e faceva schioccare le dita.

L'uomo scosse il capo. «Sono qui seduto al bar. Mi limito a questo.»

«Non si arrabbi. Le ho solo chiesto se le piace la pachanga. Chi dice che gli uomini non sanno ballare?»

L'altro mi faceva pena. Era evidente che voleva essere lasciato in pace. E invece sono proprio quelli come lui che sono presi di mira. Ma poi è anche vero che se vuoi essere lasciato in pace, il tuo drink te lo bevi in camera tua, da solo.

«Senta, uh, non sono un amico di famiglia, mettiamola così.»

«Ho una bella notizia per lei: io vado a Parigi... dormo al Ritz... e là tutti – lei è francese, no? –, tutti sono amici di famiglia. Anche le donne. Allora, che ne dice di un cha-cha? Perché la rumba... ha saputo? Si parla di proibirla.»

«Davvero?»

«Ma non dovrebbero.»

«No?»

«È un delitto proibire la rumba!»

Hemingway non gridava, ma la sua voce mentre parlava era più forte della musica e del brusio nella sala. Credo che al bar lo stessero ascoltando tutti, come me.

«Anche se è un ballo così conturbante che spinge la gente» disse Hemingway, «a fare delle birichinate. È la maledizione della rumba, e io l'ho vista. Uomini che alzano le sottane delle donne e scopano là direttamente sulla pista da ballo. Forse sta succedendo proprio adesso in qualche vicoletto. In questo preciso momento, voglio dire, mentre sono qui seduto a parlare con lei. Quanto a me, ho un problema alla schiena. Ce la faccio ancora bene a far l'amore, ma non in piedi. Sa perché non dovrebbero proibire la rumba?»

«Non saprei.»

«Perché la gente ha bisogno di qualche diversivo. Il sesso è un diversivo soddisfacente. Un diversivo molto efficace.»

«Credo di poter essere d'accordo con lei» disse il francese.

Hemingway insistette per un brindisi. «A una bella scopata.»

Alzarono i bicchieri.

È una scena tipica, due ubriachi che creano nuovi mondi via via che si ubriacano sempre più, che in un paio d'ore perdute e dimenticabili si mettono d'accordo su ciò che è importante e ciò che non lo è. Ma a tredici anni non ti rendi conto che questo non conta, che il giorno dopo questi due uomini sono capaci di entrare nello stesso bar e comportarsi come se non si fossero mai visti. E forse di ripetere la conversazione parola per parola, come se fosse la prima volta.

I due stavano ancora parlando quando il cameriere portò il carrello dei dolci ed eseguì il rituale del flambé. Era la cosa del Floridita che, quando ci andavamo, a mia madre piaceva di più. Diceva che facevano il miglior flambé della città.

«Per nulla al mondo confesserò» disse Hemingway, «che non so ballare la rumba. Come dicevo, è questa maledetta schiena. Sente quello che dico?... *io* ho detto questo, *io* faccio quello... troppi "io", maledizione. Sa cosa dovrei fare? Ogni volta che mi viene voglia di dire "io", lo sostituirò con qualcos'altro, con "il suo agente segreto", o magari "questa unità operativa". In ogni caso, "il suo agente segreto" non è un grande ballerino. Quello che sa fare è raccontare. Un diversivo ben poco salutare. A meno che non si riesca a conferire al racconto un tono di elevata moralità, cosa che questa "unità operativa" non è riuscita a fare. Ci vogliono più poeti. Una volta ho rotto la mascella, a un poeta. Mi spiace, ma se l'era cercata. Più o meno. Lei scrive poesie?»

«Non direi» disse il francese. «Anzi, no di certo.»

«Perché ha l'aria di un burocrate di alto livello, capisce, e una volta ci mandavano dei poeti. Poeti-diplomatici, come Perse. O Valéry...»

«Claudel» interloquì il francese.

«Esattamente! Mi permetta di offrirle un altro drink, amico mio. Un doppio, qualunque cosa sia. E un doppio anche per me. E un Ballantine, perché ho molta, molta sete. Cosa stavo dicendo? Oh sì, uomini che scrivono a macchina poesie sulla carta da lettere di un'ambasciata. Che inviano alessandrini al Dipartimento di Stato. O anche una sola frase. Una magnifica domanda. Porre la domanda giusta è un dono.»

«Questo è un fatto» disse il francese, e poi con i due doppi brindarono all'arte di porre domande.

«Nell'Africa occidentale francese sta scoppiando l'inferno» disse Hemingway.

«Proprio così» convenne il francese. «Proprio così. Sarà molto interessante vedere gli sviluppi. Una scatoletta gonfiata dal botulismo. A volte c'è un botulismo sano, sa? Un botulismo "buono"...»

«Come dicevo» disse Hemingway, interrompendolo, «nell'Africa occidentale francese sta scoppiando l'inferno, e dall'ambasciata Saint-John Perse invia in Francia un rapporto di una frase. Una sola frase. Ed è una domanda: "Il Lago Rosa di Dakar è rosa o malva?". Ecco il suo rapporto!»

«Posso assicurarle che è malva» disse il francese.

Non credo che Hemingway lo stesse ascoltando.

«Un tempo ci mandavano dei diplomatici» disse, vuotando il bicchiere e passando al Ballantine, «che non osavano parlare del prezzo dello zucchero, del prezzo del nickel, delle imprese degli insorti alla radio. Ci mandavano uomini come Perse, che chiedevano, invece, cosa ci ha dato il mondo "oltre quest'ondeggiare dell'erba". Un tempo ci mandavano dei poeti. Oggi mandano persone come lei. Che non sa nemmeno ballare la pachanga.»

Dopo cena un autista ci portò in fondo a Calle San Rafael. C'era della neve finta e un ricco presepe, con manichini in grandezza naturale donati da El Encanto, direttamente dalle sue vetrine. La fanfara era tutta per noi anglo. Per i cubani il Natale non è un affare di stato – loro hanno la festa dei Tre Magi, ai primi di gennaio –, ma la mattina di Natale la moglie del presidente distribuiva doni ai bambini dei quartieri poveri. Inutile dire che a Cuba c'erano enormi differenze tra ricchi e poveri. Potevi guardare una mappa dell'Avana e farti domande su queste aree vastissime, con nomi sinistri come Cueva del Humo – caverna del fumo –, ma da com'era disposta la città, noi non attraversammo mai un solo slum. La signora Batista distribuiva i doni con le sue mani, sul prato antistante il palazzo presidenziale. Venivano a riceverli centinaia di bambini. Quando il presidente Batista e signora arrivarono alla festa degli Havelin, mia madre si complimentò con la First Lady per la tradizione dei doni natalizi. Disse che era uno di quei gesti – modesti e specifici – che potevano salvare il mondo.

La festa dagli Havelin era elegantissima: capelli impomatati, giacca e cravatta, scarpe bianche di pelle scamosciata. Papà indossava lo smoking e diceva scherzando che si poteva togliere il rozzo montanaro dal Mississippi, ma non il contrario. Mia madre aveva, me lo ricordo, un abito da sera bianco *bouffant*. Si chinò per darmi un bacio, e la stoffa rigonfia della gonna mandò una specie di sommesso crepitio. Il padre di Dolly, il signor Becquer, aveva commentato che un giorno io sarei stato un rubacuori. Mia madre si chinò su di me, mi diede un bacio sulla fronte e disse che ero il suo amore e che appartenevo ancora solo a lei. Era presente l'ambasciatore: impossibile da rintracciare quando la tua piantagione brucia, ma puntuale come un orologio se si fa baldoria con stelle del cinema e champagne. Nel suo completo bianco, con i capelli radi pettinati all'indietro, era un uomo alto con le spalle che sembravano un attaccapanni. Aveva una faccia talmente abbronzata da risultare ridicolo anche agli occhi degli espatriati. Era un tipo piuttosto snob, con l'anello dell'università di Yale al dito, e se penso a lui e a papà nel soggiorno degli Havelin, seduti in poltrona con un cocktail in mano, smoking o no, mi sembra che papà al confronto abbia davvero l'aria di un rozzo montanaro. Poteva anche essere il direttore della United Fruit a Cuba, ma si trovava nell'arretrata provincia di Oriente, non a Boston o a New York. Nel mondo dell'ambasciatore Smith le persone che contavano erano i finanzieri e i direttori generali, non chi assume l'agronomo e si occupa della torchiatura giornaliera della canna da zucchero, della manodopera e dell'insurrezione.

Un uomo suonava melodie di Gershwin sul piano a coda degli Havelin. Ad un tratto si fermò, e Dolly Havelin batté un cucchiaio contro un lato del bicchiere. La gente tacque, e le domestiche fecero il giro della sala con vassoi di calici di champagne, assicurandosi che tutti ne avessero uno. Le domestiche erano vestite come cameriere francesi, con gonne corte e tondi berrettini inamidati.

Dolly Havelin fece di nuovo tintinnare il bicchiere per richiamare la nostra attenzione. Deke Havelin si alzò in piedi e parlò.

«Avete tutti le vostre bollicine?» chiese.

«Stasera abbiamo qui un ospite speciale al quale vorrei fare un brindisi. Vi darò un indizio: chi è l'uomo più importante di Cuba?» Deke si guardò intorno. «Non lei, Smith.»

Tutti risero, compreso l'ambasciatore.

«Sto parlando, naturalmente, del presidente Batista.»

Batista e la moglie erano seduti a un tavolo speciale, decorato con festoni di carta crespata. Sorridevano molto tutti e due, cosa che, mi resi conto dopo, aveva a che fare con le fotografie. Le persone abituate a farsi fotografare sanno tenere la faccia distesa e sempre pronta per l'obiettivo.

Deke fece una pausa per tirar fuori un pezzetto di carta dalla tasca dello smoking. Lo spiegò e lesse.

«Una sera, una delle tante belle serate che ho avuto il grandissimo piacere di trascorrere con lui, il presidente mi chiese: "Deke, cosa pensa *realmente* di Cuba un americano come te, che ha passato qui tanti anni? L'ami come fosse la tua patria?". Be', non ho dovuto pensarci due volte, per rispondere. "*Claro que sí*", ho detto al presidente.»

Non so se era richiesto dal cerimoniale – se recitava, voglio dire – ma Deke si asciugò le lacrime dagli occhi.

«Per farla breve. È un grande onore chiamare patria questo magnifico Paese. E oggi potermi chiamare cubano. È semplicemente meraviglioso. Mi sembra di sognare. Perciò voglio fare un brindisi.» Deke alzò il bicchiere. «Al presidente Batista, e a Cuba, che la famiglia Havelin ha sempre amato, e amerà sempre, *come fosse la sua*.»

Tutti alzarono il bicchiere verso il tavolo del presidente.

«E a proposito» disse Deke, «Dolly e io abbiamo servito quello buono, dunque ora finite di bere e più tardi non ve ne accorgerete, quando cominceremo a stappare il torcibudella.»

La gente rise, e ci furono molti applausi. Il pianista attaccò un pezzo, e mentre tutti facevano da spettatori Deke portò Dolly sulla pista e ballò con lei. Alla fine la piegò teatralmente all'indietro, e tutti risero e applaudirono di nuovo.

Batista aveva offerto a Deke Havelin la cittadinanza cubana, e Deke aveva accettato. Io sapevo che in qualche modo aveva a che fare con la ricchezza e con la necessità di salvaguardarla, ma ignoravo che Deke avesse dei problemi con la magistratura degli Stati Uniti. Avevo tredici anni, ed ero piombato all'improvviso in quello stato tempestoso in cui la pubertà precipita i ragazzi, e la mia mente correva ad altre cose: le ragazze, per esempio. Ce n'erano di molto carine dagli Havelin quella sera, e io mi sentivo come le notassi per la prima volta in vita mia. C'erano, immagino, dei ragazzi della mia età che avevano attraversato questa fase prima di me, ma io mi ero sviluppato tardi. Forse c'entrava mia madre, qualcosa di complicato sul mio bisogno di rimanerle fedele. Mi sono sposato tardissimo, dopo la morte di mia madre, e forse un motivo c'è. Alla festa di Natale c'erano Desi Arnaz e Lucille Ball: oltre a essere amici degli Havelin, erano anche in rapporti cordiali con papà. I miei genitori erano andati al loro pranzo di nozze, a Santiago. Io seguivo come un'ombra la nipote che avevano portato alla festa, Elisia Arnaz, una bella ragazza con i capelli biondo platino come i miei, che diceva una *s* strana quando parlava tanto da sembrare spagnola, anche se questo dipendeva da un difetto a cui non credo che potesse rimediare. Per anni avevo studiato le mosse di Phillip Mackey, e ricordo che adottai un po' il suo stile per flirtare con Elisia Arnaz. Phillip aveva questo modo di guardare le ragazze dritto negli occhi, anche quelle che non lo interessavano particolarmente.

Ero totalmente concentrato a guardare Elisia negli occhi come se non avessi paura di lei, e non prestai molta attenzione al fatto che Deke Havelin stesse rinunciando alla cittadinanza americana. Pensavo che Batista volesse dargli la chiave della città, una cosa del tutto simbolica.

La famiglia di Dolly, i Becquer, veniva da Philadelphia, ma era a Cuba da oltre un secolo, da molto tempo prima della Guerra ispano-americana. Avevano il loro mausoleo a Colón, il grande cimitero dell'Avana: marmo nero con finestre di Lalique gialle, aria condizionata e ascensore per le tombe sotterranee. Si erano comprati dei titoli nobiliari spagnoli – Casa o Marqués di questo o quello, Gentiluomo di Camera della Regina – che non soltanto li facevano sembrare pomposi e importanti, ma deviavano anche tutte le controversie legali contro di loro verso la Spagna, provocando così tanti rinvii che riuscirono sempre a evitare di essere portati in tribunale, di pagare i loro debiti, potendo così accumulare grandi ricchezze quando Cuba era ancora una colonia spagnola. Praticamente Deke Havelin risolse i suoi problemi legali semplicemente cambiando passaporto. Non credo che sia una coincidenza: i ricchi sono bravi a tenersi ben stretto il loro denaro. Originariamente Becquer era Baker, ma si trovavano a Cuba da così tanto tempo che lo avevano ispanizzato. Deke Havelin non ispanizzò il suo nome, ma forse l'avrebbe fatto se le cose fossero andate diversamente.

Vedendolo ballare con Dolly sulla pista, pensai fosse una bella cosa quella che Batista aveva fatto per Deke Havelin, se questo gli permetteva di non perdere la villa e la piscina con le sue *cabañas* di bambù, i giardini e il campo di tennis, e l'abete natalizio di quattro metri arrivato direttamente dalla Florida in un container refrigerato per essere installato nel loro soggiorno, con una valanga di doni sotto i suoi rami. Erano tempi felici, quelli. Perché non prendere provvedimenti per far durare questa felicità?

Mia madre aveva approfittato del brindisi di Deke per allontanarsi velocemente e andare di nascosto fino alla dépendance. Aveva cercato di telefonare a Del da quando eravamo arrivati all'Avana, ma senza fortuna. Naturalmente c'era un telefono nella dépendance: c'era un telefono a muro perfino nei bagni. La mattina dopo la festa io ero seduto nella vasca e pensavo di chiamare Elisia Arnaz, solo che non avevo il suo numero. Probabilmente non lo avrei fatto, ma non riesco a capire perché avrebbero dovuto mettere un telefono nel bagno, se non per chiamare le ragazze mentre sei dentro la vasca.

Mia madre rientrò nella sala e disse a papà che a casa non rispondeva nessuno.

«Ho telefonato a casa degli Allain e ho parlato con Rudy» disse. «Dice che non l'hanno più visto. Credevano che fosse con noi all'Avana. E siccome i Mackey sono nel New Mexico, ho telefonato a Marjorie Lederer. Mi ha detto che la barca di Phillip è sparita dal porto di Nicaro. Che è sparita da giorni.»

«Gesù, Evelyn» disse papà. «Forse è ora che si stacchi dalle tue gonnelle. È un ingrato, e ti dirò che mi sto godendo la sua... Come si dice? Il contrario di "compagnia"? La sua assenza.»

«Ma Malcolm...»

«E comunque non è la prima volta che prende quella barca del cazzo. Forse crede di esserne il padrone, ora che il figlio dei Mackey è via.»

Phillip Mackey si diplomò con onore all'accademia militare la primavera successiva. Del incendiò degli autobus, si fece crescere la barba e continuò a prendere ordini da un comandante di diciassette anni sospettato di essere un comunista e un omosessuale.

Se penso a Tee-Tee Allain, mi viene in mente mio fratello. Non che io pensi molto a lei. Qualche volta, quando vedo delle donne con quella stessa espressione vuota, imperscrutabile, vedo la faccia di Tee-Tee mentre Del le porgeva i cioccolatini il giorno di San Valentino. Aveva sempre quell'espressione vacua. Forse fu questo che colpì Del. È un'espressione particolare, che ho visto immortalata soprattutto nei cartelloni dei cosiddetti *gentlemen's club*. Le donne più convincenti ti guardano con quella stessa espressione vacua nel viso. Come se sapessero vuotarsi di tutto per non ostacolare le fantasie del *gentleman* di turno.

Tee-Tee se ne andava in giro, ignara, seguita dall'ossessione di Del per lei. Le stranezze dell'amore. Se non è ricambiato, è invisibile. Anche se sai che qualcuno lo nutre per te, non è altro che un noioso promemoria della tua indifferenza. Uno s'impala sulla propria ossessione, l'altra si ingozza di cioccolatini, giocando a palla avvelenata a piedi nudi, con i capelli lunghi sul viso, lo sguardo sperduto nel vuoto, la bocca socchiusa come se chiuderla fosse troppa fatica.

Del si diede per vinto circa un anno prima di sparire. L'ultimo tentativo fu quando invitò Tee-Tee al cotillon. L'aveva già invitata Phillip Mackey, e io credo che a convincere Del a lasciar perdere fu il fatto che lei si era fissata su Phillip.

Papà aveva deciso, col signor Diaz-Hart, l'avvocato della società, che Del e io avremmo accompagnato al ballo le sue due figlie minori. Mamma voleva che ci andassimo con le Lederer, ma per papà si trattava di affari, e comunque aveva già organizzato tutto. La figlia maggiore dell'avvocato Diaz-Hart, Mirta, sposò Fidel Castro nel 1948. Le nozze furono celebrate nella chiesa che dava sulla piazza di Banes, l'altra città zuccheriera della United Fruit, a una cinquantina di chilometri di distanza. Pare assurdo che Fidel volesse sposare una ragazza della buona società il cui padre si dava da fare per aiutare gli americani a evadere le tasse e a eludere le leggi cubane sul lavoro. Erano ricchi cubani americanizzati. Andavano in vacanza negli Stati Uniti, leggevano "Look" e "Life", e a colazione mangiavano cornflakes. I vestiti delle figlie venivano dritti dritti dalle pagine di "Vogue". Mirta finì per inviare le carte del divorzio direttamente al campo dei ribelli. Immagino si fosse resa conto che Castro non sarebbe mai stato il marito che guida una Buick nuova e le passa un assegno mensile per lo shopping. Io credo che Castro la sposò per mettere un'altra tacca sul calcio della pistola. Voglio dire che un nemico che va a letto con tua figlia ha un certo vantaggio su di te. Ma credo anche che volesse dimostrare qualcosa, che ci tenesse ancora a entrare in un mondo elitario dal quale i cubani erano esclusi, benché al contempo lo stesse distruggendo. Forse ci tiene ancora. Quando Castro era a Tampico a progettare l'invasione, si racconta che vide questo panfilo bianco scintillante sul fiume Tuxpán e dichiarò: «Eccolo: io vado a Cuba con questa barca». Quella barca divenne famosa: il *Granma*, che fino al 1959 i quotidiani in lingua inglese chiamavano *Gramma*. Era un'imbarcazione da diporto proprio come lo yacht della nostra società, il *Mollie and Me*. Venti metri. Capace di ospitare fino a venticinque persone, con finiture di teak laccato e tappezzerie staccabili di pelle bianca. Se vuoi invadere un Paese ci vai a bordo di una motosilurante, non di uno yacht con l'armadietto dei liquori incorporato! Castro disse poi che la barca gli era apparsa in una visione, e in un certo senso era proprio vero: era una visione della *Mollie and Me*, che naturalmente aveva visto un'infinità di volte ancorata davanti al country club di Preston. Ci stiparono ben ottantacinque uomini, su quel piccolo yacht. Per poco non affondò, e poi fecero naufragio e si arenarono a nordest di Nicaro. Come se non bastasse, mentre fuggivano sui monti gli uomini di Castro si misero a mangiare canna da zucchero, e da perfetti idioti si lasciarono dietro una scia di canna masticata. Batista la seguì e mandò gli aerei. Puoi nasconderti in un campo di canna da zucchero se ti inseguono a piedi. Ma non se lo fanno a bordo di un aereo. Sei Cary Grant che viene braccato da un aereo per irrorare le colture in *Intrigo internazionale*.

Al cotillon, Del si sedette lungo il muro, guardò fisso Tee-Tee per tutta la sera e si rifiutò di ballare con Alina, la figlia di Diaz-Hart. Ci ballai io, con lei, anche se era trenta centimetri più alta di me. Portava guanti bianchi di cotone, e le sue mani erano più grandi delle mie. Facevo i turni tra lei e la sorella. Non era un problema per me.

Quando papà ci informò dei suoi programmi per il ballo, Del protestò. Disse che le Diaz-Hart erano "superficiali". Non gli chiesi come facesse a sapere che Tee-Tee non lo era, superficiale, visto che non apriva mai bocca. Ero un ragazzino. Non sapevo nulla dell'amore, del fatto che un giorno vedi una persona e basta questo, sia che quella parli o stia zitta, a far sì che il mondo sia improvvisamente diverso, un posto misterioso e più vivo al quale puoi accedere solo grazie a lei. E questo mondo nuovo e migliore diventa insulso e muore quando quella persona se ne va.

Quando cominciarono i balli Phillip Mackey ballò con Tee-Tee. A un certo momento cercò di metterle la lingua in bocca, e lei gli diede un morso sul viso. Lui si lasciò sfuggire un guaito, e tutti si voltarono a guardare. Gli aveva lasciato una mezzaluna rossa sulla guancia con i denti. Sembrava lo avesse azzannato un cane.

Non credo che Phillip provasse un interesse particolare per Tee-Tee, e non lo avrebbe provato nemmeno se lei gli avesse permesso di metterle la lingua in bocca, la mano nella scollatura del vestito eccetera. E forse anche l'eccetera non avrebbe significato alcunché: molti dei ragazzi più grandi facevano pratica con poca spesa. Papà fece chiudere quelle case, ma le riaprivano sempre. C'era un tale che procurava ragazze di campagna. Venivano in barca dalle Antille. Le vedevi con queste espressioni arcigne sul viso, che si sventolavano per il caldo. Sapete perché si chiamano quartieri a luci rosse? Nella provincia di Oriente, i frenatori delle ferrovie lasciavano fuori le lanterne quando visitavano quei posti. Se arrivava un treno e c'era bisogno di loro, potevano essere richiamati in servizio. A volte, la notte, c'erano due o tre lanterne rosse che brillavano come boe lungo la fila di baracche dove lavoravano le ragazze delle Antille.

Dopo la sera in cui lo morse sulla pista da ballo, Tee-Tee cominciò a seguire Phillip Mackey come un'ombra. Quando i ragazzi di Nicaro venivano a fare il bagno nella piscina di Preston, Tee-Tee si sedeva sul bordo vasca con le gambe bianche piene di lividi immerse nell'acqua, a guardare concentrata e cupa Phillip che faceva i tuffi dal trampolino alto. Lui diceva a tutti che lei gli faceva venire la pelle d'oca, perché lo fissava come se volesse catturarlo con una rete.

I genitori comprarono a Phillip una barca, e lui e Del cominciarono ad andare a pesca insieme. Tutt'a un tratto l'ossessione di mio fratello per Tee-Tee fu rimpiazzata da quella per la pesca. Un giorno lo sentii unirsi ai commenti dell'amico sulla ragazza "da brivido" che non voleva lasciarlo in pace, senza dire una parola sulla propria antica ossessione per quella stessa ragazza "da brivido" durata anni della sua vita.

Phillip teneva la barca all'ancora nella baia di Levisa, vicino allo stabilimento per la lavorazione del nickel. Lui e Del fecero amicizia con gli impiegati cubani della miniera che pescavano dal molo, ragazzi più giovani originari delle campagne intorno a Mayarí. Un paio di mesi prima che andassimo a stare dagli Havelin per Natale, nell'ottobre del '57, i Mackey ricevettero una telefonata da Chatsworth: Chatty, il guardiano di Saetía che mi aveva regalato lo strombo montato in argento. Chatty disse che Phillip stava combinando qualche guaio. Fu allora che i Mackey lo mandarono via.

Alla festa degli Havelin, sul tardi, arrivarono questi strani cubani, ministri del governo di Batista. Deke, papà e i cubani si trasferirono tutti nella sala biliardi. Mia madre andò a letto. Io e Elisia, la nipote di Desi Arnaz – *Elizia*, diceva lei, come se le mancasse un dente davanti – ce la svignammo per una nuotata notturna in piscina.

Ci divertimmo a fare i pagliacci e a spruzzarci, io a tuffarmi a bomba, cose innocenti. Poi uscimmo dall'acqua, ed Elisia mi spinse dentro una *cabaña*. Ricordo che i suoi baci erano piuttosto aggressivi. Ci stavamo baciando quando lei si tolse il costume bagnato: lo arrotolò verso il basso e se lo sfilò, e a quel punto mi buttò le braccia al collo. La sua pelle era fredda nei punti prima coperti dal costume, ma il calore del suo corpo cominciava a filtrare da sotto il freddo. A Preston con le ragazze ero arrivato alla seconda base, ma mettere la mano sotto una camicetta non è come trovarsi davanti a una cubana già oltre la pubertà col costume da bagno arrotolato intorno a una caviglia. La verità è che *Elizia* era pronta per cose molto più arrischiate di quelle per cui potevo essere pronto io. A conti fatti, io non lo ero per niente. Avevo freddo. Ero nervoso. Ma lei fu molto dolce, e disse che avremmo potuto ritentare. Non fu così, ma quel secondo tentativo accadde mille volte nella mia mente, e non fu affatto maldestro, come sarebbe stato probabilmente nella vita reale.

La mattina dopo c'era una pioggia fitta e incessante. Mia madre venne a svegliarmi. Mi ci volle un minuto per ricordarmi della sera prima nella *cabaña*. Mi chiedevo se mia madre aveva capito. Diceva sempre che una madre riesce a percepire la presenza di suo figlio, che ne riconosce l'odore come nessun altro. Se avevo schiacciato un pisolino sulla veranda, lei lo sapeva perché sentiva l'odore sui cuscini del divano dove avevo posato la testa. Chissà se avevo addosso l'odore di Elisia Arnaz. Certo, non volevo che mia madre scoprisse qualcosa, ma poi, ecco, ancor oggi mi rattrista pensarla ingenua, incapace di sentire l'odore di un'estranea su di me. Le madri sono possessive. Alla mia non avrebbe sicuramente fatto piacere l'idea di me nudo in una *cabaña* con una ragazza, fosse o non fosse dell'alta società. Per lei sarebbe stato più accettabile se avessi corteggiato come si deve una ragazza di sua conoscenza e gradimento. Credo che volesse farmi uscire con Everly Lederer, e ricordo di essermi svegliato sentendomi un traditore.

Un domestico portò la colazione nella dépendance con un carrello: uova in camicia, pancetta, succo di guava, burro e panini. Mia madre disse che papà si era alzato presto per andare a lavorare all'Hotel Nacional. Venendo tanto spesso all'Avana per affari, teneva una suite al Nacional da usare come ufficio. Lo Yacht Club stava per dare il suo *tea party* annuale: lo facevano ogni anno, il giorno dopo Natale, ma mia madre disse che ne aveva abbastanza di feste e mi chiese se invece non volessi vedere un film al cinema con lei. Uno degli autisti degli Havelin ci portò alla Rampa per una matinée, mia madre con un impermeabile verde col bavero di velluto nero, io ancora segretamente olezzante di Elisia Arnaz.

Vedemmo *Il pilota razzo e la bella siberiana*, e ricordo di avere pensato che era un film piuttosto bello. Poi andammo a El Louvre a prendere il gelato. All'Avana c'erano questi locali francesi – le Tuileries, El Louvre –, ma di francese avevano solo il nome. C'erano più antenati francesi nella provincia di Oriente, discendenti dei piantatori che avevano cominciato a coltivare il caffè nella Sierra del Cristal, sopra di noi, quando erano stati espulsi da Haiti dai neri. La cultura non era propriamente quella che avresti chiamato "francese": c'erano dei Rousseau e dei Carpentier sulle montagne e a Santiago, ma non erano molto diversi dai cubani facoltosi, a parte il fatto che ballavano quadriglie e minuetti, e che i loro domestici ti chiamavano *maître*.

El Louvre era famoso per il sorbetto, ma a Natale potevi chiedere la neve tropicale: una crema pasticciera ghiacciata al gusto di guanabana sotto un grosso strato di scaglie di cocco. Non c'era nulla di più squisito della neve tropicale. Il locale era famoso anche per i *delicados*, cognac e gelato frullati nella macchina per fare il frappé. Mi viene mal di testa solo all'idea di un frappé di cognac.

El Louvre era un posto elegante: tavoli di marmo, pavimenti di marmo, camerieri in abito da cerimonia, una fontana in mezzo alla sala con l'acqua che zampillava dalla bocca delle ninfe. Io scucchiaiavo nella neve tropicale e mia madre beveva caffè nero. Aveva l'aria preoccupata, e sapevo che stava pensando a Del. Era stato crudele da parte di papà costringerla a partire senza di lui, lasciandolo a casa da solo. Ben altra cosa rispetto a imporle dei limiti, come capitava che facesse quando lei voleva distribuire cibo alla gente dalla porta di servizio.

Quando mi alzai per andare in bagno, passai davanti a un uomo anziano seduto a un tavolo con una ragazza molto più giovane di lui. Non li guardai finché non mi trovai praticamente a ridosso del loro tavolo, e solo una volta arrivato in fondo al corridoio che portava al bagno mi resi conto che l'uomo anziano era mio padre. Non mi aspettavo di vedere papà in una gelateria, e sicuramente non in compagnia di una ragazza che non conoscevo. La mente si preoccupa di correggere ciò che non le pare ragionevole, e io pensai semplicemente che non era lui. Uscii e dovetti passare nuovamente di fianco a loro. Lui mi voltava le spalle, ma erano le spalle di mio padre. Pensai che doveva esserci un errore, però non capivo di che errore si trattasse. Lei mangiava un gelato e lui no, proprio come io mangiavo il gelato e mia madre no. Soltanto che lei non era una bambina. Aveva diciotto o vent'anni ed era bella, ma di una bellezza un po' viziosa, con il trucco pesantissimo e i tacchi alti, una di quelle bionde platino con i capelli come Lana Turner. Indossava un vestito troppo stretto. Tornando al nostro tavolo, tesi l'orecchio alle voci e all'acciottolio dei piatti, ed ebbi quella sensazione distaccata e sognante che ti prende nei momenti della vita in cui le cose diventano bizzarre all'improvviso.

Sono certo che mia madre li aveva visti. E forse anche loro avevano visto noi, perché quando tornai a sedermi erano spariti. Strano pensare che erano scappati via come se fossimo la polizia, o la Guardia Rurale o, peggio ancora, come se fossimo dei perfetti estranei.

Deke Havelin era quel tipo d'uomo che dice scherzando ad alta voce davanti alla moglie di essere "sposato ma scapolo". Oppure "sposato ma con gli occhi aperti": l'altra battuta era questa. Faceva la figura di uno al passo con i tempi, un magnate del rayon, un conquistatore di donne. Era una commedia. Quella che comandava era Dolly, e lui l'adorava.

Papà diceva a tutti che aveva visto mia madre per la strada nell'Indiana e che si era detto: chi è questo angelo che mi viene incontro? Mia madre faceva tutto alla perfezione. Era attraente e sempre elegante, e aveva la massima cura di sé. Non perdeva mai la calma, andava in campagna a cavallo a prendere bambini malati o ritardati da portare all'ospedale della società. Mia madre era perfetta, ma non sempre la gente vuole la perfezione.

Perché papà quel giorno fu così imprudente? La domanda continua a tormentarmi ancora oggi. Probabilmente credeva che fossimo al tè dello Yacht Club, insieme agli Havelin, oppure aveva semplicemente deciso di correre il rischio. O forse sapeva che lei lo avrebbe tollerato.

La gente dice che uno scopre il segreto di un altro e all'improvviso si sente un estraneo. L'uomo in compagnia della ragazza non mi sembrò un estraneo. Era mio padre, gentiluomo all'antica e rozzo montanaro del Mississippi allo stesso tempo, scarpe bianche scamosciate e *demi-demi*. Papà, che era in intimi rapporti con quella ragazza com'era in intimi rapporti con mia madre, ammesso che con mia madre lo fosse ancora. Sono ben felice di continuare a ignorarlo. Non so chi fosse o se la vedesse regolarmente o cosa. Ma era là seduto come un padre paziente, e quella ragazza leccava il gelato metodicamente, seriamente, come fanno i bambini.

Quando tornammo a Preston, la valigia di Del era ancora nell'ingresso. Mia madre svenne. Hilton Hardy e Henry Das la portarono di sopra mentre papà e io scaricavamo la macchina. Normalmente Hilton e Henry non si rivolgevano la parola, e nemmeno si guardavano – c'entrava col fatto che Henry era in parte indù. C'erano mille questioni di lana caprina tra quei ragazzi. Cinesi, neri, mulatti e chi più ne ha più ne metta. Papà e mamma trovavano divertente che l'autista snobbasse il maggiordomo. Parlavano di Henry e Hilton che non volevano avere rapporti come se si trattasse di una rivalità tra fratelli.

Papà fece delle telefonate. Crim, Mackey, Allain. Chiamò Diaz-Hart. E Lito Gonzalez. Lito Gonzalez parlava un inglese perfetto, ma al telefono papà gli rivolgeva la parola in spagnolo. Gliel'avevo visto fare, parlare cioè con Gonzalez in spagnolo mentre questi gli rispondeva in inglese. Papà diceva che Gonzalez era uno di quei tipi ai quali interessavano solo i soldi e che odiavano gli americani. «Alla prima occasione ti dà una coltellata nella schiena» diceva. Il telefonò squillò, e non era né Crim né Diaz-Hart. Era Gonzalez.

Dopo aver riattaccato, papà disse che tutto faceva pensare che Del fosse finito accidentalmente nel territorio controllato dai ribelli, e che avremmo dovuto trovare un modo per farlo uscire da là senza pericolo.

Un mese più tardi, bruciarono i nostri campi di canna da zucchero. L'incendio infuriò per quasi una settimana, finché la pioggia arrivò e spense le fiamme. Dopo, i braccianti tagliarono e frantumarono la canna bruciata, e la fecero passare tra i rulli dei mulini in masse annerite e gommose. Se fossero riusciti a lavorarla tutta in una settimana, disse il signor LaDue, la canna avrebbe ancora avuto un certo contenuto zuccherino. La pioggia aveva trasformato la città in un gigantesco portacenere bagnato, e poi nelle caldaie dello zuccherificio cominciò a scorrere lo zucchero bruciato. Era diverso dall'odore delle piantagioni incendiate. Più acre e metallico, come aria avvelenata che colpisse la lingua. Mi faceva pensare al caldo odore di malto cui eravamo abituati, e a com'era puro.

In una capanna abbandonata nel *batey* dei tagliatori, i fratelli Allain avevano trovato pile di volantini che invitavano i braccianti a scioperare, e fogli con diagrammi e istruzioni per incendiare i campi: lega uno straccio imbevuto di cherosene alla coda di un ratto e liberalo in mezzo alle canne da zucchero. Anche un gatto sarebbe andato bene. Ecco perché nessuno era venuto ad aiutare a spegnere il fuoco. Tenevano fede all'impegno di scioperare. Poi tornarono tutti al lavoro, e papà, che aveva bisogno di loro, non ebbe altra scelta che lasciarli fare. Chiese anche il mio aiuto: dovevo solo sorvegliare i braccianti mentre scaricavano la canna dai vagoni, tenere d'occhio i suoi *peóns*, come diceva lui. Quando ero piccolo, non sapevo che cosa significasse. «Un animale parlante» disse papà. Salvarono quello che potevano, ma noi perdemmo quasi un milione e mezzo di quintali di zucchero. Un quarto del raccolto.

La Guardia Rurale di Batista insediò una guarnigione a Preston, e tutt'a un tratto c'erano degli ufficiali cubani in divisa cachi che facevano la ronda con le armi, e non avevano paura di usarle. Così vanno queste cose. Il giro di vite *dopo* la rovina e il pandemonio. Alle cinque i cubani avevano il coprifuoco, senza eccezioni. Per impedire alla gente di nascondere armi, le donne cubane non furono più autorizzate a indossare gli abiti a sacco allora popolari, e gli uomini dovevano ficcarsi la camicia nei calzoni. La Guardia Rurale fece irruzione in un club per neri di Levisa, il Maceo, e arrestò alcuni degli uomini per interrogarli. Una sera molto tardi, dopo mezzanotte, un ufficiale venne a bussare alla porta di casa nostra. Henry Das andò ad aprire, e l'ufficiale disse che volevano parlare con me. Henry Das pensò che avessero sbagliato nome e che intendessero papà, ma l'ufficiale disse di no, dobbiamo parlare col ragazzo. Henry mi svegliò. Mi vestii e dissi a mia madre cosa stava succedendo – papà era all'Avana per affari – e Hilton Hardy mi accompagnò alla stazione della Guardia Rurale. C'erano tutti questi neri in fila, con le mani incatenate dietro la schiena. Ne fecero uscire uno. Il capitano, Sosa Blanco, chiese: «Conosci questo negro?». Era il domestico dei Lederer. Quello strano ragazzo che era venuto a Preston col signor Bloussé. Ogni volta che andavo dai Lederer avevo l'impressione che scomparisse, come se volesse evitarmi. Come avesse paura di essere scoperto, così mi sembrava. E adesso era là, in catene e stava dicendo al capitano Sosa Blanco: «Lui mi conosce. Questo ragazzo mi conosce. Diglielo che mi conosci». Non lo dimenticherò mai. Era come se ci fosse sempre stato un dialogo tra noi, anche se non avevamo mai ammesso che ci eravamo conosciuti tanti anni prima. Non si trattava di stabilire se era colpevole o innocente. Semplicemente, non aveva mai avuto alcuna ragione per rivolgersi a me ad alta voce fino a quel momento. Fu una decisione saggia, a dir poco. «È innocente» dissi, ma si trattava solo di determinare la sua identità. C'era qualche bianco che lo conosceva? In tal caso, è libero. Se no, lo ammazzano con gli altri ragazzi e lo impiccano a un albero lungo la strada maestra. Io non vidi cadaveri sugli alberi. Ma papà era stato categorico quando ci ordinò di non uscire dal cancello, a mia madre e me.

Dissi al capitano che lo conoscevo da quando era piccolo, che il suo padrone era un vecchio amico di mio padre. Quel ragazzo non era stupido. Sapeva che il nome degli Stites avrebbe fatto agli ufficiali cubani più effetto di quello dei Lederer o di qualunque altro americano di Nicaro. Lo lasciarono andare.

A dispetto delle nuove leggi e del coprifuoco imposto a Preston dopo l'incendio, continuavano a rubare e danneggiare gli impianti dello zuccherificio. I ribelli portavano via i trattori e mettevano dello zucchero nei serbatoi delle Buick di papà. Saccheggiavano i frigoriferi privati che aveva all'*almacén*. Papà insisteva a macellarsi la carne, e lì aveva dei macellai che impacchettavano ogni cosa in carta bianca, la etichettavano e la conservavano a seconda del taglio. I ribelli non ci lasciarono neanche un sacchetto di frattaglie. Forse dobbiamo ringraziare Del, per questo. A me delle bistecche non importava nulla, ma non sopportavo di vedere mio padre infuriato. Le cose peggiorarono nell'estate di quell'anno, quando qualcuno tirò un cocktail molotov dentro il vagone letto di papà. Non rimase altro che un guscio carbonizzato. Ci entrai qualche giorno dopo. Che cosa terribile, delle poltrone e dei divani di velluto erano rimaste soltanto le molle, come scheletri.

Ho sempre pensato a quel vagone come al vagone di Panda, anche se lo chiusero a chiave dopo che lei vi si era installata e con le mani sporche aveva lasciato le sue impronte dappertutto. Aveva tagliato con le forbici delle strisce dalle tende di velluto, e dovettero cambiare tutta la tappezzeria perché non c'era più stoffa dello stesso tipo. Gli Allain furono costretti a rimborsare il danno, ma nessuno se la prese con Panda. Come fai a prendertela con una bambina come lei, sempre seria e con una voglia sul viso che sembrava che qualcuno le avesse rovesciato un bicchiere di vino rosso sulla faccia? Il signor Flamm prelevò il risarcimento un po' alla volta dalla busta paga di Rudy. La United Fruit era fatta così. Alla buona. Trattavano le persone come persone e le famiglie come famiglie. Se gli operai avevano delle rimostranze contro di noi, prima dovevano rivolgersi a un cubano. Il cui compito era cercare di aggiustare le cose amichevolmente, da cubano a cubano. Se un operaio piantava grane, rubando o bevendo troppo brandy di canna nell'intervallo, questo stesso cubano andava a dirgli due parole. Erano molti gli operai che bevevano negli intervalli, invece di comportarsi assennatamente e concedersi un pasto regolare. Facevano un liquore con lo sciroppo scartato dopo l'ultima fase della centrifugazione. Si chiamava *la miel final* – il miele finale – ed era assolutamente insapore.

I problemi che loro avevano con noi, e noi con loro... l'idea era che si cercasse di risolverli con i propri simili, da isolano a isolano. Era un modo di fare le cose molto all'antica.

La Guardia Rurale aveva una filosofia diversa. Jesús Sosa Blanco, il capitano, lo aveva fatto uscire dal carcere Batista. Sosa Blanco aveva ucciso la moglie, la suocera e la cognata. Batista rilasciava stupratori e assassini: chiunque si arruolasse veniva messo in libertà. La Guardia Rurale era come una versione locale, interna, della Legione Straniera francese, i cui effettivi andavano bene per fare il lavoro sporco nelle colonie, ma non per essere liberi cittadini della Francia. Alla fine, quando Batista se la svignò dall'isola, nel cuore della notte, finalmente rassegnato al fatto che aveva perso e la rivoluzione era imminente, c'era forse un posto per il capitano Sosa Blanco, assassino ed ex carcerato, sul DC-4? Naturalmente no. Fu processato nel Palazzo dello Sport, dove papà mi aveva portato quel Natale a veder combattere Sugar Ray Robinson. Migliaia di persone guardarono dalle tribune il plotone di esecuzione che lo giustiziò. Io lo vidi alla CBS.

Le rivoluzioni iniziano con gli incendi. Così fu ad Haiti nell'ultimo decennio del Settecento. A Cuba nel 1844 ci fu La Escalera, quando gli schiavi diedero alle fiamme alcune delle più grandi piantagioni di canna da zucchero spagnole nella provincia di Oriente. Gli schiavi che guidavano queste rivolte venivano chiamati "re" e "regine" e davano il segnale di appiccare l'incendio. Quando la ribellione veniva finalmente soffocata, gli spagnoli giustiziavano non soltanto i suoi leader "reali" ma anche migliaia di schiavi, molti dei quali probabilmente innocenti. I proprietari delle piantagioni legavano gli schiavi a delle scale – ecco la "escalera" – e li frustavano fino ad ammazzarli. Naturalmente, nessuno veniva più frustato a quel modo nella Cuba degli anni Cinquanta, ma la situazione che papà si trovava a dover affrontare non era poi tanto diversa, tranne per il fatto che non c'erano né re né regine – solo dei "compagni" – e che non era lui a infliggere le punizioni. Questo è uno Stato moderno, che aveva una polizia segreta – il Servicio de Inteligencia Militar o SIM – e la Guardia Rurale guidata dal capitano Sosa Blanco. Ma con una storia di tumulti e di rivolte certe idee, certe lezioni, sedimentano: come la convinzione che sia necessario soffocare queste cose prima che ti sfuggano di mano. E che l'unico modo efficace per farlo sia con la violenza.

Fu un'idea di Sosa Blanco che a ogni indigeno si dovessero incerare le mani con la paraffina. Se la cera mostrava tracce di nitrato, quella persona aveva usato un'arma. Non si prendevano la briga di arrestare i sospetti. Li fucilavano sul posto, se non peggio. Sul ciglio della strada tra Preston e Mayarí, Sosa Blanco bruciò vive cinque persone, quattro uomini e una donna che avevano, tutti, tracce di nitrato sulle mani. Le attaccò agli alberi e sotto vi accese un falò, come se stesse arrostendo cinque maiali per Capodanno. Io non avrei dovuto saperlo, in teoria, ma Hatch lo disse a Curtis e Curtis lo disse a me. La verità è che chiunque lavori in campagna e usi dei fertilizzanti ha per forza del nitrato sulle mani.

Cominciai ad ascoltare la radio clandestina dei ribelli, Radio Rebelde, tutte le sere. Non riuscivamo ad avere notizie complete. Il nostro giornale, l'"Havana Post", era quasi interamente coperto d'inchiostro nero. Le uniche cose che restavano da leggere erano le ricette della torta rovesciata all'ananas, le offerte di lavoro per domestici dalla pelle chiara e le stupide rubriche mondane su persone come Deke e Dolly che organizzavano un ballo di beneficenza. A causa della censura, tra gli americani iniziò a serpeggiare un senso di disagio, e io credo che questa fu la ragione principale per cui quella primavera la domanda di iscrizione di Batista allo Yacht Club fu bocciata. Papà era andato all'Avana per votare. Chissà che altro faceva all'Avana, papà? Ci si poteva aspettare che uno o due soci avrebbero votato per il presidente, e invece votarono tutti contro. Batista era un mulatto. Qualcuno diceva che era un *achinado*, cioè in parte cinese. Certo, il colore ebbe un peso nel generale rifiuto degli americani di accoglierlo nel club.

Clavelito faceva ancora il suo programma, ma non era la sua voce che sentivo nei *bohios* quando passavo da quelle parti in bicicletta. Tutti erano sintonizzati su Radio Rebelde per sapere cosa stava succedendo. Poi i ribelli mandarono in onda Violeta Casal, e così si ascoltavano le notizie e si ascoltava Violeta Casal.

Violeta Casal era un'attrice arcinota che sui giornali e alla televisione faceva la pubblicità dei detersivi per il bucato in scaglie Pompeii. Sentendo la sua voce soave leggere le notizie alla radio mi veniva in mente la modella del detersivo, una ragazza palpitante con le fossette e capelli neri ondulati. Pensavo molto a lei, e mi dimenticai completamente di Elisia Arnaz.

Violeta Casal annunciò che Fidel aveva ordinato di bruciare prima di tutto la canna da zucchero della sua famiglia, perché erano anche loro dei latifondisti sfruttatori. Credo che non si possa dargli dell'ipocrita. Forse non furono i primi, ma è vero che bruciarono i campi di canna da zucchero di Ángel Castro. La madre di Fidel, Lina, era furiosa. Il vecchio era morto l'anno prima. Papà era andato al suo funerale, nella chiesa di Banes dove Fidel sposò la Diaz-Hart.

Violeta Casal parlava di miracoli, ma erano miracoli diversi da quelli di Clavelito, in genere vincite alla lotteria, o rimedi per problemi coniugali, o ernie, o per la mancanza cronica di puntualità di cui, secondo Clavelito, un mucchio di gente soffriva. Violeta Casal dichiarò che c'erano segni miracolosi che i ribelli stessero trionfando. Quando fu bombardata la miniera di rame El Cobre, sopra la città di Santiago, l'unica cosa che non rimase danneggiata fu la Vergine Nera nella chiesa di El Cobre. La sua vetrinetta non si incrinò nemmeno, mentre tutt'intorno c'era solo una distesa di macerie. Violeta Casal disse che la Vergine Nera guidava la lotta e avrebbe salvato i cubani dalla corruzione di Batista come aveva salvato tre minatori nel 1628. Una terribile tempesta era scoppiata mentre i minatori erano fuori a pescare, e la loro barca si era rovesciata nella baia di Nipe, che è la nostra baia. Stavano per annegare quando la Vergine Nera li raggiunse su un ceppo di legno. I minatori vi si aggrapparono e si salvarono. I cubani la nominarono santa patrona dell'isola. La portarono a

Santiago passando per la vecchia mulattiera che attraversa la tenuta di Ángel Castro. I neri andavano a El Cobre a pregare la Vergine Nera di fargli avere dei figli sani. I *pardos*, cioè i cubani con la pelle più chiara, pregavano il santo più bianco che potessero trovare, sperando di avere dei bebè con la pelle chiara.

Per molto tempo non ci furono notizie di Del. Papà diceva che era una questione di famiglia, da non discutere con gli altri americani. Era particolarmente dura per mia madre, dover fingere che tutto andasse bene quando in realtà suo figlio era sparito. Comunque, lo sapevano tutti. A Everly l'aveva detto il cameriere. L'impressione era che tutti i neri sapessero la verità sulla vicenda. Cominciavo a chiedermi se Annie lo sapesse. Ma ne dubito. Praticamente, lei faceva parte della famiglia.

Qualche settimana dopo l'incendio della canna da zucchero arrivò finalmente una lettera di Del. Parliamo del marzo 1958. Del mancava da tre mesi, da Natale. Quello fu il momento in cui mio fratello mi sembrò un estraneo. Papà con una puttana è sempre papà. Ma a quella litania di Del non riuscivo proprio ad attribuire la voce di mio fratello. Diceva che l'incendio della canna non aveva prodotto più danni del fosforo che i bombardieri made in USA mandati da Batista avevano sganciato sui *guajiros* nella Sierra del Cristal: gente umile, scriveva, che era onesta e coltivava la propria terra, non terra che apparteneva di diritto a qualcun altro. Del diceva di sperare che papà riflettesse sulla propria associazione con tiranni e criminali, e che tutti dovevamo pensare al significato della parola giustizia.

L'unica parte somigliante al vecchio Del era il poscritto: "Come sapete, detesto scrivere lettere. Così, questa l'ho dettata".

15

L'eco di una voce femminile, americana, arrivò fino alla sua finestra, attraverso il costante tamburellare della pioggia.

«Perché non me l'hai detto?» gridava la donna, lamentosa e sbronza. «Perché non me l'hai detto?»

Rachel K aveva sparpagliato le cartoline sul letto. Ogni due o tre mesi ne trovava una nella cassetta della posta. *Saluti dalle rive del Tago. Saluti dalle rive della Neva. Saluti dalle rive della Senna,* annunciavano. Ma l'immagine era sempre la stessa: la litografia di una donna distesa su un'ottomana carica di cuscini, con una fascia di stoffa trasparente intorno ai fianchi che le impediva di essere completamente nuda.

Sul rovescio di ogni cartolina: "Saluti dalle rive del nulla, Christian".

I timbri erano sbavati e sbiaditi, ma qualcuno si leggeva: Algeri, Dakar e Port-au-Prince, Haiti.

Mise via le cartoline quando udì il suono familiare del doppio colpo di clacson dello chauffeur di Batista.

Batista stava parlando al telefono. Lei si sedette su uno dei divani nella Stanza Verde: la tappezzeria e le tende oro e verde lime che lei conosceva bene la mettevano in uno stato d'animo diverso, ora che era la Stanza Verde di Batista e non la Stanza Verde di Prio. Non era più di Prio da ben sei anni, eppure Batista sembrava ancora fuori luogo, in quella stanza, con il suo imperioso décor, il broccato dappertutto, e i giganteschi lampadari.

«Capisco... Sì, grazie. Questa è una magnifica notizia.»
Batista rimise il ricevitore sulla forcella.

«Hanno finalmente sbattuto in prigione quell'idiota!» Batté il pugno sul tavolo, tutto soddisfatto. «Con l'accusa di aver cospirato contro di me. Crede di poter fare ciò che vuole perché è a Miami. Ma quella testa di cazzo non la farà franca nemmeno se lo dovessero beccare anche solo ad attraversare la strada fuori dalle strisce.»

L'idiota era Prio. Lo avevano incriminato per aver violato le leggi sulla neutralità degli Stati Uniti finanziando gli insorti cubani. Batista aveva stretto un patto con gli americani, in cambio dell'arresto di Prio. Gli americani chiedevano che Batista sospendesse la legge marziale a Cuba, e lui obbedì. Almeno all'Avana, almeno per qualche giorno. La provincia di Oriente, disse, era fuori questione. Non credeva che gli americani avrebbero fatto la loro parte, e invece, appena Batista annunciò pubblicamente il ripristino dei diritti, sospendendo il coprifuoco, il tribunale di Miami emise un mandato di cattura. La polizia andò a casa di Prio e lo arrestò.

Rachel K lo aveva avvertito che il suo cuoco e il suo maggiordomo di Miami risultavano sul libro paga di Batista. «Vuoi dire *Guillaume*?» aveva chiesto esterrefatto Prio. Non voleva credere che chi avrebbe dovuto essere leale non lo fosse. Proprio come Batista era incapace di capire che nessuna delle ragazze – Rachel K o La Paloma o qualunque altra – era leale. Non avrebbero mai osato, diceva Batista, spassarsela con i suoi nemici. Invece lo facevano eccome, e alla luce del sole. Lui non se ne rendeva conto perché semplicemente non lo reputava possibile, benché, allo stesso tempo, non gli sfuggisse il minimo dettaglio di qualsiasi cosa gli capitasse intorno.

Dedicava la maggior parte del suo tempo a soddisfare la propria paranoia, il proprio fragile ego, a prendere meticolosamente nota di chi diceva questo o quello. Metteva sotto controllo telefoni e uffici, quelli di sua moglie, della sua ex moglie, dei ministri, di certi uomini d'affari americani, di tutti i giornali e di Clavelito di Radio CMQ, che sospettava gli avesse fatto una fattura. Il Romanzo: così Batista chiamava la sua filza quotidiana di intercettazioni. Ogni giorno passava lunghe ore ad ascoltare il Romanzo. O a leggerlo, se l'intercettazione era meno delicata e poteva essere affidata a un segretario per la trascrizione.

Anche se aveva mandato a chiamare Rachel K, quella sera si lasciò assorbire dal Romanzo a tal punto da dimenticarsi della presenza della ragazza là seduta su un sofà accanto alla sua scrivania. Era consumato dall'euforia per l'arresto di Prio. «Dopo questa notizia elettrizzante, *devo* ascoltare gli sviluppi odierni del Romanzo» disse, e si mise ansiosamente una cuffia sulle orecchie. Rachel tolse dalla borsetta un taccuino e una matita, per prendere brevi appunti. Spiava Batista apertamente, come lui spiava altre persone con i suoi complicati apparecchi.

Batista prendeva appunti intercalando qualche commento qua e là, con le bobine del registratore che facevano clic a ogni giro. Parlava molto forte, perché la cuffia lo rendeva sordo al volume della propria voce.

Amava di più ascoltare il Romanzo piuttosto che leggerlo. E idealmente ascoltarlo quando era "appena uscito dal forno", cioè fresco. Il Romanzo era la sua ossessione e il suo argomento di conversazione preferito. Leggendolo, aveva detto una volta a Rachel K, a volte si potevano ricavare informazioni che non si potevano avere solo ascoltandolo, perché le frasi apparentemente prive di senso, o dette a mezza voce, o in tono concitato, o aggiunte in fretta alla fine di una conversazione, se le vedevi lì, scritte a macchina, assumevano la stessa importanza delle altre. Con un clic le bobine ripresero a girare, e si fermarono. Batista scribacchiò freneticamente con la penna.

«Lo sapevo!» disse, e schiacciò rewind, poi stop, poi play.

Ascoltò e fece un cenno affermativo con la testa, prendendo appunti. «Va' pure avanti. Voglio vederti, te e il tuo "piano speciale".» Stava parlando con le voci che gli arrivavano in cuffia. «Vieni pure che ti faccio una bella sorpresa. Fare un'imboscata? A *me*? Sei già morto, bastardo.»

Conosce il piano del DR, scrisse in fretta Rachel K nel suo taccuino, mentre Batista era troppo occupato per notarlo. Il DR, o Directorio Revolucionario, era un altro gruppo di insorti convinti che prendere d'assalto il palazzo e assassinare il presidente fosse il piano d'azione più efficace. Fidel e l'M-26 erano contrari. Prio favorevole. Dava soldi sia al DR che a Fidel, per aumentare le proprie possibilità puntando su due cavalli. Batista sembrava elettrizzato dalla scoperta. La penna gli tremava tra le dita. Il Romanzo, pensò Rachel K, Batista lo avrebbe trovato troppo noioso, se non fosse stato per la sua masochistica promessa di far emergere le prove che lui era stato tradito. Come un amante geloso, voleva una conferma di ciò che temeva. Il dirigente della United Fruit le chiedeva sempre delle sue altre *liaisons*. L'idea sembrava ferirlo, e tuttavia la tormentava per conoscerne i dettagli. Quando Rachel K rifiutava di parlarne, lui si lanciava nelle proprie fosche ed elaborate descrizioni, assaporando e disdegnando al tempo stesso le proprie fantasie su di lei insieme ad altri uomini, come un predicatore che assaporasse e allo stesso tempo disdegnasse il peccato di sodomia dicendo ripetutamente "sodomia", quasi che la parola stessa potesse avere un effetto erotico. Il repertorio del dirigente contemplava due posizioni, quella del missionario e quella della lavandaia, cioè da dietro. Rachel K non amava la posizione della lavandaia, non perché volesse guardarlo in faccia – non ci teneva affatto – ma perché i vecchi avevano delle pinze al posto delle mani, che l'afferravano e la stringevano in un modo nervoso e insistente per lei sgradevole.

«Ti lasci scopare da due di questi uomini contemporaneamente?» le chiedeva il dirigente. «Ti scopano alla pecorina? Carponi?»

Lei rideva di lui e lui rideva con lei, sicuro di aver capito cosa c'era di buffo. Poi, inevitabilmente, si eccitava all'idea di queste scene, smetteva di ridere e le ordinava di togliersi, come li chiamava lui, i mutandoni.

Si era ormai addormentata sul divano nell'ufficio di Batista quando lui finì di ascoltare gli ultimi sviluppi del Romanzo. La svegliò, ma non l'accompagnò con fare burbero, come si sarebbe aspettata, nella camera segreta dietro la libreria, fornita di un letto, cioccolatini di Baltimora e pile di riviste pornografiche.

Le stava addosso, la fronte incisa da una ruga di dolore. Lei conosceva quella ruga, che diventava più visibile quanto più lui cercava di cancellarla.

«Chi ha votato contro di me allo Yacht Club?» le chiese.

Era seccato perché al club giusto avevano respinto la sua richiesta di ammissione.

«Come faccio a saperlo? Non sono uno dei soci» disse lei, aprendogli la cerniera lampo per porre fine alla conversazione.

DIO E BATISTA splendevano dal tetto del palazzo in verdi lettere al neon.

Questa è nuova, pensò La Mazière, alzando gli occhi al messaggio luminoso. E perché no? Perché non convertire il palazzo in un casinò evangelico, perché non agganciare il tuo nome a quello di Dio?

Pioveva, e nuvole tempestose avevano offuscato il cielo pomeridiano. I riflessi del neon verde e dei fanalini rossi dei freni delle macchine si fondevano tra loro e luccicavano sulle strade bagnate.

Mentre camminava lungo il Prado, La Mazière sentì qualcuno strimpellare un'*amorandola* su una delle panchine in muratura, cantando una canzone mentre suonava.

«Bonanza, bonanza, saremo tutti ricchi! Bonanza, bonanza, il mare è calmo...»

Era tornato all'Avana da due giorni, durante i quali c'erano stati forse tredici blackout, quattro cinematografi bombardati e un grosso incendio alla raffineria della Shell di Regla, di fronte alla baia. Avevano fatto sicuramente dei passi avanti lì, nei sei mesi che era stato via.

Si accesero le luci del Prado. Erano antiquati papillon, lampioni a gas a forma di farfalla come quelli di Parigi: dettaglio che non aveva mai notato prima. "La Parigi dei Tropici", annunciava la brochure dell'albergo sotto una mappa dell'isola. Sulla mappa, il disegno di una ragazza immersa fino alla vita nelle acque tiepide del golfo, un'amazzone sorgente dal mare con un gladiolo rosso dietro l'orecchio. Nella Plaza de Armas, proprio come a Parigi, si potevano comprare i libri della Obelisk e dell'Olympia, e campioni di antiquata pornografia francese: esposta proprio là sulle bancarelle piuttosto che segregata nell'*Enfer*, all'ultimo piano della Bibliothèque Nationale. Ma le fragili pagine, si era reso conto La Mazière a una più attenta ispezione, erano chiazzate di muffa, rovinate dall'umidità. I batacchi delle porte nell'albergo "in stile francese" dove alloggiava La Mazière erano diventati tutti verdi a causa dell'aria salmastra. E l'enorme specchio nella hall si stava annerendo, perché la stagnola si ossidava a causa della costante umidità. La Parigi ubicata ai Tropici, con la sua umidità, i suoi diluvi e la sua acqua salsa, era come un organo trapiantato in un corpo in fase di rigetto.

Quanto gli era mancato questo sfiorito surrogato di Parigi, e non se n'era nemmeno reso conto. Ma era una cosa che gli capitava regolarmente, a La Mazière, anche se era innamorato di una città, come era successo con l'Avana quando l'aveva visitata per la prima volta: il golpe, il club, la ragazza. Era una città meravigliosa, però Caracas non era da meno, e così Dakar, Sidi Bel Abbès e Ciudad Trujillo.

Aveva appena fatto il suo solito giro triangolare attraverso i Caraibi, dalla Repubblica Dominicana ad Haiti all'Avana.

«Sa perché?» gli aveva chiesto Duvalier, che adesso era il presidente di Haiti, durante la sua sosta a Port-au-Prince, con parole sibilline velate da uno strato di polvere retorica simile alla lanugine dentro il sacchetto di un aspirapolvere.

Duvalier allungò la mano, con un'espressione pensosa e remota, per accarezzare la bandiera rossoblu penzolante da un'asta nel suo ufficio, la cui seta era gonfiata dalla brezza umida che passava tra le sbarre di ferro di una finestra aperta.

«Sa perché il popolo haitiano ama Papa Doc?»

La Mazière attese, perché aveva capito che la domanda era una pausa nel ritmo del discorso e non esigeva una risposta.

«Perché Papa Doc lo ha curato» disse Duvalier.

Parlavano tutti di sé in questo modo, in terza persona. Come se i loro nomi fossero troppo grandi per poter essere chiusi dentro un "io" o sotto l'immagine di un "io". Nomi che rimandavano a entità di cui erano, anche loro, umili servitori. "La sua unità operativa", come aveva detto Hemingway.

«La gente scendeva dai monti ed entrava in città camminando come i granchi, sull'esterno dei piedi. Vede, avevano tutti le piante dei piedi...» gli si ruppe la voce, come se fosse stato vinto dalla commozione. Si schiarì la gola e continuò, in un tono più rabbioso. «Avevano le piante dei piedi rovinate! Così devastate dalla framboesia, che venivano giù dai monti camminando come granchi. Papa Doc gli ha risanato i piedi. Non con la schifosa magia. L'ha fatto con la scienza.»

La gente amava Papa Doc. Eppure, mentre La Mazière era là per informarlo, avevano localizzato una radio degli insorti in un punto all'interno del suo stesso palazzo.

Dal Prado svoltò nel lungomare, El Malecón. Al di là del mare mosso della baia si vedeva il fuoco della raffineria di Regla che ardeva unto, fumoso e inesorabile sotto l'acquazzone. Tenaglie di saette al calor bianco si stagliavano contro il cielo nero, seguite da un rimbombo di massi franati. La pioggia aumentava sempre di più. Scrosciava con tale forza da sembrare capace di erodere i medaglioni e i cartigli sui palazzi del Malecón, come se le loro facciate ornamentali non fossero fatte di arenaria ma di una sostanza più simile allo zucchero, friabile e solubile. La Mazière non aveva l'ombrello. Già zuppo, se la prese comoda, camminando lentamente, oppresso ma anche liberato dalla pioggia.

Da una traversa un uomo svoltò nel Malecón e lo seguì, tenendosi a qualche passo di distanza. Continuarono così per parecchi isolati, con La Mazière che si chiedeva se l'altro lo stesse pedinando. Ma poi i tacchi dell'uomo smisero di battere sul marciapiede bagnato. Doveva essere entrato in un portone. Forse era solo vittima della sua stessa paranoia. Il suo incontro, la sera prima, con uno stravagante personaggio chiamato El Extraño, un ipotetico contatto col Directorio Revolucionario di Prio, lo aveva spaventato, anche se la paura era un sentimento abituale nel tipo di vita che si era scelto. Gli insorti di Prio si stavano addestrando a Miami e quelli di Fidel Castro nella Repubblica Dominicana: due gruppi che in qualsiasi momento avrebbero potuto sollevarsi l'uno contro l'altro e contro La Mazière; e l'uno e l'altro erano incalzati da un terzo pericolo, Batista. C'erano poi Duvalier da una parte e la rivolta che stava montando contro di lui dall'altra, con in mezzo La Mazière, il quale faceva il doppio gioco. E infine c'era il presidente Trujillo nella *ciudad* che portava il suo nome, che era del tutto all'oscuro del fatto che armi cubane venivano spedite dall'aeroporto di Miraflores con la linea aerea commerciale dello stesso Trujillo. L'elenco in realtà non era finito. Faceva girare un po' la testa, armare diverse fazioni in lotta tra loro, sentirsi inseguiti da un semplice rumore di tacchi sul marciapiede alle proprie spalle. Però era una vita alla quale era attaccato, un modo per mettere il dito nelle pieghe più interessanti altrimenti invisibili delle città in cui vagabondava.

La Mazière si era dato appuntamento con El Extraño in un locale vicino all'aeroporto dell'Avana dove si mangiava pollo a cena e si svolgevano combattimenti di galli, un posto che si rivelò ancora più volgare di quanto ci si potesse aspettare, viste le premesse. Vendette a El Extraño le pizze di un film francese sulla pianificazione degli assassini politici, avvertendolo che il film poteva essere utile, ma che era un po' come leggere un libro per imparare a sciare. L'allusione non fu colta da questo Extraño, che appariva stranamente incapace di comunicare attraverso la metafora.

«Voglio dire, non è che prendi e vai sulle Alpi» disse La Mazière nel tentativo di spiegare.

«Io non vado sulle Alpi» rispose El Extraño, lanciandogli un'occhiata sospettosa. «Chi le ha detto una cosa simile?»

«Lo dicevo in senso figurato, capito? Nel senso che non basta leggere un libro sullo sci per diventare uno sciatore provetto. Ci vuole pratica per queste cose. Richiedono esperienza, programmazione e cautela.»

«Questa è Cuba, cazzo. Vede della neve da qualche parte, lei? Qui nessuno va a sciare.»

La faccia di El Extraño luccicava, coperta da un velo di sudore. Per tutta la cena aveva voltato la testa di scatto ogni volta che qualcuno intorno all'arena lanciava un grido di vittoria assistendo al combattimento dei galli. Perché è così nervoso? si chiedeva La Mazière. Sta forse cercando di incastrarmi?

«E l'altra roba?» chiese El Extraño, «Quando e dove?»

«Quale altra roba? Me lo dica lei.» Il tono di La Mazière era calmo e controllato.

«Lo sa già.»

«Se lo so» disse La Mazière, improvvisamente tentato dal proprio debole per i piccoli giochi di parole, «e lei sa che lo so, allora lo sa anche lei. Me lo ricordi, allora: che cosa so?»

«Maledizione. A che gioco sta giocando?» disse rabbiosamente El Extraño. «Che diavolo succede?»

«Forse può dirmelo lei, perché...»

«Il colloquio è finito.» El Extraño si alzò. «Torni a parlare con noi quando vorrà fare sul serio.»

Mentre lo guardava muoversi tra i tavoli per guadagnarsi l'uscita, La Mazière pensò che sarebbe stato meglio per lui non rischiare e incontrarsi con l'addetto all'approvvigionamento di armi dei ribelli direttamente, anche se questo significava dover fare tutta la strada fino alla provincia di Oriente.

Per questa visita, prudentemente, aveva preso una stanza all'Hotel Lincoln, e non al Nacional. Come ulteriore precauzione si era fatto portare dal tassista dall'arena dei galli al Floridita, a qualche isolato dal Lincoln. Il Floridita doveva essere pieno di americani – erano le feste natalizie, l'alta stagione turistica – e se qualcuno degli uomini di El Extraño lo avesse pedinato, lo si sarebbe individuato subito.

Senza accorgersene in un primo momento, La Mazière scelse un posto vicino a Hemingway. Pochi minuti dopo lo scrittore si voltò e lo invitò a ballare. Non era la prima volta. Hemingway non si stancava mai di invitare chicchessia, indifferentemente uomini e donne, come se per lui i clienti del Floridita fossero indistinguibili e gli costasse troppa fatica prendere nota di un dettaglio secondario come il sesso. Nessuno accettava mai di ballare con lui. Per Hemingway invitare la gente a ballare faceva parte della routine, e un partner che avesse accettato avrebbe potuto compromettere l'equilibrio cosmico della sua vita seriale.

La Mazière era occupato a rimuginare sulle probabilità che El Extraño lavorasse per Batista, e a chiedersi chi gli avesse teso un simile tranello. Ma Hemingway insisteva a intavolare una conversazione, lanciandosi in un confuso discorso sulla poesia e sui diplomatici, mentre La Mazière riteneva che lo scrittore dovesse limitarsi a trattare due argomenti soltanto: scopare e l'uso dell'"io". Evidentemente non capiva la cosa più importante riguardo a Saint-John Perse, il quale non si poneva in semplice contrasto con la logica inviando domande elusive al posto della corrispondenza diplomatica. Perse veniva dalla Guadalupa, e le sue poesie erano piene di ricordi succulenti di un'idilliaca infanzia passata ai tropici, crisobalano e le mani fresche di gialle bambinaie, l'odore di creta e violette, latte acido e burro fresco. Però quanto citato da Hemingway non era frutto di un'appassionata elucubrazione, bensì il trattato di Perse sulla violenza e la sconfitta, basato sull'*Anabasi* di Senofonte, la storia di diecimila mercenari greci assoldati da barbari persiani: non per la loro raffinata civiltà, ma per la pregevole brutalità con cui facevano la guerra. A metà della spedizione, il persiano che li ha assoldati viene ucciso, e i mercenari tutt'a un tratto non hanno più uno scopo, ed errando qua e là si addentrano nel cuore di una terra ignota, tagliati fuori dal mondo, dalla legge, strappati da se stessi. In trappola, senza un condottiero, senza viveri, sono costretti a puntare verso nord, a inoltrarsi tra i monti aspri e innevati dell'Asia minore. Sopravvivono solo grazie all'autodisciplina, e devono inventarsi le proprie leggi di popolo nomade e il proprio destino, che, una volta inventato, segna la strada che era stata tracciata per loro. Una strada che possono trovare però solo dopo essersi smarriti. «Il mare! Il mare!» gridano i soldati della retroguardia mentre si avvicinano alla fine del viaggio. Si sono arrampicati su un promontorio roccioso, e le loro grida sono così frenetiche e acute che Senofonte, laggiù, li crede vittime di un massacro. E invece no, tra i picchi frastagliati hanno visto levarsi un frammento del letto blu dell'oceano, l'acqua che li porterà a casa.

Senofonte e i suoi soldati non avrebbero potuto essere più vicini al cuore di La Mazière. Il loro smarrimento e la loro disciplina erano i suoi; e anche le loro peregrinazioni.

Smarrito nelle steppe russe, dove il suo reggimento di Waffen era stato polverizzato e disperso e lui era diventato un animale, mangiando carne di cavallo cruda e dormendo nella neve, non aveva visto un solo frammento della sua patria, ma solo un paesaggio ammantato di bianco e di morte. Aveva vinto la "medaglia di carne congelata", una volta, ma avrebbe preferito mangiare vera carne congelata piuttosto che tornare a combattere contro i bolscevichi. Capiva bene, con dolore, che non si poteva ricreare il momento di ignoranza che precede la tribolazione, la lampeggiante bolla luminosa. Diecimila soldati che partivano in cerca di fortuna, o un uomo solo sulla sua Citroën in viaggio verso la città bavarese di Wildflecken per essere addestrato come ufficiale nelle unità scelte di Waffen, con l'inchiostro ancora umido della svastica stampata sui documenti, profonda ed elettrica violazione del suo essere francese. Confessare pubblicamente, dopo la guerra, aveva significato accettare il semplice fatto che la sua lampeggiante bolla luminosa era stata trascinata via in una marea di tenebre. Eppure desiderava ancora ardentemente una bolla luminosa, un impossibile momento di privilegio e di scompiglio. Tutto quello che gli restava da fare era continuare ad andare finché non avesse trovato una bolla in qualche punto della carta geografica.

Non parlatemi di anabasi, aveva pensato, seduto al bar della Floridita, se volete parlarmi soltanto dell'erba che ondeggia. Dubitava che Hemingway avesse la minima idea di cosa fosse la patria alla quale alludevano sia Perse che Senofonte, un crocevia di volontà e vagabondaggi dove nuovi nemici, nuove guerre, terre nuove e sconosciute – Port-au-Prince, le strade dell'Avana e forse, ora, le montagne di Oriente – erano, in realtà, l'acquea promessa di un focolare.

Smise piano piano di piovere, e il vento spazzò via le ultime nuvole basse e sfilacciate mentre La Mazière proseguiva lungo il Malecón, voltandosi indietro regolarmente per assicurarsi che nessuno lo seguisse. La luna fece la sua comparsa, splendente come uno spicchio d'arancia che sia stato succhiato appena, l'orlo piatto sottile e trasparente.

Svoltò e risalì la Rampa, diretto al Tokio. Immaginava di trovarla sempre là, ancora nella sua *mise* zazou, con le gambe decorate da una rete metallica carceraria che potevi cancellare come aveva fatto lui sei mesi prima, quando aveva lasciato le impronte delle proprie mani sulle sue cosce morbide e poco atletiche.

Era di turno lo stesso barista, col viso incupito dalla stessa melanconia, che gli fece venire in mente Chopin. Non il volto di Chopin, col suo naso a patata, ma i preludi, musica lugubre per la quale aveva un debole.

Si sedette al bar e ordinò un pins'n'needles, il cocktail azzurro corretto con la morfina che al Tokio era diventato un'abitudine per lui. Il suo sapore dolce, da dentifricio, e l'odore familiare della Pam Pam Room, i portaceneri e i liquori e l'olio di tuberosa, lo piombarono nell'atmosfera della memoria sensoriale, delle sere che aveva passato a studiare la ragazza e il suo numero zazou, continuando a farsi domande su di lei anche quando era da solo, e soltanto per scoprire che la sua strana combinazione di freddezza e disponibilità aveva molti strati. Aveva avuto il sospetto, certe volte, che fosse fatta *solo* di strati, come una cipolla, e che se li avesse staccati uno dopo l'altro, per arrivare a un nocciolo, a qualche essenza, a qualche verità, si sarebbe ritrovato con nient'altro che un mucchio di pelli lisce che bruciavano gli occhi, e un odore sulle mani difficile da togliere. La gente diceva di usare il limone, ma il limone non funzionava mai: la mano continuava a puzzare di cipolle finché non aveva finito di puzzare di cipolle.

Lei si mostrava indifferente, come faceva o forse *era* lui. Ma poi, inaspettatamente, si apriva, in un modo quasi allarmante. La Mazière l'aveva percepito tutte le volte che era rimasto con lei, con questa ragazza che, ne era certo, non sarebbe stato divertente sculacciare. Lei non avrebbe opposto alcuna resistenza. È così che vincono le persone come lei, pensò. Ostentando un'indifferenza molto più grande di quella che tu metti in palio all'inizio della partita.

Chiese se "la ballerina di Parigi" lavorava quella sera, e la cosa lo divertì, anche se l'ironia non fu colta dal barista immusonito.

«Questa sera abbiamo La Paloma» disse il barista. «È bravissima, molto bella. Se vuole vedere La Francésa, torni domani.»

Non sono deluso, pensò lui lasciando il club. È solo seccante aver fatto tutta questa strada a piedi sotto la pioggia, cercando di evitare che si bagnasse il regalo, anche se è dentro una scatola a sua volta dentro un sacchetto di plastica. Era una misura da bambina, ma era convinto che il vestito di batista le sarebbe andato bene: quando lo aveva visto nella vetrina di un negozio accanto al palazzo di Duvalier a Port-au-Prince, gli aveva ricordato le ragazzine che correvano sotto i rami di sanguinella al Bois de Boulogne, con i loro abitini rigidi e bianchi come la carta a doppio strato.

Due uomini uscirono dal Tokio subito dopo di lui. Mentre camminava, gli parve di averne percepito la presenza alle proprie spalle. Si fermò a un angolo di strada a qualche isolato dall'appartamento di Rachel K. Guardò a destra e a sinistra, e poi i cartelli stradali, fingendo di essersi perduto. Quando si voltò indietro, i due uomini erano seduti su una panchina, fumando languidamente una sigaretta come se fossero stati là da ore.

Lui girò a sinistra, verso il quartiere di Barrio Chino. Con la coda dell'occhio vide i due uomini spegnere frettolosamente le sigarette.

Le strade del Barrio Chino erano affollate, ora che aveva smesso di piovere. Passò in mezzo alle prostitute e ai sacchi puzzolenti di verdura scartata dai ristoranti cinesi, mentre il calore si alzava dal marciapiede a sottilissime ondate di vapore. Il Barrio Chino non era né finto-glamour né finto-francese. Era un mercato di ragazze arcigne e butterate, e di maschi rifatti come femmine.

«Ehi, tu» disse uno di questi maschi-femmina, avvicinandosi a La Mazière. «Vieni con me.» Lo prese disinvoltamente sottobraccio, avvolgendolo in una nube muschiata di profumo, e gli camminò a fianco.

"Vedete? Sono solo il solito turista stupido che cerca di divertirsi" stava telegrafando La Mazière ai due cubani che lo pedinavano in un modo così evidente. "Il solito turista stupido che sta cercando di, come dire, 'tirarsi su il morale' nel Barrio Chino."

«Dove mi porti, amore?» gli chiese la puttana, intorno al collo un nastro di satin con cui non riusciva a camuffare il pomo d'Adamo che le andava su e giù.

«Permettimi di accompagnarti.»

Nonostante la sinuosità dei suoi movimenti, emanava una virilità che il profumo e i tacchi non potevano nascondere. Prova a tirarle un bidone, pensò lui, e scommetto che diventa più aggressiva e maschile di me.

«Vieni dove vado io» disse, «e vedrai che non te ne pentirai.»

«Vedrai che non te ne pentirai davvero» ribadì, rivolgendogli un'occhiata di approvazione. «Insieme dimenticheremo tutte le nostre pene.»

Mentre le camminava a fianco, gli venne fatto di pensare che quella sua virilità di maschio non era un errore o una cosa che veniva fuori suo malgrado. Al contrario, sembrava un aspetto integrale di ciò che la rendeva irresistibile. Il pomo d'Adamo, le braccia muscolose e il fisico alto e snello, il fascino ambiguo degli occhi grandi e umidi carichi di mascara, un'ombra di baffi neri sul labbro superiore.

Non era il suo genere, ma si rendeva conto che lo era sicuramente di qualcun altro. Prometteva tette, culo e profumo di tuberosa, ma nello stesso tempo prometteva velatamente un'altra cosa, e la promessa di quest'altra cosa era velata eppure esplicita. Se fosse stata perfetta e convincente come donna, che cosa avrebbe avuto di diverso?

Durante il volo all'Avana La Mazière aveva conosciuto un inglese, il quale insisteva che l'attore kabuki che recitava travestito era più femminile di qualunque donna. «Sono appena arrivato dal Giappone» disse l'inglese. «E se lei vedesse questi artisti – *onnagata*, li chiamano – diamine: fanno sembrare le donne, specialmente le occidentali, tutto meno che donne.»

La Mazière dubitava che un viaggio in Giappone lo avrebbe convinto che la femminilità fosse l'arte di camminare sui tacchi a spillo, o che c'entrasse con portamento e superfici, trucco e nastri intorno al collo. Qualunque cosa fosse l'essenza femminile, lui l'aveva colta solo di sfuggita, una cosa che le donne riflettevano quando ne erano meno coscienti. Non avrebbe potuto darle un nome, a questa essenza, ma sospettava che avesse a che fare con l'invisibilità, un residuo la cui stessa definizione era fondata sulla sua incapacità di vederlo. Come la polvere, una particella troppo piccola per il setaccio della sua comprensione. Gli venne in mente che la puttana proponeva una divertente soluzione di questo problema, ricoprendo il mistero femminile di strati familiari: artificio, e anche mascolinità. Sotto questi strati si nascondeva la promessa della "donna", ma gli strati rappresentavano una rete di sicurezza, la garanzia di differire la possibilità di raggiungere la "donna", qualunque cosa fosse. A quelli a cui non importava di sapere, il Barrio Chino offriva queste sublimi creature.

Lui e la ragazza si diressero senza fretta verso un teatro che offriva SESSO ESTREMO DAL VIVO, o almeno questo diceva il cartellone. Non è estremo se è destinato al pubblico, così la pensava La Mazière. La luce lambiva l'insegna del teatro correndole tutt'intorno su una fila di lampadine smerigliate, come una lingua elettrica circolare. Questo a Parigi si chiamava "life show", con un'espressione che sembrava più poetica e terribile. Come se quanto promesso fosse un barlume della segreta realtà sottesa alla vita intera, e a cui la vita intera poteva essere ridotta: due artisti pagati per copulare sopra un riquadro di lanuginosa moquette rosso fiammante.

«Sei adorabile» disse, porgendole un generoso fascio di banconote. «Ma devo scappare.»

Invece di entrare nel teatro principale, salì di corsa la rampa di scale sbagliata, per assicurarsi di avere seminato gli uomini che lo seguivano.

Si trovò in un corridoio fuori da uno stanzone, dentro cui tre musicisti cinesi eseguivano una splendida musica atonale, o quella che gli parve musica atonale finché non si fu reso conto che stavano semplicemente accordando i loro strumenti. Erano uomini piccini con visi da micetti, e nella stanza non c'era la minima traccia di sesso. La scena lo commosse, col suo odore di colofonia, e con i tre che emettevano note meste e lamentose in quello strano spazio per le prove. Una scritta sulle porte del teatro che si aprivano verso la strada diceva: *Gentlemen Only Please*.

Eccoli, pensò La Mazière, guardando i tre musicisti che suonavano, stretti tra gente che guardava fare sesso da una parte, e gente che lo faceva dall'altra. Erano questi, i *gentlemen*.

Rachel K non sapeva mai dove l'avrebbe mandata il movimento clandestino di Fidel, o chi avrebbe incontrato nel corso di queste missioni, e il mistero conferiva a ogni trasferta una certa surreale eccitazione. I contatti di Fidel all'Avana la inviarono a Miramar, terra dei dirigenti americani, a tenere compagnia a un pilota argentino di macchine da corsa. Lo avevano rapito la vigilia del Gran Premio cubano e lo tenevano in ostaggio, senza un vero scopo tranne quello di richiamare l'attenzione di tutto il mondo sulla causa dei ribelli. Qualcuno aveva portato un televisore e proposto di lasciargli vedere la corsa, ma l'argentino disse che non poteva, che lo avrebbe demoralizzato assistere a una gara in cui era il grande favorito.

A volte Rachel K incontrava contatti che, veniva a sapere poi, erano uomini che aveva visto al palazzo, assistenti di Batista. Il presidente avrebbe potuto scoprire facilmente il loro tradimento, trovare degli indizi nel Romanzo, se solo non fosse stato così ossessionato da ciò che lo toccava nella sfera personale, le offese, le esclusioni dagli eventi mondani, meschine questioni di gerarchia. Batista se l'era presa perché, a una cena dell'ambasciatore Smith, a sua moglie, la First Lady, avevano dato un posto accanto a Madame Masigli, cosa che – sospettava – era stata architettata per sottolineare come, al confronto, Madame Masigli fosse molto più raffinata e affascinante. Lo preoccupava che il suo barbiere non lo amasse, che i suoi assistenti barassero giocando a canasta con lui, e non che stessero addirittura complottando per rovesciarlo.

Nel corso di una missione Rachel K conobbe un professore dell'università, che adesso è chiusa. Un anziano signore gentile, che le chiese perché la chiamassero Zazou.

Era francese, disse lei. Roba della Seconda guerra mondiale. Al che lui si avvicinò alla sua libreria, tirò fuori un libro, lo sfogliò e ne lesse un brano, annuendo. «Sì, certo!» disse, tutto contento. «Erano dei dissidenti: che bella citazione ha scelto.» Era un professore di storia, un uomo solo. La invitò a sedersi e cominciò a parlare di guerre, di rivolte e dei vari movimenti clandestini europei. Raccontò fatti che riguardavano gli Zazou, leggendo dal libro, le loro origini etniche, la stella gialla, il loro lavoro con la Resistenza francese, la loro deportazione, la musica zigana alla quale rinviava il loro nome, il legame con un altro gruppo, un equivalente tedesco chiamato la Rosa Bianca. Tornò alla libreria a prendere un altro libro, offrendosi di mostrarle delle fotografie, ma lei disse che doveva andare. Lui la invitò a tornare a trovarlo ogni volta che voleva. «Parleremo di storia» disse. «I diversi tipi di codici e uniformi di protesta e rifiuto.»

"Rosa Bianca", le piaceva il suono di quelle due parole: avevano un che di clandestino. Ma conoscere i dettagli della storia avrebbe rovinato le cose. Era lo splendore vago della parola "zazou" che lei amava, una parola e pochi dettagli: calze a rete dipinte sulle gambe e granatina con la birra. Rosa Bianca, per lei, sarebbe stato sicuramente qualcosa di diverso da ciò che il professore aveva cercato di spiegare: un fiore di cera, voluttuoso e fragile. Una ragazza tedesca con un caschetto di capelli neri e il fondotinta giapponese. La bocca, un timbro insanguinato.

«Salve, mademoiselle.»

Ritta sulla soglia del suo minuscolo appartamento, Rachel K fece l'indifferente. Non lo invitò a entrare e non gli chiese dov'era stato negli ultimi mesi. Capivano entrambi che era una forma di affetto.

La Mazière le prese la mano, se la portò alle labbra e così la tenne, in un bacio prolungato.

Aveva le gambe coperte da una rete di rombi dipinti. Portava un attillato vestito nero e i tacchi. «Stavi uscendo, per caso?» chiese lui.

Era abituata a truccarsi anche quando era a casa, da sola, così come a mettere su della musica, per creare una certa atmosfera, perché gli specchi della stanza confermassero che lei era sempre lei, con o senza testimoni.

«No. Aspettavo un ambasciatore. Ho sentito che ne stava arrivando uno, qui in missione per migliorare i rapporti col Paese.» La stupiva vedere com'era facile scivolare di nuovo in questi ruoli.

«Migliorare i rapporti. Sì, naturalmente.»

Il vestito di batista che le aveva portato era di una taglia troppo piccolo, e le maniche le stringevano le braccia sotto le ascelle come il manicotto di uno sfigmomanometro.

«Mi sa che esploderò.» Rideva, provando a muoversi per mostrargli quanto le stava stretto. «Ci devo fare un balletto o che cosa?»

«Basta che tu stia ferma» disse lui, e cominciò a liberare il letto dalla roba che c'era sopra: scarpe, giornali, montagne di vestiti, una lunga parrucca biondo rame.

«Sei sempre una bambina disordinata. In questo non sei cambiata.»

«Se avessi saputo che stava per passare un ambasciatore, avrei messo un po' in ordine.»

Lui scavalcò la parrucca, che giaceva sul pavimento come il detrito di una violenza domestica di qualche sorta, la prese in braccio – pesava come una piuma – e la gettò sul letto.

«Ma comunque rimettere in ordine» continuò lei, mentre lui si toglieva la giacca, le scarpe, e posava gli occhiali colorati sul comodino, «lo fanno le persone disperate.»

«In effetti, ti preferisco disordinata» disse lui, e la tirò per le gambe in modo che la testa scivolasse dal cuscino giù sul letto. «Ti fa sembrare vulnerabile.»

Il vestito era di cotone leggerissimo, un bel tessuto, fresco e serico sotto le dita. Andava indossato con una sottoveste. Sotto, il suo corpo era appena visibile, il rosa della carne sotto la diafana stoffa bianca.

La inchiodò al letto e procedette con la sua pantomima, fingendo di volerle togliere qualcosa, una cosa che lei non poteva capire perché era troppo giovane e troppo ingenua, questa bambina col vestito di batista bianco. Sotto il vestito, un corpo pronto ma vulnerabile si prestava docilmente al suo inverso rituale di passare attraverso quel che c'era di dissoluto per arrivare a quel che c'era di innocente, attraverso l'inverso per arrivare al verso. Era una fantasia di cattivo gusto, e lui detestava la propria propensione per le fantasie di cattivo gusto, ma non per questo non se le permetteva.

Era un uomo attraente, come no. E aveva il dono arcano di farla sentire come se il tempo si fosse fermato, e si fossero fermati tutti quelli che erano sospesi nella sua stretta vischiosa, mentre le uniche persone mobili e coscienti erano loro due. Ma a ogni visita che le aveva fatto, al club o nel suo appartamento, lei si era sempre sorpresa di vederlo, essendosi convinta che lui avesse lasciato l'isola per sempre.

Era andato e venuto imprevedibilmente per sei anni, da quando Batista era salito al potere. Se si prendeva la briga di passare a salutarla prima di partire, era la solita scontata farsa di lui che la baciava e proclamava che avrebbe portato la sua piccola K ovunque fosse andato lui, che la versione di lei che portava con sé era altrettanto vera: anzi, "*più* vera", diceva. Un'essenza raffinata da onorare ed eleggere come compagnia, dopo la grossolana materialità della loro conversazione corpo a corpo. Una conversazione piacevole, rettificava. In effetti amava immensamente conversare col suo corpo. Ma la carne sola che formavano tra loro era soltanto un aspetto delle cose, dichiarava, e l'eterea mescolanza che aveva luogo durante la sua assenza era un altro.

Sembrava possedere un repertorio piuttosto ricco, di queste interpretazioni. Non diversamente dalle interpretazioni di lei, per cui c'erano tanti copioni e palcoscenici quante erano le ragioni e gli affetti. Per esempio quando andava a prendere il latte, o ballava per gli uomini al club, o passava informazioni ai ribelli – dove sarebbe stato Batista, a che ora – e cercava di dare un senso alla sua relazione con un francese pur sapendo che un senso non ce l'aveva.

«Come posso adorarti veramente, te e il tuo corpo» disse, «se non li lasci marinare per benino nella mia immaginazione?»

Si stavano salutando.

«Quanto mi pesa dover partire» disse lui, «e non mi piace che il distacco sia così integrale.»

"Oh, pesa anche a me" avrebbe potuto rispondere lei con una voce sciropposa, fingendo di essere d'accordo. Ma quel gioco cominciava a stancarla.

«Cosa intendi con "integrale"?» chiese. «Forse potresti parlare chiaro. Per una volta.»

«Per l'amore. Integrale per l'amore. Ecco, l'ho detto.» Si stupì di quanto fosse facile. Ma lo era, e lui se ne rendeva conto, perché stava per partire. Era tautologico, naturalmente, che ciò che lui prendeva o scambiava per amore presupponesse l'assenza dell'amato. Ma questo ragionamento circolare era diventato come una ruota perfetta, che lo trasportava qua e là attraverso varie fasi di libertinaggio e di novità.

Lei lo prese in giro. «Non svalutiamo il termine.»

«Ma io non...»

«Tesoro, questo non è amore» disse lei in un tono fintamente consolatorio. «E non me la dai a bere, quando vuoi farmi credere che lo è. A meno che tu non sia riuscito accidentalmente ad autosedurti. L'ipnotizzatore che ipnotizzò se stesso.» Schioccò le dita per svegliarlo dall'incantesimo.

Anche Prio aveva ribadito il suo amore per lei, ma faceva tutto parte del suo cupo narcisismo. L'ennesima ingiustizia che era costretto a sopportare. E poi c'era il dirigente della United Fruit, quell'illuso. «Mi dispiace tanto, cara, ma non sono riuscito a liberarmi» aveva detto, come se lei e lui fossero due ansiosi innamorati finalmente di nuovo insieme per continuare la loro romantica avventura. Lo aveva visto qualche giorno prima, durante le sue vacanze natalizie con la famiglia. Lui aveva preso le foto dal proprio portafoglio e gliele aveva date da guardare, con quelle tenaglie che aveva al posto delle mani un po' tremanti. Due figli dai capelli di stoppa e una bella moglie, il tipo di donna che nel beauty case tiene una saponetta e nient'altro. «L'ho vista una volta per strada, nell'Indiana, e mi sono detto: quello è un angelo» aveva raccontato. E in tono di scusa: «Dovevi vederle, prima o poi, queste foto. Bisogna guardare in faccia la realtà. E non lo dico per ferirti, ma questa, la storia tra noi due, ha dei limiti». Rachel K preferiva credere lo facesse per cattiveria, mostrarle le foto del suo "angelo" per farle capire che lei non lo era affatto. Perché l'altra spiegazione sarebbe stata che era un perfetto idiota.

«Sei cinica» le disse La Mazière, come se se ne fosse reso conto allora.

«E tu no?» rise lei.

«Al contrario. Io credo che anche il più breve degli interludi possa essere amore.»

«Lo chiami amore perché non mi paghi.»

Ma anche le transazioni a pagamento, La Mazière si trattenne dal dire, potevano essere affari di cuore. Dove si trovava il cuore, esattamente, e chi poteva dire che cosa lo toccasse? Il suo era impetuoso e astratto, e molte amanti di professione lo avevano toccato.

«Chiamalo pure amore, se vuoi» disse lei. «Io lo chiamo arrivederci alla prossima volta. Forse puoi portarmi l'autografo di Dalida. La tua piccola Miss Egitto.»

"Piccola" non era l'aggettivo che lui avrebbe usato per Dalida, l'amica che ogni tanto vedeva a Parigi. In realtà era una grande rompiscatole, un'isterica per la quale il proprio improvviso successo era l'ennesima fonte di angoscia in una vita assurdamente tragica. Ma ogni tanto lo divertiva.

«Sai che non la vedrò, che sarò proprio qui, nel tuo Paese. Il "tuo Paese": che stupido. Dimentico sempre che la mia Miss K è francese. Anche se il suo nome comincia per K e lei ha questo bel viso manouche. O forse è un'ebrea tedesca, con quelle labbra sensuali.»

Le premette il pollice sul labbro inferiore, che sentì morbido, elastico e caldo sotto il polpastrello.

«Che coincidenza» disse. «Tu sei francese, e Dalida – lo sapevi? –, nonostante il titolo di Miss Egitto, è italiana. Due ragazze europee, artiste tutt'e due, tutt'e due etichettate come "esotiche". Eppure non potreste essere più diverse. Ma sono certo che tu non sei gelosa…»

«Oh, per piacere. Parlavo seriamente. Mi piace quella canzone, *Bambino*. La si sente quaranta volte al giorno. O meglio la si sentiva, prima che Batista chiudesse la stazione radio.»

«Farò finta che tu sia gelosa. Perché l'idea mi gratifica moltissimo. La mia piccola K, insensibile e tosta, che accende una candela durante la mia assenza. E magari versa una lacrima.»

Le passò il dito su un lato del viso, il percorso di quella lacrima immaginaria.

«Ma mi illudo. A pensare che la mia gelida Miss K piangerà per me. Una ragazza che deve dormire senza coperte *per sentire un po' di calore.*»

La guardò fisso attraverso le lenti colorate.

«E sai una cosa? Adoro questo gelo. È irresistibile, davvero irresistibile...»

Si piegò su di lei.

Lei si lasciò baciare.

Poi lo spinse fuori dalla porta e la chiuse.

16

Radio CMQ-MA *670*
1° maggio 1958 ore 22.00

(Comunicato commerciale del Café Pilon)

(Tema musicale: "La agua de Clavelito")

Buonasera, fratelli e sorelle.

Come sanno alcuni di voi che si sintonizzano sul mio programma, il nostro governo ha deciso di dare un giro di vite alla speranza. Alla guarigione. Ha deciso di limitare, o forse sradicare, i miracoli. Di multare e controllare tutti coloro che hanno la sincera pretesa di aiutare la gente a sognare.

Si dovrebbe forse proibire alla gente di sognare?

A voi la scelta, gente di Cuba:

Io, Clavelito, sono un uomo o una vibrazione nervosa?

Un imbroglione senza speciali poteri? O una magica vibrazione che può viaggiare attraverso l'acqua ed entrare nei vostri pensieri chiunque e ovunque voi siate?

Quale delle due cose volete che sia?

Chiamatemi uomo, e le prospettive crolleranno.

17

D.L. Mazierre, l'uomo con la bocca piccola e gli occhi grigi, non era venuto a Nicaro ad agitare nessuno. Tre anni erano passati da quando il signor Mackey aveva imbucato la lettera davanti agli uffici della società del nickel. Everly non aveva più pensato a lui e a quanto fosse bello, anche se la sua fotografia era ancora appiccicata sulla parete del corridoio. Il signor Mackey ne aveva aggiunta un'altra, dove portava occhiali dalle lenti colorate come i personaggi delle riviste cinematografiche di Stevie. Ma adesso, fuori dagli uffici dello stabilimento, ce n'erano molte altre, di fotografie: quelle dei fratelli Castro, il più grande, con le lentiggini; e il più giovane con la faccia da cinese, grazioso come una ragazza, con i capelli neri vaporosi e piuttosto lunghi.

Everly percorse in un lampo il corridoio fino all'ufficio di suo padre, passando davanti a fotografie di dipendenti che avevano lasciato il lavoro in circostanze ambigue e senza preavviso, sospettati di essere agitatori e capi ribelli; adesso capiva che non erano angeli venuti magicamente a trasformare lei e tutti gli altri. In che cosa, a undici anni, non lo sapeva, ma si era aspettata che D.L. Mazierre avrebbe cercato in un modo o nell'altro di mettersi in contatto con lei. Si era immaginata che lui spuntasse improvvisamente da dietro un albero mentre lei tornava a casa da scuola, per dirle chissà cosa. O che si piazzasse davanti alla finestra aperta della sua camera da letto per trasmetterle il suo messaggio misterioso – qualunque esso fosse – dopo che tutti gli altri erano andati a dormire. Era una fantasia infantile che adesso non covava più.

Willy diceva che i dipendenti della miniera volevano un salario equo, un equo trattamento, e che era questo che promettevano loro i ribelli. Lei stessa aveva visto come lavoravano i minatori, sette giorni su sette sotto il sole cocente, con un caposquadra armato di fucile che se ne stava sotto l'ombra dell'unico albero dei dintorni. La miniera era uno sporco segreto che faceva sembrare eroi gli uomini giovani e belli delle foto.

Il signor Mackey aveva detto che i ribelli erano dei banditi, una seccatura per la compagnia mineraria. Ma poi il suo stesso figlio, Phillip, era stato sorpreso ad aiutare i banditi, e i Mackey, presi dal panico, lo avevano mandato via. Il figlio maggiore del signor Stites, Delmore, era fuggito sui monti per unirsi alla causa. La gente parlava della sua scomparsa in termini vaghi – diceva che era «in territorio ribelle» e non che era un ribelle –, ma lo sapevano tutti.

Ora gli agitatori stavano diventando più audaci. Diedero alle fiamme migliaia di ettari di canna da zucchero della United Fruit, un incendio che coprì di cenere Nicaro e annerì il cielo per giorni. Cercarono di sabotare le linee ferroviarie che partivano dalla miniera, portando il minerale estratto giù in città per la lavorazione. Il signor Mackey diceva che i ribelli sarebbero stati sconfitti e che la società doveva fare la sua parte. Chiunque fosse vagamente sospettato veniva arrestato e consegnato alla Guardia Rurale. Era cambiato tutto.

Come la nuova guardia cubana al doppio programma del venerdì sera, quando proiettarono *Vietato rubare le stelle* e *I falsari di Cuba*. La nuova guardia aveva una pistola nella fondina e un machete: una *guampara*, la chiamava Willy. Stette tutto il tempo in piedi davanti all'ingresso del cinema, senza sedersi mai una volta, nemmeno durante l'intervallo tra un film e l'altro. Il cinema di Nicaro era all'aperto, un muretto e uno schermo con sedie pieghevoli. Durante il secondo film cominciò a cadere una pioggia fitta. George e Marjorie Lederer si alzarono per andarsene e dissero a Everly e Stevie che potevano restare, se erano tanto matte da guardare un film sotto l'acqua. Everly decise che lo era. Rimase a sgranocchiare popcorn inumidito dalla pioggia, voltandosi ogni tanto a spiare chi pomiciava nell'ultima fila: Pamela con Luís Galindez, Stevie con Tico Leál. Luís Galindez teneva la mano di Pamela e si strusciava a lei nello stesso modo in cui Tico si strusciava a Stevie. Sia Stevie che Pamela andavano ai balli cubani e portavano i calzettoni arrotolati e i capelli cotonati sul davanti come le ragazze cubane. Stevie si era disegnata un neo sul mento con una matita per le sopracciglia. Aveva imparato la pachanga e la ballava con Tico, anche se nessuno dei due era bravo come Willy. La pachanga di Willy era quella vera; tutte le altre erano solo pallide imitazioni. I Lederer erano preoccupati perché temevano che Stevie si stesse cubanizzando troppo: per loro era davvero un problema. Che uscisse con un cubano andava al di là dell'immaginabile. Quando Marjorie Lederer lo scoprì, diede in escandescenze. Come aveva potuto fare una cosa simile, proprio sotto il suo naso, *per tre anni interi*? La madre di Everly pretese che Tico fosse licenziato dalla miniera di nickel. Licenziato *in tronco*, disse. George Lederer disse che non si poteva fare, che Tico Leál era uno degli uomini assunti da Gonzalez, e la cosa avrebbe fatto troppo scalpore, data la situazione. Lito Gonzalez li innervosiva tutti. Il signor Mackey era convinto che lavorasse per i ribelli, che stringesse con loro accordi segreti.

«E quindi licenzi me al suo posto!» strillò Stevie. La rimandavano negli Stati Uniti. Tempo due giorni e avrebbe preso un autobus per l'Avana e da lì l'aereo per Miami, dove avrebbe trovato ad aspettarla i Vanderveer, pronti a portarla con la loro macchina in una scuola-convitto femminile del Tennessee. «*Te quiero*» continuava a ripetere Duffy, imitando Stevie, «*Te quiero, Tico. Mucho mucho*», e poi faceva rumori di baci. Ma la cosa non era più divertente. «Duffy, sta' zitta!» urlava Stevie. «È solo una bambina» diceva sua madre: «Lasciala stare.» Duffy piangeva e andava a rifugiarsi tra le sue braccia. Ma l'espressione sul suo viso quando si voltava a guardarla, senza smettere di piagnucolare, confortata dalla mamma che le strofinava la schiena, era di grande soddisfazione.

Luís Galindez e Pamela lasciarono il loro posto nell'ultima fila per andare a pomiciare altrove. Come si sarebbero comportati, i Carrington? Avrebbero mandato via la figlia perché usciva con un cubano? Everly si chiedeva dove, poi, avrebbero potuto mandarla. Erano americani, ma non erano mai vissuti in America. E, questa era l'impressione, alla signora Carrington non importava granché di cosa facesse Pamela. Ad agitarsi era soprattutto Val. Ormai non faceva che parlare dell'idillio di sua sorella con Luís, come se Pamela l'avesse tradita. Forse con i gemelli era così: dovevano condividere ogni cosa, compresa la scelta dei boyfriend.

Se ne andarono tutti dal cinema, tranne Everly, Stevie, Tico Leál e la nuova guardia armata all'ingresso, che se ne stava sempre lì in piedi, senza muoversi e senza guardare il film. Everly trovava inconcepibile che uno potesse stare pazientemente sotto la pioggia a far passare il tempo senza nulla che gli occupasse la mente. Forse però, pensava, essere pazienti non significava non essere infastiditi dall'attesa e dalla noia, ma semmai il contrario: le persone pazienti ne erano infastidite ancora di più. La guardia probabilmente era capace di lasciare che la sua mente saltasse qua e là e si spostasse come una nuvola bianca, perché aveva rinunciato a credere che distrarsi servisse a qualcosa. Le persone pazienti capivano forse meglio di chiunque altro l'orrore della noia, e ritenevano fosse inutile sperare che esistesse un modo per renderla sopportabile. Il che significava che la pazienza era in realtà disperazione. E l'impazienza una forma di speranza: fare lo sforzo di riempire il tempo con qualcosa, voltando la testa per guardare il film, per esempio. La guardia non si voltava per vedere il film. Lui affrontava l'attesa a testa bassa, paziente e disperato, sopportando che i rivoletti d'acqua gli scorressero sui lati del viso.

«Hai quasi quattordici anni, ed è ora di finirla con questo atteggiamento da maschiaccio dietro cui ti nascondi e di far vedere a tutti che sei una signorina.»

Adesso che Stevie non c'era più, toccava a Everly fare la figlia maggiore, la signorina. «Le ho dato un Seconal e l'ho messa sull'autobus della notte per l'Avana» ripeteva sua madre in ogni conversazione telefonica a proposito di Stevie. «È per il suo bene.»

Everly era invitata alla festa per il quattordicesimo compleanno di K.C. Stites, una festa in piscina, e gli altri ragazzi ci sarebbero andati in shorts, pullover e scarpe da tennis. Sua madre invece voleva che lei indossasse un vestito. Everly non aveva il coraggio di spiegarle che mettersi in ghingheri per una festa in piscina avrebbe sottolineato ancora di più la loro inferiore condizione sociale. A mettersi in ghingheri erano quelli che dovevano dimostrare qualcosa, mentre chi non aveva niente da dimostrare lasciava liberi i figli di scegliersi l'abbigliamento che volevano. Pullover e shorts. Alla fine, per far piacere a sua madre, indossò le rigide scarpe bianche di vernice col tacco a rocchetto che le rovinavano i piedi e glieli facevano sanguinare, e portò la borsetta coordinata, anche se non le venne in mente nulla da metterci dentro.

Come fanno queste cose a "far vedere a tutti che sono una signorina", si chiedeva, se non c'entrano nulla con me? Ma forse c'entravano eccome con lei, pensò, soltanto che non ne era consapevole. Se uno non si è mai visto in uno specchio, non si riconosce quando poi vi si trova davanti, e deve imparare a farlo. Senza uno specchio sarebbe stata cieca a se stessa come gli occhi dei pavoni della signora LaDue, che non erano veri occhi, ma semplici macchie blu e nere. La signora LaDue i suoi pavoni li trattava meglio di Poncho. «A Poncho serve la disciplina» diceva. «È un bambino disobbediente.» Everly dubitava che una scimmia adulta avesse il carattere di un bambino. E siccome aveva cominciato a sputare sul signor LaDue, ora volevano disfarsi di lui. Non si era ancora presentato nessuno, nonostante l'armadio quattro stagioni con accessori – cinture, cravatte, cappelli, calzini e scarpe, persino fazzoletti col monogramma – che la signora LaDue offriva in omaggio a chi fosse stato disposto ad adottare Poncho. Everly si mise il vestito e le scarpe col tacco a rocchetto e sperò che avessero lo stesso effetto rivelatore di uno specchio. Sua madre le disse che era proprio carina, che iniziava ad arrotondarsi e a mostrare quello che valeva. In seguito, quando furono tornati nel Tennessee, Everly fu eletta Reginetta di Maggio, e sua madre si dichiarò niente affatto sorpresa. Invece lo era decisamente, e proprio per questo insisteva a negarlo. Aveva sempre detto che le rosse non erano bellezze convenzionali, ma qualcosa "che si impara ad apprezzare col tempo", un gusto acquisito. Allora sono come la gelatina, pensò Everly.

Una volta sognò una donna che attraversava una stanza senza niente addosso, tenendosi davanti soltanto un asciugamano. *Che bel modo di farsi valere*, era quello che aveva pensato nel sogno, guardando la donna che camminava nella stanza, il sedere nudo. Quando si svegliò le pareva ancora bello, benché fosse un sogno assurdo. Forse i sogni che faceva di andare a scuola in mutande – li facevano tutti – non erano frutto dell'ansia, ma della voglia di essere nuda, e davanti a tutti.

Il giorno della festa di K.C. ci fu anche una festicciola per gli adulti al Pan-American Club. Una matinée, era così che quelli di Preston chiamavano i party diurni. Il padre di Everly aveva lavorato tutta la settimana, era stanco e non ci voleva andare, ma sua madre disse che doveva fare più vita sociale. E che doveva mettersi una fascia elastica.

«Cara, il busto non me lo metto» disse suo padre. «È ridicolo. Un uomo col busto.»

«Non è un busto» disse sua madre. «È una *fascia elastica*.»

Sua madre l'aveva ordinata da Sears all'Avana. La dieta di George Lederer non funzionava, perciò avevano licenziato Flozilla, la cui cucina lo faceva ingrassare. Prima di venire a Nicaro, Flozilla era stata la cuoca del fratello di Batista, a Banes. Batista era grasso. Si vedeva che aveva la pancia quando compariva in televisione. Marjorie Lederer era convinta che la pancia del presidente dipendesse dalla cucina di Flozilla, e che Flozilla facesse ingrassare la gente.

Everly non sentì la mancanza di Flozilla, che a volte era stata gentile con loro, a volte cattiva. Come quando disse a Duffy, che le credette, che i *ñáñigos* le avrebbero prese mentre dormivano e messe in un pentolone a bollire.

«Perché?» aveva chiesto Duffy, cominciando a spaventarsi.

«Perché vogliono polverina» disse Flozilla. «Bollite fino a che siete polverina. Una polvere speciale di cui hanno bisogno, che si ricava dal corpo di bambini bianchi.»

Everly si immaginò dei granelli traslucidi, simili a riso crudo, nella piega di carta di una busta.

Quando, una volta, a Duffy venne la febbre, Flozilla disse che i bambini bianchi si ammalavano perché non erano resistenti. «Se tu cresci nel bush» disse Flozilla, «mangi guava, vai scalza, ti bagni nel fiume, tu forte. Abbastanza forte per vincere la febbre. Ma tu non forte» disse a Duffy, che rabbrividiva sotto un mucchio di coperte. «Tu debole. E tu malata con febbre.»

Non avevano ancora trovato la cuoca giusta. Una delle donne che si erano presentate aveva buone referenze, disse sua madre, ma era albina. Disse che un'albina negroide era la cosa più triste del mondo. Troppo triste da avere in casa, anche se era stata abbastanza simpatica. Non c'è nulla di più triste, disse sua madre, di un'albina negroide.

Cucinava la lavandaia, sostituendo la cuoca finché non ne avessero assunto una nuova. Ma la lavandaia sapeva fare il bucato, non cucinare, e bruciava tutto. Everly aveva preso ad andare al club dopo la scuola, riempiendosi la pancia con il formaggio e i cracker che le dava il barista. Formaggio olandese e cracker salati, su un piatto che portava nella piccola biblioteca all'angolo, dove si sedeva in una delle poltrone del club a guardare per la centesima volta i libri negli scaffali, tutti donati dal governo americano. Erano quasi tutte biografie. *La vita e la leadership di Rafael Trujillo, Presidente della Repubblica Dominicana*. Sul risvolto di copertina c'era un ritratto di Trujillo. Sotto, la misteriosa didascalia "Fotografia del Benefattore di R.R. Martinez". *La vita e la fortuna di James D. Dole, il re dell'ananas*. Everly lo aveva letto già due volte. James D. Dole aveva sposato la signora Belle Dickey di Honolulu e fatto enormi profitti quando aveva inventato un sistema per mettere l'ananas nelle scatolette. "Da quando cominciarono a inscatolare questo frutto" diceva l'autore "la vita di James D. e Belle Dole fu una lunga e dolce canzone."

Una dolce canzone. Come inscatolare la melassa. Che noia, una vita che era solo una canzone.

Per riparare dal sole il patio della piscina i domestici avevano costruito un'elaborata tettoia di fronde di palma. Ci avevano attaccato poi delle lanterne di carta cinesi rosa, gialle e celesti, che oscillavano al vento. Un lungo tavolo era adorno di festoni e bandierine, con un segnaposto per ogni ospite. «Tu sei seduta qui, cara» disse a Everly la signora Stites, battendo la mano sulla sedia accanto alla sua, «tra me e K.C.» Dopodiché si avvicinò a lei, così tanto che Everly sentì il suo profumo di fiori. Disse di essere contenta che Everly fosse lì a festeggiare con loro e che non era stato un momento facile per la famiglia, quello. Con la sparizione di Del e tutto quanto – sospirò – così *incerto*. Le si riempirono gli occhi di lacrime. «Comunque» continuò, cercando un fazzoletto, sforzandosi di sorridere e asciugandosi le lacrime, «sono molto contenta che tu sia qui, Everly. E sei proprio carina. Non è carina, K.C.?»

K.C. stava sedendosi proprio allora. Guardò Everly, la borsetta bianca che aveva in grembo, e disse di sì, che era proprio carina. Lo disse pronunciando le parole con cura, come se stesse parlando con Everly e non con sua madre. Il viso di Everly diventò di fiamma.

Alla fine della festa, K.C. insistette per accompagnarla fino al molo. Gli altri ragazzi di Nicaro camminavano davanti a loro. Erano vicini alla diga quando lui la fermò. Disse che aveva una cosa da darle, che era un segreto e non voleva dargliela davanti agli altri. Si sentiva il brusio della gente fuori dal Pan-American Club, che era vicinissimo al posto dov'era ancorato lo yacht di Nicaro. La voce acuta della signora Billings. «No, davvero, dico sul serio. Ha detto proprio *così*! Te lo giuro... Queste cose non si *inventano*.» K.C. mise una mano in tasca, prese un oggetto e lo depositò nella mano di Everly. Era liscio e metallico, un pezzo meccanico di qualcosa. Le ci volle un minuto per capire di che si trattava: era la manopola dorata di un rubinetto.

«Del gabinetto» disse «nel vagone letto di papà. L'ho rubata quando ero piccolo, durante uno dei nostri viaggi all'Avana. Potrebbe sembrare un regalo assurdo, ma in tutti questi anni non me ne sono mai separato. Ora hanno distrutto il vagone letto di papà, e non rimane altro che questo.»

La stava guardando, e lei avrebbe voluto che non lo facesse. Che le desse solo un attimo per realizzare quello che stava succedendo.

«So che a mia madre sei sempre piaciuta, Everly. Lei pensa che tu sia speciale. Comunque, questo piccolo oggetto significa molto per me, e volevo che lo tenessi tu.»

Everly lo ringraziò e mise la manopola nella borsetta che sua madre aveva voluto farle portare, che ora conteneva almeno una cosa. K.C. era un ragazzo d'oro, ed era sicuro di sé come nessun altro. Le ragazze non facevano che dichiararsi innamorate di lui. Eccelleva negli sport. Andava bene a scuola. Suo padre comandava l'intera città. Eppure lui non era viziato, era sempre gentile e amava fare da cicerone alla gente e spiegare cos'era l'industria saccarifera e come funzionava. "Noi" e "i nostri" e "la società", diceva, orgoglioso di ogni cosa. Ci si sarebbe aspettato che volesse frequentare una bionda campionessa di tennis della Ruston Academy dell'Avana, una di quelle ragazze con le braccia abbronzate, monili ai polsi e un'allegra coda di cavallo con un fazzoletto annodato intorno. Una di quelle ragazze raffinate e femminili che sua madre insisteva lei diventasse, e che Everly non era.

Qualcosa quel giorno, l'essersi arresa al tacco a rocchetto, al vestito e alle attenzioni di K.C., la cambiò. Le attenzioni non le spiacquero. Non la imbarazzarono come sarebbe successo anche solo l'anno prima, quando aveva lanciato un grido di orrore alla proposta di Stevie di passare un pomeriggio al cinema in compagnia del fratello minore di Tico Leál. Anzi, le attenzioni dei ragazzi andavano bene. Le facevano persino piacere. Le rosse erano un "gusto acquisito". Non erano attraenti in modo convenzionale. Gliel'avevano ripetuto per tutta la vita. Forse era una cosa che tornava a suo vantaggio, perché voleva dire che non avrebbe attratto i ragazzi che volevano qualcosa di convenzionale.

Se piaceva a K.C., doveva avere qualcosa che piaceva. E Willy? si chiese. Se K.C. vedeva qualcosa in lei, Willy che cosa vedeva? "Grazie, K.C." si immaginò di rispondergli, "ma non posso accettarla. Sono già fidanzata."

Gli americani dicevano che le guardie di Nicaro, la nuova guardia davanti al cinema, quella che faceva la ronda davanti alla fila di case dei manager, li rendevano nervosi.

«Delinquenti» disse la signora Billings.

«Sapete che Batista ne ha fatti uscire dal carcere alcuni. Assassini e stupratori per mantenere l'ordine.»

«Carino. Davvero carino.»

«Voglio dire, ma era proprio *necessario*?»

Poiché si erano lamentati tutti, quel giorno non avevano messo nessuna guardia sulla barca per Preston, e nessuna sulla barca che li riportava a casa.

Mentre si avvicinavano a Nicaro, Everly vide delle persone sul molo, come se stessero aspettando proprio loro.

«Che succede?» chiese il signor Mackey.

Dietro quelle persone c'erano macchine e jeep parcheggiate come a formare una barriera. Veicoli che normalmente non avevano il permesso di salire sul molo, a meno che non fossero autorizzati a scaricare rifornimenti.

«Ma quella sembra la nostra Studebaker!» disse la madre di Everly. Stava calando l'oscurità ed era difficile distinguere il colore, però sembrava davvero la loro macchina, verde scuro, col muso appuntito, ferma accanto a una specie di trattore con una curiosa struttura metallica montata sopra, e armi puntate verso l'esterno.

Quando la barca fu più vicina, si resero conto che quelli erano ribelli cubani. In tenuta da combattimento, portavano il basco e intorno al braccio una fascia con la scritta M-26. Con un ampio sorriso sulla faccia, salutavano con la mano gli americani, come fossero un curioso comitato venuto a riceverli. Non facevano paura e non avevano un'aria minacciosa, anche se qualcuno di essi era armato. Sembravano persone appena tornate da una lunga escursione, sporche e stanche ma felici. Everly li scrutò bene mentre la barca attraccava, sperando di riconoscere tra loro qualcuno delle foto che aveva visto negli uffici della società mineraria. Cercò con lo sguardo D.L. Mazierre. A quanto pareva lui non c'era, ma uno di essi somigliava davvero a un tizio delle foto. Aveva un sorriso tenero e due begli occhi scuri, e il basco sulle ventitré. Era Raúl Castro. Che le sorrise e poi la aiutò a scendere dalla barca. La chiamò *linda* e prese da una jeep due fasce con la scritta M-26 e ne diede una a lei e una a Duffy.

Un ribelle che parlava inglese spiegò che gli uomini americani sarebbero andati con loro nelle montagne, ma che a nessuno sarebbe stato torto un capello. Era una semplice "procedura" e non c'era motivo di allarmarsi. Ringraziarono gli americani per la collaborazione e si scusarono per aver dovuto portare via gli uomini, rinnovando la promessa, mentre li indirizzavano verso i veicoli sotto la minaccia delle armi, che a nessuno sarebbe stato torto un capello. Il padre di Everly venne fatto accomodare sul sedile posteriore della sua stessa macchina; un ribelle avviò il motore aprendo il cofano e mettendo a contatto due fili. Sua madre stette a guardare, con le lacrime che le scorrevano sulle guance. «Credo proprio che dicano sul serio» disse Everly, cercando di consolarla. «Che dicano sul serio cosa?» «Che non gli torceranno un capello.»

Quando se ne furono andati, la signora Billings gridò che

era indignata. Che l'indignazione dell'ambasciatore Smith non sarebbe stata minore della sua, e lei gli avrebbe telefonato immediatamente. Qualche funzionario dell'ambasciata la contattò, finalmente, due giorni dopo, per riferire che l'ambasciatore non comprendeva cosa si aspettavano da lui le mogli di Nicaro. Che cosa poteva fare? La signora Carrington chiamò il console generale a Santiago, che aveva conosciuto quando era all'ambasciata americana di La Paz, in Bolivia. Questo inviò una missione al campo, per negoziare con i ribelli. Alla fine Fidel Castro ordinò il rilascio degli americani.

Suo padre disse che si era divertito immensamente nelle tre settimane passate in montagna con i ribelli. Erano brave persone, che lottavano per una causa giusta, e lo avevano trattato bene. Troppo bene, disse, battendosi la mano sulla pancia. Lui e gli altri americani avevano mangiato cibo delizioso che i *guajiros* del posto portavano al campo ogni giorno. Tre pasti al giorno, immancabilmente. Arrosto di maiale. Piantaggine fritta. *Arroz* con pollo. Picadillo. Torte di cocco. Il tutto annaffiato con *prú*, un infuso di erbe fatto in casa, spiegò suo padre. O qualche volta birra, per procurargli la quale i ribelli si davano molto da fare, e che tenevano intelligentemente in fresco in un torrente.

I *guajiros* lassù facevano chiaramente il tifo per i fratelli Castro, disse suo padre, e non si poteva non simpatizzare per loro. Aveva dormito su un materasso, mangiato come un re e messo i piedi nell'acqua fredda del torrente dove tenevano la scorta di birra. Era eccessivo e terribile, disse, ciò che gli uomini di Batista avevano fatto a Levisa. La Guardia Rurale l'aveva bruciata e ridotta un deserto fumante per rappresaglia. Migliaia di persone erano rimaste senza un tetto. Altre, che non avevano potuto fuggire, erano morte nell'incendio. Rappresaglia per cosa? disse suo padre, sottolineando che persino Mackey si era divertito un mondo, anche se non l'avrebbe mai confessato. Troppo preso a ripetere che Raúl voleva applicare le regole del marxismo. Mackey scriveva lettere al Dipartimento di Stato per avvertirli che i ribelli sulle montagne erano comunisti. Nessuno, si lagnava, sembrava interessato. Gli altri americani, compreso il padre di Everly, ciondolavano qua e là parlando delle future nozze di Raúl con la sua aiutante di campo, Vilma Espín, alle quali erano stati tutti invitati, e che si sarebbero celebrate a Santiago subito dopo il loro trionfo. «Speri nella rivoluzione per poter andare a un matrimonio?» gli chiese Marjorie Lederer. La domanda parve mettere in imbarazzo George Lederer, che alzò le spalle e non disse nulla.

Willy ora abitava in una caserma della Marina, su una nave speciale usata come alloggio per i domestici e gli impiegati della miniera dopo l'incendio di Levisa. Disse a Everly che nessuno poteva salire sulla nave senza la carta d'identità. Per tutta la notte le guardie passavano tra le cuccette con lampadine tascabili, svegliando la gente e puntandole la luce in faccia, chiedendo di vedere i documenti. Diceva che le guardie, là dentro, quasi non ti lasciavano chiudere gli occhi, e che quando finalmente riusciva a prender sonno i topi gli mordevano le dita dei piedi.

George Lederer gli aveva trovato un posto nello stabilimento per la lavorazione del nickel. Diceva che Willy era sveglio e poteva imparare la metallurgia. Willy gli aveva fatto notare che le serrature sulle barche della società si rovinavano perché c'era dell'ottone all'esterno e del ferro all'interno. Suo padre non faceva che ripetere questa storia, meravigliandosi del fatto che il ragazzo sapesse qualcosa dei metalli. Voleva farlo studiare da tecnico, diceva che era fidato e non piantava grane. Però aveva incontrato della resistenza, come disse lui, "dai piani alti". Glielo trovò, un lavoro, ma era un posto nella sala delle caldaie, dove nessuno lo avrebbe addestrato per farlo diventare un tecnico, disse tristemente suo padre. «Alla fine ti promuoveranno» disse a Willy, «te lo prometto.» Nei weekend, Willy andava ancora a lavorare dai Lederer. «Perché ti alzi così presto? È sabato» chiese Willy una volta a Everly, che voleva stargli vicino per tutto il tempo che lui passava da loro.

Willy disse che nella sala delle caldaie faceva caldo, molto caldo. Tuttavia era grato del posto che gli avevano trovato nello stabilimento. Stare vicino agli americani era più sicuro. «Più sicuro di cosa?» domandò lei. «Più sicuro che essere in giro» disse lui, «dove potresti cacciarti nei guai.» «Con i ribelli, vuoi dire?» «Io non ne so niente» disse lui, senza guardarla. Lei sospettava che mentisse. Perché doveva mentire? Perché lei era americana e, peggio ancora, figlia di un manager dello stabilimento che non aveva protestato per la sua assegnazione alla sala delle caldaie. Avrebbe voluto che Willy non mentisse. Desiderava che si fidasse di lei. Era egoistico da parte sua, ma non poteva farne a meno, come non poteva far a meno di odiare l'idea di Willy che ballava al Club Maceo, di Willy libero, di Willy che lavorava solo per Willy.

Il signor Bloussé e Willy non erano padre e figlio. Everly non sapeva cosa fossero. Willy era la persona che si era ritrovato per le mani il signor Bloussé, un bambino di sei anni. Se il signor Bloussé non pensava a lui come a un figlio o non lo trattava come un figlio, evidentemente un figlio non lo voleva. Eppure aveva voluto Willy, e se l'era portato via dopo aver fatto visita al padre del bambino. Everly immaginava che il signor Bloussé gli si fosse affezionato. Willy era una calamita, e il signor Bloussé era riuscito ad averlo tutto per sé. Anche lei lo voleva per sé. E voleva che non avesse tempo libero, che stesse sempre a casa dei Lederer, che non avesse segreti. E che non andasse al Club Maceo. Sono una persona malata, un mostro, pensò. Voleva che fosse libero e legato nello stesso tempo. Non avrebbe augurato a nessuno, nemmeno a se stessa, questa contraddizione tra le cose che voleva.

Willy lavorava per i Lederer già da circa cinque anni. Gli aveva piantato il giardino più bello di Nicaro, con tanto di regina della notte per Everly, il cui fiore si sarebbe aperto una notte, in un futuro remoto e astratto. Quando era più piccola, lui le aveva insegnato i nomi di tutti i fiori e di tutti gli alberi, le aveva insegnato a pescare con la lenza a mano, senza canna, a fare il vino di acagiù e il succo di guanabana, e tutte le parole di spagnolo e di francese che ora lei sapeva. Poi, essendo cresciuta, le aveva spiegato i princìpi generali della politica cubana, i princìpi generali della legislazione sul lavoro. Ma i loro mondi non si erano avvicinati. Anzi, semmai il contrario. Lei adesso era vestita come la Jane Powell sognata da sua madre, e tornava dalla festa di compleanno di un ragazzo d'oro. Willy dormiva in una caserma della Marina dove una guardia armata ispezionava le file di cuccette e i topi gli morsicavano i piedi. Come tutta la gente di colore di Nicaro, era spaurito e cauto e non le diceva la verità, come ogni altra persona di colore avrebbe fatto con ogni bianco.

Da cinque anni ballava con una scopa nella cucina dei Lederer. E una volta al Las Palmas. Aveva infilato una moneta nel jukebox e messo *La Pachanga* quando non c'era nessuno per dirgli che i negri non erano ammessi al club. L'aveva fatto per Everly. Willy col suo cordiale, largo sorriso, con i suoi gesti aggraziati, che ballava con una scopa. Il tacito segreto era che la scopa era Everly, era Everly che Willy faceva piroettare e rovesciava all'indietro nel caschè.

«Grazie, K.C.» aveva detto lei mentre metteva nella borsetta la manopola dorata del gabinetto del vagone letto del signor Stites. *Grazie, ma sono già fidanzata.*

Era quasi ingenuo come credere che sia una bella cosa attraversare nuda la città.

18

Era disteso per terra, sotto il telone, esausto, vagamente affamato, vagamente eccitato.

Una fila di donne gli passava davanti agli occhi, e lui le esaminava a una a una. Poiché in quel momento non ne aveva nessuna a disposizione, poteva scegliere quella che voleva. Era una fantasia, e l'unico ostacolo alla fantasia era la sua stessa mente, che a volte si rifiutava di collaborare.

Era quasi come le ragazze tedesche che aveva incontrato nei suoi viaggi in Renania, aveva pensato La Mazière quando aveva conosciuto Rachel K. Fredde e libere, queste ragazze che non si facevano problemi a usare sempre tutta l'acqua calda, che non piangevano, che si mangiavano la loro porzione di cibo. Rachel K non diceva mai grazie, saggia etichetta che aveva notato anche tra gli ufficiali delle SS al campo di Wildflecken delle unità scelte delle Waffen, dove lo avevano addestrato una volta arruolato. Trovava affascinante l'idea che ti venisse dato, semplicemente, ciò di cui avevi bisogno, una ripartizione in base al merito che la gratitudine avrebbe solo svilito.

Ma sotto il piacere che gli procuravano i suoi modi freddi, La Mazière scoprì di provare il desiderio che Rachel K si fosse mostrata un po' più triste per la sua partenza. Se si voltava indietro, vedeva metà delle sue donne piangere e aggrapparsi a lui. Persino la figlia del fornaio che teneva un orribile coniglio ballonzolante in una gabbia accanto al letto, una ragazza dalla scorza apparentemente dura e spessa come la crosta del bauernbrot, o di un kaiser roll stantio, lo aveva pregato di non andare quando era stato il momento per lui di tornare a Wildflecken. Rachel K lo aveva spinto fuori dalla porta, poi aveva chiuso e messo il catenaccio. Lui era rimasto in piedi nel corridoio, con una leggera sensazione di stordimento, finché aveva deciso che non gli importava e che doveva tornare in albergo a fare le valigie per poter lasciare l'Avana entro l'alba, prima che gli scagnozzi di El Extraño, o di qualcun altro, lo trovassero. Eppure era rimasto lì ancora qualche istante, con le orecchie tese, cercando di percepire i movimenti di lei dentro l'appartamento. Passi, oggetti spostati qua e là, acqua che scorreva, un fiammifero strofinato contro la carta smerigliata, il "puf" di un fornello a gas, un bricco messo sul fuoco come se stesse facendo il caffè. Quei suoni gli dicevano che la vita di Rachel K continuava dietro la porta chiusa contro di lui, e che sarebbe continuata quando lui se ne fosse andato.

La pioggia martellava il telone sopra la sua testa. Si era insaccato sotto il peso dell'acqua che si raccoglieva rapidamente proprio in mezzo, minacciando di annaffiargli il già umido giaciglio. Alzò la mano e spinse, sollevando il telo di plastica. L'acqua scorse via. Dopo un attimo sentì l'acqua fredda inzuppare il terreno sotto di lui. Chiuse gli occhi e desiderò essere altrove.

Non c'era nulla come un letto bagnato per far sognare a un uomo un posto confortevole in cui dormire. Pensò alla sua suite all'Hotel Lincoln, ma questa immagine lo ricondusse ancora una volta a lei, che lo spingeva fuori dalla porta, e a quanto era accaduto dopo: la figura sinistra seduta nell'atrio dell'albergo quando era uscito alle quattro del mattino, un uomo con gli occhiali neri e il viso butterato dall'acne – perché avevano sempre le cicatrici dell'acne? – senza dubbio in attesa di La Mazière. Lui pregò il concierge di chiamargli un taxi, poi disse che doveva tornare di sopra perché aveva dimenticato una cosa, e invece andò giù al seminterrato. Uscì da una porta di sicurezza dietro la lavanderia dell'albergo e si mosse furtivamente tra le viuzze fino all'autonoleggio a cinque isolati da lì.

Al diavolo l'Hotel Lincoln, pensò mentre tornava a spingere l'acqua giù dal telone. «È un affronto essere inseguiti da un albergo all'altro» gli aveva detto il piccolo maragià una sera al bar nell'atrio del Nacional, dopo che La Mazière gli aveva suggerito che sarebbe potuto andare a Montecarlo, dove intendeva stabilirsi, senza autorizzazione, anziché attendere il visto che il governo di Monaco era restio a concedergli. «Certe persone passano la vita» gli aveva risposto La Mazière, «a farsi inseguire da un posto all'altro.» Ma il maragià aveva ragione. Era un affronto.

Pensò al proprio appartamento parigino, nel Settimo Arrondissement. Agli armadi pieni di vestiti odorosi di naftalina, freschi di lavanderia e protetti nelle buste di plastica trasparente, che aspettavano pazientemente sulle loro grucce di cedro. Qual era il fortunato sul quale sarebbe caduta la sua scelta? Questa è una fantasia: lui può scegliere quello che vuole. Blu scuro, fatto a Hong Kong, una bella lana estiva. Appena uscito dal bagno e sbarbato, un tocco di brillantina sui capelli, toglie il completo dalla plastica e lo indossa. Lo porta a fare quattro passi in Boulevard Saint-Germain.

Prende posto al Café de Flore, a un tavolino esterno. Ordina un piatto di aringhe. Un Pernod. Osserva le ragazze. Una, con i capelli raccolti in un fazzoletto fantasia, collo adorabile, pelle mediterranea, curve modeste, buon rapporto vita-fianchi e mani eleganti. Finge di leggere un libro. Lui le offre una sigaretta. Si sporge verso di lei con un fiammifero acceso, aspirando il suo profumo, poi la ignora per un intervallo calcolato. Guarda Sartre, seduto a un tavolo vicino col suo quaderno, gli occhi che sbirciano maliziosamente in due direzioni diverse, l'equivalente di quando si guarda nel vuoto. Sartre è in compagnia di un paio di donne attraenti. Sempre così, nonostante la sua bruttezza, o forse *grazie* a essa: un modo straordinario per compensare la propria bruttezza è dichiararla per primi. La Mazière sfoglia il fascio di giornali che ha comprato al chiosco mentre veniva giù per il boulevard, "Le Figaro", "Le Monde", "Rivarol". Alza gli occhi e cosa vede? La ragazza con le mani eleganti è venuta a sedersi al suo tavolo.

Insieme, vanno a una matinée. Ci va ogni volta che si trova a Parigi. Ha questa abitudine. Dopo la matinée hanno un'altra "matinée" a casa sua.

Mentre lei sonnecchia o finge di sonnecchiare, lui si alza dal letto. Nudo, apre le finestre all'aria fresca, ai suoni della Parigi dell'ora di punta. Il sole sta tramontando. Ora c'è qualche nuvola alta nel cielo, che si allarga e si tinge di rosa come l'imbottitura di una trapunta inzuppata di punch. Che tempo mite. Tempo da Hohenzollern, lo avrebbero chiamato gli ufficiali di Wildflecken. Le diafane tende bianche si gonfiano verso l'interno, poi vengono risucchiate fuori dalle finestre e sbattono qua e là. Annunciando col loro sbattimento... che cosa? Che l'uomo nudo ritto davanti alla finestra del 5B ha appena assolto una serie di doveri permessi, o meglio richiesti, dal suo nobile lignaggio. Portare a spasso per Boulevard Saint-Germain un completo di buon taglio, bere, fumare, tendere agguati e portarsi a letto operaie del Café de Flore, che sono sempre dolci e disponibili.

Ma se il suo nobile lignaggio esige che cerchi la dolcezza, egli è anche, e spesso, un uomo che cerca un buco sporco nel terreno e deve per forza metterci dentro la mano.

«Il vostro telone, *señor*» disse un ribelle quando La Mazière raggiunse il campo sulle montagne, porgendogli una tenda da doccia muffita.

Aveva ancora le asole di plastica destinate a un'asta montata sulla parete di una stanza da bagno. Lui ci passò un pezzo di spago e tese il telo meglio che poteva tra due arbusti. Dormì su una fila di sacchi da zucchero sotto la sua "tenda" aperta ai lati, che lo protesse malamente da incredibili scrosci di pioggia.

Anche se non aveva mai pensato di fermarsi lì, andando a Oriente aveva fatto la cosa giusta. I suoi sospetti su El Extraño, lucido di sudore come un maiale spalmato di grasso, erano fondati. El Extraño aveva portato le pizze che gli aveva consegnato La Mazière, istruzioni per uccidere Batista, direttamente al presidente. Quando gli uomini di Prio assaltarono il palazzo, lo trovarono pieno zeppo di SIM in agguato – la polizia segreta –, che catturarono trenta uomini, uccidendoli tutti. Ora stavano cercando di liquidare il Directorio Revolucionario di Prio, e chiunque vi fosse anche lontanamente coinvolto. Se La Mazière non avesse lasciato l'Avana quando l'aveva fatto, il SIM avrebbe catturato anche lui. Si era salvato la vita partendo, e per una destinazione introvabile. Aveva noleggiato una macchina col nome di Chris Person e preso la Carretera Central con una carta della Esso spiegata e svolazzante sul sedile del passeggero.

A Palma Soriano, una cittadina nel profondo della provincia di Oriente, dove la temperatura era di dieci gradi buoni più alta che all'Avana, il cielo più basso, il sole più vicino e l'aria così satura di umidità che sembrava più un acquario che una serra, aveva restituito la macchina e atteso in un lugubre motel intonacato che il suo contatto lo venisse a prendere. Pagò la stanza, fece una doccia e andò a sedersi all'ombra, nel patio del motel, che davanti aveva una piscina orlata di alghe. Con sua grande sorpresa, vi trovò un gruppo di persone radunate sul lato più lontano. Visto di fronte, il motel trasudava abbandono e letargia. Dalla sua stanza lui non aveva sentito nessun rumore di voci, e si era convinto che gli ospiti, se ce n'erano, fossero ben pochi. Il gruppo, disposto in semicerchio intorno a una macchina da presa posizionata su un treppiede, manteneva un silenzio assoluto. La macchina era puntata su due uomini vestiti come ribelli cubani, in tenuta da combattimento e fascia con la scritta M-26 intorno al braccio, solo che in realtà, così pallidi e accuratamente rasati, sembravano americani. Un microfono gli oscillava sopra la testa. A poca distanza, una ragazza bionda seduta su una sedia di alluminio stava facendosi truccare.

«Stop!» gridò qualcuno.

Non si sarebbe mai aspettato di incontrare degli americani, o una troupe cinematografica, nel cuore del territorio ribelle, ai piedi della Sierra Maestra, che si ergeva imponente alle spalle della città, con posti di blocco e di controllo a ogni uscita dall'autostrada. L'uomo che aveva gridato «Stacco!» fece un cenno con la mano a La Mazière.

«Venga qui, lei» lo chiamò, «visto che insiste a guardare. La mia sola regola è: assoluto silenzio mentre giriamo.»

L'uomo si presentò, pronunciando con molta enfasi il proprio nome, come se il solo citarlo potesse spiegare tutto. Non fu così, e La Mazière lo dimenticò un attimo dopo.

«Sono un attore» aggiunse l'uomo, quando capì dall'espressione sulla faccia di La Mazière di non esser stato riconosciuto. «Un mio film, *I falsari di Cuba*, è attualmente in programmazione nei cinematografi di tutta l'isola. Anche se non le raccomando di vederlo.»

«No?»

«Non è un bel film. E i cinema sono stati bombardati tutti. Anche se forse una violenta interruzione di questo genere avrebbe potuto perfino migliorarne l'intreccio.»

Completato il trucco, la bionda si incamminò verso di loro. Era vispa, aveva le gambe lunghe e non sembrava che avesse più di undici o dodici anni. Le labbra erano dipinte di un rosso da puttana. I capelli erano cotonati e spumosi, una gigantesca meringa che arrivava al cielo, con i bigodini che le coprivano le orecchie come punti interrogativi capovolti. E indossava gli shorts più corti che La Mazière avesse mai visto. Quando si chinò per allacciarsi una scarpa, che in genere è l'ultimo dei pensieri per una ragazzina, gli shorts vennero su fino a mostrare un bel pezzo di natica snella e ben formata.

«Questa è Woodsie» disse l'attore.

Lei fece scoppiare la gomma che masticava e si toccò nervosamente i capelli come fanno le donne quando il parrucchiere gli ha appena fatto qualcosa di nuovo e insolito.

«Cosa state girando?» chiese La Mazière guardando la ragazza.

«Un film» disse l'attore «sulla rivoluzione. Su questi giovani coraggiosi che combattono per la libertà, e sulle donne che li aiutano.»

Pareva incapace di parlare senza ricorrere a un'assurda voce da dittafono, come se tutto quello che diceva dovesse essere registrato per i posteri. «Il film si chiama *Attacco delle ragazze ribelli*. L'ho scritto io. Originariamente contavo di usare autentiche ribelli, ma non erano, come dire, molto "hollywoodiane". Allora ho scelto Woodsie.»

«Io sono la protagonista» disse la ragazza toccandosi un bigodino. «Papi dice che sarò una star. Diventerò famosa a Hollywood. Dappertutto.»

«Suo padre?»

«Oh, per piacere!» Diede una leggera gomitata alla cassa toracica di La Mazière. «Il mio *vero* padre non farebbe di me una star. Il mio vero padre non mi comprerebbe nemmeno un paio di lacci da scarpe!»

«Contavamo di usare del materiale documentario» disse l'attore, «ma il nostro cameraman ha avuto dei problemi. Un incendio gli ha fuso una parte dell'attrezzatura, e allora abbiamo costruito il nostro teatro di posa "ribelle" qui a Palma Soriano. Rimettendo in scena le cose, capisce, dopo il fatto.»

«Dopo il fatto? Ma la guerra non è finita» disse La Mazière. «È tutt'altro che finita.»

«Sì, è vero, ed è un po' per questo che il nostro progetto è così interessante. È più cinema d'arte, in realtà. Credo che lo porteremo a Cannes. È una fiction, la versione inventata di una guerra vera, eppure... Eppure... Si svolge *in mezzo* a una guerra vera, dietro di essa, come suo sfondo fittizio. Una guerra che il film descrive, sullo sfondo di questa guerra vera. Ieri è caduta una granata sul set, e abbiamo dovuto metterci tutti al riparo. Io ho un'eruzione cutanea. Cespugli di mancinella. Un prurito terribile, che si è diffuso fino a certi posti... Molto spiacevole, le assicuro. Woodsie ha una ferita alla gamba.»

La ragazza alzò una lunga gamba abbronzata e la tenne sollevata per farla ispezionare da La Mazière. Aveva una fasciatura intorno al polpaccio, con la garza incrostata di sangue.

«Ci siamo gettati nel cuore della guerra» disse l'attore. «E solo chi ha passato quello che abbiamo passato noi può capire il terrore di chi è braccato...»

Un tecnico lo interruppe, informando l'attore che c'era un problema col microfono. Dovevano rinviare tutto a più tardi.

«Woodsie, cara, va' in camera tua a schiacciare un pisolino» disse l'attore. «Manderò qualcuno a chiamarti quando sarà il momento di girare la tua scena.»

Lei si voltò verso La Mazière. «È stato un piacere» disse, e per dare forza alle parole fece scoppiare la bolla che aveva fatto con la gomma da masticare.

L'attore sospirò e scosse il capo mentre insieme a La Mazière la guardava allontanarsi con passo allegro.

«I giovani hanno bisogno di tutto il sonno possibile» disse. «Dieci, dodici ore per notte. A quell'età il cuore... sta ancora crescendo.»

Si interruppe, come assorto nei propri pensieri, e poi aggiunse, in un tono più intimo e meditabondo di quello stile dittafono: «Il cuore della mia Woodsie deve ancora crescere parecchio. Non so quali siano i suoi gusti, amico mio, ma le ragazzine possono essere terribilmente crudeli. Ho passato molte notti a rattoppare questo cuore ammaccato e troppo grande con tutto quello che riuscivo a trovare. La mia Woodsie è raggiante e generosa di gioia, ma questa gioia poi se la porta via».

L'attore gli chiese se voleva bere qualcosa. Un daiquiri, disse, che pronunciò *dai-cai-ri.*

«Signor Person! Signor Person!» chiamò il portiere attraverso il patio. «Ci sono delle visite.»

I suoi contatti, due ribelli che lo aspettavano davanti a una jeep col motore acceso, erano arrivati appena in tempo per risparmiargli una predica al dittafono al bar del motel. Raccolse la sua roba e li seguì.

Quel pomeriggio, mentre erano in viaggio diretti al campo dei ribelli, cominciò a cadere una pioggia sottile. Ebbe soltanto l'effetto di tonificarlo, l'umidità che gli splendeva sul viso, la vegetazione che gli frullava davanti agli occhi, la vecchia emozione familiare di viaggiare sobbalzando su un veicolo militare irto di armi che i suoi anfitrioni, Hector e Valerio, due allegri *comandantes* – rispettivamente capitano e tenente –, avevano prelevato da un deposito di armi abbandonato. Valerio guidava abilmente la jeep lungo strade ripide e fangose, aggirando con cura solchi profondi come le tombe del Père-Lachaise, per poi sfrecciare a ottanta all'ora sulle increspature del terreno. Impressionato, La Mazière chiese chi avesse fornito quei veicoli. «Batista» disse Valerio, tenendo il volante col ginocchio mentre allungava le mani per pulire il parabrezza con uno straccio.

La tonificante spruzzatina diventò un pesante acquazzone una volta che furono arrivati al campo. La pioggia continuò per parecchi giorni, rendendo impraticabili le strade. Per di più, adesso erano bloccati dalla Guardia Rurale. Chi aveva trovato la strada per arrivare fin lì non l'avrebbe trovata per andarsene fino a nuovo avviso. La Mazière era in trappola, tutto il campo era costretto ad aspettare che smettesse di piovere. Hector e Valerio visitavano la sua "tenda" per fare lunghe e combattute partite di scacchi, e sconclusionati discorsi di strategia militare e sulle donne che avevano conosciuto. La Mazière sentiva echeggiare tra gli alberi le grida esuberanti dei due uomini, il richiamo, un'imitazione di quello del tordo beffeggiatore, con cui annunciavano che stavano arrivando con la scacchiera e i pezzi che Valerio aveva scolpito nel cocco. Poiché si scurivano e si afflosciavano in poche ore, Valerio era sempre al lavoro su una nuova serie di pezzi. Lui e Hector strisciavano sotto il telo di La Mazière, ridendo, gocciolanti, con Hector che tuonava: «*El francés!* Oggi ti darò finalmente scacco matto».

Un pomeriggio Hector disse qualcosa a proposito delle donne che all'Avana lavoravano per la resistenza, che ce n'erano alcune piuttosto focose pronte a dare il loro "regalo" d'addio ai ribelli prima della loro partenza per la montagna. «E che regalo» disse Hector con un sorriso. «Quelle ragazze sono delle professioniste.» Poteva essere che si riferisse a una ragazza qualsiasi – nella resistenza ce n'erano a dozzine – o che se lo fosse inventato, eppure La Mazière ebbe un insolito momento di gelosia, mentre si chiedeva se Hector avesse inteso alludere a Rachel K. Hector era alto e piuttosto bello, con dolci riccioli preraffaelliti e grandi occhi castani. La Mazière si trattenne dal chiedere altri dettagli. La seconda volta che toccarono questo argomento, domandò a Hector se aveva una ragazza particolare nella resistenza. No, disse Hector. La Mazière non ne trasse alcun conforto, e sviluppò per lui uno strano attaccamento, ammirando e diffidando al tempo stesso di quel bell'uomo che forse stava scopandosi la sua zazou.

Nonostante fosse rimasto bloccato in un campo fradicio e fangoso per parecchi giorni – dodici o tredici, così tanti che aveva smesso di contarli –, c'erano dei momenti in cui La Mazière si divertiva sinceramente, annientando i suoi nuovi amici agli scacchi, e anche a canasta, che loro gli avevano insegnato, e intrattenendoli con storie delle steppe russe, dell'amaro tabacco che aveva fumato e che ardeva come fieno, e dei mongoli a cavallo che aveva visto attraversare un alto passo di montagna, uomini con pistole arrugginite dell'epoca zarista e selle di stoffa di lana. Ma diversamente da Hector e Valerio, nessuno dei quali pareva particolarmente infastidito dalle miserabili condizioni di vita, La Mazière cominciava a stancarsi di essere continuamente bagnato e affamato e di avere sempre freddo. Nelle ultime settimane le razioni erano consistite solo di pane di tapioca raffermo. Le zanzare lo attaccavano sfacciatamente a tutte le ore, lasciandogli bozzi fastidiosi su mani e viso. E sospettava che gli si stessero marcendo i piedi, anche se da parecchi giorni non si toglieva le scarpe per controllare. Furono distribuite delle amache e non dovettero più dormire per terra, ma fu solo un piccolo miglioramento, perché la scomoda imbracatura di tela diede a La Mazière la strana sensazione di essere i genitali di qualcuno, stretti dentro un umido costume da bagno. Si esortò a ricordare che il bisogno della felicità era una mutilazione del carattere, e che comodità e piacere diventavano insipidi in brevissimo tempo. *Perché non si unisce a me per un dai-cai-ri?* Almeno non era "al sicuro" in uno squallido e deprimente motel, a trasformare in un pastrocchio qualcosa di vero e di pericoloso. *Solo chi ha passato quello che abbiamo passato noi può capire il terrore di chi è braccato...* Il pensiero di quella gente, che trasformava la storia in una pagliacciata da salotto, lo rendeva lieto di essere dov'era, nel cuore dell'azione.

Dopo venti giorni di continui acquazzoni smise finalmente di piovere. E contemporaneamente, Fidel Castro diede inizio a una vigorosa campagna di relazioni pubbliche su Radio Rebelde, che veniva diffusa da La Plata, molto a sud rispetto a loro, ma si sentiva abbastanza chiaramente. L'unità di La Mazière si raccoglieva ogni sera intorno alla radio mentre Castro invitava i giornalisti di "Look", "Life", "Newsweek" e "New York Times" a raggiungerlo sui monti, leggendo solennemente i loro nomi alla radio come se fossero i vincitori della lotteria, e poi sfidandoli a guardare con i loro occhi chi erano i ribelli e per cosa si battevano. La campagna di relazioni pubbliche evidentemente funzionava: i giornalisti americani oziavano nel campo di Fidel, fumando sigari, flirtando con la modella sexy del detersivo in scaglie che dirigeva la stazione radio, e guardando Castro che baciava i piedi dei *campesinos*. La Mazière avrebbe potuto facilmente allungare una bustarella a qualcuno, aggregarsi a un qualche convoglio neutrale e raggiungere sano e salvo un aeroporto.

Invece rimase. Non aveva mai pensato di fare una cosa simile, battersi con un gruppo di barbuti rivoluzionari cubani, metà dei quali appena adolescenti. Ma il momento decisivo fu quando vide in tutto questo il potenziale per qualcosa di veramente grande.

Un pomeriggio, due tenenti tornarono da una ricognizione avendo catturato un membro della Guardia Rurale di Batista. Un vero e proprio prigioniero di guerra, imbavagliato e legato con un pezzo di spago per balle di fieno. Hector stava sonnecchiando, e allora i due tenenti chiesero istruzioni a La Mazière, che veniva considerato un po' un'autorità, una figura esotica che poteva spezzare il pane della scienza.

«Che ne facciamo?» chiese uno dei tenenti.

«Sai benissimo cosa dovremmo fare» disse l'altro con un tremito nella voce. «Tutti i membri della Guardia Rurale sono nemici della giustizia. Devono... devono essere assassinati...»

«No no *no*» intervenne La Mazière, scuotendo gravemente il capo. «Non devono essere *assassinati.*»

I due tenenti lo guardarono.

«Il termine giusto» disse La Mazière «è *giustiziati.*»

«Non è la stessa cosa?» chiese uno dei due.

Allora La Mazière si lanciò in un discorso sulla distinzione critica tra le due cose. Si avvicinarono altri ribelli, mentre parlava, finché non si furono radunati intorno a lui quasi tutti i trenta uomini dell'unità, con le orecchie tese. Uno sputava gusci di pistacchi – avevano finalmente ricevuto qualcosa di più del pane di tapioca raffermo –, ma una lezione non era il momento appropriato per uno spuntino. La Mazière gli scoccò un'occhiata, e quello mise via in fretta il sacchetto di pistacchi e rimase sull'attenti. Un'esecuzione, riprese La Mazière, alzando la voce per essere certo che tutti sentissero, era una dichiarazione di intenti, e una dimostrazione di rigore. L'assassinio era un atto assai più meschino, una possibilità o, peggio, una "necessità": la pronunciò, quest'ultima parola, come se fosse uno straccio sporco e puzzolente che teneva tra due dita. L'esecuzione era un'uccisione *ritualizzata,* sottolineò. Non era mai frutto della necessità. Era sempre una scelta, una calcolata erogazione di giustizia. E solo per l'elevata qualità della scelta, spiegò, l'uccisione poteva assumere un significato simbolico. Uccidere, disse, aveva un significato, un significato voluttuoso e mistico che non doveva mai essere sprecato. L'esecuzione era un'arma retorica, un'affermazione che non poteva essere confutata, proprio come a un uomo non si poteva ridare la vita.

I ribelli tacevano. Intimiditi, pensò La Mazière. Allora decise che l'atto stesso doveva far parte di quella lezione improvvisata, perché fosse una lezione completa.

Chiamò il cappellano del campo, che diede l'estrema unzione alla guardia rurale. Guardandolo mentre tracciava una croce oleosa sulla fronte del prigioniero e gli metteva sulla lingua l'eucaristia, magra provvista per l'aldilà, La Mazière pensò al cappellano di Wildflecken, che montava un cavallo bianco e portava una tonaca di seta, il crocifisso e la croce di ferro che tintinnavano attaccati a due diverse catenine d'oro.

Quando il prigioniero ebbe ricevuto l'estrema unzione e fu adeguatamente bendato, La Mazière estrasse il coltello e se lo pulì sulla gamba dei calzoni finché la lama brillò.

«Un momento!» gridò uno dei ribelli più giovani. «Non dovrebbe ricevere un processo? Cioè, non sto dicendo che non è *colpevole*. Ma non dovremmo essere come un tribunale, e giudicarlo colpevole? Ed emettere una sentenza, prima di fare quello che stiamo per fare?»

La Mazière sospirò, raccogliendo la pazienza necessaria per insegnare a quel ragazzo sprovveduto i concetti base del diritto e del giudizio. «Spiegherò questa cosa una volta sola» disse, «dunque ascoltate bene, per piacere, tutti quanti. Questa è una sollevazione popolare. Un movimento popolare. Il popolo non "giudica" nello stesso modo dei tribunali. Non emette sentenze. Scaglia fulmini. Il popolo non condanna guardie rurali, traditori o re. Li ributta nel vuoto.»

E poi passò rapidamente il suo lucido coltello attraverso il collo del prigioniero. Anche con gli occhi coperti dalla benda, l'espressione sul viso dell'uomo era di sbigottita sorpresa. Sotto il mento gli si aprì un sorriso rosso e tremante.

Due soldati vomitarono davanti a tutti, non avendo fatto in tempo a voltarsi per nascondere la propria debolezza: fisiologica, incontrollabile, e per questo ancor più vergognosa. La Mazière finse di non accorgersene, come avrebbe potuto fingere di non accorgersi dei modi goffi e dell'evidente inesperienza sessuale di una donna. Bisognava dare alla gente la possibilità di imparare.

Quella sera, mentre tuffavano pezzi di piantaggine fritta in una pentola di fagioli, il pasto che la moglie di un *campesino* aveva portato al campo, gli uomini rimasero in silenzio. Di solito, durante la cena, li intratteneva Hector con le sue barzellette sconce. *Le ho chiesto se fuma dopo avere fatto sesso. Lei si volta verso di me e fa: «Non so, non ho mai guardato»*. Questa volta, invece, Hector mangiò con la faccia cupa e non disse nulla. Dopo cena prese in disparte La Mazière.

«Certo che tu sai proprio spegnere la pachanga, amico.»

La Mazière replicò che non capiva cosa intendesse dire.

La pachanga era un atteggiamento, un modo di vedere le cose, spiegò Hector. Un movimento rivoluzionario con la pachanga era un movimento vivace, con un certo spirito: lo spirito del divertimento. Uccidere *batistianos* per dare una lezione agli uomini non era quello che lui avrebbe chiamato divertimento.

La Mazière rispose che il divertimento è nell'occhio di chi guarda. E che, se volevano fare i buffoni, giocare a baseball, dimenticare che il loro obiettivo era rovesciare il governo cubano, allora dovevano farglielo sapere, perché lui aveva avuto l'impressione che invece volessero fare sul serio.

«Noi *facciamo* sul serio. Ma non c'era bisogno di ammazzare quell'uomo. E allora il concetto di prigioniero di guerra?»

Concetto, proprio, visto che Hector non aveva mai fatto un prigioniero né lo era mai stato. «Ah certo» disse La Mazière, senza fare alcuno sforzo per nascondere il disprezzo che provava per l'ignoranza di Hector, «perché non mi parli dei prigionieri di guerra? Del concetto, almeno...»

«Senti, amico, il padre è profondamente turbato. Credeva che tu gli chiedessi di dare una dimostrazione dei conforti religiosi, insomma, di mostrare ai soldati uno scenario ipotetico.»

La Mazière rispose che i conforti religiosi erano conforti religiosi. Il cappellano sarebbe stato contento di vedere la preghiera considerata come uno scenario ipotetico? *Se* io fossi sincero, mi metterei in ginocchio a pregare Iddio, ma non lo sono, e allora cos'è questa, una *dimostrazione*?

Hector non fece obiezioni. La Mazière non era sicuro di averlo convinto, ma non gli importava. Forse provava più pena per quella sfortunata guardia rurale che non per tutti gli altri del campo messi insieme. E non poteva spiegarlo né a Hector né a nessuno che non fosse passato da "concetti" indulgenti e idioti alla vita vera e propria, e alla sua gamma completa di orrori necessari.

Hector e Valerio non andarono più a giocare a scacchi alla tenda di La Mazière, e anche certi soldati, in particolare il ragazzo che aveva proposto di processare la guardia rurale, tennero le distanze. Lui era con l'unità già da due mesi, e chiaramente stava nascendo uno scisma, tra quelli pronti a un salto di qualità e quelli che volevano giocare a baseball.

Una settimana dopo l'esecuzione, avuta notizia dell'incidente, Raúl Castro mandò alla loro unità una lettera di encomio, che Valerio lesse a tutti ad alta voce. Raúl dichiarava che il sogno futuro di una nuova società respingeva ogni compromesso, la "giustizia" distorta del vecchio sistema, ed esigeva nuove e severe misure. Erano fortunati ad avere dalla loro parte questo francese che aveva sulle spalle un impeccabile addestramento militare. Se La Mazière era disposto ad accettare l'incarico, Raúl lo avrebbe nominato consigliere strategico ufficiale della loro unità. Quando Valerio ebbe finito di leggere, alcuni dei soldati abbassarono stoicamente lo sguardo. Uno dei due ragazzi che avevano vomitato durante l'esecuzione batté energicamente le mani.

Il suo nuovo ruolo di consigliere diede la stura a un fiume di ricordi, un modo di essere in cui La Mazière cominciò a marinare, e felicemente. Ricordando i trucchi imparati come Waffen, che insegnava ai soldati.

Legatevi bene gli occhiali al viso prima di saltare, diceva La Mazière, istruendo con i fondamenti del paracadutismo una squadra inviata in missione per sabotare guarnigioni militari e zuccherifici.

Apriranno un portello, spiegava. Sopra la vostra testa c'è un luce rossa che lampeggia. Quando smette di lampeggiare e rimane rossa, buttatevi nel buio. Non pensateci su. Guardate la luce rossa e buttatevi.

Quando atterrate, non cercate di evitare di cadere. Piegate le ginocchia e rotolate. Una volta a terra, se nelle vicinanze c'è uno stagno avvolgete il paracadute intorno a un sasso e lasciatelo affondare.

Se avete finito l'acqua, succhiate una pallottola.

E aspettate sempre prima di lanciare una granata, così non possono tirarvela indietro. Non più di due secondi, ammonì. E mai, mai, su per il pozzo di una scala.

Rispetto alle condizioni primitive in cui aveva trovato il campo in gennaio, quando era arrivato lì, le attività dell'unità di La Mazière cominciavano ora ad avvicinarsi a qualcosa di simile alla guerra moderna. Nella tarda primavera finirono di costruire la loro pista di atterraggio sui monti, e a maggio iniziarono a ricevere regolarmente rifornimenti di M-1 e carabine, pezzi di artiglieria, mortai e munizioni: tonnellate di armi di cui aveva trattato la vendita lo stesso La Mazière, prima ancora di pensare a rimboccarsi le maniche e ad addestrare gli uomini a cui erano destinate. Insieme a queste spedizioni arrivarono anche le macchine utensili necessarie, che l'intraprendente Valerio e una squadra di aiutanti usarono per trasformare un enorme trattore in un carro armato. Vi saldarono spesse piastre d'acciaio e vi montarono sopra armi di ogni calibro possibile e, con orrore di La Mazière, persino una catapulta, che avrebbe lanciato una singola palla da bowling recuperata in un club abbandonato dagli americani. Le piastre d'acciaio, delle più varie forme e dimensioni, erano abbinate alla bell'e meglio tra loro; i cannoncini ballavano sui sostegni nelle torrette. Il trabiccolo procedeva sulla strada ripida e fangosa verso il campo come una baracca metallica su ruote. Ne saltarono giù un gruppo di uomini eccitati che imitavano il verso del tordo beffeggiatore.

«Divertente» disse loro La Mazière. «E sono anche piuttosto colpito. Però è un lavoro malfatto. *Terribilmente* malfatto.»

Sulle facce degli uomini, tutti trionfalmente sorridenti mentre saltavano a terra, cadde un'ombra di delusione.

«Credevo che tu, più di chiunque altro» disse Valerio, «avresti applaudito il progetto.»

«È una dimostrazione vivente della grande creatività del proletariato!» protestò un altro soldato.

Altri gli fecero eco.

«Chi se ne frega se è un lavoro malfatto!»

«Sì, gli faremo scoppiare il culo!»

La Mazière cominciava a spazientirsi per la generale noncuranza che i ribelli del campo riservavano all'estetica e perfino al controllo militare. Aveva fatto notare a Valerio che confezionare "racchette da palude" con le canne non era, forse, un progetto a cui bisognava dare la precedenza assoluta, e ciò che Valerio aveva costruito al loro posto era questo ridicolo "carro armato". Più di una volta era stato costretto a spiegargli che le partite di scacchi si potevano fare nei giorni di pioggia, non indifferentemente *tutti* i giorni. La Mazière metteva a disposizione di questa gente tutte le sue vecchie esperienze del tempo di guerra, la sua astuzia di stratega, una macchina francese fatta apposta per uccidere, e poi si ritrovava circondato da uomini che discutevano con le mani ma che erano restii a usare quelle stesse mani per strappare la semplice linguetta di una granata, preferendo mettersi le racchette da palude fatte da Valerio e arrancare intorno alle ninfee, urlando allegramente nel *bochi-tochi,* come chiamavano il walkie-talkie. Non era avverso al culto della natura, a fondare una causa politica nella fattualità della terra. Ma le abitudini rurali dei ribelli erano ozio e pigrizia al posto della disciplina. A nessuno interessavano le escursioni notturne, che tanto piacevano ai tedeschi di Wildflecken. Nessuno era disposto a fare una bella nuotata in un freddo torrente di montagna nelle prime ore del mattino. Avevano poca simpatia per la disciplina in sé e per la trascendenza che essa prometteva. Non riuscivano nemmeno a pulire e tenere ben lubrificate le loro armi e, peggio ancora, non comprendevano in nessun modo le liriche qualità della violenza, e la evitavano più che potevano. Già due volte Hector aveva chiesto a La Mazière di "fargli vedere di nuovo come si fa", a lui e agli altri uomini, quando avevano avuto per le mani dei prigionieri di cui dovevano occuparsi: sosteneva che i soldati non avevano ancora perfezionato la tecnica, e che lui non voleva che andasse perduto il significato dell'esecuzione a cui bisognava procedere, chiedendo a La Mazière se per favore poteva spiegar loro una volta di più come funzionava "la lama della giustizia popolare" e fargli vedere ancora una volta il modo giusto in cui l'atto doveva essere compiuto. L'idea che qualcuno facesse fare a lui, La Mazière, il lavoro sporco degli altri, come fosse un killer della malavita, era, naturalmente, inconcepibile. Erano troppo deboli per farlo di persona, tutto qui, e avevano bisogno che un uomo forte lo facesse al loro posto.

Si ritirò sotto il suo telo di plastica a disegnare diagrammi, riflettendo, scartando gli aborti. Tornò da loro col progetto di un carro armato che era molto più elegante del loro macinino. Niente catapulta. Affusti solidi nella torretta. Solo un sobrio e aggraziato lanciafiamme con oltre mille chili di pressione.

«Come vogliamo battezzarlo?» chiese loro.

«La *Regina*!» urlò Valerio, e così fu.

Guardandoli mentre si esercitavano nelle manovre con la *Regina*, La Mazière pensò a com'era strano che negli scacchi l'oggetto consacrato, il re, sul quale s'incardinava tutto il gioco, in realtà fosse un pezzo praticamente inutile, pura e semplice vulnerabilità, un simbolo inerte, mentre il vero oggetto del desiderio era la regina, dotata di poteri che superavano di gran lunga quelli di ogni altro pezzo. Quando aveva avuto luogo questa curiosa inversione di condizioni? E perché? E che significava? Le regine di cocco intagliate dalla mano di Valerio erano oscene caricature di robuste proporzioni. Ma questo non ne sminuiva l'importanza nel gioco, la loro innata dignità come strumenti di vittoria. Una regina munita dal suo creatore di grossi seni e sporgenti grandi labbra poteva pur sempre muoversi in tutte le direzioni, scivolare sulla scacchiera con disinvoltura e a una velocità entusiasmante nella sua marcia trionfale verso la vittoria.

Raúl, leader del II Fronte Frank País che abbracciava tutto l'Oriente nordorientale, era il loro comandante. Ma lo avevano visto poco, fino al giorno in cui il trattore-carro armato fu perfezionato e si studiò un piano per portarlo nella zona americana a rifornirsi di benzina, cosa di cui avevano un gran bisogno, e a catturare degli ostaggi, cosa di cui non avevano bisogno, ma che avrebbe potuto rivelarsi una brillante trovata pubblicitaria. Avrebbero sequestrato alcuni uomini della società mineraria e alcuni altri dello zuccherificio e li avrebbero portati al campo dei ribelli. Per farli divertire, mostrargli i danni provocati dai bombardieri di Batista e guadagnarsi la solidarietà degli americani.

Questo piano, anche se ufficialmente di Raúl, in realtà era stato ideato da un americano: il braccio destro di Raúl, il figliol prodigo di un manager della United Fruit. Il ragazzo, accompagnato da un piccolo distaccamento, venne al campo di La Mazière per rivedere con lui tutti i dettagli. Era un tipo meditabondo che si mordeva il labbro inferiore, con i capelli piuttosto lunghi che gli entravano negli occhi; forse dovevano somigliare al ciuffo di Raúl, sennonché i suoi erano biondo platino come quelli di uno scandinavo. La prima volta che glielo descrissero, La Mazière pensò fosse un piano destinato con ogni probabilità a finire in un disastro, che i ribelli sarebbero caduti in un'imboscata della Guardia Rurale, o che avrebbero provocato accidentalmente la morte di qualcuno degli ostaggi. Ma ascoltando le idee del ragazzo americano, il proprio scetticismo diminuì, sempre di più. Non era un brutto piano. Anzi, era piuttosto astuto: questo ragazzo – comandante Stites era il suo nome – proponeva di dividere una colonna in due, proprio ai piedi della Sierra del Cristal, con una metà degli uomini che avrebbero attraversato il fiume Levisa così da entrare a Preston per catturare gli impiegati dello zuccherificio, mentre l'altra metà sarebbe venuta giù dalla miniera di nickel, dove la solidarietà dei lavoratori voleva dire che i ribelli avevano tutta la vigilanza e la protezione di cui avevano bisogno, e quindi sarebbero entrati a Nicaro per acciuffare come teneri pollastri i manager disarmati e accompagnarli su al campo.

La Mazière studiò col comandante Stites le manovre della retroguardia, contribuendo con tutto quello che sapeva su attacco e ritirata. I due uomini sarebbero rimasti in fondo alla retroguardia: La Mazière perché era troppo prezioso perché la sua vita fosse messa a repentaglio, e Stites perché il clan sul quale puntava l'avanguardia era proprio il suo. Il ragazzo aveva voluto condurre l'operazione. Comprensibile. Dopo tutto, era una sua creazione. Ma sarebbe stato meglio, consigliò La Mazière, dare gli ordini senza farsi vedere. Per fortuna, riuscì a convincere Stites senza dover dire espressamente quale sarebbe stato secondo lui un esito prevedibile se questo ragazzo avesse finito per trovarsi faccia a faccia con la sua stessa gente, con il suo stesso padre, che era il capo dell'industria saccarifera di Preston. La strategia che imponeva di tenerlo in fondo alla retroguardia era classico Mao, o forse Mao passando da Sun Tzu. Durante le rivolte contadine, Mao non aveva mai ordinato a unità dell'ELP di mandare i carri armati contro la popolazione della loro prefettura. Li mandava invece nelle altre prefetture, dove le facce e i nomi delle persone schiacciate sotto i cingoli erano sconosciuti. Separare il comandante americano dai prigionieri americani era prudente, un sistema per fare in modo che l'immagine dei ribelli restasse quella di un'inconoscibile moltitudine: non un ragazzo con i capelli sugli occhi, che all'ultimo momento poteva lasciarsi sedurre da un letto morbido e da un pasto caldo, e da una bambinaia giamaicana che gli faceva il bagnetto. La Mazière poteva quasi vederlo: "Torna a casa, figliolo".

Per la maggior parte del tempo, il comandante Stites era serio e severo. Un buon tiratore e un accurato disegnatore di carte militari, uno che non amava né oziare né riposarsi. Si alzava prima dell'alba, come La Mazière. Si spogliava, come si spogliava La Mazière, e i due uomini si tuffavano nel torrente vicino al campo, Stites nuotando atleticamente controcorrente, passando dal crawl al dorso nello stoico ma cordiale desiderio di surclassare gli altri a tutti i costi, La Mazière rispondendo con un vigoroso nuoto a farfalla. Stites allora faceva lo stesso e si metteva a nuotare a farfalla pure lui, e gettando avanti braccia e spalle i due si spingevano attraverso l'acqua fredda con tutte le loro energie, godendosi questa intesa mattutina tra uomini.

Il modo in cui il ragazzo americano rimuginava tra sé e scuotendo velocemente la testa si spostava i capelli dagli occhi ricordava a La Mazière i ricchi e insolenti adolescenti americani che visitavano Parigi con gli chaperon dei loro collegi svizzeri, in coda davanti al Louvre, o sparpagliati intorno a troppi tavoli a rovinare l'atmosfera del Café de Flore. Ma il comandante Stites faceva sul serio. Altissima e unica era per lui la posta in gioco, che sicuramente alimentava il fuoco delle sue meditazioni. Era evidente che covava del rancore, forse perché non si era ancora liberato del gusto infantile di rompere, o semplicemente di violare, la legge paterna. Il comandante Stites sembrava particolarmente desideroso di portare su in montagna la ristretta cerchia di uomini di suo padre. Moriva dalla voglia di svuotare i congelatori pieni di bistecche di suo padre, e di tagliare le linee telefoniche e le forniture d'acqua della sua città. Come se il magnifico incendio di canna da zucchero di cui il ragazzo era stato l'ideatore non fosse bastato. Si era fatto una reputazione proprio con quell'avvenimento, che aveva avuto luogo subito dopo l'arrivo in montagna di La Mazière. Gli altri ribelli onoravano questo atto come un importante sacrificio dell'impero paterno da parte del ragazzo. La Mazière lo trovava un po' più dubbio. Le battaglie edipiche andavano combattute con prudenza, non compulsivamente. Ma poi, chi era lui per dire cos'era davvero più grande, se il cosmo delle emozioni infantili o il cosmo vero e proprio? In ogni caso l'incendio ebbe un effetto devastante, forse più di quanto avessero realmente compreso gli americani. Il fuoco, pensava La Mazière, è alchimistico. Cambia ogni cosa. E molto tempo dopo che si è spento, un incendio può continuare ad ardere e corrodere.

I sequestri a Preston e Nicaro riscossero un grande successo. E furono molto divertenti, a conti fatti. Gli avamposti dei ribelli diventarono palcoscenici teatrali, dove ognuno recitò per i prigionieri e per i giornalisti americani che presto li seguirono. Il giorno in cui arrivò un corrispondente della rivista "Life", La Mazière si riunì con parecchi uomini dietro una macchia di pini nani e ordinò agli uomini di andare avanti e indietro per il campo, cambiando camicia, togliendosi il cappello, mettendosene un altro, raggruppandosi in varie combinazioni – cinque uomini, sette uomini e così via – per dare l'impressione che ogni volta fossero un nuovo battaglione che passava. I prigionieri furono divisi in piccoli gruppi, più facili da gestire e da sorvegliare. Dietro ordine di Raúl, La Mazière andava da un'unità all'altra a controllare la sicurezza. Alcune di queste unità, con sua piacevole sorpresa, erano comandate da donne. Vere donne, che sorridevano e civettavano. Una era particolarmente bella, e quando vide i suoi capelli svolazzanti, il suo sguardo aperto e femminile, e le fossette del suo sorriso come due solchi delicati nella superficie di un budino, lui pensò che avrebbe potuto abbandonarsi a piaceri più dolci nel bel mezzo dei più severi piaceri della guerra.

Negli ultimi cinque mesi, da quando era arrivato quel piovoso pomeriggio di gennaio, era stato circondato da uomini e consumato dalla strategia militare, e aveva quasi dimenticato che ogni tanto intimità e guerra coincidevano, anche se in un modo meno che rispettabile. Certo, la divisione della gioia nazista era una leggenda. Una leggenda che serviva, come tante leggende del tempo di guerra, a nascondere licenziose fantasie sotto il velo della colpa redentrice. Non c'erano mai state unità di bionde ariane stipate nei vagoni e distribuite come bottiglie di latte. Ma c'era stato, naturalmente, il *droit du cuissage* del soldato, come amava vederlo La Mazière, una delle prede di guerra. Nelle snervanti settimane in cui era rimasto bloccato dietro le linee russe, vivendo come un animale e dormendo nella neve, capitava che una moglie di contadino si desse spontaneamente mentre il marito veniva fatto uscire sotto la minaccia di una pistola, colpito con quella stessa arma e chiuso in una porcilaia. Ne ricordava una in particolare, che si era issata sul banco della cucina, tirandosi su le sottane infangate. Fu un'unione decisamente odorosa – c'era la guerra, e lavarsi era un vago ricordo –, ma comunque gradevole. In fondo l'odore era, certe volte, un piacere in sé e per sé. Era stata persino una scelta, per lui, in qualche occasione. Ma l'"ignobile pastorale" della scopata sul banco della cucina con la moglie del contadino poteva esistere solo in quanto cosa di poco conto, un piacere di qualità inferiore, perché non era stato scelto al posto di altri piaceri, altre tipologie di cura della persona, o mancanza di essa. I piaceri più grandi, lo sapeva, erano quelli per i quali si rinunciava a un altro piacere. Non piaceri d'occasione, ma di sacrificio.

La comandante con le fossette indossava un'attillata uniforme di fatica, con la cinghia del fucile che biforcava un seno rispettabile, due protuberanze più grosse di quelle che le mani di La Mazière avrebbero potuto contenere. Anche se qualsiasi seno, in quel momento, gli sarebbe parso rispettabile. Quando lei gli sfiorò il braccio col suo, lui pensò che volesse dire via libera. Lui indicò il bosco, sperando di riuscire a combinare un cauto incontro con questa ben dotata soldatessa. Lei invece si arrabbiò, quasi istericamente, e gli urlò che il suo grado era più alto, accusandolo di averla umiliata e di tradire i princìpi democratici della rivoluzione, poi si allontanò per "fare rapporto" sull'accaduto. Come se un capo indispensabile come lui non fosse immune da ridicoli "rapporti" come quello. La sua immunità era assoluta. Ciò nonostante, si sentì mancare il cuore. Che delusione, che fastidio, essere sgridato da una donna. Che in ogni modo era vestita da uomo, e che si era improvvisamente trasformata da donna cordiale e ricettiva in una megera assetata di potere. L'incidente lo mise di cattivo umore.

Ricordò a se stesso che poteva andarsene facilmente, scambiare la sua amaca con un comodo letto nel Settimo Arrondissement. Volare da Santiago a Port-au-Prince e poi da lì direttamente a Parigi, e nel giro di tre o quattro giorni avere tutta la compagnia femminile che voleva. Vedere Dalida, la sua Miss Egitto, le sue lunghe gambe e il suo reggiseno con le coppe a forma di siluro, la depressione di cui cadeva vittima in un modo che lui trovava affascinante, un interesse da parte di La Mazière che non era esattamente empatia, ma nemmeno crudeltà. Qualcos'altro, una mistura salmastra delle due. Dalida soffriva di attacchi d'ansia acuti e prolungati che duravano parecchie settimane e si sentiva, gli aveva detto lei, «come se mi fosse caduto dalle mani qualcosa di fragile e prezioso, che sta per colpire il pavimento e rompersi in un milione di pezzi. Io non posso farci niente: ormai è già caduto e si romperà in un milione di pezzi. La sensazione è questa. Mi è appena scivolata dalle mani. Mi è appena scivolata dalle mani».

Ripensandoci, Dalida poteva anche evitarla. Non dirle che era tornato e imbarcarsi in imprese più semplici. Appostarsi nei caffè e rimorchiare ragazze della classe operaia, portarle nel suo appartamento e mandarle via altrettanto rapidamente, spiegando che non vedeva l'ora di assaporare il ricordo della loro compagnia tanto quanto, o forse più, aveva assaporato la loro compagnia vera e propria, illustrando la sua logora teoria sulla passione che ha bisogno dell'assenza.

Pensò alla sua indifferente e meno prevedibile zazou. Naturalmente, Hector non l'aveva scopata. La Mazière stava solo lasciandosi prendere dalla patetica convinzione che tutti dovevano trovarla desiderabile perché era lui a trovarla tale. Ma andare all'Avana per vederla era fuori questione. Il SIM gli avrebbe cacciato una pallottola in testa. E comunque si era ormai legato a questo mondo di fuggitivi, anche se le sue donne, con i loro stuzzicanti tentativi di umiliarlo, erano riuscite a fargli desiderare il travestito kabuki di un inglese. Anche se questi soldati non erano ancora arrivati a conoscere a fondo il potenziale mistico della violenza, il dono della spietata disciplina, e non erano ancora in grado di capire il concetto elementare e vitale sintetizzato nella frase di Ovidio *militiae species amor est*: la guerra è una specie di amore. Ovidio avrebbe potuto dire il contrario, che l'amore era una specie di guerra, ma che importa. Erano vere tutt'e due le cose.

A questo punto i ribelli controllavano quasi tutta la provincia di Oriente. La provincia centrale di Las Villas era ormai nelle loro mani. Quando fosse caduta la sua capitale, Santa Clara, avrebbero attaccato l'Avana. Migliaia di ettari di canna da zucchero ardevano. Ardevano autobus e treni. Ardeva ogni capannone per la concia del tabacco nella Cuba orientale. La Mazière amava la rivolta. Era la parte della rivoluzione che preferiva. Doveva restare, almeno per la grande uscita allo scoperto dei soldati che scendevano dalle montagne.

Un pomeriggio Fidel Castro visitò il campo e pronunciò un discorso improvvisato su dieta e nutrizione. In tempi come questi, disse Castro, quando gli accampamenti erano a corto di viveri – La Mazière non mangiava da due giorni –, era importante ricordare che le termiti erano commestibili. Ma terribilmente amare, scoprì il francese, quando il comandante dell'unità ordinò al cuoco di prepararne un'infornata per far piacere a Castro. L'amaro di cento Fernet Branca concentrato in un punto sotto la lingua. Le sputò di nascosto e propose ai ribelli di farsi prestare una mucca dai *campesinos* del circondario, che gli avrebbero restituito dopo il loro trionfo. In tre si assunsero questo incarico, ma non riuscirono a rimediare altro che un puledro macilento. Lo legarono a un palo, e toccò a La Mazière dargli il colpo di grazia. Gli sparò e lo appese a testa in giù, spiegando che quella posizione era preferibile perché così i succhi della testa non sarebbero finiti nella loro carne. Tenne un corso accelerato di macelleria. Scuoiatelo quando è ancora caldo, ma prima di tagliare la carne aspettate che il corpo si raffreddi bene. Fate una bella incisione nell'ascella, e strappate la spalla. Così, vedete, *via* dalla carcassa. Per togliere il girello, localizziamo – ecco – il giunto che unisce la zampa al bacino. Tagliamo il giunto con qualche coltellata decisa. Il collo, a proposito, è l'ideale per la carne secca, se vi piace fatta così.

Mentre arrostivano la carne di cavallo, Castro e La Mazière sedettero all'ombra a chiacchierare, guardando gli uomini che cucinavano e mettevano in ordine il campo. Era inteso che né Castro né La Mazière dovessero dedicarsi ai lavori ingrati. Avevano le mani belle lisce, con le unghie tagliate e pulite. Per questo la Mazière teneva in tasca una graffetta. Avere dello sporco sotto le unghie significava perdere la propria identità, come aveva scoperto in quella miserabile prigione russa, dove gli avevano confiscato la graffetta.

Quella sera il pasto, come tutti i loro pasti, fu sostanzialmente egualitario, perché gli uomini si sedettero tutti insieme e gli ufficiali di grado più elevato presero la loro porzione per ultimi. Ma questa dimostrazione di eguaglianza, come La Mazière sapeva bene, non toccava lo status suo e di Castro, che rimase come sempre separato e ben più alto di tutti gli altri.

Quella sera, sul tardi, La Mazière sentì un fruscio sul suo telo di plastica. Aprì un occhio, ma non si mosse. Castro si distese accanto a lui, silenziosamente, con cautela. Il campo taceva, tutti dormivano, l'unico rumore che si udiva erano le ritmiche stridulazioni degli insetti.

Castro rimase a lungo immobile, senza dire nulla. La Mazière stava là disteso, nell'umido abbraccio della notte, nera e senza luna, e avvertiva la concentrazione del comandante, la sua mente irrequieta e vigile che cercava di discernere la forma della mente altrettanto vigile di La Mazière.

«Mazière» disse Castro finalmente.

«Sì.»

E poi Castro gli fu addosso. Con un solo movimento, il peso schiacciante del suo corpo sopra quello di La Mazière. Tra loro una coperta ruvida e sottile. La Mazière sentì un debole odore di aglio nell'alito di Castro. La sua barba era più morbida di quanto si sarebbe aspettato, anche se in genere non gli capitava di avere a che fare con le barbe. Avvertì un vago pulsare, che non era suo. Era di Castro. Un pulsare inconfondibile, persistente, ma che poi tornò a calmarsi. Come se entrambi avessero compreso che non c'era bisogno di occuparsene, di questa massa critica di sangue, di questo pulsare, e che l'avrebbero lasciata pulsare contro La Mazière, che giaceva supino sotto Castro, e sotto il telo di plastica, in un silenzio rotto solo dal ronzio degli insetti.

Certi segreti non si possono dire ma solo cantare, come quelli degli antenati di La Mazière, i grandi trovatori della Francia medievale, che cantavano le segrete eresie e cronache della Chiesa dell'Amore, di cui nessuno osava parlare ad alta voce. Certi segreti non si possono dire ma solo danzare, come quelli della rumba, il ballo licenzioso che Batista continuava a minacciare di mettere al bando. Altri segreti, come La Mazière sapeva, dovevano essere sentiti, e solo vagamente. Come possibilità, e nient'altro.

A un certo punto forse il palpito segreto di Castro si sdoppiò. Ma può essere difficile discernere qual è il proprio e qual è quello di un altro. Come nell'addestramento al pronto soccorso di Wildflecken, quando La Mazière aveva imparato a non prendere mai le pulsazioni col pollice, che ha delle pulsazioni tutte sue.

In quella posizione i due uomini, o almeno lui, cominciarono a sentire la promessa del sonno smorzato dei guerriglieri, un profondo spazio animalesco dove nessuno poteva seguirlo, nemmeno un uomo disteso su di lui.

La luce rossa sopra la vostra testa lampeggia, aveva detto La Mazière ai soldati.

La luce rossa lampeggia. Tenete d'occhio la luce lampeggiante. Quando smette di lampeggiare, tuffatevi nel buio.

Cominciò a scivolare nel sonno.

Non pensateci. Guardate la luce rossa.

Quando smette di lampeggiare, tuffatevi nel buio.

Guardate il rosso e tuffatevi nel nero.

Tuffatevi nel nero.

Così fece.

La mattina dopo, quando si svegliò, Castro e il suo seguito erano già andati via.

19

Lo lasciarono andare dopo appena cinque giorni per via delle emicranie, e tuttavia Tip Carrington non si sentì libero. Erano stati sequestrati, è vero. Ma per tutto il tempo, giorno dopo giorno, non avevano altro da fare che poltrire nelle amache. Masticare carne secca di cavallo, che non era affatto cattiva. Anzi, era perfino deliziosa. Giocare a scacchi e fumare sigari. Raúl aveva annunciato, a loro e al mondo, via Radio Rebelde, di averli portati in montagna perché potessero contemplare gli effetti delle bombe di Batista: comprate, sottolineò Raúl, dal governo americano e sganciate da aerei americani che si rifornivano di carburante a Guantánamo, una base militare americana.

Ai sequestrati Raúl offrì dei liquori che i ribelli stessi non toccavano. E per il Quattro Luglio ordinò di arrostire un maiale, per fare baldoria. Durante i festeggiamenti, un George Lederer ubriaco e scottato dal sole si esercitò con i cubani nel tiro alla pistola, mandando noci di cocco in mille pezzi. Dopodiché i cubani lo chiamarono "Desperado" e gli permisero di portare una fondina con una pistola carica.

Erano stati divisi in piccoli gruppi. Carrington fu messo con Hubert Mackey e un certo signor LaDue, un agronomo di Preston che prima della cattura Carrington conosceva solo vagamente. Una guardia armata li sorvegliava ventiquattr'ore su ventiquattro, o quasi: un'adorabile mulatta con un culo che era un perfetto cuore capovolto.

Carrington si lavorò la guardia per parecchi giorni. Poiché

lui parlava la lingua del posto, e Mackey e LaDue no, non sapendo dire altro che sì e no, a furia di insistere lo costrinsero a cercar di negoziare la propria liberazione. Carrington immaginava che Mackey e LaDue non volessero veramente che lui negoziasse la loro liberazione. Bisognava fare qualche tentativo per formalità, per confermare che la situazione non era più nelle loro mani.

Usò verso la guardia tutte le armi del corteggiamento che aveva nel proprio arsenale, imitando il suo buffo spagnolo cantilenante di Oriente, tentando questo e quello, ora in tono distaccato ora sforzandosi di assecondarla.

«Cosa dice?» chiedeva Mackey. «Spiegale che siamo pronti a parlare con l'ufficio dei Servizi governativi. Col Dipartimento di Stato. Dille che otterremo una lettera di Eisenhower, per amor di Dio.»

«Lei mi sembra andalusa» riferiva Carrington alla guardia, mentre Mackey ascoltava attentamente quella che credeva fosse la traduzione del suo messaggio. «I suoi lineamenti sono così delicati...»

«Dille che faremo il possibile per sospendere i rifornimenti di carburante» diceva Mackey. «Promettile tutto quello che vogliono, che ce ne occuperemo dopo.»

«Non ha caldo con quella divisa pesante?» traduceva Carrington. «Perché non abbandoniamo questi due stronzi al loro destino e non andiamo a farci una nuotata? C'è un torrente quassù, l'ho visto sulle carte della società mineraria.»

La guardia ridacchiava e scuoteva la testa.

«Come, non sa nuotare? Glielo insegno io! Al college facevo il bagnino.»

La guardia cominciava finalmente a sciogliersi un pochino – quanto bastava per dargli la speranza di poter proseguire la campagna – quando uno dei tenenti di Raúl disse a Carrington che lo lasciavano andare.

«Lei è un uomo libero» disse il tenente.

«Perché io?»

«Per i mal di testa. Raúl non trova giusto tenere prigioniero un uomo malato.»

Carrington aveva capito che gli stava arrivando l'emicrania il giorno in cui erano stati catturati. Un crescendo e una convergenza di segni rivelatori: la visione tubolare, la sensazione che cristalli di ghiaccio gli si stessero formando sotto la volta del cranio, cristalli che poi si scioglievano dolorosamente. Quando insieme agli altri, con le mani legate, era già nel territorio controllato dai ribelli, Carrington si sentì sopraffare da un'emicrania coi fiocchi. Un mal di capo grandioso e terribile di cui, nei momenti di stress, aveva sofferto per tutta la vita.

Pazienza. I sigari, la carne secca di cavallo e il culo a forma di cuore gli erano piaciuti moltissimo, anche se era dovuto restare sdraiato, immobile, per giorni, con una pezzuola umida sulla fronte, la vista disturbata da macchie bianche roteanti. Per alleviargli il mal di testa i ribelli gli avevano preparato un letto speciale con imbottitura e guanciali supplementari. E la crisi non era stata affatto brutta come certe altre. Come quando lui, Blythe e le bambine erano stati espulsi dalla Bolivia, e il pazzoide inglese a capo della miniera minacciava di farla saltare in aria, così – aveva dichiarato – «nessuno avrebbe potuto sfruttarla». Mentre un autista li portava a tutta birra all'aeroporto di Sulaco, Carrington si era convinto di essere una scimmia con la testa che spuntava fuori da un tavolo intorno al quale erano seduti degli asiatici, che usando utensili speciali proprio della sua testa si stavano cibando. Una scimmia nella gogna di un tavolo, e una donna lì vicino che lo tormentava: «Tu e la tua vita disgustosa. Te l'avevo detto che stava per succedere, e tu non mi hai creduto! Troppo occupato a spassartela con qualche puttana...».

Si sentiva molto meglio, disse Carrington al tenente dei ribelli venuto ad annunciargli la liberazione. Davvero molto meglio.

«Allora potrà fare la discesa del Cristal senza problemi» disse il tenente.

«Certamente, credo di sì.»

Cominciava a provare un certo risentimento, ma non poteva dire: aspettate, voglio continuare a essere un ostaggio, per favore...

«Per una parte del percorso la faremo viaggiare in jeep. Con una guida. Il resto dovrà farselo a piedi.»

«Rosa?» chiese Carrington, ritrovando la sua baldanza.

«No, no. Rosa resta al campo, a fare la guardia agli altri.»

Dopo due giorni di prigionia, Rosa li lasciò da soli per occuparsi di un'emergenza.

Mackey e LaDue decisero di accendere un fuoco per segnalare la loro presenza, sperando che qualcuno lo vedesse. Magari uno dei piloti di Batista, su uno degli aerei americani che ogni tanto passavano rombando sopra la loro testa.

Saltò fuori che LaDue era incorreggibilmente efficiente né più né meno di Mackey. Erano il classico tipo dell'industrioso boy scout, tutti e due. Avevano acceso subito il fuoco, poi erano corsi tutti eccitati a raccogliere altra legna per alimentarlo.

«Solo rami verdi!» urlava Mackey. «Per il fumo è meglio!»

Come se glielo avesse ordinato una voce aliena, la sua, ma molto più burbera e imperativa, Carrington aveva alzato la pezzuola umida che gli copriva gli occhi, si era tirato su dal suo giaciglio, si era avvicinato al fuoco e ci aveva buttato sopra un po' di terra. Poi tornò a coricarsi rapidamente e si rimise la pezzuola sugli occhi.

Era là disteso, un uomo malato, oppresso dall'emicrania, quando LaDue tornò indietro con una bracciata di legna.

«Maledizione!» disse LaDue. «Accidenti! Hubert, il fuoco è spento!»

Carrington udì il fruscio di un corpo contro le foglie lungo il sentiero. Rosa, che tornava.

Gli avevano fatto fare a piedi, da solo, il resto della discesa dal Cristal, proprio come aveva detto il tenente. Graffiato dai rovi e coperto di punture di zanzare, era su una strada che dalla miniera portava direttamente a Nicaro. La città era sotto di lui. Sicura, americana, scintillante. Vedeva il bagliore giallo da dietro le finestre di notte, le piccole luci bianche dello stabilimento, le segnalazioni luminose rosse lampeggianti sulle ciminiere. Quelle segnalazioni erano rosse di notte e bianche di giorno, e lampeggiavano per avvertire gli aerei della presenza delle ciminiere. Carrington sentiva sulla faccia non rasata la nebbia della baia, sentiva il rombo delle ciminiere che vomitavano le loro dense colonne di polvere.

Poi fu sotto le querce che fiancheggiavano la schiera di case dei manager, e lì il sibilo della polvere espulsa dai fumaioli era più forte, la nebbia più bagnata. Non aveva mai notato com'erano fuori luogo le querce, lì in mezzo alla giungla. L'idea di qualcuno per ricreare l'atmosfera di casa lontano da casa. Non la sua. Lui avrebbe consigliato di farci crescere qualche pianta del posto, algarroba o tamarindo. Ma non aveva preso parte alla costruzione di Nicaro, che aveva avuto luogo nel 1942, mentre loro vivevano a... Non se lo ricordava, esattamente. Lima, forse.

Vide il loro vialetto, la Cadillac che c'era parcheggiata, esposta per bene proprio lì, davanti a casa, per ricordare a tutti i suoi guai, l'accusa fatta pubblicamente che la macchina non era legittimamente sua. Era vero, ma tante cose a Preston e Nicaro non appartenevano di diritto alle persone che le possedevano. Il problema era la traccia di carta che aveva lasciato.

In casa erano accese tutte le luci. Girò intorno a un lato della casa dei Lederer, perché voleva vedere bene la sua, abbracciarla interamente con lo sguardo, prima di entrare. Tre settimane era stato via. Il ritorno era inevitabile, perché dunque non opporvisi un momento? Quando una sua relazione finiva, di solito perché era lui a troncarla, non c'era motivo di non andare a letto con la ragazza un'ultima volta. Una o due o tre ultime volte, tanto la relazione era ufficialmente chiusa. E quando finalmente era riuscito a sedurne un'altra, non c'era motivo di non rinviare l'appuntamento. Perché aveva ormai la garanzia che la ragazza avrebbe ceduto. L'inevitabilità gli faceva sempre questo effetto, un istinto giovanile di temporeggiare e resistere.

Attraversò il cortile sul retro dei Lederer ed entrò nel suo, aprendosi un varco tra le piante di ibisco che dividevano le due proprietà. Il rumore di foglie schiacciate e rami spezzati era abbastanza forte perché lo sentisse chi fosse stato sulla veranda posteriore o per chi, dentro casa, avesse l'orecchio teso.

Camminò sul prato umido e si fermò dietro il tronco massiccio di una palma bottiglia, guardando nelle finestre della sua casa.

Le tende erano aperte, e si vedeva l'interno della sala da pranzo. La tavola era stata sparecchiata. Le lampadine che dal lampadario penzolavano sopra il tavolo splendevano nella stanza vuota.

Si erano ubriacati tutti, quel pomeriggio. Non soltanto lui e Blythe.

Salendo sul *Mollie and Me* per tornare a Nicaro, non era nemmeno sicuro del motivo per cui erano andati a Preston. C'entravano un bel numero di cocktail e gente che urlava, e qualcosa sul compleanno del figlio di Stites, che era altrove, ma era appunto Malcolm Stites a dirigere la baracca, e così l'idea di festeggiare il compleanno del suo marmocchio fu assorbita a poco a poco come una macchia nella tovaglia e si ritrovarono tutti al Pan-American Club per un immotivato pomeriggio di baldoria.

L'altro figlio di Malcolm Stites, il maggiore, era da qualche parte in montagna, a combattere con i ribelli. Un fatto che era parso irragionevole, quasi strabiliante, finché Carrington arrivò lassù e apprese che tra i volontari c'erano chissà quanti ragazzi americani. Sei adolescenti di Guantánamo avevano rubato delle armi da un arsenale della base e se l'erano svignata. E c'erano degli stranieri che aiutavano ad addestrare diverse unità. Un giorno erano arrivati dei soldati da un campo vicino. Li accompagnava un francese che sembrava essere il capo, un po' ambiguo e in più una seccatura, perché Carrington ebbe la netta impressione che Rosa flirtasse con lui. Il tuo ostaggio sono io, aveva pensato, e con voce fioca le aveva chiesto un bicchier d'acqua, sottolineando il bisogno di attenzioni particolari che ha una persona afflitta dall'emicrania.

Carrington si era comportato bene per la maggior parte di quel pomeriggio al Pan-American Club. Non c'erano belle donne da mangiare con gli occhi, tanto meno da sedurre, solo asessuate matrone di Preston imbellettate come cadaveri e puzzolenti di talco per bambini. L'esclusivo Pan-American Club, l'ingresso vietato ai cubani, e nient'altro che donne bianche malvestite, le più anziane con cappelli incrostati di quello che sembrava zucchero candito e di penne di cacatua che ballonzolavano quando chinavano la testa, sempre a ficcare il naso negli affari degli altri, a spettegolare su questo o su quello. Su di lui. *Hai sentito? Ad approfittare di quel nome falso. Di sua suocera, evidentemente. Be', io direi senza dubbio che è di larghe vedute. Non ti sembra che abbia un po' esagerato, a prendere il nome di sua suocera?*

Blythe era ubriaca, ma per una volta non eccessivamente. Tornando a casa, si erano seduti tutti e due su una delle panchette dello yacht. Come una coppia normale, una coppia sposata, di persone che scelgono di stare vicine.

«Ti sei scottata» aveva detto lui, toccandole una spalla, e lasciandole col pollice un'impronta incolore che poi tornò a tingersi di un doloroso rosso-bluastro.

«E tu sei nero come Roosevelt» rispose lei, gettando la cicca in mare.

Carrington si guardò il braccio.

«Roosevelt – posso ricordarlo alla mia pallida e adorabile consorte? – è un negro. E… ehi, guarda il lato positivo delle cose. Se tu avessi sposato un negro, l'avrebbero capito molto prima.»

Lo sapevano tutti, ma lui aveva l'impressione che la bomba dovesse ancora scoppiare. Non sapeva cosa potesse significare, il fatto che lo sapevano tutti. Forse non significava un bel nulla.

Quella che avrebbe significato eccome qualcosa era l'accusa di peculato. Una stupidaggine, in realtà, si trattava soltanto di una macchina. Soltanto una Cadillac che aveva comprato con fondi della società. La restituirò, okay? Mi puniranno, forse sconterò una condanna in qualche struttura per colletti bianchi. Ma c'era di più, molto di più, e lui doveva continuare a scacciare questo di più dalla mente per potersi soffermare su quest'unica accusa e sentirsi sincero con se stesso. Ecco cos'era la verità. Stabilire una verità nella tua mente, e dichiararla a tutti gli altri, questa verità. Se la verità che dichiarava rispecchiava ciò che vedeva e sentiva dentro di sé, allora era vero, punto e basta. E più gli altri lo accusavano di mentire, più facile sarebbe stato insistere sulla propria sincerità. Perché allora non si sarebbe più trattato di negare un dettaglio insignificante: si sarebbe trattato di difendere il proprio modo di essere, e ogni uomo difenderà il proprio modo di essere, qualunque cosa abbia fatto.

Era soltanto una macchina e aveva pensato di restituirla, diceva tra sé sulla barca quella sera mentre tornava a casa dal Pan-American Club. Il freddo cominciava a raccogliersi sotto la volta del suo cranio. Cristalli di ghiaccio si formavano, poi si scioglievano dolorosamente. Soltanto una macchina che aveva pensato di restituire.

Dal suo posto dietro la palma bottiglia sentì sbattere una porta dentro casa.

«*¡No me puedes decir lo que hacer!*»

Sembrava la voce di Pamela. La sua voce e quella di Val non erano facili da distinguere, ma solo Pamela si rivolgeva a sua madre in spagnolo.

«Bene!» le gridò di rimando Blythe Carrington. «Non ti dirò quello che devi fare. A che serve? Vedo che credi di saperlo già. Ma non è così. Non sai niente.»

Esistevano ancora tutti, dunque. La sua vita esisteva ancora. Era semplicemente continuata senza di lui.

«So certe cose, mamma. So che siamo stati cacciati via dall'ultimo posto e da quello prima. Sta per accadere anche qui. Luís dice che vinceranno i ribelli. E so che tu e papà vivete nella menzogna.»

«Ho una notizia da darti, Pamela: non è più una menzogna. Non più, dopo che hai detto al giornalista del "New York Times" che tuo padre – cioè il "Señor Guzman" – è cubano.»

Sua figlia aveva svelato il suo segreto al "New York Times"? Carrington non aveva niente contro i figli. Né contro i figli in generale né contro i suoi. Di certo avevano un particolare talento per far sapere in giro tutto ciò che i genitori tenevano nascosto, e forse era così che doveva essere. Con i figli si versava un acconto, per vedere cosa veniva dopo. Se ti pugnalavano alla schiena, se ti incendiavano la casa, probabilmente te lo meritavi.

«Mi critichi perché ho detto la verità? Dovrei mentire, mamma? È questo che stai dicendo? Dovremmo mentire tutti, che sarebbe meglio? Solo perché tu sei razzista. Tutti e due, sia tu che papà...»

«Tuo padre e io abbiamo cercato di arrangiarci, e siamo riusciti a fare in modo che lui continuasse a lavorare perché tu e tua sorella – tra parentesi, siete terribilmente viziate tutt'e due – poteste continuare a spendere e spandere i soldi che guadagna. Credi che a Nicaro avrebbero assunto un ingegnere cubano? Devi esserti bevuta il cervello se dici di sì. Perché non glielo avrebbero mai dato, un posto. Sei una mocciosa e un'ingrata che sta attraversando un momento di crisi, e io non ho intenzione di tollerarlo. Mi fai quasi venir voglia di difendere quel bastardo.»

«Io ho finito di parlare con te, mamma. Perché non vai a *prepararti qualcosa da bere*?»

Si sentiva tutto così chiaramente. Era come se sua moglie e sua figlia fossero attrici su un palcoscenico, e recitassero per lui. E com'era bizzarro che lui, il loro segreto spettatore, potesse uscire così facilmente da dietro la palma bottiglia, salire sulla veranda posteriore, fino all'ingresso di servizio, e improvvisamente e irreversibilmente entrare in scena.

A bloccarlo fu questa facilità. Non poteva muoversi e non osava. Sarebbe bastato un secondo, il più semplice dei gesti, per entrare in casa e finire il suo periodo sabbatico. Farsi trovare invece di sparire.

«Continua così e rovinati pure la vita, accidenti. Sposalo, per quel che me ne importa. Ma non venire a piangere da me quando sentirai il bisogno di lamentarti delle corna che ti fa il tuo bel marito latino.»

«Non tutti i cubani sono come papà» urlò Pamela di rimando. «Quello è un problema che hai tu.»

Tutt'a un tratto Blythe si bloccò in mezzo alla sala da pranzo sotto le luci sfolgoranti, immobile come un manichino. Carrington finora aveva ascoltato senza guardare. L'impressione era che la moglie fosse là da un po', e che lui non se ne fosse accorto. Lei teneva gli occhi puntati nella direzione della cucina. Ma cosa stava guardando?

Adesso la casa taceva. Blythe si voltò, si avvicinò lentamente alla grande vetrata che dava sul retro, e guardò fuori.

Stava guardando lui!

Rimase paralizzato. Ma poi si rese conto che tutte le luci erano accese, e che forse lei non poteva vederlo. Forse non poteva vedere quasi niente, a parte il riverbero delle luci sul vetro.

Lo avrebbe potuto vedere solo se avesse spento le luci della sala da pranzo. Che situazione bizzarra. Per vederlo sarebbe dovuta stare al buio.

Carrington sbucò da dietro la palma bottiglia e si fermò davanti alla casa, senza un albero né un cespuglio tra lui e la finestra dietro la quale c'era sua moglie. Indossava una camicia bianca, la stessa che aveva quando era stato rapito, e la camicia, anche se era sporca, colpita dai raggi della luna splendeva come se fosse radioattiva. Se lei avesse spento la luce, lo avrebbe visto chiaramente come di giorno.

Se voleva vederlo, questo era tutto ciò che doveva fare: spegnere la luce.

Se teneva la luce accesa, non voleva vederlo.

Lei guardava fuori dalla finestra.

Passò quello che gli parve un lungo periodo di tempo. Mezz'ora, un'ora, non era sicuro, lui che la guardava e lei che ricambiava il suo sguardo, immobile come un manichino, la faccia vicino al vetro.

E allora lui capì: *stava guardando il proprio viso riflesso nella vetrata.*

Lei guardava il vetro e Carrington ricambiava il suo sguardo. Blythe, sono qui. Sono tornato. Mi hanno lasciato andare per via delle emicranie.

Alzò la mano, col palmo verso di lei. Non era certo del significato di quel gesto. Pace, o ciao, o senza rancore.

Se vorrà vedermi spegnerà la luce.

Sarebbe stato così semplice. Bastava spegnere la luce.

Non avrebbe dovuto fare altro.

Quarta parte

20

«La nostra vita qui non è particolarmente violenta» disse la signora LaDue, non appena la signora Billings ebbe osservato che lo era.

I LaDue, i Billings e quasi tutti gli altri americani si trovavano al Pan-American Club. Era il mese di dicembre del 1958, verso la fine di questa era intermedia, dopo che gli spagnoli, a furia di mangiarli, avevano condotto i pappagalli all'estinzione, e prima che i russi portassero il marxismo insieme al loro grasso di maiale affumicato. Prima che realizzassero il loro progetto di architettura brutalista e assumessero la direzione dello stabilimento per la lavorazione del nickel.

«Non sto dicendo che non ci sia violenza» continuò la signora LaDue. «Ma viol*enza* e viol*ento*... sono due cose diverse. È la stessa differenza che c'è tra incidente e *intenzione*.»

Alcune caratteristiche di questa era: ville georgiane nei campi di canna da zucchero, piscine di acqua salata che riflettevano mosaici di rettangoli di sole e un cinema all'aperto con il posto per gli innamorati nell'ultima fila.

Anche se c'era il capo della piantagione, ricordava la signora LaDue: Hatch Allain. Una persona perbene, in realtà, per quanto fosse vero che era stato collegato a un omicidio. Pare che ne fosse stato lui l'autore, ricordò; ecco qual era il collegamento. Ma era successo in Louisiana, e tanto tempo prima. E avevano anche ucciso il signor Flamm, che preparava le buste paga, questo è vero. Ma era colpa dei neri, e della passione che avevano per fare a pezzi la gente con quegli orribili machete che si portavano sempre dietro. Sembrano proprio dei selvaggi, ed è veramente strano sentirli parlare in francese...

Sempre in questa era – dopo gli spagnoli, i quali cuocevano i loro pappagalli così lentamente che quando li estraevano dal forno erano ancora vivi, e prima dei russi, che tolsero i gorgogliatori dalle ciminiere e lasciarono piovere la polvere rossa sulla città –: Batista con la nicchia segreta dietro un muro del palazzo. La Stanza per trombare, la chiamava, ma non alla presenza delle signore. Il mausoleo di un aristocratico con un ascensore per il "seminterrato". E l'aggiunta di cavalli di frisia – cocci di bottiglie verdi, marrone e trasparenti – cementati sui muretti che circondavano gli edifici coloniali spagnoli, per impedire ai vagabondi di sedervisi.

La signora Billings disse ad alta voce, per farsi sentire da tutti i presenti, che era stufa di quella violenza.

«Fin *qui*» farfugliò, e si portò la mano alla gola.

Voleva andarsene già da qualche tempo, ma suo marito era contrario. Come tutti, lì. Nessuna azienda negli Stati Uniti li avrebbe pagati come li pagava la società mineraria, dicevano. O li avrebbe nominati dirigenti anche se nessuno di essi aveva un Ph.D. O gli avrebbe assegnato enormi case tipo ranch e iscritto i figli a scuole private, tutto a spese della ditta. Negli Stati Uniti nessuno stipendio ti permetteva di avere sette persone di servizio. Dov'è lo yacht della società, le chiedeva suo marito, se andiamo ad abitare in un posto schifoso del Midwest?

Sempre in questa era – prima dei russi e dei loro appartamenti brutalisti, e dopo i pappagalli, che alzavano gli occhi dai piatti mentre qualcuno gli tagliava le ali con un coltello dalla lama seghettata –: una scorta di quelle che chiamano "granate ananas nere", prova filologica della devozione alla distruzione ai tropici.

Gli americani che quella sera non erano andati al Pan-American Club erano a casa. Qualcuno guardava la televisione, altri ascoltavano il santone nel suo programma radiofonico pirata. Il suo era l'unico programma a quell'ora di notte. A meno che uno non volesse ascoltare i ribelli, cosa che pochi americani facevano. Anche i ribelli trasmettevano illegalmente, dal loro campo sui monti. Canaglie barbute che insegnavano alla gente a bruciare la canna da zucchero. Che davano, in anticipo, l'annuncio della vittoria.

La signora Billings era ubriaca, come tutti, per la maggior parte del tempo. Era una persona da non prendere sul serio, una di quelle donne che si fanno ossigenare i capelli e poi li ritingono di nero, per ottenere quell'effetto ispido e incolto da camera da letto.

«Ho detto che sono *stufa* di tutta questa violenza» ripeté. Poi intavolò una discussione col marito. Certe donne sono bravissime a farlo. Appena lui cominciò a contrattaccare, lei lasciò cadere come diversivo il suo bicchiere sul pavimento.

Una costante di tutt'e tre le ere: sifilide, tabacco e alberi con frutti la cui polpa era rosea come una mucosa in buona salute, frutti che avevano il profumo di uno shampoo femminile.

«Mettete un bicchiere sulla radio e la mia voce gli farà la serenata» diceva il santone agli ascoltatori. Quelli che erano così fortunati da poter entrare nello studio si facevano fare la serenata all'acqua col raggio della sua lampadina tascabile di plastica verde. «Comprate biglietti della lotteria col numero che finisce con sei. Con quattro. Con zero. Bevete l'*agua serenada* prima di andare a dormire.» Era la procedura per vincere la lotteria. La settimana prima il ministro delle Finanze aveva vinto la lotteria e usato i soldi per comprarsi una casa a West Palm Beach. Pareva che si aspettasse un trasferimento da un momento all'altro.

«E noi, *noi* perché non ci trasferiamo?» chiese la signora Billings al marito.

«Perché non abbiamo vinto la lotteria» rispose lui seccamente.

Era quasi Natale, e c'erano degli esseri umani impiccati agli alberi oltre la cinta di sicurezza. La signora Billings aveva messo nel soggiorno un allegro alberello del pane: la consegna refrigerata del pino della Virginia non era stata possibile perché i banditi avevano bloccato le strade che portavano a est. Decorò l'albero del pane con piccoli festoni di luci e palle in metallo, e cantò con i figli *Jungle Bells* e altri inni natalizi.

Fragranze locali, oltre al frutto color carne dal profumo di shampoo: le tracce femminili che aleggiavano nel bagno del Pan-American Club (Arpège, Fibah e Colony) e l'alito fetido della giungla oltre i giardini curatissimi del club (odore di marcio dappertutto).

Il santone era stato condannato da Batista. La superstizione nuoceva all'immagine del Paese. Ciò di cui avevano bisogno era modernizzarsi, o almeno apparire moderni, e così riconquistare la fiducia degli ultramoderni Stati Uniti, dove andava erodendosi l'appoggio alla sua presidenza. Batista accusò il santone di dare agli ascoltatori false speranze, come alimenti per bambini, come liquori, una serie di promesse barocche e vane. Non capiva che il santone lavorava per lui, che la fede rendeva tutti felici, o almeno li teneva occupati. Troppo occupati a sperare di guarire dai debiti, dalla denutrizione e dai dispiaceri, per essere fonte di guai.

Lasciato cadere il bicchiere, la signora Billings si sentì un po' più calma. In tono frustrato disse al marito: «Vorrei solo che stessero tutti zitti. È troppo. Tutti questi discorsi sul fosforo e l'ammoniaca. Non riesco a tenerlo a mente: cos'abbiamo noi, cos'hanno loro. Non sono mica un chimico, accidenti».

Suo marito stava raccogliendo ciò che restava del suo drink, nient'altro che la base del bicchiere circondata da schegge di vetro.

«I ribelli hanno il fosforo» disse, «e noi l'ammoniaca.»

«Ma che importanza ha?»

«Il fosforo è un'arma. I ribelli minacciano di sganciarlo dagli aerei, per far scoppiare degli incendi. Ma è solo una minaccia, per richiamare la nostra attenzione. Tu sei pratica di minacce. Non è vero, cara?»

Mise i cocci di vetro sul banco, e con un gesto della mano chiese al barista di prepararle un altro drink. «E l'ammoniaca è un bersaglio. Hai presente quei serbatoi vicino alla baia? Esploderebbero: ipoteticamente, voglio dire. È una tattica per spaventarci. Non succederà nulla. Tranne che alcuni di noi domani avranno un bel mal di testa da doposbornia.»

«Per ogni problema c'è una soluzione» annunciò il santone. «Abbiamo tutti il diritto di riuscire negli affari, nello studio, nello sport, nel gioco, nell'amore.»

Vennero approvate nuove leggi. Furono condannati chiromanti, ipnotizzatori e sedicenti guru. E venditori che spacciavano polverine magiche, afrodisiaci e rimedi per corrispondenza. Batista mise al bando i programmi sulla divinazione e sull'interpretazione dei sogni, su qualunque cosa stimolasse credenze contrarie alla civiltà. Solo i numeri della lotteria andavano bene.

La signora Billings era andata in bagno. Si guardò nel grande specchio sopra i lavandini.

Sapeva che certe volte bisogna cedere. Non voleva vivere in un posto schifoso nel Midwest. Cosa c'è di più bello della provincia di Oriente? dicevano tutti gli americani. Dove trovi un'aria più fina, fiori più esotici e brillanti? Dove feste più spassose e spensierate? Dove si poteva vivere una vita migliore? «Se riuscite a tener duro, vedrete che tutto questo passerà» dicevano gli uomini alle mogli, come se avessero provato e riprovato queste battute. Che ne sapeva lei di ciò che sarebbe o non sarebbe passato?

C'erano alcolici in abbondanza al Pan-American Club. C'erano cracker al caviale e al mascarpone, con una goccia di limone fresco: una delizia, anche se non aveva mai capito perché i cubani chiamassero *limone* quello che in realtà era un *lime*. C'erano uova ripiene e vol-au-vent. Bei festoni di lampadine elettriche rosa, verdi e bianche tutto intorno il lucido banco di mogano. Solo per loro, il loro club, la loro vacanza. E lei indossava un vestito nuovo, di chiffon, la sua stoffa preferita, quel meraviglioso tessuto frusciante che le faceva venir voglia di andare a casa e pretendere dal marito che ancora una volta...

Una serie di schiocchi fragorosi eruppe da chissà dove dentro al club. I lampadari si misero a oscillare nelle stanze dove i soffitti non erano crollati, e poi si abbassarono, minacciando di cadere. La signora Billings, la signora Mackey e una delle gemelle Carrington, quella che non era scappata con l'allenatore di boxe, erano tutte nella stanza della toilette quando ci fu l'esplosione. Più abituate al loro club di Nicaro, le tre donne andarono a sbattere contro gli enormi specchi montati sulle pareti del bagno. Terrorizzate e confuse, avevano scambiato il vetro argentato per l'aria aperta. (*La geometria di Euclide valeva ancora, se non per la storia, almeno per la pianta del Pan-American Club.*)

Gli specchi si infransero sul pavimento. Le donne giravano a vuoto, tutte tagliuzzate, col sangue che scorreva sui loro visi. «È rotto» disse la gemella dei Carrington, tenendosi le mani davanti al naso, da cui le colava sul mento un rivolo rosso.

La signora Billings entrò confusa nel foyer, facendo scricchiolare il vetro sotto i tacchi. Aveva in testa della musica, metallica e strumentale, che le lasciava nelle orecchie una eco acuta e scampanellante. Musica che potevi cavare da un organo a manovella, pensò, ma non vide la scimmia. Lì le scimmie non lavoravano: si spenzolavano dalle gabbie ammiccando con i loro occhi umidi, umani. La musica stava diventando più forte, più stridula ai bordi. Sentì una mano sul braccio: quella di suo marito. Ma non riusciva a vederlo. Il sangue inondava il suo campo visivo. E non riusciva nemmeno a sentirlo, a causa di quella musica assurda.

Disse: «Qualcuno può farmi il piacere di spegnerla? Qualcuno può farmi il piacere di spegnerla?».

Lo disse più forte che poteva, ma la musica soffocò le sue parole.

21

Radio Clavelito Independiente 710 MA
3 dicembre 1958, ore 22

Buonasera, fratelli e sorelle.

Non vi ho abbandonati. Anzi, le tragiche azioni dello Stato mi hanno solo reso più forte.

Possono far tacere la CMQ, ma non Clavelito. La banda radiofonica è larga. Continuerò a muovermi. Sono interrotti, ma solo temporaneamente, i miei telefoni extrasensoriali, non più acquistabili per posta. Speriamo che siano presto di nuovo disponibili. Ci rendiamo conto della lista d'attesa e, cosa più importante, della necessità di questa vitale attrezzatura. Ma su questo punto lo Stato ha legiferato e stabilito multe proibitive.

Dovrei forse essere multato perché offro, finalmente, l'uso di una tecnologia che non è un semplice elettrodomestico? Preferireste avere uno stampo per cialde? È quello che preferirebbe lo Stato. Che voi spendiate i vostri soldi in stampi per le cialde.

Clavelito non vi ha abbandonati. Questo importante lavoro, erogare fede dove ce n'è poca, continuerà. In parte grazie al sostegno dei miei ascoltatori, che capiscono ciò che allo Stato sfugge, cioè che la vera condizione della radio ha soltanto una equivalenza: non una partecipazione "immaginaria", ma la pioggia che cade fuori dalla vostra finestra.

Fratelli e sorelle, raccogliete questa pioggia.

22

Il ballo al Pan-American Club non fu una festa d'addio, anche se in seguito certe persone lo interpretarono come tale.

Era solo un party del sabato sera, un'idea di papà. Io credo che papà volesse dimostrare che tutto procedeva come al solito, nonostante i ribelli e certi disagi che avevamo dovuto sopportare. Poche persone si arrendevano e partivano. Noi saremmo rimasti, naturalmente. Restavano anche i LaDue, lo so: il signor LaDue era fatto così, un vecchio stacanovista, fedele a mio padre fosse cascato il mondo. Restavano gli Allain, che però non avevano le stesse possibilità di scelta che avevamo noi.

C'era solo una gemella quella sera al club. L'altra era scappata con Luís Galindez. A Preston le sorelle venivano sempre insieme, vestite nello stesso modo, tra loro una stretta collusione. Vederne una sola mi diede questa sensazione, che forse le cose stavano cominciando a disfarsi. Era Nicaro che si stava disfacendo, secondo me: non Preston. Nicaro era più vicina agli accampamenti dei ribelli, e là tutto era più complicato a causa di Gonzalez. Noi eravamo una città americana, e in un momento come quello un territorio di proprietà straniera diventa un rifugio sicuro. Anche Nicaro sarebbe dovuto essere un asilo sicuro, ma loro avevano un investitore cubano, dunque non era di proprietà esclusivamente americana. Girava la voce che Gonzalez utilizzasse la miniera di nickel come garanzia collaterale, mettendo Castro contro Batista e stringendo accordi con entrambe le parti. La gente intuiva che Gonzalez aveva qualcosa in mente, ma non sapeva cosa.

Non so perché non pensai che si stesse disfacendo anche Preston. Del era scomparso da quasi un anno, e andare a combattere con i ribelli cubani è ben più grave che innamorarsi di un allenatore di boxe, come aveva fatto Pamela Carrington. I ribelli avevano bloccato la strada principale che portava a Mayarí. Noi avevamo ancora la nostra vita di società: potevi prendere lo yacht e andare a Nicaro o Saetía ogni volta che volevi. Prendere un aereo della ditta per Miami. Ma se volevi andare in qualche posto a sud, a ovest o a est di dov'eravamo noi, cioè nel resto dell'isola, niente da fare. A questo punto Castro aveva un enorme potere. Poteva interrompere la nostra attività in qualsiasi momento. Esigeva che pagassimo quindici centesimi per ogni sacco di zucchero, e tuttavia non potevamo lavorare la canna per pagarlo. Non avevamo benzina per far funzionare lo zuccherificio, né petrolio per la ferrovia. Molti binari erano stati distrutti, rendendo impossibile il trasporto della canna allo zuccherificio. E una metà dei neri che ci servivano per tagliarla erano spariti. Ogni tanto i ribelli interrompevano l'erogazione dell'acqua, per dimostrare che erano capaci di farlo. Minacciavano di bruciare tutta la canna da zucchero dell'isola, fino all'ultimo ettaro. Avrebbero potuto farlo. Erano dotati di aeroplani e piste di atterraggio sui monti, e avevano cominciato ad appiccare incendi in tutta l'isola sganciando dagli aerei i loro carichi di palline da ping pong piene di fosforo. Papà continuava a dire a tutti di essere pazienti. Diceva che la benzina stava per arrivare, che il petrolio stava per arrivare, e che stava conducendo un negoziato che si sarebbe risolto a nostro vantaggio. Si stava provvedendo a riparare i binari della ferrovia. La stagione del taglio della canna sarebbe iniziata regolarmente, diceva. Avrebbe subìto solo un piccolo ritardo, ma sarebbe stata una stagione fantasticamente redditizia. Se ci fossimo arresi, ricordava alla gente, non avremmo avuto alcun raccolto.

Forse aveva ragione. A sentire i telegiornali, la vita all'Avana proseguiva abbastanza normalmente, la First Lady si stava preparando per l'annuale distribuzione di regali natalizi sul prato del palazzo, il sindaco di New York e la sua famiglia erano in vacanza con i du Pont a Varadero e il Cabaret Tokio esponeva le locandine di uno spettacoloso show natalizio. Questa volta non saremmo andati a trovare gli Havelin, con una situazione così precaria a Preston, ma tanto gli Havelin non ci sarebbero stati comunque, all'Avana. Un mese prima, in novembre, Batista aveva nominato Deke Havelin ambasciatore cubano in Brasile. L'"Havana Post" aveva pubblicato le foto degli Havelin tutti in ghingheri, in procinto di salire sull'aereo per São Paulo. Erano riportate le parole di Deke, che diceva com'era orgoglioso di rappresentare Cuba eccetera, eccetera: un bis del brindisi che aveva fatto alla festa, con tanto di lacrima sotto l'occhio. Non so quanto spagnolo masticasse, ma sicuramente era ancor meno ferrato in portoghese.

Il giorno della festa c'erano degli stivatori cubani, sul molo di Preston, che scaricavano una nave, senza nient'altro addosso che le mutande e le scarpe. Non capitava mai di vedere un cubano in pantaloncini, figurarsi in mutande, ma questa era la prova di com'erano diventate rigide le misure di sicurezza. Dall'Inghilterra era arrivato un carico di armi per la Guardia Rurale di Batista, e non volevano scherzi. «Dio mio» disse mia madre, e voltò le spalle, imbarazzata, mentre passavamo davanti al molo. Stavamo andando a prendere delle medicine per Panda all'*almacén*. Ecco com'era fatta mia madre, sempre pronta a occuparsi dei bisogni della gente. Panda era ammalata. Mia madre aveva saputo che secondo il dottor Romero poteva trattarsi di tubercolosi. Fece mettere la medicina sul nostro conto e io la portai agli Allain. Avevano spostato Panda nel soggiorno, sdraiata su un divano sotto un mucchio di coperte, pallida e scossa da colpi di tosse, con due borse scure sotto gli occhi. Mars prese la medicina e mi ringraziò. Disse che il dottor Romero era appena venuto a fare una visita di controllo. Aveva detto che Panda doveva essere affidata alle cure di uno specialista in malattie polmonari, e che bisognava farla ricoverare in un ospedale di Miami il più presto possibile. Dubito che il dottor Romero capisse la situazione. Mars mi chiese notizie degli ospedali di Santiago. Non sarebbe stato facile arrivare a Santiago, le dissi, a causa dei posti di blocco.

Quel giorno, più tardi, Rudy andò a parlare con mio padre nel suo ufficio. Papà tornò a casa e ci disse che poteva fare ben poco. «Ti fa capire» disse «quanto si prenda cura la United Fruit dei suoi dipendenti. Noi sicuramente non giudichiamo le persone per quello che hanno fatto in passato. Non ce la prendiamo con qualcuno perché nel suo dossier c'è una macchiolina, uno sbaffo di lucido da scarpe.» Avrebbe fatto il possibile per trasferire le due famiglie Allain nella sede in Centroamerica, forse a Tegucigalpa. Perché Mars non poteva portare Panda a Miami? chiese mia madre. Non aveva commesso alcun reato. Papà disse che ormai erano tutti ricercati per aver protetto un latitante. Capisco il suo ragionamento sullo sbaffo del lucido da scarpe, sul fatto che bisogna perdonare la gente e permetterle di ricominciare. Ma nel caso di Hatch non era esattamente uno sbaffo da nulla. A Preston un mucchio di gente era più o meno convinta che Hatch avesse ucciso un nero, un bracciante in una piantagione di canna da zucchero della Louisiana. Ma l'uomo ucciso non soltanto non era nero, era un agente federale: un agente dell'ufficio governativo preposto al controllo di alcol, tabacchi e armi da fuoco. A quanto pareva, era scoppiata una lite tra Hatch e questo tizio, che investigava sul contrabbando di alcolici. Ironia della sorte, erano in un bar e stavano bevendo qualcosa. Ci fu una discussione che sfociò in una rissa, e Hatch finì per ammazzarlo di botte.

Papà diceva sempre che alle feste gli impiegati non potevano rilassarsi veramente se si sentivano osservati dal principale. Era sua abitudine recarsi al club, far fare a mia madre due o tre piroette sulla pista da ballo, e finalmente andarsene perché tutti potessero divertirsi. Anch'io decisi di tagliar corto quella sera. Ero andato alla festa sperando di parlare con Everly Lederer, ma i Lederer non erano venuti. Già da qualche mese avevo questa convinzione che tra me ed Everly ci fosse sempre stato qualcosa, e che non dovessimo far altro che chiamarlo col suo nome. Credo che fosse stupido e romantico da parte mia, quest'idea di lei che era da sempre una delle ragazze preferite di mia madre, e di noi che ci conoscevamo da quando i Lederer erano arrivati, cioè quando io avevo nove anni e lei otto, questa mia certezza che ci fosse qualcosa di speciale nel credere in ciò che sembrava deciso dal destino. L'avevo vista poco per tutto l'autunno, dal mio quattordicesimo compleanno in giugno, quando le avevo regalato il souvenir. Immaginavo che ci stesse pensando su e che alla fine si sarebbe fatta viva. Non vedendola arrivare quella sera al club, mi si affacciò alla mente il pensiero che a Nicaro forse stesse uscendo con qualcuno. «Chi mai vorrebbe uscire con Everly Lederer?» aveva detto Curtis quando un giorno mi ero chiesto ad alta voce se avesse un boyfriend. «È un maschiaccio, è goffa, e va in giro con quell'aria stralunata come se guardasse qualcosa d'invisibile a mezzo metro dalla sua faccia.» Quell'aria stralunata cominciava a piacermi. Se la faccia di Tee-Tee Allain era uno scudo contro il mondo, che respingeva qualunque ipotesi facessero gli altri su chi fosse o che cosa le importasse, la strana espressione di Everly non era intenzionale, come se lei ignorasse di avere una qualsivoglia espressione. Immersa nei propri pensieri, esposta agli sguardi della gente. Tutti, forse, hanno questa espressione, ma sono capaci di nasconderla. Udendo il commento di Curtis, mi ero convinto che fosse vero. Chi avrebbe voluto uscire con lei? Solo io, pareva.

Mentre papà portava mia madre a fare un rapido giretto sulla pista, io mi sedetti al bar vicino al signor LaDue, che stava intrattenendo alcuni dei presenti con le sue storie sulla vita che aveva fatto in montagna con i ribelli. Qualcuno gli chiese cosa pensava che fosse successo a Carrington. Il signor LaDue rispose che il povero Carrington era rimasto a letto con l'emicrania per tutto il tempo che avevano passato lassù. Forse stava vagando nei boschi, disse il signor LaDue, malato e confuso.

Mamma, papà e io stavamo andando verso casa, a piedi, ed eravamo sul punto di svoltare nell'Avenida. Era una notte caldissima, umida come sono umide le notti nella provincia di Oriente. Intorno a noi, mentre camminavamo, un fitto e ritmico ronzio di insetti. Nella parte orientale di Cuba c'erano dei fiori che sbocciavano di notte, e c'era nell'aria una pesante fragranza, resa più intensa dal calore. Mia madre aspirò e disse che la mariposa si stava aprendo, com'era delizioso, il suo profumo...

Bum! sentimmo. Un altro rimbombo. E poi un altro. E poi della gente che urlava.

Erano scoppiate delle bombe nel nostro club. Fu un brusco risveglio, sebbene nessuno avesse riportato ferite troppo gravi. Le avevano posizionate in un paio di sale che non venivano usate, ma anche sotto la pista da ballo. Miracolosamente, le bombe esplosero mentre tutti facevano una pausa, chi mettendosi a sedere per avere un po' di sollievo dall'umidità, chi spostandosi al bar a bere qualcosa di fresco. A qualcuno andò peggio. Val Carrington si ruppe il naso, andando a sbattere contro il muro nel bagno delle donne. Ma non ci furono feriti gravi.

Che altro sarebbe saltato in aria? Tutti erano terrorizzati. Papà chiamò il console generale a Santiago. Aveva ottenuto la liberazione dei nostri dipendenti sequestrati, dimostrandosi molto più affidabile dell'ambasciatore Smith. Il console generale disse di essere stato informato che anche a Nicaro c'erano dei problemi. Non gli fornì troppi dettagli, credo. Venimmo a sapere soltanto che Nicaro stava subendo un attacco: un attacco dei ribelli, immaginammo. Più tardi, quella sera, ci fu comunicato che la Marina americana stava inviando da Guantánamo, lungo la costa, una nave di soccorso. A causa dei bombardamenti e della situazione di Nicaro, che secondo il console generale poteva subire un'escalation, si sarebbe proceduto all'evacuazione obbligatoria di tutti gli americani nel circondario della baia di Nipe.

Papà disse che con ogni probabilità il governo americano si stava facendo prendere dal panico senza motivo: ci avrebbero evacuato, ma poi saremmo tornati a Preston e tutto si sarebbe accomodato. Mancò il tempo di fare i bagagli, afferrammo poche cose e le ficcammo nelle valigie. Erano le dieci di sera, e salimmo sulla nave alle quattro del mattino seguente. Papà fece alcune telefonate e mandò il suo segretario, il signor Suarez, e altre due o tre persone a dire alla gente di prepararsi a partire. Provò a mettersi in contatto con Nicaro, ma il centralino rimase muto. Le persone rimaste ferite al club furono portate all'ospedale di Preston, ricucite e medicate. La gente di Nicaro sarebbe stata evacuata così com'era. Val Carrington aveva gli occhi neri e un impacco di ghiaccio sul naso. La signora Billings aveva la testa avvolta in un turbante di garza. Indossava un abito costoso, un vestito lungo con una mantellina coordinata, e aveva del sangue incrostato nei capelli e sopra l'orecchio. Sembrava stordita, come se fosse veramente impazzita, e mia madre, quando fummo sulla nave, ce la mise tutta per calmarla.

Hatch venne a casa nostra mentre facevamo le valigie. Disse a papà che lui e Rudy, insieme alle famiglie, sarebbero rimasti e avrebbero badato alla roba. Papà gli ricordò che l'evacuazione era obbligatoria e che gli ufficiali di Marina avrebbero sgombrato la città.

«Ma portano tutti a Guantánamo, signore» disse Hatch. «A Guantánamo io non ci vado.»

Papà aveva parlato di nuovo al telefono col console generale e aveva un'idea più precisa di quello che stava succedendo. Disse a Hatch che a Nicaro erano in corso attacchi a bassa quota a opera di bombardieri militari cubani e che i ribelli erano entrati in città e rispondevano al fuoco.

Era in corso una battaglia proprio a Nicaro, e là le famiglie americane erano in grave pericolo. In seguito si scoprì che a Nicaro non c'erano ribelli, ma solo i bombardieri di Batista che mitragliavano gli americani. L'errore non era accidentale. Era una cosa che Lito Gonzalez aveva organizzato con cura. Era stato lui a chiedere l'intervento dei bombardieri, affermando che i ribelli avevano occupato la città e che tutti gli americani erano al sicuro dentro la miniera. Non gli importava niente delle loro vite. Sapeva che gli americani sarebbero stati evacuati, e contava di mettere le mani sullo stabilimento per la lavorazione del nickel.

«È il caos» disse papà, «e voi non potete restare qui, Hatch.»

Credo che fu soprattutto per Panda che gli Allain decisero di rischiare e salirono sulla nave con tutti noi.

23

Charmaine Mackey aveva provato nella mente le cose che voleva dire tante di quelle volte che l'idea di dirle per davvero non le sembrava né troppo rivoluzionaria, né azzardata, né sfacciata.

Sarebbe andata a casa sua, avrebbe bussato alla porta, si sarebbe annunciata al maggiordomo e avrebbe chiesto di parlare col signor Gonzalez.

Hubert era uscito per andare alla festa al club di Preston senza di lei. Mentre si vestivano, Charmaine aveva detto di non sentirsi bene, e Hubert aveva rabbiosamente commentato che non si sentiva mai bene: perché allora non se ne restava a casa? Lei non aveva sollevato obiezioni. Lui aveva mandato un sospirone, si era annodato la cravatta, e si era messo la giacca e l'orologio da polso, con movimenti stizziti e decisi, come se la stesse punendo, quando in realtà lei voleva stare a casa. Mentre usciva le diede un colpetto sulla spalla, per indicarle che c'era una minima possibilità di perdono nella linea severa che aveva scelto lasciandosela dietro.

Come si sarebbe offeso e arrabbiato, Hubert, se avesse saputo cosa aveva in mente la moglie. Era arrivato a convincersi che lui e Gonzalez stessero combattendo una specie di guerra. Diceva che Gonzalez stava complottando per cacciarli via tutti e impadronirsi dello stabilimento. «Vuole prendere il mio posto» diceva Hubert, «e non l'avrà.» Charmaine non poteva far a meno di pensare che nulla di tutto ciò riguardava la società mineraria, o il fatto che Gonzalez odiasse gli americani, come insisteva a credere Hubert. Certe volte, in realtà, pensava di essere lei l'oggetto del contendere.

Si tolse l'abito da sera e indossò qualcosa di più semplice, di più adatto a una visita di cortesia, un vestito di cotone che secondo lei aveva un'aria vagamente cubana per via degli allegri e romantici motivi stampati – fiori rossi di ibisco enormi e penduli – e il golf bianco di lana bouclé che portava quel primo giorno, quando lui le era venuto in soccorso davanti alla panetteria. Erano già passati diversi anni da allora, ma forse il golf se lo ricordava. Stava dandosi qualche goccia di profumo quando udì il sibilo assordante di un aereo che sorvolava la casa a bassa quota, e poi lo staccato dei latrati del barboncino della signora Billings.

Mentre andava dal signor Gonzalez passarono altri aerei, così bassi da sfondarle i timpani e sollevare la polvere della strada. Alzò gli occhi, però non vide le luci. Di solito avevano quelle luci sulle ali. Forse erano nascoste dalle nuvole. Ma il cielo era un tappeto di velluto nero su cui si erano sparpagliate le stelle. Non c'erano strati nuvolosi. Quegli aerei misteriosi volavano a bassa quota e a luci spente.

Arrivata davanti alla porta di casa sua, fece quello che si era proposta: si annunciò al maggiordomo e chiese di lui.

Lui parve sorpreso di vederla, non piacevolmente sorpreso. «Perché non è a Preston, al club?» chiese.

Lei fu colta da un dubbio. Vuole che io sia al club: perché non sono al club? «Non avevo voglia di andarci. C'è andato mio marito, e ho pensato che forse noi due potevamo parlare...»

«Signora Mackey, non ha sentito gli aerei?»

«Sì, li ho sentiti.»

«È l'aviazione cubana. Stanno spezzonando la città. È molto pericoloso. Non è prudente restare qui.»

Quasi non riusciva a concentrarsi su quello che diceva. Un po' perché non aveva capito la parola "spezzonare", che cosa volesse dire. Probabilmente aveva a che fare con le armi. Riusciva a concentrarsi solo su ciò che era venuta a dirgli. Cosa che era al centro dei suoi pensieri da molto, molto tempo. Le tremavano le mani ogni volta che pensava a lui, ogni volta che immaginava di poterlo incontrare in città. Non aveva resistito al bisogno di affrontarlo. Da settimane si faceva coraggio e provava le parole che doveva dire. Ora non poteva fare marcia indietro.

«Signor Gonzalez, io non amo Hubert. Non lo amo. E sarei pronta a lasciarlo se lei ritenesse che noi due...»

«Signora Mackey» disse Gonzalez con un sorriso, ma lei lo vide subito che non era un sorriso amichevole, «lei è una sciocca. Non gliene faccio una colpa. Se io ritenessi, come dice lei, che noi due potremmo stare insieme, non crede che lo saprebbe? Non crede che gliel'avrei detto?»

«Ma... forse ho creduto che lei me l'avesse già fatto capire. Abbiamo avuto rapporti intimi, in fondo...»

«In macchina... anni fa. E dietro una squallida sala biliardi. È così che un uomo tratta la donna che spera di sposare? Lei viene da una cultura strana, signora Mackey. Se io avessi desiderato che lei lasciasse suo marito per me, non è così che avrei fatto andare le cose.»

Si sentiva come se una persona molto pesante le fosse salita sul cuore con i piedi. Aveva la gola chiusa. Si esortò a essere coraggiosa. «Ma io credevo che forse, a causa di Hubert... che lei non volesse...»

«Lei crede davvero che a me importi qualcosa di suo marito? Di quello che pensa Mackey? Basta un incidente, e un marito viene umiliato. Un incidente, di un altro trovato in compagnia di sua moglie, ed è, come dite voi?, *cornuto*. Dovrebbe andare a fare le valigie, adesso. Stanno per evacuare la città... L'ho sentito poco prima che lei suonasse il campanello, dalla mia radio a onde corte.»

Un aereo passò rombando sopra la loro testa, basso e assordante.

«Perché ci stanno "spezzonando", signor Gonzalez?»

«Perché i ribelli hanno occupato la città. Hanno messo in

pericolo la vita degli americani, e i militari non possono far altro che rispondere. I loro aerei sono mitragliati dai ribelli.»

Non aveva visto ribelli in giro. Né udito spari. Aveva udito soltanto gli aerei. «Ma signor Gonzalez, non ci sono ribelli in città...»

«Lei dovrebbe andare via, signora Mackey. Stanno evacuando tutti gli americani, e lei e Hubert dovrete partire.»

«Oh» disse lei, quasi ridendo, e poi scosse enfaticamente il capo. «Oh, signor Gonzalez, Hubert non va via. È convinto che lei voglia prendere il suo posto. Dice che questo non accadrà mai. Dovrà passare sul suo cadavere. Non se ne andrà. Glielo posso garantire.»

«Restare non è prudente.»

«Correrà il rischio. Ha detto e ripetuto che quand'anche l'ultimo americano sarà andato via, resterà lui a dirigere lo stabilimento. Lei non conosce Hubert, signor Gonzalez.»

«Non sarà un rischio. Sarà una certezza che gli capiterà qualcosa, signora Mackey. Una certezza. Non importa come accadrà, perché ci sono tante possibilità. Colpito, accidentalmente, nel fuoco incrociato dei ribelli. O ucciso, accidentalmente, dalla Guardia Rurale. In ogni caso, ucciso. Ecco che cosa sceglie, se rimane.»

Lei sentiva che stava per piangere, e se avesse cominciato non avrebbe più potuto smettere. Gonzalez li odiava e voleva che se ne andassero. Questo non la spingeva ad apprezzare di più suo marito, la faceva semplicemente sprofondare in un nuovo abisso di solitudine e d'infelicità. Non c'era mai nulla che fosse come pensava che potesse essere. Girò sui tacchi, con le mani sprofondate nelle tasche della giacca di lana, scese i gradini della veranda e uscì dal giardino. Udì il rombo di un aereo, invisibile sopra la sua testa, che raspava contro il cielo nero.

24

Pepé Le Pew si stava arruolando nella Legione Straniera. Toccava a Duffy, stavolta, scegliere il programma televisivo, e lei sceglieva sempre i cartoni animati. Era coricata sul divano, col raffreddore. Non sembrava molto grave, ma Marjorie Lederer pensò che fosse meglio stare in casa e tenerla d'occhio, specie ora che la gente diceva che la piccola Allain aveva la tubercolosi.

«Solo perché noi stiamo in casa, non significa che debba starci anche tu» disse Marjorie Lederer a Everly. «Ha telefonato la signora Stites. Lei e K.C. hanno davvero una gran voglia di vederti. Val ci va. Perché non vai con lei e ti diverti un po'?» Everly non voleva andarci, non aveva voglia di mettersi un vestito e di sentirsi dire dalla signora Stites quanto era bella, mentre K.C. era costretto a convenirne. Negli ultimi tempi, nonostante tutte le preoccupazioni e il modo in cui a casa i suoi parlavano della situazione sulle montagne, e la tensione che c'era in miniera, gli adulti sembravano tutti troppo allegri, quasi isterici, e insistevano a organizzare feste e a spassarsela, a prescindere dal fatto che forse non se la spassavano per niente.

Distesa sul pavimento, Everly leggeva e guardava la televisione nello stesso tempo, un'abilità che stava sviluppando. Willy diceva che era possibile fare due cose nello stesso tempo purché tu decidessi qual era il ritmo e quale la melodia. La tua mente avrebbe scelto come organizzare e assorbire due attività diverse purché tu definissi la maggiore importanza di una rispetto all'altra. Lui ascoltava musica e leggeva "Popular Mechanics" insieme e diceva che era capace di cantare e di scrivere una lettera contemporaneamente, di fare addizioni e sottrazioni mentre impastava il pane di granturco. Sosteneva che se Everly si fosse esercitata, sarebbe perfino riuscita ad assorbire con la mente due melodie o due ritmi – cose dello stesso valore – senza perdere nulla dell'una o dell'altra. Ma questo era già un livello avanzato.

«Voglio dimenticare» disse Pepé Le Pew, sconfortato per qualche motivo. Everly e Duffy avevano perso quel pezzo. Pepé Le Pew si trovava in un ufficio di reclutamento della Legione Straniera. Firmava sulla riga tratteggiata. Poi appestava la camerata, e degli uomini con ancore tatuate e berrettini francesi col pompon cercavano scampo nella fuga mettendosi delle mollette sul naso. Lo lasciarono solo a difendere il forte. Povero Pepé Le Pew. Non riusciva a sentire il suo stesso odore, ma chi ci riusciva? E in tutti gli episodi, nessuno escluso, l'oggetto delle attenzioni amorose di Pepé Le Pew non era mai reale. Non gli davano mai una vera puzzola di cui innamorarsi. Era sempre un'illusione, una gatta che chissà come si era dipinta una riga bianca di vernice sulla schiena. Ma se fosse mai arrivato ad acchiappare la gatta camuffata da puzzola, Pepé avrebbe scoperto che non era quello che pensava, e che per tutto il tempo non aveva fatto altro che inseguire un'illusione. Forse, ingannandolo a quel modo, la gatta e quelli che disegnavano il cartone impedivano a Pepé Le Pew di fare un'orribile scoperta, peggio che morire di crepacuore...

Un aereo rombò sopra la casa, facendo tremare le persiane e le bottiglie di liquore sul carrello nel soggiorno. Dalla veranda venne uno schianto fragoroso. Sembrava qualcosa di metallico.

«Cosa diavolo...» disse Marjorie Lederer uscendo fuori a vedere.

Una bomba lunga quasi un metro era caduta sulla veranda, rotolando poi giù dai gradini e nel giardino, senza esplodere.

Somigliava a una versione più ridotta della bombola di gas esilarante nell'ambulatorio del dentista, grigio ferro e con la punta affusolata. Nessuno doveva avvicinarsi alla porta d'ingresso.

George Lederer chiamò l'ufficio dello stabilimento incaricato della sicurezza. A quanto pareva i ribelli erano entrati in città per rubare della benzina, e Batista li stava bombardando. Proprio lì a Nicaro, li stava bombardando e mitragliando. Si sentivano gli aerei sorvolare la città e uscire sulla baia, poi virare e fare un altro passaggio. «Avessimo almeno una cantina» non faceva che dire Marjorie Lederer. «Non c'è la cantina: dove andiamo?»

«Questa è proprietà americana» urlava George Lederer al telefono, «e veniamo attaccati dall'esercito cubano? Com'è possibile che bombardino noi? Abbiamo tutta quell'ammoniaca, perdio. Se colpiscono i serbatoi vicino alla baia, qui saltiamo tutti in aria.»

Il signor Billings, il capo della sicurezza, ordinò a tutti di rifugiarsi nella miniera. La signora Carrington, che non era andata alla festa, neanche lei, andò a prendere i Lederer con la Cadillac del marito, che la società le permetteva di usare mentre sbrogliavano la matassa. Una dimostrazione di generosità, aveva detto la madre di Everly, in considerazione della scomparsa di Tip Carrington per mano dei ribelli.

La miniera era già zeppa di gente, quando arrivarono: impiegati cubani dello stabilimento con le loro famiglie, i *guajiros* rimasti a Levisa dopo l'incendio, domestici giamaicani, persino i venditori cinesi. Everly non vide Willy, e sentì qualcuno dire che i domestici che dormivano nella caserma della Marina avevano ricevuto l'ordine di non muoversi.

Era tutto molto confuso, i falsi allarmi di attacchi alla miniera e poi gli ordini di trasferimento, seguiti da annunci che dicevano di restare dov'erano. La mattina presto si udì il suono ripetuto della sirena di un bastimento, una nave della Marina americana che stava venendo a salvarli.

«Solo americani» annunciò uno dei responsabili della sicurezza. «*Solo americanos.*»

Dalla miniera dovevano andare al porto, ma i cubani furono presi dal panico e cercarono di impedirglielo. Li spingevano e li strattonavano, ostruendo la strada. «E noi?» urlavano. Everly ne conosceva tanti: le donne che lavoravano nel panificio e gli uomini della fabbrica di ghiaccio vicino alla baia, Lumling, che passava ogni pomeriggio col suo carretto vendendo piccoli ananas. Uno dei giardinieri del club tagliò le gomme della Cadillac della signora Carrington quando loro tentarono di salirvi.

«Se ve ne andate ci bombarderanno!» gridò una donna, prendendo Everly per le spalle. «Se andate via voi, loro non si faranno più scrupoli a distruggere ogni cosa qui. Non potete andarvene.»

Con le lance li portarono fino a una nave gigantesca. Per salire a bordo dovettero andar su per una scala lunga e ripida. Quelli della United Fruit, e quelli di Nicaro che quella sera erano andati alla festa di Preston, erano affacciati ai parapetti della nave con lo sguardo fisso nel vuoto come zombie, insanguinati, ricuciti e bendati come pugili dopo un incontro.

La madre di Everly salì la scaletta con grande difficoltà. Scivolò, e non cadde per un pelo. La signora Carrington, che la seguiva, riuscì ad afferrarla in tempo. Più tardi Marjorie Lederer disse che Blythe Carrington era forte come un uomo.

La nave della Marina si avviò lentamente verso il largo, aspettando che togliessero le mine dalla bocca del porto. Era ormai mattina, ma la nebbia sulla baia era così fitta che assorbiva i raggi del sole nascente, lasciando una luce bianca, fosca e opaca. Mentre la nave usciva dal porto, i monti sopra Nicaro cominciarono a svanire, apparizioni grigiovioalacee che si scioglievano in un mare di latte.

Non c'era più la rossa foschia provocata dall'ossido di nickel, notò Everly guardando Nicaro indietreggiare. Le ciminiere erano fredde, lo stabilimento chiuso. La città era priva della sua solita patina di polvere. Le nuvole non erano macchiate e sporche. Non c'era più quel sottile strato di limo sulla superficie dell'acqua. Com'è bella, pensò tristemente, senza di noi.

In mare aperto, vide una portaerei in lontananza, che li seguì per tutta la strada fino a Guantánamo. Duffy gettò un grido e disse che aveva dimenticato una cosa. Suo padre le domandò cosa poteva essere di così importante. «I miei coralli» disse lei tra le lacrime. Duffy collezionava cose di vario tipo e le metteva nelle vecchie scatole da sigari che le regalavano i baristi del club. Pezzi di corallo, conchiglie, insetti morti. Persino un uccello mezzo putrefatto, che fu costretta a portare fuori dalla sua camera da letto per insistenza dei genitori. Lei lo seppellì in giardino, ma poi lo esumò dopo una settimana, dicendo a Everly che voleva vedere cos'era successo. Non era rimasto quasi niente: l'uccello era stato divorato dalla brulicante terra tropicale.

Qualcosa nella nebbia opaca, l'esperienza disorientante di trovarsi su quella nave grigia ed enorme, i superstiti bendati del bombardamento di Preston, ridussero al silenzio ognuno dei presenti, come fossero storditi. Perfino gli Allain, le persone più rumorose della terra, tacevano cupi. Si stringevano intorno a Panda, che giaceva sofferente su una brandina militare, in preda alla tosse. I suoi piedi spuntavano dalla coperta in cui l'avevano avvolta. Portava le vecchie scarpette da tiptap di Giddle, con la vernice nera graffiata e smorta, e le placche metalliche avvitate alle suole irregolarmente consumate. Indossare quelle scarpe così ambite doveva essere un privilegio della malattia.

Parlava solo il signor Mackey. Era indignato, disse al signor LaDue, il quale continuava a toccarsi il taglio che aveva sulla fronte. Il signor Mackey gridava rabbiosamente che dovevano ringraziare Lito Gonzalez per tutto questo, che era stato lui a orchestrare l'intera faccenda, chiamando l'esercito cubano perché li cacciasse via. Il signor LaDue annuiva, ma si aveva l'impressione che lui si fosse arreso ormai, mentre il signor Mackey riempiva l'aria di fatti irrilevanti. Vicino a loro, la signora LaDue taceva, tenendo in braccio Poncho. Poncho indossava una giacca bianca a doppiopetto come quelle dei baristi del Pan-American Club. Qualcuno doveva avergliela messa durante il salvataggio. Forse aveva freddo.

Poncho scese dalle braccia della signora LaDue. Attraversò il ponte avvicinandosi a Everly e Duffy, accostò il muso al parapetto e guardò l'acqua. «Ciao, Poncho» disse Everly con un sorriso incerto, sperando che non restasse a lungo, e che a un certo punto perdesse interesse per lei volgendo così l'attenzione verso qualcun altro. Lui alzò gli occhi, attaccandosi alla ringhiera con le mani come fa un bambino annoiato. Poi cominciò a spenzolarsi avanti e indietro. «No, Poncho» disse Everly. Cercò di staccarlo dal parapetto, ma lui era troppo veloce. Adesso era fuori dal parapetto. Everly gli afferrò il braccio caldo e peloso e cercò di tirarlo dentro, sul ponte. Quando però lui fece un balzo in avanti per morderla, lei lo lasciò andare. Aveva dimenticato che Poncho era senza denti. E Poncho scivolò giù dal parapetto.

Per fortuna, cadde dentro una scialuppa assicurata alla fiancata della nave, proprio sotto il ponte. Si drizzò in piedi. Viaggiavano a tutta velocità, e l'oceano, sotto di lui, passava rapidamente, nero-verdastro alle prime luci del mattino. Ritto nella barchetta con indosso solo quella giacca da barista, Poncho sembrava un ometto peloso nudo dalla cintola in giù. La gente corse al parapetto per vedere cos'era successo. La signora LaDue lo implorava con una voce rotta e disperata. Il signor LaDue si precipitò a cercare aiuto dal commissario di bordo. «Tesoro, ti prego, torna qui. Riesci ad arrampicarti sulla corda? La tua mammina ti vuole tanto bene. Ti prego, Poncho, ti prego.»

Era appena sotto di loro, a meno di un metro probabilmente, ma lui non aveva intenzione di tornare su. Guardava lontano, verso l'orizzonte, come in un momento di profonda contemplazione, o fingendo di trovarsi in un momento di profonda contemplazione, perché sapeva di avere un pubblico in rapita apprensione e voleva tenerlo col fiato sospeso mentre lui stava là, in equilibrio dentro la scialuppa. Non guardò la signora LaDue, nonostante le sue implorazioni. Solo all'ultimo momento alzò gli occhi e le fece un sorriso largo e sdentato. Poi, con un movimento rapido, diede una testata contro la fiancata della nave, con forza. Si udì un colpo fortissimo. Rimasero tutti a bocca aperta. La signora LaDue lanciò un grido. Poncho mosse un passo vacillante verso il bordo della scialuppa. Come un sonnambulo, o un ubriaco, si sporse dall'imbarcazione. Si sporse sempre di più, sempre di più, finché cadde in acqua, a capofitto.

Accadde tutto in modo lineare e preciso: la capocciata, quei passi tremanti verso il bordo della scialuppa, poi lo scavalcamento e il tuffo. Quasi una coreografia, pensò Everly, ma una coreografia terrificante.

Galleggiava sull'acqua, a faccia in giù. La nave si muoveva rapidamente e Poncho era quasi alle loro spalle. Tutti guardavano, la signora LaDue in preda a un attacco isterico, la giacca bianca da barista gonfia d'aria. Poi la giacca cominciò a svanire nell'abisso nero-verdastro dell'oceano.

La signora LaDue urlava di fermare la nave e tornare indietro. Ma Everly sapeva che, viaggiando a tutta velocità, una nave grande come quella avrebbe percorso molti chilometri prima di riuscire a fermarsi, una cosa che aveva letto, anche se non ricordava dove.

In seguito continuò a immaginarsi la sensazione della bocca sdentata di Poncho sulla sua mano, se solo non l'avesse tirata indietro. Se lo avesse tenuto per il braccio lasciando che lui la mordesse, sarebbe riuscita a riportarlo sul ponte e a salvarlo. Chiuse gli occhi, vide la scena e sentì la bocca di Poncho chiudersi sulla sua mano, e vide Poncho che le si lanciava contro e lei capiva che lui voleva morderla, e allora non toglieva la mano lasciando così che le cose andassero diversamente. Parecchie volte immaginò la scena.

Non toglieva la mano e si lasciava mordere. Ben sapendo che non poteva farle i buchi nella pelle, che non poteva farle male, che era senza denti. Eppure, non ci fu una volta che non sentisse il bisogno di togliere la mano.

A Guantánamo c'era una struttura medica moderna, e Panda fu ricoverata e affidata alle cure di un dottore americano. Anche la signora LaDue fu visitata da un dottore americano, che le diede un sedativo. Furono ospitati tutti in alcune dépendance, semplici e quasi vuote, all'altro capo di un polveroso campo da baseball, e quella sera in mensa mangiarono hamburger americani e gelati dei distributori automatici americani. I cartelli stradali di Guantánamo erano in inglese, come lo era l'insegna dello spaccio militare, dove in una rastrelliera c'erano delle copie di "Playboy". Uno dei ragazzi di Nicaro ne rubò una. I marinai americani erano dappertutto. Il secondo giorno, Val Carrington aveva già un appuntamento con uno di loro.

Nel pomeriggio di quel secondo giorno arrivò un funzionario dell'ufficio immigrazione, inviato dal governo americano per assisterli. Ritirò i passaporti, si occupò di tutte le scartoffie per aiutarli a rimpatriare. L'iter non sarebbe stato rapido, e tutti furono invitati ad avere pazienza.

Due giorni dopo furono divisi in gruppi alfabetici. Il primo gruppo era dalla A alla L. Aspettarono in coda davanti a una baracca di lamiera. Genevieve e Giddle Allain intanto facevano verticali e ruote. Entrambe avevano gli shorts sotto il vestito, per potersi allenare senza mostrare le mutande. Val sussurrò a Everly che le sorelle Allain portavano i suoi shorts smessi. «Mia madre deve avergli dato un sacco di roba che non volevo più.» Credeva che questa fosse un'umiliazione per loro, ma non era vero. Gli shorts erano di madras e stavano benissimo sia a Genevieve che a Giddle, mentre se ne stavano lì entrambe con le gambe in aria e le gonne sopra la testa, con Giddle che camminava sulle mani.

La gente guardava l'orologio. Erano le otto del mattino e nessuno era ancora venuto ad aprire la porta della baracca. Finalmente arrivò un funzionario dell'ufficio immigrazione con tre uomini della polizia militare. Andarono dritti da Hatch Allain e lo fecero uscire dalla fila.

Nessuno riuscì a sentire quello che dicevano, ma tutti – quelli dalla A alla L – videro cosa stava succedendo. I poliziotti gli misero le manette. Poi passarono con lui davanti a tutti gli altri americani, e davanti ai membri della sua famiglia. Hatch sorrise e disse qualcosa. Forse era l'unica cosa dignitosa da fare, visto che aveva gli occhi di tutti puntati addosso. Senza rivolgersi a nessuno in particolare, disse che forse la scimmietta aveva avuto l'idea giusta. Poi l'impiegato e i poliziotti lo portarono dentro la baracca e la porta si chiuse alle loro spalle.

Qual era l'idea giusta? Everly ci pensò su a lungo, e alla fine la colpì il pensiero che probabilmente Poncho aveva cercato di scappare. Di andare in qualche posto, in un'altra vita forse, per smettere di essere il cocco della signora LaDue. Come gli operai cinesi della ferrovia di cui Everly aveva letto da qualche parte, che si mettevano una corda al collo per cercare di tornare in Cina, come se il suicidio fosse una forma di viaggio, come il viaggio aereo o quello per mare. Non sapeva dove Poncho avesse cercato di andare. Hatch sarebbe andato in prigione.

Nelle dépendance bisognava aspettare che il tempo passasse in qualche modo, con la gente che sperava di inviare telegrammi e fare telefonate. Ma il telegrafo funzionava a singhiozzo e i telefoni tacevano.

Everly era seduta sulla veranda della dépendance quando vide la signora Carrington tornare con una lettera. Le chiese se aveva ricevuto notizie del signor Carrington e aggiunse che si augurava stesse bene.

La signora Carrington rispose evasivamente che Everly non doveva preoccuparsi per il signor Carrington, che lui sarebbe stato bene, sicuramente. Poi entrò nella stanza che divideva con Val e ne uscì stringendo in mano due album fotografici: li piazzò davanti a Everly sul tavolo della veranda.

Everly pensò che avesse messo insieme dei cimeli, come Stevie con il suo album sulla duchessa di Windsor, o il suo album di Cuba, pieno di cartine geografiche e menu di ristoranti e articoli dall'"Unifruitco", e foto sue insieme alle sorelle intorno alla piscina di Preston. Stevie si era portata via l'album di Cuba quando era partita per il collegio.

«Su, aprilo» disse la signora Carrington.

Erano fotografie in bianco e nero di porti e altri siti industriali, montate su carta metallica nera, ogni foto etichettata e datata in matita bianca. Montevideo 1942-43. Caracas 1945-47. Sulaco 1950. Una pagina dopo l'altra, centinaia di foto.

«Tutti i progetti ai quali ha lavorato mio marito» disse la signora Carrington.

Improvvisamente Everly invidiò questo istinto di documentare la vita man mano che si svolgeva, e le dispiacque non averlo fatto con la propria. Tutti i porti che il signor Carrington aveva aiutato a costruire, e lì c'erano le prove. Erano stati costretti a lasciare Cuba, ed Everly non aveva documentato nulla della sua vita negli ultimi sette anni. Non ricordava quasi Oak Ridge, dov'era vissuta fino a otto anni. Conosceva solo Nicaro, e non aveva nulla di Nicaro da mostrare, solo i vestiti che si era portata dietro, e la borsetta bianca che senza una ragione aveva preso all'ultimo momento, prima di essere spinta con gli altri nella miniera. Dentro c'era la manopola dorata del rubinetto del vagone letto del signor Stites che le aveva dato K.C. Quella manopola la regalò a Duffy, visto che era ancora triste per la sua scatola di coralli. Dieci anni dopo volle farsela restituire, ma ormai era andata perduta. Forse Duffy l'aveva semplicemente buttata via, non avendo capito che cosa fosse né perché valesse la pena conservarla. E non è stato per questo, poi, che gliel'hai regalata, pensò, per darla a una persona per la quale non avrebbe avuto alcun valore? Sì, ma ora ho cambiato idea. Adesso erano tutti adulti, ormai. Perché improvvisamente la voleva? Perché era una specie di prova. Anche se le parve strano volere la prova di un affetto che non era mai stata smaniosa di contraccambiare.

K.C. le aveva messo in mano la manopola. In quell'istante lei aveva pensato a ogni singolo momento di ogni singolo pomeriggio passato con la signora Stites, e ai dubbi che erano seguiti a ognuno di quei momenti, alla spiacevole sensazione di essere apprezzata ma non conosciuta, nient'affatto conosciuta da queste persone troppo diverse da lei. Aveva ringraziato K.C. e infilato la manopola nella borsetta, senza volerla in realtà. Se gliel'avesse data Willy sarebbe stato differente, ma Willy non l'avrebbe mai fatto. Willy aveva ballato con una scopa come se ballasse con lei, e l'aveva fatta roteare, girando insieme da un capo all'altro della sala e rovesciandola all'indietro come se fosse non una scopa ma una ragazza, e non una ragazza qualunque, con la mano dietro la sua schiena, di quella ragazza che si fidava di lui e si lasciava andare. Era qualcosa di più sottile di una manopola dorata, o forse di più sfacciato, di scandalosamente sfacciato. Comunque sia, era tutto ciò che Everly avrebbe avuto. Non era nemmeno riuscita a salutarlo, Willy. I domestici alloggiati nella caserma della Marina erano stati chiusi dentro a chiave, per ragioni di "sicurezza", durante l'evacuazione. Li stavano dividendo e raggruppando tutti, chi con i ribelli, chi col governo, chi con gli americani. Lei doveva stare con gli Stites, i LaDue e il resto di loro, come se quella fosse la sua gente, e separata da Willy e dai cubani, che non erano la sua gente.

K.C. l'aveva baciata sulla guancia, quando da Guantánamo era partito per Haiti con la famiglia. Un bacio arido e goffo che era un addio, come ben sapevano tutti e due, e non l'inizio di qualcosa. Forse lei aveva bisogno del suo affetto, ma non voleva contraccambiarlo. Eppure sentiva che pian piano si sarebbe spento, se non lo avesse contraccambiato. Succedeva sempre così.

«Sarà uno di quei fanatici della Baia dei Porci» disse Stevie quando Everly si chiese ad alta voce che fine avesse fatto K.C., due anni dopo la loro partenza da Cuba. «Conservatore fino alla punta dei capelli. Non puoi neanche *parlarci*, con quella gente. Non ragionano. L'avidità li rende isterici.» Tico Leál era diventato così. Stevie lo incontrò a un party a New York City all'inizio del 1961. Lei era una beatnik all'epoca. Portava maglioni neri a collo alto e rossetto bianco, parlava di sfruttamento e rivoluzione e citava Jean-Paul Sartre e Frantz Fanon. Disse che Tico Leál la trascinò in una camera da letto e aprì quello che sembrava l'astuccio di un violino per mostrarle il suo mitra. «Alcuni di noi hanno un piano» aveva detto.

Everly sfogliò l'album della signora Carrington, un porto dopo l'altro, fotografie aeree scattate da un'altezza tale che sembravano più carte geografiche che fotografie. Quando ebbe finito, la signora Carrington le mise davanti il secondo album, presentandoglielo come se ci fosse un ordine ufficiale da seguire, e la guardò intensamente. Sta controllando le mie reazioni a qualcosa, pensò Everly, aprendolo. Ma a cosa?

Una settimana dopo l'evacuazione erano a Miami, in un motel dirimpetto a un Pickin' Chicken, dove stavano cenando seduti intorno a un tavolo esterno, sotto un cielo di un rosa intenso come quello di certi fard femminili.

Everly sarebbe andata ad abitare dalla nonna a Saint Louis. Marjorie, George e Duffy sarebbero stati con l'altra nonna, all'altro capo della città. Nessuna delle due aveva abbastanza posto per ospitarli tutti, e grazie a Dio Stevie era in collegio, disse sua madre, e le rette scolastiche le pagava la società fino alla fine dell'anno. Marjorie Lederer insisteva a dichiarare che erano rovinati, e lo faceva con una tale enfasi che Everly cominciò a chiedersi se non ci provasse gusto, in realtà, a dichiarare la loro rovina.

Finirono il loro piatto di pollo e tornarono al motel a guardare la televisione a pagamento posizionata in un angolo della stanza. Cinquanta centesimi l'ora, un furto, secondo Marjorie Lederer, ma volevano vedere il servizio speciale della CBS su Cuba e la loro stessa evacuazione. «*La città di Palma Soriano è caduta ufficialmente in mano ai ribelli, secon-*

do fonti giornalistiche cubane.» Mostrarono riprese di blocchi stradali e carri armati, di gente nelle strade che applaudiva. Poi un vecchio attore di Hollywood, il protagonista di un film che Everly aveva visto a Nicaro, che salutava da una coupé argento con sportelli ad ala di gabbiano. Un fiume di cubani gli passava intorno come se niente fosse, senza minimamente badare a quella macchina esotica e all'uomo che ci stava sopra. L'attore disse ai giornalisti che aveva aiutato i ribelli a prendere la città, e che per i suoi sforzi volevano dargli una speciale medaglia al valore.

Marjorie Lederer, seduta allo scrittoio nella stanza del motel, elencava a memoria le loro cose, fino all'ultimo mobile ed elettrodomestico, per cui si aspettava, disse, un totale risarcimento.

«Chi dovrebbe risarcirci?» le chiese George Lederer.

«I tuoi datori di lavoro. Il governo americano. Lito Gonzalez. La compagnia mineraria nazionale.»

«Cara, i miei datori di lavoro ci rimetteranno di tasca propria cento milioni di dollari, sul loro investimento. E Lito Gonzalez ci ha sbattuto fuori, se dobbiamo credere a Hubert Mackey.»

«*Nessuno è rimasto ferito durante l'evacuazione dei cittadini americani dalla baia di Nipe, sulla costa nordorientale della provincia di Oriente*» disse un giornalista della CBS. «*Anche se una donna, vinta evidentemente dalla tristezza per essere stata costretta a lasciare la sua casa, ha avuto bisogno di assistenza medica.*»

«Non è stato per questo» disse Duffy. «È stato perché Poncho si è rotto la zucca! Si è rotto la zucca!»

Everly fece come le aveva detto la signora Carrington e aprì il secondo album di fotografie.

La prima foto ritraeva una donna in posa contro una roccia, cubana, con un top e degli shorts cortissimi, e con i capelli che avevano l'aria di essere stati stirati per eliminare i ricci.

«È carina» azzardò Everly, non sapendo bene cos'avrebbe dovuto dire.

«Sono tutte carine, tesoro.»

Everly voltò pagina. Un'altra donna, con una camicetta trasparente e una gonna attillata, cubana pure lei, in posa contro quella che sembrava la stessa roccia. La pagina seguente, un'altra, stessa roccia. La pagina seguente, un'altra ancora, ognuna di esse sorridente come se sorridesse a un innamorato. «Sappiamo tutti e due quanto sono sexy per *te*.»

«Diceva che voleva queste foto per quando sarebbe stato vecchio e depresso» disse la signora Carrington. «Per ricordarsi dei bei tempi passati.»

Il catalogo segreto delle amanti di suo marito. La signora Carrington pareva stranamente orgogliosa di quelle fotografie, come se non appartenessero a Tip Carrington ma a lei.

«Mio marito amava la vita» disse la signora Carrington, come se lui non fosse più al mondo.

Mio marito amava la vita. E lei ne aveva le prove.

25

Stavano entrando nel territorio della United Fruit, un convoglio di jeep, macchine e autobus, una quarantina di ribelli a cui si erano aggiunte tre-quattro unità confluite sulle colline pedemontane della Sierra del Cristal, alla periferia della città di Holguín. La Mazière era un eroe, e c'era un posto riservato a lui su una delle jeep scoperte.

Al loro passaggio i *campesinos* alzavano l'indice e il medio in segno di vittoria, urlando «Mau Mau! Mau Mau!», un'espressione che era diventata recentemente popolare, un'allusione alla lotta dei kenioti per abbattere il dominio coloniale britannico: ribelli che, come i cubani, avevano la barba incolta e l'aspetto disordinato. I ribelli rispondevano ai saluti dalle jeep mentre venivano giù per la strada dissestata insieme a La Mazière, trasformato anche lui in un Mau Mau grazie alla penuria di rasoi sulle montagne.

Alcuni degli uomini più giovani sparavano in aria con i fucili. Adesso sprecate quei proiettili, pensò La Mazière, ma ne avrete bisogno più tardi, quando ci sarà la cascata di rappresaglie.

Scesero dalle ultime colline della Sierra del Cristal e nel primo pomeriggio raggiunsero Birán, fermandosi per una breve visita alla *hacienda* dei Castro. La señora Castro uscì sulla veranda con una mantiglia di pizzo nero e occhiali occhio di gatto e abbracciò Fidel come un amante che avesse creduto di avere perduto per sempre. La Mazière andò a sedersi con Hector e Valerio all'ombra di un boschetto di algarroba giganti, dove si divertirono a guardare un giovane ribelle della loro truppa che cercava di acchiappare un gallo agitato e nervoso. Dalla casa uscirono diverse cameriere e un maggiordomo, il maggiordomo abbigliato come il *maître* del Maxim, con una giacca bianca ben stirata e il papillon, guanti bianchi, e un tovagliolo da tè inamidato perfettamente piegato sul braccio. Le cameriere e il maggiordomo in pompa magna servirono succo di canna da caraffe di vetro smerigliato, magnificamente fresco e dolce. La Mazière e gli altri sorseggiarono il loro succo di canna, in attesa che Fidel e sua madre si sciogliessero dal loro breve ed edipico abbraccio.

La processione continuò verso Preston, per i promessi festeggiamenti con i ragazzi del posto. Deviarono passando attraverso la bidonville dei tagliatori di canna alla periferia della città, un posto squallido e miserabile con una fogna a cielo aperto che costeggiava un fitto assembramento di capanne primitive di foglie di palma, centinaia e centinaia, forse migliaia. La gente uscì in massa dalle capanne e si strinse intorno a loro. Le donne piangevano e abbracciavano i mariti che erano andati a combattere sui monti. Ragazzi scalzi e bambini piccoli con pannolini a brandelli si arrampicavano sui carri armati, mentre i ragazzi e le ragazze più grandi si mettevano intorno al braccio le fasce che i ribelli gettavano dalle jeep. Qualcuno ne mise addirittura una intorno alla testa di un neonato, un M-26 che marcò con una striscia rosso-nera il suo cranio giovane e tenero.

Parcheggiarono i veicoli al centro della città, in mezzo a quella che parve a La Mazière un'enclave coloniale piuttosto imponente. Andando a Preston avevano percorso le strade di Nicaro, l'altra comunità americana della regione, ormai deserta. Sembrava una caricatura dei valori della borghesia, una città in cui serpeggi un trenino giocattolo, assurdamente pulita, anche se le sue case bianche erano diventate rosa pallido. Dapprima La Mazière sospettò che fosse lui a vederle così per via delle sue lenti colorate, ma poi si accorse che tutta Nicaro era coperta da uno strato di finissima polvere rossa. Appena oltre, il quartiere povero dei lavoratori. Lo slum di Nicaro però, diversamente da quello di Preston, era stato raso al suolo da un incendio, uno degli ultimi atti della campagna terroristica della Guardia Rurale, che però gli si era ritorta contro e aveva fatto di ogni cubano della regione un simpatizzante dei ribelli.

Preston era, nella sua opulenza, molto più sfacciata e insolente di Nicaro. Le case erano enormi, cinte da verande con le persiane verniciate, tenute che gli parvero modellate su quelle dei piantatori americani del Sud. I giardini di ognuna di queste case enormi erano vetrine di piante tropicali, la lussureggiante vegetazione della provincia di Oriente compressa e strangolata in pittoresche *mises-en-scène*. In fondo a uno dei viali, un impeccabile tappeto verde si srotolava in lontananza: un campo di golf e, adiacenti, dei campi di polo.

Nella *plaza* principale Fidel tenne un discorso che era più arrabbiato, più toccante e animato di tutti i discorsi pronunciati finora dal comandante da Radio Rebelde, discorsi che insieme alla sua unità La Mazière aveva ascoltato, qualche volta con un orecchio solo, mentre consumavano le loro razioni di riso, banane o carne di cavallo.

Mentre il comandante parlava, gli ultimi tre uomini rimasti della stazione della Guardia Rurale cittadina stavano in piedi, inquieti, alla destra del seguito di Castro. Sorpresi come tutti che Batista si fosse dato alla fuga, erano stati abbandonati al loro destino. Castro gli aveva offerto l'amnistia se avessero rinunciato alle armi, e che scelta gli restava? Se ne stavano là in piedi, umiliati, spogliati delle armi, a fingersi entusiasti per quel trasferimento di poteri, bloccati in una scomoda conseguenza della guerra civile: cioè che spesso il nemico non può far altro che restare, per essere integrato, punito o liquidato. Lo stesso La Mazière aveva evitato una sorte simile arruolandosi nelle Waffen e lasciando Parigi mentre i tedeschi e i collaborazionisti facevano la coda per salire sui veicoli da trasporto che fuggivano a est, a Sigmaringen. Uscendo dalla città aveva visto Céline, in attesa in una di quelle code, ficcare in fretta e furia il proprio gatto dentro una valigetta di cartone.

Quello in cui si trovavano, annunciò Castro ai ribelli radunati, era il cuore dell'imperialismo. Indicò una serie di uffici, palazzine a due piani pitturate di un bel giallo senape. «La United» disse, puntando un dito accusatore contro gli edifici, come se il nome da solo fosse un atto d'accusa.

Quella città, disse Castro, era il posto dei suoi sogni di bambino, proprio lì dove adesso erano riuniti. Inaccessibile e americano, era il luogo che aveva acceso, e dove errava, la sua immaginazione. Liberamente, disse, ma nella libertà dei sogni. La città di Preston era irreale, nella sua distanza dalla vita che faceva lui a Birán, a qualche chilometro appena da lì, irreale nella sua luminosità, nella sua impossibilità. Ma reale nel suo controllo, nell'essersi impossessata di tutto e di tutti.

«Inaccessibile e americano» ripeté. «Ma ovviamente, come ben sanno molti di voi, noi cubani eravamo invitati a tagliare la canna.»

Echeggiarono delle risate.

«Invitati a perdere un braccio alimentando i mulini a cilindri orizzontali dello zuccherificio. Invitati, con la massima cortesia, a farci spennare dall'emporio della società, i cui prezzi erano ineffabili variazioni dello sfruttamento, invitati a sobbarcarci una versione moderna e più efficiente del lavoro degli schiavi. Ma voi e io non eravamo autorizzati a oltrepassare quei cancelli laggiù» indicò, «là dove vivevano i manager. "La Avenida", con – prendete nota – l'articolo determinativo. *Il* viale, ma ovviamente solo per qualcuno. Voi non potevate passeggiarci. Non eravate ammessi a nuotare nella piscina della società, frequentare il club della società, usare le spiagge della società. Non potevate pescare nella loro baia, Saetía, o andare a scuola con i loro figli, o uscire con le loro figlie, o, Dio non voglia, nel caso vi foste ammalati, farvi curare nel loro ospedale. Non potevate essere i padroni della vostra casa, che avevate costruito con le vostre mani, né del vostro pezzo di terra, che lavoravate con la vostra vanga, il vostro piccone, la vostra zappa.»

Disse che aveva passato l'infanzia a guardare da dietro i cancelli di ferro arricciato che sbarravano La Avenida, a guardare, disse, un miraggio coperto di arabeschi neri, le sbarre di ferro battuto della cancellata che i suoi occhi fissavano incantati. Un ragazzo, che voleva solo contemplare un luogo magico.

Non aveva desiderato che questo da ragazzo, e questo era ciò che gli era stato dato.

«C'è un altro uomo» disse Castro, «il cui destino è stato plasmato dalla United: Fulgencio Batista.»

La gente proruppe in fischi e urla di disapprovazione.

«Permettetemi di essere chiaro. Batista e io» disse Castro, «siamo l'uno l'opposto dell'altro. Guardavamo tutti e due attraverso la cancellata, lui a Banes, io qui. Io, crescendo, ho finito per odiare gli imperialisti. Lui ha finito per amarli, e ha imparato a ingraziarseli piegandosi alle loro richieste. È diventato presidente e si è lasciato corrompere, cosa c'è di più umiliante? Noi siamo l'uno l'opposto dell'altro. Mio padre era un proprietario terriero. Il padre di Batista era un *guajiro* che occupava un alloggio della United Fruit. Batista è nato in una capanna, non aveva niente, come gli uomini che lavoravano la terra di mio padre. Nato in una capanna di fango. Umiliarsi davanti al possidente americano era il suo destino. Forse un uomo non può cambiare il proprio destino. Forse non ha scelta. Il mio destino era quello di sfrattare il possidente americano...»

Echeggiarono urla e applausi.

«Viva Castro!»

«Viva La revolución!»

Gli uomini della Guardia Rurale in prima fila sorridevano, a disagio. Uno riuscì a produrre un fiacco battimani in mezzo all'oceano di applausi.

Castro chiese se tra la folla c'era un certo señor Suarez, e in tal caso se voleva per piacere venire avanti. Un uomo con gli occhiali e l'aria delicata avanzò in mezzo alla gente, che si spostò per farlo passare.

Il señor Suarez, spiegò Castro, era la persona a cui gli americani, prima di andarsene, avevano affidato la gestione dell'azienda lì a Cuba. Per la prima volta nella storia un cubano avrebbe diretto lo zuccherificio. Per la prima volta nella storia la United avrebbe pagato le tasse. Era quasi la stagione della torchiatura, e avrebbero avuto un raccolto formidabile.

«Questa rivoluzione» disse Castro «è per i tagliatori di canna. È ora che abbiano la loro parte. E che Cuba abbia la sua.»

Disse che la rivoluzione era agli inizi, ma che il cammino non sarebbe stato facile, che era una strada irta di pericoli.

«Già tante volte» disse «la nostra rivoluzione è stata tradita. Nel 1898, quando gli americani vennero a violentare la nostra Cuba come una puttana da marciapiede. Disponibile, sifilitica e degna solo di disprezzo. Nel 1952, quando Batista tradì il popolo. Ogni volta, coloro che ostentavano purezza di cuore si sono dimostrati ladri e canaglie. Per la prima volta in quattro secoli questa repubblica sarà libera. Per la prima volta sarà fedele alla sua rivoluzione. Patria o morte: ecco la nostra scelta.»

A prescindere dal tono romantico del suo discorso, La Mazière apprezzava l'evidente amore di Castro per la rivoluzione in sé e per sé, con cuore puro, un amore che lui condivideva completamente. La vera rivoluzione era grinta e passione, non idee e ideologia, una cosa che Castro sembrava capir bene. Era un'epopea di metodi, non di intenti. Gli intenti sarebbero venuti dopo, mentre la forma che avrebbero preso era imprevedibile. Nei suoi discorsi radiofonici Castro aveva parlato ripetutamente di un Uomo Nuovo, che non si adattava all'antica e ordinaria indolenza della democrazia borghese. Parlava di una società autentica e senza classi, fedele alla propria tradizione culturale, fedele ai suoi eroi, in cui si onorava la virilità, non i privilegi. Diceva ai suoi ascoltatori che erano loro la vera élite, gli sporchi e i barbuti, il cui spirito si forgia nell'azione. L'élite, diceva, non è composta dagli uomini che usano la forchetta giusta a tavola. L'élite è l'uomo che sa mangiare con le mani.

Le parole di Castro, pensò La Mazière, facevano pensare vagamente a Drieu e Brasillach, a parte per certi elementi più drastici. Non che la visione di Castro fosse la stessa di Drieu e Brasillach, ma il suo idealismo, al pari del loro, era radicalmente instabile, come lo era ogni idealismo.

Ci fu una festa improvvisata, dopo il discorso di Castro, in un edificio rotondo con enormi finestre che sporgeva sulla baia come un transatlantico. Dietro l'elegante banco di mogano del bar c'erano dei cartelli in inglese che descrivevano daiquiri dai vari sapori: ananas, cocco e limone-lime.

Al centro della pista da ballo piastrellata c'era un cratere carbonizzato, e c'era un altro buco nel corridoio dove si trovavano i bagni, con frammenti di specchi frantumati sparsi dappertutto. Il locale era stato bombardato ma non distrutto. Il jukebox funzionava ancora, e ne prorompeva una musica assordante, un Wurlitzer modello di lusso provvisto esclusivamente di canzoni cubane: dettaglio che La Mazière trovò stranamente toccante. Lo interpretava come un piccolo segno del desiderio, da parte di questi americani ora assenti, di assimilare, di affermare che la musica cubana era tanto loro quanto lo era di tutti, perché l'amavano tanto quanto l'amava chiunque altro. Anche se l'amore che veniva dal possesso era una forma di profonda ignoranza, gli parve comunque una cosa toccante. Gli americani avevano amato la vegetazione, evidentemente, i daiquiri, la musica cubana. Si sentiva nella città vuota l'impronta spettrale del loro amore ingenuo e imperialista.

Soldati e gente del posto, operai dello zuccherificio e tagliatori di canna e i loro figli ballavano tutti, attenti a non mettere i piedi nel buco carbonizzato al centro della pista da ballo piastrellata. Ballavano il mambo, la pachanga, il cha-cha-cha o, per chiamarlo col suo nome giusto, il "cha-cha", come aveva scoperto La Mazière: il terzo "cha" era l'ennesimo eccesso americano.

La gente andava dietro il banco a riempirsi i bicchieri, di

whiskey americani e gin inglesi. Anche La Mazière si versò un whiskey americano. Avendo fatto a meno di questi lussi per diversi mesi, la sua reazione ai 40 gradi fu quasi come se bevesse per la prima volta. Il calore gli si diffuse rapidamente in tutto il corpo, mentre le cellule si infiammavano in un modo piacevolissimo.

I ribelli sarebbero andati a Santiago a rendere omaggio alla Vergine Nera, per poi proseguire, in una lenta e meritoria carovana, fino all'Avana. Batista era fuggito due giorni prima, la vigilia di Capodanno, e in una notte la rivoluzione era stata portata a buon fine. Lo Stato erano i ribelli che facevano festa in un circolo sociale americano abbandonato, bevendo gin inglese e ballando il mambo, attenti a non mettere i piedi nel cratere della pista da ballo.

La Mazière cominciò a sentirsi estraneo a quella scena, come se non partecipasse a pieno titolo a quei festeggiamenti, era una mente che non faceva parte del loro tessuto collettivo, della loro baldoria, ma era attaccata a qualcosa di esterno.

Uscì sulla veranda e contemplò la distesa sterminata di acqua azzurra. Nipe, la più grande baia di Cuba, così indispensabile per le spedizioni di armi che lui aveva organizzato. Ormeggiati lungo la banchina c'erano dei piccoli pescherecci e delle imbarcazioni da diporto, e navi più grandi, una chiatta e un cargo della United Fruit Company ancorati al largo. Cosa c'era oltre quell'azzurro? Le Bahamas, pensò, a nord. E a sud e a est, intorno all'angolo frastagliato dell'isola, Hispaniola. Duvalier e la sua umiltà. Trujillo e i suoi cosmetici.

I ribelli erano lo Stato, e lo erano diventati dalla sera alla mattina. Una transizione non diversa da quella di un uomo che, svegliandosi, scoprisse di aver sposato, chissà come, la sua amante. Un gesto che ucciderebbe sicuramente l'incanto dell'avventura romantica, del desiderio luminoso, nel fatto stesso della sua garanzia. Come uccidere l'incanto di un nuovo governo, di una nuova struttura di potere, nel fatto stesso del suo insediamento. Guardò l'acqueo orizzonte, cedendo a un'infantile meraviglia per la semplice constatazione che esistevano mondi invisibili oltre l'azzurro. «*Il mare! Il mare!*» gridavano i soldati. Sentì che cominciava ad annunciarsi una fame antica e conosciuta, il desiderio di tornare a dissolversi nella vita civile e di assistere al resto di quell'avventura, al completamento dell'arco rivoluzionario, da una comoda e anonima posizione di vantaggio.

Conosceva questa parte dell'equazione, la fine di un arco, il risveglio, l'esorcismo. Epurazioni, tribunali del popolo, giustizia. Tanta giustizia da fare, per la quale i ribelli si sarebbero pentiti di non aver risparmiato quei proiettili sparati al cielo in segno di vittoria.

Sgattaiolò fuori e si diresse verso un vagone ferroviario completamente distrutto, fermo sui binari appena oltre lo zuccherificio. Camminò lungo quei binari, che attraversavano un oceano di canna da zucchero verde-argentata, e alla fine raggiunse la strada maestra. Si trovava in una zona fuori mano, ma qualcuno sarebbe sicuramente passato da quelle parti, prima o poi. Magari una famiglia americana che non era partita durante l'esodo in massa, degli ottimisti che sfidavano la sorte. Poteva dire che era stato in montagna, dove lo avevano tenuto in ostaggio per varie settimane insieme ad altri che erano stati rapiti da Raúl. Avrebbe spiegato che era francese, e che voleva solo tornare a Parigi.

Ebbe poca fortuna. I ribelli avevano sigillato la metà orientale dell'isola, e quasi nessuno disponeva di carburante. I pochi che ne avevano non si fermavano. Camminò ancora a lungo dopo il tramonto, e passò la notte in un campo di canna da zucchero.

Nella tarda mattinata del giorno dopo, arrancava sul ciglio della strada maestra, col sole che gli faceva un buco nella schiena, quando una macchina si fermò: una spaziosa berlina Buick nuova di zecca, con dentro una ricca famiglia cubana. Gli diedero un passaggio fino all'Avana e non fecero domande, cosa che lui trovò di una gentilezza e di un'educazione rimarchevoli.

Il viaggio durò venti ore, con lunghe soste ai posti di blocco organizzati da ribelli dallo sguardo torvo e con l'atteggiamento troppo zelante, nonostante le armi arrugginite e le divise scompagnate. Un giovane soldato particolarmente insolente, che stava mangiando un enorme pezzo di pane, con le briciole che gli cadevano sul davanti della camicia, chiese la carta d'identità dell'automobilista e una spiegazione dei loro "movimenti".

«Lui chi è?» domandò, indicando La Mazière. «Un medico» disse l'automobilista. «Ha dato una mano a est.» Colpito dall'accortezza spontanea di quel signore, La Mazière non aprì bocca, dolente di dover constatare che si stava già verificando una devoluzione a favore della burocrazia. Dopo una raffica di domande, il soldato disse loro di passare con un cenno della mano.

Contemplando la serie di miraggi che si presentavano, l'uno dopo l'altro, davanti ai loro occhi mentre proseguivano il viaggio, La Mazière capì che, pur sentendo la mancanza di Parigi, non era così ansioso di tornare. A Parigi non c'erano miraggi, solo consolazioni note: Dalida, i cui occhi umidi e splendenti offrivano un'allettante violenza; eppure i suoi melodrammi, sciocchi e senza complicazioni, lo annoiavano terribilmente dopo qualche ora passata con lei. Anche la sua bellezza era statica e prevedibile. Quella di Rachel K, invece, era in qualche modo transitiva. Agiva su di lui.

La mia Woodsie è raggiante di gioia.

Pensò al corpo illuminato di blu, ai seni di gelatina compatta. Quando la guardava, contento e divertito, dal suo tavolo in fondo alla Pam Pam Room.

Non aveva mai pensato a un flirt con un'altra agitatrice, una ribelle, ammesso che Rachel K lo fosse. Il pozzo di segreti che lui custodiva gelosamente sembrava specchiarsi in modo disarmante in quella ragazza, che forse custodiva a sua volta un proprio pozzo di segreti. Accadeva di rado che si sbottonasse su qualcosa. Aveva affermato, più di una volta, di non essere cubana. «Eppure parli solo spagnolo» aveva detto lui. «Dici "Lucky Strai" quando vuoi una sigaretta. E il modo in cui ti muovi, amica di questo e quel politico, criminale e rivoluzionario... Sei sicuramente una straniera che ci sa fare.»

«Come ti ho detto» aveva risposto lei, «mio nonno veniva dall'Europa. Ho preso da lui.»

Al che La Mazière aveva ribattuto che sembrava non soltanto cubana, ma quintessenzialmente tale. Mentiva. Non sapeva che cosa sembrava. Caso mai, aveva un'aria mitteleuropea, rappresentava qualche enigma etnico, l'indizio vivente che qualcuno, a un certo punto – un nonno, forse –, era andato a scorrazzare in qualche posto che non era il suo. Dunque, potresti anche essere la cover girl della brochure, le disse La Mazière, con quello slogan – chiedo scusa – quel volgare slogan turistico che prometteva l'ebbrezza di un "locale di piacere dei Caraibi".

«Forse è un'ebbrezza che provi solo tu» aveva detto lei.

«Non so come ringraziarvi. Credo che scenderò qui.»

Erano bloccati in un ingorgo, in mezzo alla parata vittoriosa di macchine, furgoni, motociclette e jeep. Davanti a loro, un autocarro trasportava sul suo pianale aperto un carro armato Sherman che era stato confiscato.

La Mazière salutò con un cenno della mano e si incamminò lungo Máximo Gomez, un ampio viale con portici color pastello tutti sbrecciati. Sopra i colonnati, enormi case in stile coloniale spagnolo avevano il colore della panna, giallo crema pasticciera, rosa pallido, verde pistacchio, simili a file di meringhe e di bignè nella vetrina di una *pâtisserie*. Camminava all'ombra dei portici, passando davanti a edicole e venditori di biglietti della lotteria, venditori di noccioline, succo di canna e zucchero candito.

Di isolato in isolato, galleggiava nell'esaltante eccitazione che ti prende quando torni in un posto che ti era familiare ma che hai temporaneamente dimenticato. Andava di buon passo, preso da un'euforica ansietà, come se dovesse riconquistare in qualche modo, improvvisamente, l'esistenza della città rimasta senza di lui.

Si fermò da un barbiere per farsi sbarbare. Aveva già vissuto l'importantissimo momento della rasatura dopo le privazioni della guerra. La rasatura delle rasature, più importante del primo sorso di whiskey. Il vago profumo di gardenia della schiuma, un tacito accordo tra barbieri e clienti che la fragranza era accettabile, persino desiderata, purché restasse vaga. Era disteso in una poltrona verde di vinile, con i piedi puntati, le braccia sui braccioli, gli occhi chiusi per questa meditazione, il passaggio a uno stato di diligente lindore.

Mentre raggiungeva il Prado, toccandosi le guance lisce e i capelli umidi e tagliati, udì le note di un'*amorandola,* col solito musicista che la strimpellava e pareva non essersi mai allontanato da lì, su una panchina in muratura, sotto i lauri, a cantare la stessa canzone che La Mazière gli aveva già sentito cantare.

«Bonanza, bonanza, saremo tutti ricchi! Bonanza, bonanza, il mare è calmo...»

Il mare non era calmo, notò La Mazière con piacere, mentre si avvicinava al palazzo presidenziale e al cuore della città vecchia. Quando svoltò in Zulueta, incontrò un'energica folla di ragazzi e di uomini armati di mazze, che stavano sistematicamente decapitando i parchimetri lungo la strada. Le monete vomitate sul marciapiede venivano prontamente raccolte e messe dentro sacchetti di plastica. Un uomo alzò la testa di un parchimetro in segno di vittoria, e con un solo movimento fluido, come un lanciatore di giavellotto, la scagliò contro una boutique di abbigliamento sfondando la vetrina. Altri tolsero le schegge di vetro rimanenti, e la gente si introdusse nel negozio e cominciò a spogliare i manichini, provandosi i vestiti e prendendo quello che voleva, lasciando i manichini alla loro nudità, braccia e gambe piegate in pose inumane, teste penzoloni. La Mazière si ricordò di una cosa che aveva scoperto una volta e che lo aveva molto divertito: negli Stati Uniti un tempo era illegale lasciare manichini senza vestiti nelle vetrine dei negozi. Una legge ridicola e bacchettona, eppure da ammirare, nella sua passione per il simbolismo. Che la gente fosse realmente convinta che una modella di plastica potesse costituire una minaccia di vera nudità? Magnifico, pensò, era semplicemente magnifico.

Si lasciò trasportare dalla folla verso Vedado, chiedendosi da che parte sarebbe proseguito l'esuberante saccheggio, se il moto popolare avrebbe avuto la meglio, o se sarebbe stato immediatamente soffocato.

Vicino all'Hotel Nacional stavano mettendo a soqquadro una casa, i mobili gettati fuori dalle finestre del primo e secondo piano, roba dall'aria costosa, che non veniva recuperata nemmeno in parte: mobili in perfetto stato, un televisore, un frigorifero, una radio da tavola. Una donna con le ciabatte e i bigodini versò del cherosene da una grossa tanica sul contenuto defenestrato della casa. Qualcuno vi buttò un fiammifero, e fiammelle blu si sparsero come un liquido sulla pila, che in breve tempo diventò una vampa che scaldava il viso. La casa era appartenuta al colonnello Ventura, sentì dire La Mazière, un capitano della polizia dell'Avana.

Il saccheggio cessò nella seconda metà del pomeriggio, quando Castro diede l'ordine di fucilare chiunque fosse stato sorpreso a rubare. Castro decretò uno sciopero generale con effetto immediato, per tenere la gente lontana dalla strada. I casinò erano chiusi. Gli alberghi aperti. La Mazière prese una stanza al Nacional: tentò di pagare, ma il portiere non volle accettare il suo denaro, spiegando che se ne stava andando per rispettare lo sciopero, e che non avrebbe aperto il registratore di cassa. Accetta una mancia, allora, disse La Mazière, ma il ragazzo non voleva niente, lo invitò ad approfittare delle comodità dell'albergo, e disse che tutti, quella particolare settimana, avrebbero dovuto avere qualcosa gratis. Nessuno, però, sarebbe venuto a pulirgli la stanza.

«Può starne sicuro» disse una voce. La Mazière si voltò. Era il suo vecchio compagno del bar dell'albergo, l'infelice piccolo maragià.

«Non mi hanno dato altra scelta che forzare lo stanzino della biancheria in fondo al corridoio» disse il maragià, «per cambiarmi le lenzuola.» Aveva saputo che il nuovo governo avrebbe sigillato le cassette di sicurezza dell'albergo da un momento all'altro. Era l'ultima goccia, disse a La Mazière. Avrebbe preso un aereo per la Repubblica Dominicana e sperato per il meglio. La Mazière gli augurò buona fortuna, chiedendosi per quale motivo persone che sembravano così devastate dal loro sradicamento scegliessero di vivere in albergo.

Mentre il portiere gli porgeva la chiave della stanza, La Mazière gli chiese se qualcuno dei cabaret era aperto.

Il ragazzo rispose che erano quasi tutti chiusi.

E il Tokio?

Il Tokio era chiuso. Il padrone del locale aveva lasciato l'isola il giorno prima. Saltano tutti sugli aerei. Al Tokio sono stati molto sfortunati, disse il ragazzo. All'inizio del mese il pianista aveva perso le mani in un'esplosione, una bomba sotto il coperchio del suo mezzacoda, che terribile tragedia. E una ballerina della Pam Pam Room era stata assassinata dalla polizia segreta.

Il ragazzo sapeva quale delle ballerine?

Aveva sentito dire che era l'amante di Batista, ma non conosceva il suo nome. Mica se la faceva con ragazze simili, lui, disse, perché sua madre era sicura che erano puttane e che avevano tutte le sifilide, e se avesse anche solo messo piede in uno di quei locali…

La mia Woodsie è raggiante di gioia. Ma questa gioia poi se la porta via.

26

Mia madre aveva l'impressione che stessimo abbandonando Del al suo destino. Diceva che niente la faceva soffrire più del pensiero di suo figlio che tornava a casa, sperando di darsi una ripulita, di mangiare un panino e ricongiungersi con la madre adorata, per trovare invece la casa vuota e chiusa, e l'intera città evacuata. La sola idea le spezzava il cuore. Ma andare ad Haiti significava che almeno non eravamo così lontani. Haiti era appena cento miglia a est di Guantánamo. Dal balcone dell'Hotel Mont-Joli a Le Cap, dove alloggiavamo, papà puntò il dito verso l'orizzonte blu e disse alla mamma che se avesse socchiuso gli occhi e guardato attentamente sarebbe riuscita a vedere Preston. «Sì, la vedo!» esclamò mia madre, «quella macchia verde: sono le palme di Saetía, giusto?» Papà annuì e disse che era proprio così: era Saetía, sicuramente.

Dal balcone del Mont-Joli non si vedevano né Preston né Saetía. Quella che mia madre vedeva era l'Isola Tartaruga, a ovest, che non era così verde, in realtà.

Papà disse che ci trasferivamo a Le Cap solo temporaneamente, però ordinò a Hilton Hardy e Henry Das di fare i bagagli e spedirci da Preston quasi tutta la nostra roba.

Papà era ottimista. Aveva aiutato il presidente a concludere l'affare delle armi dall'Inghilterra. Il governo cubano aveva solo bisogno di un po' di sostegno, diceva. Il Dipartimento di Stato americano lo aveva abbandonato, ma con l'aiuto dell'Inghilterra Batista poteva riprendere il controllo dell'isola e schiacciare i ribelli.

In ogni caso, papà era preparato anche all'eventualità che il governo di Batista crollasse. Aveva delle persone che in quel momento stavano trattando con Castro. Perfino in piena guerra, c'è sempre la possibilità di fermarsi a parlare di tasse e tariffe, e di chi incasserà cosa. Faceva sostanzialmente quello di cui accusava Lito Gonzalez, con la differenza che papà non metteva a repentaglio vite americane come aveva fatto lui, spargendo la voce che la città era attaccata dai ribelli perché Batista inviasse i bombardieri. Gonzalez sperava di prendere il suo posto, ma rinunciò presto. Ho saputo che fuggì nella Repubblica Dominicana sullo yacht di Nicaro quando Castro e il suo governo cominciarono a uccidere i *batistianos*.

Comunque fossero andate le cose, avremmo atteso a Le Cap che le acque si calmassero. Alla fine la vita sarebbe tornata alla normalità. La United Fruit aveva lavorato con tutti i governi, installati con la forza o eletti, che importa, dal 1898. Avremmo lavorato anche con Castro.

Se non c'era nulla da vedere dal balcone del Mont-Joli, in cima alla massiccia fortezza a sud di Le Cap nelle giornate limpide si poteva scorgere veramente la punta orientale di Cuba. Vi feci una puntata da solo un pomeriggio e visitai la cittadella e le rovine di Sans-Souci, il palazzo di re Henri Christophe. Erano tre piani di mattoni rosa in sfacelo, con l'erba che cresceva tra le pietre delle fondamenta e i resti dell'enorme scalinata. Anche la malta tra i mattoni era rosa, fatta presumibilmente di calcare, melassa e sangue di vacca. Sans-Souci era stato guastato dal tempo e da un paio di terremoti, ma anche integro era difficile immaginare che un palazzo rosa fatto di zucchero e sangue sarebbe stato fonte di ispirazione per un popolo di schiavi liberati. Avevano un nuovo re, non più bianco ma nero, su un nuovo trono d'oro, che importava cappe e corona dalla

Francia e gli stalloni lipizzani da Vienna: l'idea stessa è assurda e spaventosa. Ma forse è ingiusto criticare un re nero perché scimmiotta l'orgoglio imperiale dei francesi. Re Christophe costruì Sans-Souci mentre Napoleone conquistava la maggior parte dell'Europa, e perché uno dovrebbe aspettarsi che la democrazia sbocci ad Haiti prima che in Francia?

Chiesi a papà se saremmo andati a trovare il signor Bloussé. Non viveva lì a Le Cap? Papà mi guardò e disse: «Chi?».

Per tutta la mia infanzia questa figura era sempre stata in primo piano, ed era diventata qualcosa di mitico, lui con i suoi calzoni da equitazione, i gemelli sui polsini, i capelli impomatati. L'avventuroso ed elegante signor Bloussé, che con una pronuncia così raffinata parlava un francese che tutti potevano capire, che aveva mandato a Cuba non so quanti operai a tagliare la canna, che portava a mio padre bottiglie di cognac e ci intratteneva con storie meravigliose, sempre seguito da quel ragazzo misterioso che alla fine andò a lavorare dai Lederer. E il Grande Scandalo della famiglia di colore di Bloussé.

Come poteva averlo dimenticato, mio padre? Mi mandò via con un cenno della mano e l'argomento fu chiuso. Nelle settimane che passammo ad Haiti gironzolai per il porto di Le Cap, guardando gli operai scaricare le navi che andavano e venivano. Erano gli uomini più scuri che avessi mai visto. Le loro facce imperlate di sudore brillavano come scarpe di vernice nera. E avevano questo strano taglio di capelli, con la testa rasata quasi completamente a parte un ciuffo sul cocuzzolo, come se fossimo nell'Africa tribale. Mi addentravo nelle viuzze, passando davanti a palazzi in rovina che erano stati costruiti dai francesi nel diciottesimo secolo, prima che i neri li spodestassero e strappassero il bianco dalla bandiera conservando solo il rosso e il blu. Non riuscivo a togliermi dalla mente il signor Bloussé. Continuavo a immaginare delle scene ricavate dalle storie che ci raccontava nel nostro salotto. Le pratiche vudù dei nativi, i sacrifici umani, e le cerimonie a cui sovrintendeva un adolescente vestito mezzo da uomo e mezzo da donna, con il cilindro, il frac e una gonna di pizzo. Credo fosse un ermafrodito, ma non l'avevo capito, questo, da bambino. Gente che piantava un albero di limoni davanti alla porta per proteggere la casa dalla febbre gialla. E uno che pregò il signor Bloussé di portargli un almanacco da Parigi. Il signor Bloussé lo accontentò. Regalò a quest'uomo un almanacco e lui lo nascose al resto del villaggio e dichiarò che controllava il cielo. «Ci sarà un'eclisse di luna il tredici ottobre. Giovedì il sole tramonterà alle sette e cinquantanove. In luglio ci saranno due lune piene.» E tutti lo credono un dio sulla terra, che dà ordini al cielo.

La vita di questo esotico gentiluomo, il signor Bloussé, sembrava audace e sofisticata, e anche selvaggia. Mi affascinava. Il signor Bloussé era Haiti. Erano la stessa cosa, e io ne sentivo la presenza dappertutto.

27

La Mazière si disse che poteva anche non trattarsi di Rachel K. Batista aveva probabilmente dozzine di amanti.

Lui ci aveva più che sguazzato, in questa rivoluzione, ma era molto meno vulnerabile di lei. Era una guerra in cui si era buttato con leggerezza, quasi anonimamente, per poi sgattaiolare via, sicuro che nessuno avrebbe sentito la sua mancanza. Ora toccava alla gente del posto, non ai francesi. Si rendeva conto che quello per lei non era un gioco. Stava tradendo Batista, e per di più era sacrificabile. Quando a Santiago alcuni ragazzi erano stati assassinati dalla Guardia Rurale, le loro madri avevano invaso la piazza della città, chiedendo giustizia. All'Avana, se spariva uno studente, i genitori correvano a Radio CMQ, dove aspettavano di andare in onda per dire il suo nome, pregando che fosse rilasciato sano e salvo. Nessuno avrebbe pronunciato il nome di Rachel K o chiesto la sua liberazione.

Se le era capitato qualcosa, La Mazière sarebbe tornato a Parigi non appena avesse trovato un volo. L'ufficio della Pan Am nella hall del Nacional era ancora aperto, ma l'aeroporto, lo informò un impiegato, era chiuso per motivi di sicurezza fino all'arrivo di Carlos Prio, previsto per quella sera. Funzionava solo un terminal. L'altro era stato distrutto da un incendio.

Lasciò l'albergo, camminando nella direzione della Rampa e dell'appartamento di Rachel K.

Le ragioni per cui desiderava vederla, per cui sperava fosse incolume, erano sicuramente egoistiche e intrise di narcisismo. Ma l'amore era tutt'e due le cose.

Sei anni prima, subito dopo averla conosciuta, durante un viaggio in Africa aveva osservato delle donne mentre entravano nelle acque del Lago Rosa di Dakar tenendo in equilibrio sulla testa terrine piene di sale. Una scena idilliaca, eppure non era riuscito a gustare pienamente l'argentea opacità del lago salato, e le donne a torso nudo che immergevano le terrine nell'acqua, per il fastidioso senso di vuoto che provava. "Saluti" le aveva scritto "dalle rive del nulla", non essendosi reso conto che il nulla era ovunque non ci fosse lei. Lo aveva capito quando era forse troppo tardi, e non sapeva se questo era lo speciale destino dei sognatori che hanno aperto gli occhi, o se essere vivi significava questo. La sua mente era crivellata di compartimenti remoti come le grotte di Lascaux, nelle quali si poteva entrare solo abbassando la testa, rischiosamente, con l'aiuto di corde, tra pareti istoriate di assurde immagini di uomini con erezioni e maschere di uccelli, e bisonti sbudellati. Lui voleva vedere i suoi uomini uccello e i suoi bisonti, qualunque forma assumessero, e si era sempre detto che l'amore era una banale consolazione che non portava in nessuna grotta, in nessuna nicchia di discernimento. Era una mutilazione del carattere che impediva all'uomo di arrivare alla grandezza, e a cui non si doveva attribuire troppa importanza. Piccole passioni, insignificanti come piccole morti, il modo in cui i francesi chiamavano l'orgasmo.

Le strade erano spettrali. Lo sciopero aveva avuto un successo sorprendente. I soldati avevano battuto la città annunciando il messaggio di Castro coi megafoni e, tolto un gruppo di ragazzi che stavano assaltando un telefono a pagamento con le mazze da baseball, La Mazière vide poca gente.

Camminò di buon passo, improvvisamente sicuro che Rachel K poteva essere la chiave di qualcosa, e pazienza se l'idea di una persona intesa come chiave era intrisa di un ridicolo sentimentalismo.

Quella ragazza aveva dato prova di essere una persona libera e misteriosa, addirittura scortese in certi casi. Era capitato che lui le si presentasse senza preavviso, e lei si era comportata come se non avesse affatto piacere di vederlo. Un simile oggetto d'amore non era una banale consolazione. E se lui e lei fossero riusciti a mantenere le distanze, ma stando vicini? Velarsi a vicenda con amabili inganni, e respingere la possibilità, sconcertante ma molto probabile, che il vero oggetto dell'amore fosse l'assenza?

La mia Woodsie è raggiante di gioia.

Le gelaterie della Rampa erano chiuse. Anche i cinematografi, con le insegne buie. Svoltò a destra in Calle G, la sua strada. Poteva essere lei quella che era stata assassinata, lo sapeva, e avrebbe fatto bene a prepararsi.

Era ormai così vicino...

Piccole morti.

Esisteva solo una morte, ed era grande.

Vide le gambe, dipinte con la loro inferriata da prigione, dondolare dal balcone dell'appartamento. Quella rete di inchiostro, che potevi rovinare con un dito, ma che ora era perfetta e immacolata.

Le gambe dondolavano lentamente avanti e indietro, come se stesse facendo penzolare i piedi da un molo.

Cercò di frenare la propria esultanza. In fondo aveva delle responsabilità, un certo ruolo da sostenere.

La chiamò. «Mi scusi... Signorina?»

Lei si sporse dalla ringhiera del balcone, mentre il sangue le affluiva al viso da zingara manouche o ebrea tedesca e i capelli biondi cadevano pesantemente in avanti.

Sorrise, senza dire nulla.

«Volevo solo informarla che se sta aspettando la parata, non c'è fino a domani.»

Era calmo, ora, freddo e controllato come sempre.

«Ma io mi sto godendo l'altra parata» disse lei.

«Ah, davvero?»

«La parata invisibile. Strade vuote, silenzio. Vuol venire su a vedere?»

L'appartamento era disordinato come sempre, un allegro caos. «Mi hanno lasciato a lungo in una stanza» gli raccontò. «Tutt'a un tratto arriva una guardia, mi prende per un braccio e mi accompagna fuori. Chiuso, sono libera. Ma è strano, perché non so per quale motivo me la sono cavata così facilmente.»

«Capisco cosa intendi dire.» La Mazière pensò alla propria imprevista amnistia, al telex giallo. Si era emozionato, naturalmente, anche se il suo carcere non era dei peggiori. Era potuto uscire vestito in borghese, senza scorta, senza manette. Quando le porte della prigione si erano chiuse alle sue spalle, era rimasto fermo sotto un cielo per lui così inaspettatamente brillante da frastornarlo, impedendogli di goderselo appieno. Non era preparato al blu del cielo, alla sua luminosità così travolgente.

«¡GRACIAS A FIDEL! ¡VIVA LA REVOLUCIÓN!» urlò qualcuno da sotto la finestra, guidando gli applausi con un megafono. Un coro di voci lo seguì.

Aveva avuto un ruolo cruciale nel movimento clandestino, ed era stata coraggiosa. Fidel le aveva fatto sapere che nella sua rivoluzione ci sarebbe stato un posto per lei. Lo sperava, disse Rachel K a La Mazière, perché casinò e cabaret erano tutti chiusi. Nessuno sapeva quando o se avrebbero riaperto. Migliaia di persone erano senza lavoro.

Il dirigente della United Fruit le aveva mandato un cablogramma da Haiti. Le aveva trovato un appartamento a Cap-Haïtien e voleva che andasse al Nacional a prendere le valigie piene di *pesos* cubani che aveva nascosto negli armadi della sua suite. Cuci i tagli più grossi nei vestiti, aveva scritto, nascondili dove le donne in genere nascondono le cose e salta su un aereo. NON VEDO L'ORA. STOP. COME UN TEMPO. STOP.

Ma non era più come un tempo. Una settimana dopo l'arrivo del cablogramma, la moneta cartacea del dirigente non valeva più quasi niente. Castro aveva nominato Che Guevara ministro delle Finanze, provocando il panico tra gli uomini d'affari e una corsa alle banche. Il *peso* era crollato. Prio, che aveva messo piede all'Avana il 7 gennaio, lo stesso giorno di La Mazière, ripartì per Miami il 9, quando Fidel annunciò di volergli espropriare la tenuta di campagna per trasformarla in un asilo per gli albini, che avevano un bisogno disperato soprattutto di *ombra,* annunciò Fidel, per proteggersi dal cocente sole tropicale.

La mattina successiva alla partenza di Prio, Rachel K fu convocata all'Hilton, al quartier generale di Fidel. La Mazière era rimasto nel suo appartamento, a bere una tazza di caffè e a leggere un articolo sull'ex ex presidente. Povero Prio, sdegnato e già pronto a prendersela con Castro, che pure aveva aiutato a conquistare il potere. Ma c'era un limite alla compassione di La Mazière. Rovesciare governi non era senza rischi. Prio che perdeva la sua cascata artificiale era niente in confronto alla ghigliottina.

Rachel K tornò a casa con una strana espressione sul viso che La Mazière prese per disappunto. Qualunque posto Fidel le avesse offerto nella sua rivoluzione, lui sapeva che sarebbe stato deludente, se l'aspettava. E pensò che Rachel K si sarebbe convertita al suo cinismo sulle promesse della rivoluzione. Perché non era capace, La Mazière, di godersi semplicemente il flusso e il tumulto di un radicale cambiamento, della storia? Se li godeva sì, a modo suo. Aveva assistito ai processi nel Palazzo dello Sport, divertito dallo spettacolo e dalla crudeltà della giustizia popolare. Che Castro desse filo da torcere agli americani era una cosa buona, anzi ottima. Che probabilmente volessero provare a invadere la Repubblica Dominicana e far fuori Trujillo... Interessante, un'audace mossa tattica. Ma altrove la logica era assente. Castro, per esempio, che organizza un barbecue per la nuova aviazione rivoluzionaria nel forte La Cabaña e fa cuocere alla griglia un toro da monta del valore di ventimila dollari.

Prese il viso di Rachel tra le mani e disse che, qualunque cosa le avessero offerto – quello che immaginava era un posto in una fabbrica di lampadine elettriche, un'ignobile e ridicola particina nella loro grigia trama populista –, non doveva preoccuparsi, perché potevano partire insieme.

«Ti piacerebbe andare a Parigi?» domandò. «Non ci sei mai stata.»

«Non sono mai stata in nessun posto» disse lei.

Allora doveva assolutamente portarla in Francia, annunciò lui.

Già la vedeva in Boulevard Saint-Germain con i tacchi alti e le calze a rete, col parasole in mano in Boulevard Saint-Michel, vicino alla Sorbona, spettro evocatore di zazou nella culla dello zazou.

La porterò, pensava, al Café de Flore, lascerò che lo veda con i suoi occhi. Le farò aprire le finestre del mio appartamento su Parigi nella luce del crepuscolo. Lei sarà là in piedi, a guardare le tende mosse dal vento, volubili e aggraziate apparizioni, che annunciano col loro movimento... cosa?

Che un certo Christian de La Mazière, l'affittuario del 5B, ha messo le mani su una delle ultime zazou. E se il resto di Parigi vuole vederla, salutarla o dirle addio, non deve far altro che alzare lo sguardo.

Lei rispose solo con un sorriso, luminoso e imperscrutabile. Ogni cosa nella stanza sembrava avere un'aura di significato: i suoi occhi, come quelli di una diva del cinema muto, i fili sintetici di una parrucca spiaccicata sul pavimento.

Il fiume dei suoi pensieri scorreva intorno a lei e agli oggetti che brillavano nella stanza.

La mia Woodsie è raggiante di gioia.

«Parigi» disse.

«Sì.»

«Perché dovrei aver voglia di andare a Parigi?»

«Per vedere il mondo.»

Ma lui, disse lei, parlava del "mondo" come se tutto fosse relativo: ogni luogo e nessun luogo, tutto e nulla. Saluti, come scriveva sempre, dal nulla. Era a questo posto, Cuba, che lei apparteneva. Era tutto ciò che conosceva, e non aveva intenzione di lasciarlo. Aveva parlato con Castro, e lui, proprio come aveva promesso, le aveva riservato un posto speciale nella sua rivoluzione.

«Qualunque cosa sia, non è possibile che tu creda di...»

Intendeva restare, disse lei. Soggiunse, in un tono gentile ma imperioso, che dai suoi viaggi poteva mandarle una cartolina.

28

2004: Tampa

Ho una bottiglia di cognac qui, tra le cassette che ospitano la preziosa collezione di liquori che papà portò da Preston. Mi sono ritrovato con quelle di *crème de menthe* e con gli orsi di vetro in miniatura pieni di kümmel. C'è una cassa intera di Bacardi: il Bacardi originale, fatto a Cuba, non quella robaccia che sfornano adesso, che è fatto a Portorico. Le vecchie bottiglie di Bacardi hanno le dimensioni e la forma di una palla da softball, con il vetro bouclé e i tappi crespati come quelli delle bottiglie di Coca-Cola.

Una cassa intera di Bacardi, e non l'ho mai aperta.

Non la vedo come una cosa da bere, ma come un cimelio uguale a tutti gli altri cimeli della nostra vita a Cuba che tengo in questa stanza, il mio piccolo studio qui a Tampa.

Del non ha mostrato un grande interesse per la roba dei nostri genitori. Il figlio maggiore se la batte. È un classico. Il minore resta nel nido, il cocco di mamma. Dopo la morte dei nostri genitori, ho messo tutto qui. Del diceva che sarebbe venuto a dare un'occhiata ma non l'ha mai fatto, anche se vive a Marco Island, due ore e mezzo di macchina da qui.

Nostra madre ha documentato l'intera nostra vita in modo impeccabile. È tutto qui, in un vecchio libro mastro della United Fruit che deve pesare almeno mezzo quintale. Stamattina, per spostarlo, ho dovuto farmi aiutare dalla donna delle pulizie.

Mia moglie non è mai entrata in questa stanza, e io molto di rado, nei sei anni in cui siamo stati sposati. Uno ci si sente sopraffatto, francamente, come in soggezione, anche se non ho mai avuto l'intenzione di creare una specie di mausoleo.

La grossa lampada rossa del *Mollie and Me*. Lo strombo montato in argento che mi regalò Chatty, il guardiano di Saetía. Fu un'idea della mamma, quello di farlo montare in argento, e credo fosse lo stesso strombo che Chatty suonò il giorno in cui presi a pugni Curtis. Un ex voto in cornice della Vergine Nera. Non so chi me lo diede, qualcuno che lavorava per papà. Si vedono i tre minatori e la loro barca capovolta, e la Vergine Nera che fluttua sopra le onde, per salvarli dall'annegamento. Una pila di vecchi filmini, un hobby di papà. Qualche volta li ho guardati. Del e io che giochiamo a chiapparello in giardino con papà, che andiamo in bicicletta sull'Avenida. Sullo sfondo, qua e là, si vedono Annie, Hilton e Henry. La pellicola è talmente rovinata che in ogni scena sembra che piova. In alcune piove sul serio, e l'unica differenza è che nell'inquadratura ogni cosa luccica perché è bagnata.

Prendo in mano lo strombo, la cui spirale interna è ancora di un rosa carnoso e vibrante, mentre l'orlo esterno bianco è placcato in argento. Tutti questi anni, e non si è mai rotto.

Il telefono squilla. Risponderà la segreteria. Finalmente ne ho installata una. Tutti si lamentavano perché chiamavano e il mio telefono continuava a suonare. Dicevo: «Lasciatelo suonare. Chiamate quando sono in casa». Ma devo dire che la segreteria mi piace. Il telefono squilla una volta, la macchina risponde: «Questo è il numero di K.C. Stites, lasciate pure un messaggio», e così almeno adesso non devo più rispondere. Se qualcuno insiste a volermi parlare, può venire da Teresita, dove vado a mangiare. Chi ha davvero bisogno di parlare con me sa dove trovarmi. Cinque giorni la settimana, alle undici e mezzo, seduto al banco con le piastrelle verdi e nere, a flirtare con le cameriere. Loro mi chiamano "Cuba" e io non devo mai ordinare perché ogni giorno è la stessa cosa.

Mettiamo che vi dessero solo un quarto d'ora. Fareste tremila miglia per parlare con la persona che amate solo per un quarto d'ora, se sapeste che è l'ultima volta che la vedete?

Quanta strada sareste disposti a fare?

Mettiamo che poteste parlare con una persona che amate e che non è più in vita. Attraversereste un continente per parlare con quella persona solo per un quarto d'ora?

Sì.

Quando è una persona che amate, la risposta è che un quarto d'ora è un tempo illimitato, se significa ottenere informazioni su come andare avanti senza di loro. La possibilità di un indizio vale l'intero viaggio. Perché non sapete cosa vi dirà quella persona. Non potete immaginare a che cosa stareste rinunciando.

Subito dopo la morte di mia moglie, entrai in questa stanza e presi da una mensola una vecchia agenda telefonica di mia madre, cuoio nero con lettere dorate in copertina. Quando l'aprii la costola si ruppe. Su ogni pagina, venti tipi diversi di inchiostro e un'infinità di cancellature. Le persone che avevamo conosciuto nella provincia di Oriente non erano state ferme dopo il 1959.

Lettera L, "LaDue": questi erano morti di sicuro. "Lederer". I Lederer si erano trasferiti a Chattanooga, nel Tennessee. Everly e io ci scrivemmo per un po', ma come per ogni cosa c'è un tempo e un luogo anche per le amicizie. Avevo creduto che potesse essere "la donna della mia vita", ma che ne sai quando hai solo quattordici anni? Non ci somigliavamo così tanto. Credo che lei lo abbia sempre saputo. Io per lei ero troppo conformista, ecco la verità. Venni qui, a Tampa, dopo l'università. Insegnai in una scuola privata, mi occupai dei programmi di atletica. Uscivo molto spesso con ragazze cubane. Credo che fosse un modo per vincere la nostalgia. Il sabato andavo a ballare a Ybor City, la colonia cubana di qui. La musica e l'atmosfera mi ricordavano le funzioni dei nativi nel *batey* dove Curtis e io entravamo di nascosto. Sono uscito con ragazze di ogni tipo, grandi d'età, più piccole, grasse, magre. Ma mi sono impegnato sul serio solo in là negli anni. Ne avevo cinquantaquattro quando ho incontrato mia moglie, su un campo da tennis pubblico. Schiacciava come un demonio. Fuori del campo era una gattina, faceva della filantropia e si interessava di musei, cose culturali. Sveglia come un furetto e sempre allegra, riusciva a fare in modo che tutti si sentissero speciali. Mia madre l'avrebbe trovata adorabile.

Ero arrivato alla M della sua vecchia rubrica quando trovai il nome di Charmaine Mackey, la madre di Phillip Mackey. Non sapevo se il numero valesse ancora, o se lei fosse viva. Come ho detto, mia moglie era appena morta. Vent'anni meno di me, uno schianto di donna, morta di cancro.

Non so cosa mi prese, ma alzai il ricevitore e feci il numero.

Risultava inesistente.

Un numero del 1963, probabilmente! Ridicolo.

I vecchi numeri telefonici hanno sempre avuto questo effetto magnetico su di me, sin da quando ero piccolo. Clavelito vendeva telefoni speciali durante il suo programma a Radio CMQ. Servivano per telefonare ai morti. Vendeva diverse cose, *planchettes* e tavole Ouija e un oggetto chiamato "volometro" che misurava la forza di volontà di una persona. "Telefoni psichici", li chiamava Clavelito. Non so come dovessero funzionare. Avrei voluto vederne uno, ma era un oggetto che si ordinava per posta e, come potete immaginare, erano costosi.

Alzai il telefono e chiamai l'ufficio informazioni. È nazionale, ormai.

Immagino sia strano che avessi voglia di chiamare la madre di Phillip Mackey, e non, per esempio, uno degli Allain. Forse gli Allain erano troppo vicini alla mia infanzia e, in un altro senso, troppo lontani.

Quando il centralino rispose chiesi il numero di Mackey, Charmaine Mackey. Ce n'era una nell'elenco di Carlsbad, New Mexico.

Mi sembrava di fare una cosa che non avrei dovuto fare. Mettiamola così: dopo non andai da Teresita a dire ai ragazzi della tavola calda che avevo passato la mattina a cercare persone conosciute da bambino.

Ho sempre avuto la curiosità di sapere cos'era successo tra Phillip Mackey e Del prima che Phillip fosse mandato via, come mai lui e Del si erano fatti coinvolgere dai ribelli. Pensavo potesse servire a spiegare quel che era successo a Del dopo, la sua decisione di lasciare la famiglia e andare a combattere sulle montagne. Del non parla di quel periodo della sua vita. Disse qualcosa a mia madre quando arrivò ad Haiti un mese dopo la rivoluzione, ma a quanto mi risulta il discorso finì lì. Non tornò mai più sull'argomento. Oggi è molto riservato, molto chiuso. Pur essendo mio fratello, non mi offre la minima possibilità di interrogarlo sul passato. È come se non fosse la stessa persona. Se io rivango qualcosa della nostra infanzia, lui mi chiede se ho già visto le foto della sua barca nuova. Non incoraggia la conversazione. Sua moglie mi offre da bere, e hanno arredato il patio con certi mobili che ci tengono a mostrare. Ci sediamo là, tutti e tre, e mi sorridono con i loro perfetti sorrisi da dentista. Mio fratello dice che non sa cosa ne pensiamo noi due, ma che per lui è ora di fare un tuffo in piscina, e mi lascia lì con sua moglie. Probabilmente lei non sa nulla della complicata storia di Del. È lui che controlla la situazione, e non c'è modo di fare domande, di sicuro non su cose che sono in contraddizione, in tutto e per tutto, con la sua vita attuale.

Se avessi trovato Charmaine Mackey, immaginavo di poterle chiedere dov'era Phillip, poi avrei forse potuto chiamarlo o scrivergli una lettera. Non avevamo più visto i Mackey, dopo la partenza da Cuba. Non si trasferirono in Florida come tanta altra gente.

Feci il numero di Charmaine Mackey a Carlsbad, New Mexico.

Il telefono squillò una volta, e una donna rispose. Si sentiva quel particolare silenzio ovattato che c'è in casa di una persona molto anziana.

Le dico che spero di parlare con una certa signora Mackey, che una volta abitava a Nicaro, sull'isola di Cuba.

«Sì, caro» dice lei. «Che cosa desidera?»

In un certo senso invidio a Del il suo disinteresse per questa roba. Mio fratello attraversa la vita senza voltarsi indietro, attirato con forza prima da una cosa, poi da un'altra, e ogni cosa cancella completamente ciò che è venuto prima.

Con la moglie che ha ora, sembra quasi un'indelicatezza anche solo immaginare che Del potesse struggersi per una persona come Tee-Tee Allain. Sua moglie non arriverebbe neanche a concepire l'esistenza di ragazze come Tee-Tee, Tee-Tee con quel suo fascino inconsapevole, la sua inconsapevole femminilità, sexy suo malgrado, le gambe sporche, gli occhi da lupo, i capelli lunghi e flosci, e forse la mancanza di qualche venerdì. La moglie di Del è l'antidoto, un trofeo, qualcosa di estremamente artificiale. È il tipo di donna che Del avrebbe dovuto volere. Dubito che lo voglia, e direi che almeno in parte questo è il punto.

Quando Del arrivò a Le Cap all'inizio del 1959, aveva visto Raúl Castro "giustiziare", o almeno così dicevano, più di cento uomini a Santiago. Del ricevette l'ordine di prendere un bulldozer e seppellire i corpi in una fossa comune, e credo che fu allora che la carriera di mio fratello come *barbudo* giunse alla fine. Disse a mia madre che in dicembre, poco prima di sparire, aveva visto resti di corpi umani galleggiare nel Levisa, contadini che la Guardia Rurale aveva fatto a pezzi e gettato nel nostro fiume. Poi gli ordinarono di buttare della gente in una fossa comune. La violenza lo aveva attirato dentro e la violenza lo spinse fuori.

Un anno dopo la rivoluzione era fortemente anticastrista, abitava a Miami e lavorava con diversi gruppi per «farsi restituire l'isola», diceva. Certo, poi quel mondo si dimostrò non meno violento di quello di Raúl. Lito Gonzalez, diventato un pezzo grosso di Miami, fu coinvolto in queste manovre per rovesciare Castro. Una mattina del 1975 andò ad avviare il motore della sua Cadillac e saltò in aria. C'erano molte lotte intestine tra quegli uomini, molti contrasti. Mi imbattei nella tomba di Gonzalez al Woodlawn Cemetery di Miami. Stavo accompagnando la vedova del reverendo Crim a mettere dei fiori sulla lapide di suo marito. Dopo la nostra partenza da Cuba mio padre mantenne stretti contatti col reverendo Crim, che a Preston celebrava le funzioni metodiste e dirigeva la scuola di agricoltura. Il dittatore Machado è sepolto in quel cimitero. Così pure il presidente prima di Batista, Carlos Prio. Prio si bruciò le cervella. La gente parlò di problemi finanziari. Deke e Dolly Havelin sono sepolti là. Condividono un gigantesco mausoleo di marmo nero con la scritta "Cubanos de corazón". Piuttosto sdolcinata, ma così era il povero Deke, che aveva rinunciato alla cittadinanza americana e poté tornare negli Stati Uniti solo quando i suoi parenti spedirono la salma perché fosse sepolta in Florida. Il mausoleo di famiglia nel cimitero Colón dell'Avana, dove Deke avrebbe voluto riposare, fu inghiottito dalle radici dei ficus, le finestre di Lalique vennero sfondate e tutto quanto c'era di asportabile fu portato via. Deke e Dolly avevano finito per stabilirsi nella Repubblica Dominicana. Rimasero a São Paulo meno di un mese, con Deke giubilante per la nomina a diplomatico cubano, prima che Batista lasciasse l'isola e che calasse il sipario. Appena lui taglia la corda, tu non sei più un ambasciatore.

Dopo il disastro della Baia dei Porci, Del smise di agitarsi e si diede al sollevamento pesi. Si allenava con Steve Reeves a Muscle Beach. Oggi fa l'agente immobiliare. Guadagna bene e vive a Marco Island, dove stanno i ricconi.

C'è ancora molto risentimento. Basta andare a mangiare da Teresita all'ora di punta per rendersene conto. Gente che si sente derubata di tutto ciò che aveva, e solo perché sono passati quasi cinquant'anni non significa che abbia dimenticato. Quelle persone non hanno dimenticato. Né loro né le aziende. Un'azienda è come una persona perché anche lei ha una memoria, la sua memoria istituzionale. Un'azienda può aspettare e prevedere i possibili sviluppi più pazientemente di una persona. Contro il governo cubano sono stati presentati ricorsi che i cubani ignorano. Le imprese minerarie come la vecchia Nicaro Nickel Company tengono conto meticolosamente di ciò che hanno perduto. La United Fruit è diventata prima la United Brands e poi Chiquita. C'è stato un andirivieni di amministratori delegati. La domanda di risarcimento è sempre là, in un faldone nero in qualche ufficio del Dipartimento della Giustizia: a questo punto, con l'inflazione, sono 350 milioni di dollari. Quando l'ultima persona che ha lavorato per la United Fruit sarà morta e sepolta, la società continuerà a battersi per riavere le sue proprietà.

Fu un assistente dell'ufficio di papà, il signor Suarez, che finì per supervisionare la torchiatura e la lavorazione della canna dopo la nostra partenza per Le Cap. Era un uomo ambizioso, e quando nazionalizzarono l'attività lo nominarono *administrador*, che è il modo in cui i cubani chiamano i manager. Suarez era sveglio, e tenne in piedi tutta la baracca. Quando rimasero a corto di carburante, fece funzionare lo zuccherificio con la *bagasse*, che sono le fibre di risulta della canna. Era competente, eppure papà disse che fino al 1963 Suarez, una volta che aveva finito con i suoi giri di controllo, lo chiamava al telefono ogni pomeriggio. Lo chiamava tutti i giorni per comunicargli i dati e fargli un rapporto su ciò che stava accadendo. In uno zuccherificio di proprietà del governo cubano! La società aveva costruito lo zuccherificio, la città e la cultura che li comprendeva entrambi. Togli la cultura, e l'attività non ha più scopo, né supervisori, né testimoni. Per chi si produce lo zucchero? Suarez non poteva accettare che non lo si producesse più per noi.

Papà è morto nel 1964. Sono sinceramente convinto che sia morto di crepacuore. Non si sposta uno alle banane o agli ananas, non si butta via così l'immenso bagaglio di conoscenze e di esperienza di una persona, quando questa ha passato l'intera vita adulta a dirigere un'azienda saccarifera. Chiese di andare in pensione prima del tempo e cadde in uno stato di depressione profonda. Io mi iscrissi all'accademia militare di Gainesville, in Georgia. Era settembre quando ci andai, e ogni sera mi addormentavo piangendo perché le foglie cadevano dagli alberi. Non avevo mai visto nulla di così terribile.

Qualcuno dice che Hemingway si uccise perché sconvolto dal fatto che non sarebbe più potuto tornare a Cuba, dopo che gli Stati Uniti proibirono agli americani di mettere piede sull'isola. Il suo primo tentativo di suicidio avvenne il giorno in cui Kennedy parlò della Baia dei Porci alla televisione. Forse è inutile chiedersi perché uno fa un gesto simile, ma io trovo plausibile questa teoria. Molte vite furono distrutte dalla decisione di isolare Cuba.

«Sì, caro» disse la signora Mackey. «Che cosa desidera?»

Le spiegai chi ero, un po' dispiaciuto di avere disturbato una donna così anziana. Lei disse che si ricordava di me, ma io non ci credo. Credo cercasse solo di essere gentile. Naturalmente, si ricordava dei miei genitori. Parlammo dell'evacuazione, di dov'erano andati una volta lasciata Guantánamo. Disse che suo marito inizialmente voleva restare a Nicaro, ma che Lito Gonzalez minacciò di ucciderlo se non fosse partito. Mi chiedevo se avesse solo una fervida immaginazione, anche se erano in molti a pensare che Gonzalez fosse un uomo pericoloso. Lei rise, come sanno ridere i vecchi delle cose serie perché sono accadute tanto tempo prima.

Mi raccontò che aveva divorziato dal marito subito dopo il loro ritorno da Cuba. Le dissi che mi dispiaceva e lei replicò che non dovevo dispiacermi, che era stato un bene. Lui l'aveva sempre innervosita, disse, e non sopportava le donne nervose. Si era risposata, con un signore di Portorico, e insieme avevano avuto una figlia. Le chiesi di Phillip, curioso di sapere dove stava, che tipo di lavoro faceva.

«Phillip è morto già da otto anni» disse lei.

Non potevo crederci. Avevo sempre avuto questa vaga idea che un giorno mi sarei messo in contatto con Phillip Mackey e gli avrei chiesto di lui e di Del e dei loro rapporti con i ribelli, che cosa pensasse della rivoluzione, di Castro, di ogni cosa. Ma era troppo tardi. Avevo aspettato troppo tempo a telefonare.

Però, che ironia: Del sta nella Collier County, a due ore e mezzo da qui. Io farei il giro del mondo per passare un quarto d'ora con mia moglie, con mia madre. Mentre non posso chiedere a una persona viva di spiegarmi qualcosa.

Non mi era mai passato per la testa che Phillip Mackey potesse essere morto, che Charmaine Mackey sarebbe stata viva e mi avrebbe detto questo. Disse che Phillip era andato a vivere in Paraguay: certe persone di Nicaro e di Preston erano degli espatriati a catena. Credo che lo fosse anche Phillip. Si ammalò e cercò di risolvere il problema, qualunque cosa voglia dire questa frase. Non ha molta importanza il modo in cui morì. Anche il marito portoricano era mancato, disse. Gli uomini sono sempre i primi ad andarsene. Chiesi se aveva qualcuno che l'assistesse. Disse di no, che doveva badare alla figlia, che era handicappata. Una donna che doveva avere quasi novant'anni. Telefonarle mi parve una vera intrusione, chiederle della vita che aveva fatto cinquant'anni prima e costringerla a parlare della morte di suo figlio. Ma quando stavamo per chiudere la telefonata disse di essere contenta che avessi chiamato e che sperava che lo facessi ancora. Non lo feci mai più. Sono passati già tre anni. Non so se è ancora viva.

Sto sfogliando il libro mastro della United Fruit di mia madre. È così fragile che a ogni pagina che volto la carta si strappa e comincia a staccarsi dalla rilegatura. Ci sono fotografie, fiori secchi, lettere e telegrammi. C'è una fotografia di me bambino in una delle recite scolastiche. Come odiai quella recita! Facevo la patata lessa. Fu mia madre che mi ci costrinse.

Ecco il programma di uno spettacolo al Cabaret Tokio, dove si esibiva Xavier Cugat. "Aria condizionata", "Star nazionali e internazionali" – con la S maiuscola, chissà perché – eccetera. Il numero telefonico è in fondo alla pagina:

B-4544.

Non è un posto dove si possa telefonare. Ma... e se si potesse?

Dicono che Batista possedesse un telefono d'oro, quattordici carati, dono dell'American Telephone & Telegraph: un'altra società che ha in corso una causa gigantesca contro Cuba. Forse è vera la questione del telefono d'oro, ma la gente si diverte a fare la caricatura dei tipi come Batista, cosa che rende molto più difficile vederli come sono veramente. Papà teneva le distanze, e lo considerava un po' come un criminale, eppure provava un certo rispetto per lui. Batista non era un altro *peón*, un animale parlante, il personaggio macchietta con un telefono d'oro massiccio. Era di razza mista e veniva da una famiglia poverissima: apparteneva a una classe inferiore alla classe più umile che c'era. Si era fatto strada fino alla presidenza. Bisogna lasciare alla gente le sue contraddizioni, riconoscerle ciò che le è dovuto.

Del disse un giorno che la compassione per la gente da parte di nostra madre, senza però la comprensione di ciò che portò alle loro condizioni di vita, non era compassione ma sentimentalismo.

Forse è vero. La realtà è che noi andammo là e rubammo. Ma non credo che toccasse a nostra madre cambiare questa realtà, o qualunque altra cosa. Non credo che il suo sentimentalismo fosse un delitto.

Hilton Hardy diventò sindaco di Preston. Castro ribattezzò la nostra città "Guatemala", ma non riesco a immaginare nessuno a cui venga in mente Preston, se dice "Guatemala". È incredibile: il nostro autista, sindaco di Preston! Ma questo è il comunismo. Ho Chi Minh cominciò facendo il cuoco al Ritz.

Vado sempre a pescare nei Caraibi. Ho una barca. Vado alle Bahamas. Potrei entrare tranquillamente nel porto di Preston e andare a bussare alla porta della mia casa. Ma non l'ho mai fatto. Ho sentito che la città è molto degradata, e non voglio vederla così.

Everly Lederer e le sue sorelle sono state le uniche a tornarvi, a quanto mi risulta. Everly è andata a Preston, ha fatto delle foto e le ha mostrate alla vedova del reverendo Crim, che me ne ha parlato. Io ho il numero telefonico di Everly. Me lo ha dato la signora Crim. Ma non l'ho chiamata. La signora Crim ha detto che le foto erano orribili. Che la nostra casa adesso è una scuola e che nella casa dei Crim si pigiano una quindicina di famiglie. Everly le ha detto che lei e le sue sorelle speravano di rintracciare il loro vecchio domestico. Mi domando se era quello strano ragazzo che aveva lavorato per il signor Bloussé. A quanto pare, lo hanno poi trovato a Levisa: la "vetrina della rivoluzione" di Castro. La Guardia Rurale aveva incendiato e raso al suolo Levisa, e Castro la ricostruì immediatamente e diede a tutti i neri vere case, con fondamenta di cemento e servizi igienici. La signora Crim ha detto che Everly manda soldi al domestico ogni mese, li manda a Mayarí, e che il domestico prende l'autobus e va a ritirarli là. Ha detto che Everly parla di questo ragazzo come se in pratica fosse un consanguineo. Va a trovarlo tutti gli anni, e sta con lui e sua moglie. Prima o poi penso che la chiamerò. Vorrei avere notizie di Preston, almeno credo. Una parte di me non è sicura che sia lo stesso posto, ora che noi non ci siamo più, che non c'è più la società. Ma dovrò stare molto attento quando la chiamerò. La signora Crim ha detto di aver avuto la sgradevole impressione che Everly simpatizzi per il comunismo. Io invece penso che probabilmente lei sia una che simpatizza con la gente, semplicemente, come mia madre.

Il telefono squilla di nuovo. Qualcuno continua a chiamare e riattacca senza lasciare un messaggio. Sono le undici meno un quarto. Tra poco andrò giù da Teresita. Forse è Red McGreevy che chiama, ma tanto lo vedo a pranzo. Teresita è quella che si direbbe una trattoria, e tutti i miei amici mangiano là. Red è uno all'antica come me, telefona e se trova la segreteria rimette silenziosamente la cornetta sulla forcella invece di parlare con la macchina. Troppo vecchio per adattarsi alle novità. Lui, io e qualcun altro andiamo a caccia, questo weekend. Volevano cacciare solo i fagiani, ma io ho insistito per cacciare anche le oche. Se cacci solo fagiani alle nove del mattino hai chiuso, e finisci nel casino a bere brandy per il resto della giornata.

Alla fine lo Stato liquidò anche Clavelito. Lo costrinsero a smettere di vendere per corrispondenza i suoi prodotti, le polveri magiche e speciali apparecchiature. Poco prima che lasciassimo Preston, gli vietarono definitivamente di andare in onda.

Uscirono degli articoli sui giornali, e le casalinghe, il nerbo dei suoi sostenitori, insorsero. Lo accusavano di truffa, in parte a causa di quei telefoni speciali per chiamare i morti. "Vendita di apparecchiature difettose": ecco una delle imputazioni.

Mi pare sciocco vietare una cosa del genere, e tanto meno processare qualcuno perché la vende.

Chi compra un telefono psichico non crede veramente che possa funzionare. Che ti bastino solo 19 dollari e 99 centesimi. Che compri l'apparecchio. Te lo porti a casa. Metti la spina. Fai il numero e senti la voce di uno che è morto e sepolto. La gente compra queste cose per altri motivi. Non sono nati ieri. Non hanno bisogno della legge per scoprire che l'impianto è difettoso.

Lasciamo che imparino da soli una cosa:

Non siamo noi a chiamare i morti.

Sono i morti a chiamare noi.

EPILOGO

Eccola lì sul mappamondo, la linea tratteggiata blu scuro sul blu più chiaro dell'Atlantico. Parole in un pallido corsivo: *Tropico del Cancro*. Lo aveva attraversato più di una volta, eppure continuava a immaginare ghirlande di alghe marine stese sull'acqua verso un lontano orizzonte.

E c'era ancora il paradosso delle zone e dei confini su una superficie che era fluida, che poteva far fare mezzo giro del mondo a una bottiglia con dentro un messaggio. Durante il suo esilio a Guernsey, dove c'erano scogli di granito simili a tanti re, a un mostro, a un abito monacale, l'autore riceveva lettere indirizzate semplicemente a "Victor Hugo, Oceano". La donna di Guernsey aveva davvero invitato a cena l'uomo di Dakar? Sembrava improbabile, visto che era il 1952. C'era un dettaglio che a un bambino sarebbe potuto sfuggire: l'uomo di Dakar sarebbe stato nero.

Questa volta attraversò il Tropico del Cancro in aereo. Sua sorella aveva portato l'album dei ritagli, ma il volo da Miami fu così breve che ebbero appena il tempo di dargli un'occhiata. "Costolette di prima scelta, barbabietole di Harvard, purè, buffet freddo con anelli di ananas, e per dessert gelato con uvetta al rum di El Louvre dell'Avana: il preferito del Duca di Windsor!" Il menu della cena sulla *SS Florida*. «Non siamo stati al Lincoln Hotel» disse la più giovane, con le fiamme della raffineria di petrolio Regla che ardevano in lontananza mentre il loro taxi filava lungo il Malecón. «Era il Sevilla, l'albergo di Graham Greene con le piastrelle moresche.» Sull'aereo della Air Cubana che collegava l'Avana a Santiago, una hostess distribuì caramelle da succhiare e bicchieri di carta pieni d'acqua. Le scritte sulle cinture dei sedili erano in cirillico.

Era il 1999. Presero una stanza al Rancho Club Motel di Santiago, dove il loro padre aveva partecipato al ricevimento per le nozze di Raúl Castro e Vilma Espín un mese dopo la rivoluzione. «Ho promesso di andarci e manterrò la parola» aveva detto a Marjorie Lederer, anche se in realtà era ovviamente elettrizzato da quella prospettiva. Tornò da Cuba in estasi, canticchiando melodie di Danzón. Una festa meravigliosa, schietta, disse. Lui e il signor Billings ci andarono insieme, in aereo, George Lederer munito di una tortiera Bundt nonostante i dubbi sul fatto che fosse il regalo di nozze giusto per una coppia di rivoluzionari. «È di alluminio pressofuso» disse Marjorie Lederer. «È un'ottima tortiera.» Quando si sposò, Everly ricevette esattamente lo stesso modello di tortiera. Lei e Raúl avevano gli stessi utensili da cucina, una tortiera che lei non usò mai e che sicuramente non aveva mai usato neanche lui.

«Conoscete un certo Willy Bloussé?» chiese a tutti quelli ai quali rivolse la parola il primo giorno che passarono a Nicaro. I cubani che abitavano nella vecchia fila di case dei manager erano quasi tutti tecnici dello stabilimento. Le fecero subito capire molto chiaramente che loro non bazzicavano haitiani, gente che sotto l'antico regime faceva parte della servitù, perciò lei fece domande solo agli haitiani.

Il secondo giorno, mentre le sorelle sedevano sulla veranda della loro vecchia casa mostrando delle fotografie ai nuovi inquilini, un uomo avanzò lungo la strada, a piedi, e si fermò davanti a loro. Everly si sarebbe dovuta accorgere subito, dal suo passo lento e ritmico, che era Willy, in testa un berretto blu da strillone come una volta.

«Quando mi hanno detto "in città c'è una certa Everly Lederer"» disse «non ci credevo. Era come un sogno.»

La casa di Willy era ordinata, meticolosamente decorata con i fiori finti e le bambole haitiane della moglie Malvina. Però non avevano il telefono. Mancava la corrente. Il gabinetto era in un angolo buio, separato dal resto della casa da una tenda di plastica. E cucinavano su un fornello ad alcol fuori, dietro la cucina, sotto una tettoia di fronde di palma. La razza aveva ancora la sua importanza, a Nicaro. Molte altre cose non erano cambiate. L'odore di shampoo della guava matura, e le enormi farfalle nere che sembravano campioni di velluto smerlati in volo. I serbatoi di ammoniaca vicino alla fabbrica di ghiaccio sulla baia. Il loro club, Las Palmas, ammodernato, e dove tutti potevano andare, ora, anche se servivano solo birra, e nessuno aveva i soldi per comprarla. Le sorelle ci andarono. La birra fu loro servita in coppe da gelato. Perché no? pensò Everly, sorseggiando la birra svaporata.

Il *flamboyán* a cui Willy aveva dedicato tante cure era più alto della vecchia casa. I suoi petali vermigli si spargevano sul tetto, parzialmente sfondato e coperto da un telone sfilacciato. Il tetto strappò a Willy una risata. Lui aveva riparato il suo con catrame fatto in casa, e non c'erano perdite. Willy aveva piantato degli ortaggi, fresato dei pezzi di macchinari per aggiustarsi il frigo, saldato il proprio spremicanna a manovella che aveva poi montato su un albero nella corte. Offrì alle sorelle Lederer una coppa di guarapo dolce e fresco. Willy era pronto per il futuro.

Pamela e Luís Galindez abitavano in fondo alla strada, a Levisa. Pamela viveva ancora nel passato. «Quando ve ne andate, suonate il clacson!» disse. «Così tutti sapranno che ho avuto dei visitatori che sono venuti in macchina.» Voleva che Everly le mandasse da Miami dei vestiti di Burdine, ma roba del 1958. «Una giacca con quei cosi che luccicano... i lustrini» disse nel suo inglese arrugginito, una lingua che non usava da quarant'anni. «E un paio di ballerine, o di quei mocassini con… come si chiamano, i *semi* cuciti sopra.» L'ultima cosa che disse quando se ne andarono: «Everly, non dimenticare le pantofole con i semi! Numero trentotto e mezzo…».

Tip Carrington abitava nella vecchia casa del signor Mackey. Era in pensione, ma per molti anni era stato *administrador* dello stabilimento per la lavorazione del nickel, un eroe che aveva trovato il modo di far funzionare la fabbrica quando l'avevano nazionalizzata, famoso in tutta Cuba, un *personaje* onorato da Fidel al quale erano state assegnate una casa e una pensione dignitosa. Un vecchio felice, un po' svanito, che girava scamiciato, col casco della società in testa. C'erano dei maialini che zampettavano sui pavimenti piastrellati della casa, le stesse piastrelle panna e blu della vecchia casa dei Lederer, lo stesso bagno da bordello rosa e nero. Sua moglie, una mulatta di campagna, aveva trent'anni meno di lui. Distillava il rum in un alambicco sulla veranda posteriore, e insieme lo bevevano sulla veranda anteriore. Guidava lei la macchina assegnata dallo Stato, cosa che disturbava moltissimo i vicini. «Per avere qualche pagnotta in più lascia che i fattorini la guardino sotto le sottane» dicevano. «Va in giro senza mutande.»

La polvere rossa era dappertutto, così fine che pareva un gas, sotto le unghie, nelle cuciture dei vestiti, nella piega delle banconote, una polvere glauca che formava uno strato sulla pelle. Ce n'era più di quanta ne ricordasse, di quella polvere rossa, ma sotto c'era lo stesso verde della giungla, a profusione. Anche il mare era verde, sotto nubi dalle palpebre pesanti. Era sempre stato di questo colore, o i colori erano cambiati? Il mare è una moltitudine, uno scoppio di voci. E poi ancora un silenzio, un'assenza di voci. L'acqua verde della baia di Levisa sciabordava sommessamente, quasi senza rumore. Nel rombo delle onde spumeggianti che martellavano le rive di Guernsey, l'autore in esilio decifrava messaggi di Dante, Marat e Molière. *Non dimenticare le pantofole con i semi.*

Perché l'acqua è verde? si chiedeva Everly. Forse aveva qualcosa a che fare con le alghe, i minerali, o la luce. Il mar Rosso non era rosso, ma la sua superficie, riflettendo le montagne alle sue spalle, certe volte sembrava rossa. E nell'*Odissea*, che voglia dire rosso o qualcos'altro – forse "non come uno specchio" o "molto opaco" –, il mare è scuro come il vino. Può essere come uno specchio, argenteo come la superficie di uno specchio, o nero come la stagnola che c'è dietro. O blu. Come un occhio, riflette e rifrange al tempo stesso il cielo che contempla.

Arnoldo Mondadori Editore S.p.A.

Questo volume è stato stampato
presso Mondadori Printing S.p.A.
Stabilimento Nuova Stampa Mondadori - Cles (TN)

Stampato in Italia - Printed in Italy